An Offer From a Gentleman

ブリジャートン家

3

もう一度だけ円舞曲《ワルツ》を

ジュリア・クイン 村山美雪 訳
by Julia Quinn

Raspberry Books

An Offer From a Gentleman
by
Julia Quinn

Published by arrangement with Avon, an imprint of HarperCollins Publishers.
through Japan UNI Agency, Inc., Tokyo.

シャイアンと、夏のフラペチーノの思い出に。
そして、テレビで心臓の手術場面を見ながら、
平気でスパゲッティを食べられるポールに。

ブリジャートン家3　もう一度だけ円舞曲《ワルツ》を

主な登場人物

ソフィー（ソフィア）・ベケット……………ペンウッド伯爵の庶子。
ベネディクト・ブリジャートン……………ブリジャートン子爵家の次男。
ヴァイオレット・ブリジャートン…………先代ブリジャートン子爵の未亡人。
アンソニー・ブリジャートン………………現ブリジャートン子爵。
コリン・ブリジャートン……………………ブリジャートン子爵家の三男。
ダフネ・ブリジャートン……………………ブリジャートン子爵家の長女。
エロイーズ・ブリジャートン………………ブリジャートン子爵家の次女。
フランチェスカ・ブリジャートン…………ブリジャートン子爵家の三女。
グレゴリー・ブリジャートン………………ブリジャートン子爵家の四男。
ヒヤシンス・ブリジャートン………………ブリジャートン子爵家の四女。
リチャード・ガニングワース………………ペンウッド伯爵。
アラミンタ・ガニングワース………………ペンウッド伯爵夫人。
ロザムンド・レイリング……………………アラミンタの連れ子。
ポージー・レイリング………………………アラミンタの連れ子。ロザムンドの妹。
フィリップ・キャベンダー…………………金持ちの青年。
ペネロペ・フェザリントン…………………エロイーズの友人。

『一八一五年の社交シーズンも半ばに入った。ワーテルローの戦いとウェリントン公の武勇伝で持ちきりと思いきや、社交界は一八一四年とさして変わらず、永久不変の関心事、結婚話に沸《わ》いている。

いつもながら、社交界初登場《デビュタント》の女性たちに人気の花婿候補はブリジャートン一族、なかでも注目の的は未婚の兄弟のうちで最年長の、ベネディクトだ。彼は家督継承者ではないが、そのハンサムな顔立ち、好青年ぶり、豊かな財力は、称号の不足を補ってあまりある。現に筆者は、野心家の母親たちが、娘についてこう話すのを何度となく耳にしている。「公爵……でなければ、ブリジャートン家の御子息と結婚させるわ」

いっぽう、当のベネディクト・ブリジャートンはといえば、社交界行事に足繁く通うお嬢様たちにはまるで無関心の様子。ほとんどのパーティに出席しているものの、特別な誰かを待っているのか、ひたすらドアのほうを見つめている。

待っているのはひょっとして……

意中の花嫁候補？』

一八一五年七月十二日付〈レディ・ホイッスルダウンの社交界新聞〉より

プロローグ

ソフィー・ベケットが庶子《しょし》であることは誰もが知っていた。

使用人たちはみなそれを知りながら、幼いソフィーをかわいがってきた。ある七月の雨夜、小さな体に大きすぎる外套《がいとう》をまとった三歳の彼女が、伯爵家の田舎屋敷であるペンウッド・パークの玄関先に置き去りにされたときからずっと。かわいがっているからこそ、旧友夫婦の忘れ形見の娘なのだという、第六代ペンウッド伯爵の言葉を信じているふりをした。たとえ、ソフィーのモスグリーンの瞳と濃いブロンドの髪が、伯爵のものとまるで同じであろうとも。たとえ、顔の輪郭が、先だって亡くなった伯爵の母親によく似ていて、笑顔は伯爵の妹そっくりであろうとも。誰もそんなことを口にして、ソフィーの気持ちを傷つけたり、自分たちの暮らしを脅かされたりしたくなかった。

当の伯爵、リチャード・ガニングワースはといえば、ソフィーのことや、その出生について語りはしないが、自分の庶子であることは知っているはずだった。雨の降る深夜にソフィーを見つけた家政婦が、その少女のポケットから引っぱりだした手紙に何が書かれていたのかは誰も知らない。伯爵が読み終えるとすぐに燃やしてしまったからだ。伯爵は、手紙が炎のなかで小さく丸まるのを見届けてから、子供部屋《ナースリー》のそばにソフィーの私室を設《しつら》えるよう申しつけた。そしてソフィーを自分の被後見人と公言し、二度とその話題には触れなかった。以来、ソフィーはそこで暮らしてきた。伯爵は彼女をソフィアと呼び、彼女は伯爵を〝旦那様〟と呼んだ。ふたりが顔を合わせることはめったになく、伯爵がロンドンから帰郷する、年に数回程度のことだった。

けれども、おそらく最も重要なのは、ソフィー自身が庶子であるのを知っていたことだろう。彼女自身、どうして知ったのかは定かではなかったが、とにかく知っていたし、ひょっとすると生まれながらに知っていたのかもしれない。ソフィーはペンウッド・パークに来る前の暮らしをあまり覚えていなかったけれど、乗合馬車でイングランドをはるばる横断してきたこと、恐ろしく痩《や》せて苦しそうに咳き込む祖母に、これからはお父さんと暮らすのだと言い聞かされたことは覚えていた。そして何より、玄関先の階段で雨に濡れていたとき、なかに入れてもらえるまで、祖母が茂みの陰で見守っていたことは忘れようがなかった。

伯爵が幼い少女の顎《あご》に手を添えて、その顔を明かりのほうへ持ちあげた瞬間、ふたりは互いに真実を悟った。

ソフィーが庶子であることは誰もが知っていて、誰もそれを口にせず、その暗黙の了解のもとに、誰もが幸せでいられた。

伯爵が結婚を決意するまでは。

その知らせを聞いたとき、ソフィーは心躍らせた。家政婦が執事から聞いたところでは、伯爵は家族と過ごすため、ペンウッド・パークにこれまでより長く滞在するようになると伯爵の秘書が話していたという。ソフィーはけっして伯爵が恋しいわけではなかったが――来てもたいして気にかけてくれない相手を恋しいとはなかなか思えない――、もっと深く知り合えば愛情を感じるようになるかもしれないし、そうなれば、これほど長くほったらかしにされなくなるかもしれないと思った。それに、階上女中が言うには、伯爵の妻となる女性にはすでにソフィーと歳の近いふたりの娘がいると、家政婦《ハウスキーパー》が近隣の執事から聞いたと話していたという。

子供部屋で七年間、ひとりぼっちで過ごしてきたソフィーには嬉しい知らせだった。ソフィーは、ほかの子供たちのように地元のパーティや催しに呼ばれたことがない。もちろん、あからさまに庶子だと名指しする者はいない。そんなことをすれば、彼女を自分の被後見人と公言した伯爵を嘘《うそ》つき呼ばわりすることになるからだ。伯爵にしても、ソフィーをなじませようとしてくれたわけではなかった。そうして十歳になったソフィーの親友は女中や従僕たちで、家政婦と執事が親代わりだった。

けれどもようやく、本物の姉妹ができるのだ。

もちろん、ソフィーは彼女たちを姉妹と呼べないことはわかっていた。自分が、伯爵の被後見人のソフィア・マリア・ベケットだと紹介されることも。でも、姉妹のように思えるようになるはずだ。それこそが、重要なことだった。

そして、ある二月の午後、ソフィーは使用人たちと大広間に集まり、窓の向こうを眺めて、馬車が私道に入ってくるのを待っていた。新しい伯爵夫人とふたりの娘たち、それにもちろん、伯爵がその馬車に乗っているはずだった。

「わたし、気に入ってもらえるかしら？」ソフィーは家政婦のギボンズ夫人に囁《ささや》きかけた。

「伯爵の奥様に」

「気に入ってくださいますとも、お嬢様」ギボンズ夫人は囁き返した。でも、その目は口調ほど自信に充《み》ちていなかった。新しい伯爵夫人が、夫の妾《めかけ》の子を快く受け入れるわけがない。

「わたしは娘さんたちと一緒に授業を受けるのよね？」

「わざわざ別々に受ける理由はありませんから」

ソフィーは真剣な表情でうなずき、馬車が私道に入ってきたのを見て身をよじらせた。

「来たわ！」

ギボンズ夫人が頭を撫でようと手を伸ばしたときには、すでにソフィーは窓に飛びつき、ガラスに顔を押しつけんばかりにしていた。

最初に伯爵が降りてきて、それからふたりの少女が降りるのを手助けした。姉妹は揃いの黒い外套を着ていた。ひとりは髪にピンク色のリボンを、もうひとりは黄色いリボンを付けている。姉妹が脇に寄ると、伯爵は馬車から最後に降りる乗客のために手を差しだした。

ソフィーは息をつめて、新しい伯爵夫人が現れるのを待った。華奢な中指と人差し指を絡ませて、「お願いします」と小さな声で唱えた。

〝どうかわたしを愛してくれますように〟

伯爵夫人に愛されたなら、きっと伯爵にも愛してもらえるだろう。そうすれば、たとえ口に出して娘とは呼んでくれなくとも、そのように接してくれるだろうし、本物の家族みたいになれるはずだ。

ソフィーが窓の向こうを見つめていると、新しい伯爵夫人が馬車を降りてきた。その動作のひとつひとつが楚々として優雅で、たまに庭の水盤に水浴びに来る優美な雲雀《ひばり》を思わせた。伯爵夫人の帽子には長い羽が付いていて、その青緑色の羽飾りが厳しい冬の陽射しにきらめいていた。

「きれいな人」ソフィーはつぶやいた。ギボンズ夫人の反応を見ようとさっと振り返ったが、家政婦は緊張した面持ちでまっすぐ前を見すえ、伯爵が新たな家族を案内して入ってくるのを待ち受けていた。

ソフィーはどこに立てばいいのかわからず息をのんだ。ほかのみんなは自分の居場所を心得ているように見える。使用人たちは執事から皿洗い係まで、階級順に並んでいた。犬たちまでもが猟犬飼育係にしっかりリードを握られ、片隅におとなしく坐っている。

けれども、ソフィーはどうしようもなかった。この家のほんとうの娘ならば、女家庭教師と並んで、新しい伯爵夫人を迎えるべきだろう。伯爵のほんとうの被後見人なのだから、だいたい同じようにすればいいのかもしれない。ところが、家庭教師のミス・ティモンズは鼻風邪をひいたからと子供部屋に引きこもり、おりてこなかった。夕べまでぴんぴんしていたこの家庭教師がほんとうに病気だなどと一秒たりとも信じた使用人はいなかったが、その言い訳を責める者もいなかった。なにしろ、ソフィーは伯爵の庶子であり、その彼女を、新しい伯爵夫人への無礼を承知で紹介する役まわりを引き受けたい者など、いるはずもない。

それに、伯爵夫人はおそらく、見えないふりでも、まぬけなふりでも、あるいはその両方のふりをしてでも、ソフィーが伯爵の庶子であるなどとはすぐに認めはしないだろう。

ふたりの従僕が仰々しく正面玄関の扉を開いたとたん、ソフィーは恥ずかしさに気おされて、片隅で身をすくませた。先にふたりの少女が入ってきて脇によけると、伯爵が夫人を導いてきた。伯爵は執事に夫人と娘たちを紹介し、執事が使用人たちの紹介を始めた。

ソフィーは待った。

ラムジーという名の執事が、従僕たち、料理長、家政婦、厩番《うまやばん》たちを紹介する。

ソフィーは待った。

台所女中たち、階上女中たち、皿洗い係たちが紹介されていく。

ソフィーは待った。

そしてとうとう、この執事が、わずか一週間前に雇われたばかりのダルシーという名の皿洗い係の少女を紹介した。伯爵がうなずいて礼の言葉をつぶやいたときも、ソフィーはなす術《すべ》もなく待っていた。

そこで、ソフィーは咳払いすると、気弱な笑みを浮かべて進みでた。伯爵とはたいした時間を過ごしていないけれど、ペンウッド・パークに戻られると必ずお目通りに呼ばれた。伯爵は毎回何分か時間を割いて授業について尋ねてから、ソフィーを部屋へさがらせるのだ。

今回も、結婚なさったとはいえ、勉強の進み具合を知りたいに決まっているとソフィーは思った。複雑な分数計算を習得したことを知りたいはずだし、ミス・ティモンズからはつい先日、フランス語のアクセントは「完璧です」とのお墨付きをもらったのだ。

けれども、伯爵は夫人の娘たちに何事か話しかけていて、こちらには気づいていなかった。ソフィーはもう一度、今度はもっと大きく咳払いして言った。「旦那様？」意図したよりも少し甲高い声になった。

伯爵が振り返った。「おお、ソフィアか」低い声で言う。「ここにいたとは気づかなかった」

ソフィーは晴れやかに微笑んだ。やはり伯爵は知らんぷりしていたわけではなかったのだ。

「そちらはどなた？」伯爵夫人は尋ねて、もっとよく見ようと踏みだした。

「わたしの被後見人」伯爵が答えた。「ミス・ソフィア・ベケットだ」

伯爵夫人はソフィーに値踏みするような鋭い視線を向けると、目を吊りあげた。目じりが上がる。

さらに目じりが上がった。

「そう」伯爵夫人は言った。

そしてその場にいた全員が、即座にその返事の意味を理解した。

「ロザムンド」夫人は言い、ふたりの少女のほうを向いた。「ポージー、一緒に来なさい」

娘たちがただちに母親のそばに寄る。ソフィーは少女たちに思いきって微笑んでみた。小さいほうの少女は微笑み返してくれたけれど、金糸色の髪をした年上の少女のほうは母親に倣《なら》って鼻先をつんとそびやかし、あからさまに顔をそむけた。

ソフィーは唾をのみ込み、もう一度親しみやすそうな少女のほうに微笑んでみたが、今度はこちらの小柄な少女もためらいがちに下唇を嚙んで、床に目を落とした。

伯爵夫人がソフィーに背を向けて伯爵に言った。「ロザムンドとポージーのお部屋を用意してくださっているのでしょうね」

伯爵はうなずいた。「子供部屋《ナースリー》のそばに。ソフィーの部屋の隣りだ」

長い沈黙のあと、伯爵夫人は使用人の前での口論は賢明ではないと判断したらしく、ひと言で終わらせた。「もう階上《うえ》へ上がります」

夫人は伯爵と娘たちを伴って歩きだした。

ソフィーは階段を上がっていく新しい家族を見つめた。そして、踊り場の向こうに姿が見えなくなると、ギボンズ夫人を振り返って尋ねた。「わたしも上がってお手伝いするべきかしら？　娘さんたちに子供部屋を見せてあげなくちゃ」

ギボンズ夫人は首を振り、「みなさん疲れていらっしゃるのです」と嘘をついた。「お昼寝なさるのでしょう」

ソフィーは眉をひそめた。ロザムンドは十一歳、ポージーは十歳と聞いている。お昼寝するには、ちょっと大きすぎやしないだろうか。

ギボンズ夫人はソフィーの背中を軽く叩いた。「ほら、行きましょう。ちょっとお付き合いしてくださいな。料理女がショートブレッドを焼いたと言ってました。きっとまだほかほかですよ」

ソフィーはうなずき、家政婦のあとについて広間を出ていった。ふたりの少女と仲良くなるための時間なら、今夜はまだたっぷり残されている。子供部屋を案内して、それから友達になって、やがて姉妹のようになるのだ。

ソフィーはひとり微笑んだ。姉妹になれたらどんなにすばらしいだろう。


あいにく、ロザムンドとポージーとは――ついでに、伯爵と伯爵夫人とも――翌日まで顔を合わせなかった。ソフィーが夕食をとろうと子供部屋に入っていくと、テーブルには四人ぶんではなく二人ぶんの食事が用意されており、驚異的な早さで体調を回復したミス・ティモンズから、ロザムンドとポージーは旅の疲れで夕食を食べられないのだと新しい伯爵夫人が伝えてきたことを知らされた。

それでも授業は受けなければならないらしく、翌朝、少女たちは伯爵夫人のあとについて子供部屋に入ってきた。すでにその一時間前から授業を受けていたソフィーは、興味津々で数式から顔を上げた。今回は少女たちに微笑まなかった。なんとなく、そうしないほうがいいように感じたからだ。

「ミス・ティモンズ」伯爵夫人が呼びかけた。

ミス・ティモンズは膝を曲げてお辞儀し、小声で答えた。「奥様」

「伯爵から、あなたが娘たちに勉強を教えるのだと聞きました」

「最善を尽くします、奥様」

伯爵夫人が、金色の髪に鮮やかな青色の目をした、年長の少女のほうを手ぶりで示した。まるで、伯爵が七歳の誕生日にロンドンから贈ってくれた磁器のお人形みたいにかわいらしい、とソフィーは思った。

「こちらがロザムンドで、十一歳。それからこちらが」伯爵夫人はそう言って、今度は足もとを見おろしたままのもうひとりの少女を指し示した。「ポージーで、十歳」

ソフィーはポージーを興味深く見つめた。母親や姉とは違って髪と目がとても濃い褐色で、頬は少しふっくらとしていた。

「ソフィーも十歳です」ミス・ティモンズが答えた。

伯爵夫人は唇を引き結んだ。「この子たちに屋敷とお庭を案内してくださいな」

ミス・ティモンズはうなずいた。「かしこまりました。ソフィー、石板を置きなさい。算数はまた戻ってから――」

「娘たちだけでいいのよ」伯爵夫人が熱さと冷たさを同時に含んだような声でさえぎった。

「ソフィーにお話がありますから」

ソフィーは唾をのみ込み、伯爵夫人に目を向けようとしたものの、顎を見るのが精一杯だった。ミス・ティモンズがロザムンドとポージーを連れて部屋を出ていくと、ソフィーは立ちあがり、父の新たな妻からのさらなる指示を待った。

「あなたのことは承知しています」ドアがかちりと閉まったとたん、伯爵夫人が口を開いた。

「あの、奥様？」

「あなたは伯爵の庶子。違うとは言わせませんよ」

ソフィーは沈黙した。たしかに事実だけれど、いままで誰もそれを口に出した者はいなかった。少なくとも本人の目の前では。

伯爵夫人はソフィーの顎をぎゅっとつかんで、強引に自分の顔のほうへ向かせた。「よく聞きなさい」恐ろしげな声で言う。「あなたは、たとえこのペンウッド・パークに住み、わたくしの娘たちとともに授業を受けはしても、しょせん庶子にすぎないわ。むろん、これからもずっと。わたくしたちと同じ身分だなんて思い違いは、絶対に絶対に許しません」

ソフィーはかすかに呻《うめ》いた。伯爵夫人の指の爪が顎の下に食い込んでいた。

「伯爵は」夫人が続ける。「あなたに見当違いの負い目を感じているのよ。自分の過ちを認めるのは立派なことかもしれないけれど、この家にあなたを住まわせて、ほんとうの娘同然に食べ物も衣類も与え、教育を受けさせるなんて、わたくしに対する侮辱だわ」

でも、ソフィーは伯爵のほんとうの娘だった。それに、伯爵夫人がやって来るずっと前から、この家に住んでいる。

伯爵夫人がいきなりソフィーの顎を手放した。「あなたの顔は見たくないわ」低くきつい声で言う。「けっしてわたくしに話しかけないで。取り入ろうなんて思わないことね。それから、授業のとき以外、ロザムンドとポージーとは話してはいけません。あの子たちはもうこの家の娘なのですから、あなたみたいな人と付き合わせるわけにはいかないわ。何かご質問は？」

ソフィーは首を振った。

「よろしい」

そう言うと、伯爵夫人はすたすたと部屋を去り、残されたソフィーは唇を震わせ、力の抜けた脚でどうにか立っていた。

涙がとめどなくこぼれ落ちた。


そのうち、ソフィーにも、この家での自分の不安定な立場が少しは理解できるようになってきた。使用人たちはいつでもなんでも知っていて、その情報がやがて必ずソフィーの耳にも入ってきた。

アラミンタという名の伯爵夫人は、やって来たその日に、ソフィーを屋敷から追いだすべきだと主張したらしい。伯爵はそれを拒否した。ソフィーを愛する必要はない、と淡々と述べたというのだ。好きになる必要すらない、と。だが、家におくことには耐えてもらわなくてはならない。七年間、自分が責任を認めて養ってきた少女であり、今後もそれをやめるつもりはないと断言したのだった。

ロザムンドとポージーは、アラミンタの態度に倣ってソフィーに接したが、ポージーのほうは明らかに、ロザムンドのように意地悪で冷酷な性格ではなかった。

ロザムンドは、ミス・ティモンズの目を盗んでソフィーの手の甲をつねることを何より楽しんでいた。ソフィーは絶対に言いつけなかった。ミス・ティモンズに、ロザムンド（アラミンタに作り話をして泣きつくに決まっている）を叱る勇気があるとは思えなかった。それに、ソフィーがしじゅう手に青黒い痣《あざ》をこしらえていても、そのことに触れようとする者は誰ひとりいなかった。

ポージーはたまにやさしさを見せてくれた。たいてい、「ママが、あなたに親切にしちゃいけないって言うのよ」と、ため息をこぼしながら。

伯爵はといえば、いっさい口だししようとしなかった。

そんな具合に四年が過ぎた頃、薔薇園でお茶を飲んでいた伯爵が胸をかきむしり、激しくあえぎながら玉石敷の地面に頭から倒れ込んだ。

伯爵の意識はそのまま戻らなかった。

誰もがひどく動揺した。伯爵はまだ四十歳だった。その若さで心臓が止まるとは誰が予想しただろう？　なかでも取り乱していたのが、結婚初夜以来、なんとかして跡継ぎを身ごもろうと苦心してきたアラミンタだった。

「妊娠しているかもしれないわ！」アラミンタは慌てて伯爵の事務弁護士たちに申しでた。「遠い親戚になど爵位を渡さないで。妊娠している可能性がとても高いのですから」

しかし、アラミンタは妊娠しておらず、一カ月後（弁護士たちは伯爵夫人の納得がいくまで妊娠の判定に猶予を与えた）、伯爵位を継ぐ、飲んだくれでいかにもだらしない若者の隣りに坐って、伯爵の遺言を聞くはめとなった。

その内容はおおむね一般的な財産分与だった。忠実な使用人たちにも遺産が配分されていた。ロザムンド、ポージー、そしてソフィーにも、三人にそれぞれ相応な結婚持参金が渡るよう財産分与が定められていた。

そして、弁護士がアラミンタの名を読みあげた。

〝妻、ペンウッド伯爵夫人のアラミンタ・ガニングワースには、年収を二千ポンドと定める――〟

「それだけ？」アラミンタが声を張りあげた。

〝――ただし、我が被後見人、ミス・ソフィア・マリア・ベケットが二十歳に達するまで扶養することを条件に、年収を三倍の六千ポンドに引き上げることとする〟

「あんな子いらないわ」アラミンタはつぶやいた。

「引き取る必要はないのですよ」弁護士は説明した。「おいやなら――」

「年収たったの二千ポンドで生きろというの？」アラミンタは語気を荒らげた。「できるわけないわ」

二千ポンドをだいぶ下まわる年収で生きている弁護士は押し黙った。

そのあいだじゅう、ひたすら飲み続けていた新しい伯爵はただ肩をすくめた。
アラミンタが立ちあがった。
「どうなさいますか？」弁護士が訊く。
「あの子を引き取るわ」アラミンタは低い声で答えた。
「わたしから、そのお嬢さんにお話ししましょうか？」
アラミンタは首を横に振った。「わたくしが自分であの子に話します……」

第一部

1

『来週月曜日に催されるブリジャートン家の仮面舞踏会は、どうやら今年最大の呼び物となりそうだ。実際、通りに一歩踏みだすやいなや、この話題に花を咲かせる母親たちの声が聞こえてくる。誰が出席するのか、はたまた、おそらくもっと気になるのは、誰が何を着てくるのかということであろう。

けれども、そのどちらのことにも負けず劣らず関心を集めているのが、ブリジャートン兄弟のなかで未婚のふたり、ベネディクトとコリンのことだ(ブリジャートン家にはもうひとり未婚男子がいるではないか、とご指摘を受けそうなので、筆者がグレゴリー・ブリジャートンの存在を重々承知の旨、付記しておく。だが、特に本コラムは筆者のほかの多くのコラム同様、最も神聖なる競技、花婿探しに関する内容ゆえ、十四歳の男子を扱うのは不適切と判断した)。

この兄弟、家督継承者ではないのだが、今シーズン一番人気の標的と見られている。両者ともに相当な資産保有者であるのは周知の事実。そのうえ、このふたりを含め、ブリジャートン家八人の子供たちがみな容姿端麗であるのは言わずもがな。

はてさて、謎めいた仮面舞踏会の晩に、いずれの幸運なお嬢様が、この独身兄弟を射とめるのか?
　筆者が予測するのは野暮《やぼ》だろう』
　　　一八一五年五月三十一日付〈レディ・ホイッスルダウンの社交界新聞〉より

「ソフィー! ソフィ――――――!」

　こんな金切り声を続けられたら、ガラスだって砕けてしまいそうだ。少なくとも鼓膜が破れてしまう。

「行きますから、ロザムンド! いま行きます!」ソフィーは粗末な毛織のスカートの裾を持ちあげ、ペンウッド館《ハウス》の階段を駆けのぼった。四段目で足を滑らせ、手摺《てすり》をつかんでどうにか尻餅をつかずに持ちこたえた。階段が滑りやすいのは知っていたのだから気をつけるべきだった。今朝、女中が蠟《ろう》で床を磨くのを手伝ったばかりなのだ。

　ロザムンドの寝室の戸口に駆けつけ、まだ息を切らせながら訊いた。「どうしました?」

「お茶が冷たいんだけど」

　ソフィーは言い返したかった。「わたしが一時間前に持ってきたときには温かかったのよ、この無精者」と。

　でも、こう答えた。「淹《い》れなおしてまいります」

　ロザムンドが不機嫌そうに言う。「そうしてちょうだい」

ソフィーは唇を引き結び、笑顔にはほど遠い表情で、茶器を引き取った。「ビスケットはおいておきますか？」

ロザムンドがかわいらしい顔を振る。「新しいのがほしいわ」

ソフィーはたっぷり中身の入った茶器の重みでわずかに前かがみになりながら、愚痴は安全な廊下に出てからと自分に言い聞かせて部屋を出た。ロザムンドはしょっちゅうお茶を頼んでは、一時間は手をつけずに放っておく。むろん、その頃には冷たくなっていて、またお茶を淹れてくれと頼むのだ。

だからソフィーはしょっちゅう階段を上から下へ駆けおりては、下から上へ駆けのぼる。

ときには、ただこれだけに人生を費やしているような気さえしてくる。

上から下へ、下から上へ。

そのほかにももちろん、修繕、アイロンがけ、髪結い、靴磨《みが》き、繕《つくろ》い物、寝室の整頓などの仕事があり……。

「ソフィー！」

振り返ると、ポージーがこちらへやって来た。

「ソフィー、あなたに訊きたかったの。この色、わたしに似合うと思う？」

ソフィーはポージーのマーメイド風のドレスを見きわめた。形状は、ふっくらとした子供っぽさの残るポージーにはぴったりとは言えないけれど、色は、顔の肌つやをすばらしく引き立てている。「緑の色合いがすてきだわ」ソフィーはしごく正直に答えた。「頬が美しい薔薇色に見えるもの」

「ああ、よかった。そう言ってもらえてほっとしたわ。あなたには衣装選びの才能があるんだもの」ポージーはにっこりして盆に手を伸ばし、砂糖をまぶしたビスケットをつまんだ。

「母はこの一週間、仮面舞踏会のことで頭がいっぱいなのよ。わたしがきれいに見える衣装を着ないと、また延々と小言を聞かされるわ。あくまで――」切なげに表情をゆがめる。

「――母から見てということだけど。母はわたしたち姉妹に、ブリジャートン兄弟の未婚者を誘惑させるつもりなのよ」

「そう」

「しかも、よりによって、例のレディ・ホイッスルダウンがまた彼らのことを書いたの」ポージーはいったん言葉を切って、噛み砕いたビスケットを飲み込んだ。「おかげで母はますますやる気になってるわ」

「今朝のコラムは面白かった？」ソフィーは尋ねて、盆を抱え込んだ。「まだ読む時間がなくて」

「あら、代わり映えしない内容よ」ポージーは手を振って言った。「ほんとうに、退屈なことばかり」

ソフィーは微笑もうとしたができなかった。ポージーのその退屈な人生の一日でも生きてみたいと思っていた。アラミンタが母親になるのはいやだけれど、パーティ、夜会、音楽会三昧の生活がしてみたい。

「ええと」ポージーはコラムの内容を思い起こした。「レディ・ワースがこの前開いた舞踏会の寸評に、ゲルフ子爵がスコットランドから来た娘にほれ込んでいるらしいという話が少し、それと、今度のブリジャートン家の仮面舞踏会の話が長々と書いてあったわ」

ソフィーはため息をついた。その仮面舞踏会については数週間前から読み続けてきた。自分は侍女（そのうえ、アラミンタに働きが足りないと判断されたときには家女中の仕事もこなす）に過ぎないというのに、その舞踏会に出たくてたまらなくなっていた。

「わたしとしては、ゲルフ子爵の婚約が決まってくれれば喜んじゃうわ」ポージーは言って、新たなビスケットに手を伸ばした。「だって、母が次々に勧める花婿候補がひとり減るんですもの。わたしが彼の気を惹ける見込みなんてないんだし」ビスケットをかじって、大きな音を立てて嚙み砕く。「レディ・ホイッスルダウンの記事が正しいことを祈るわ」

「正しいわよ」ソフィーは請け合った。〈レディ・ホイッスルダウンの社交界新聞〉は一八一三年の創刊以来読んでいるが、こと〝結婚市場〟に関しては、このゴシップ・コラムニストの記事はこれまでほとんど正確だった。

といっても、もちろん、その〝結婚市場〟を直接目にする機会があったわけではない。それでも〈ホイッスルダウン〉をいつも読んでいると、実際に舞踏会に出席していなくても、自分もロンドンの社交界の一員になったように思えてくるのだ。

ソフィーにとって〈ホイッスルダウン〉を読むことは、心から楽しめる唯一の気晴らしになっていた。図書室にある小説はすでにすべて読みつくしてしまったし、アラミンタ、ロザムンド、ポージーは揃いも揃って読書にまるで関心がないので、屋敷に新たな本が入ってくることは期待できない。

だからこそ〈ホイッスルダウン〉を読むことは大きな楽しみなのだけれど、じつのところ、そのコラムニストの正体を知る者は誰もいなかった。二年前、この一枚刷りの新聞が初めてお目見えしたときには、さまざまな憶測が流れた。いまでも、レディ・ホイッスルダウンなる筆者が大いに興味をそそるゴシップを提供するたび、こんなに早く正確な情報を入手できるのは、いったい誰なのだろうかと新たな議論を呼んでいる。

そして、ソフィーにとって〈ホイッスルダウン〉は、両親が法的に正式な結婚をしていたら自分も入っていたはずの世界を覗かせてくれるものでもあった。伯爵の庶子ではなく娘だったなら、姓はベケットではなくガニングワースだったはずなのに。

一度でいいから、四輪馬車に乗り込んで舞踏会に出席してみたい。

なのに現実は、ポージーのコルセットを締めたり、ロザムンドの髪を結ったり、アラミンタの靴を磨いたりと、夜の街へ繰りだす人々の支度を手伝う身なのだ。

それでもソフィーは愚痴をこぼさなかったし、こぼしてはならないと思い定めていた。アラミンタとその娘たちに女中として仕えなくてはならなくとも、そうしていれば屋敷に住んでいられた。自分と同じ立場の多くの娘たちに比べれば恵まれている。

亡き父は、ソフィーに何も残してくれなかった。住む場所以外は。遺言状により、ソフィーが二十歳になるまでは追いだされないよう取り計らわれていた。アラミンタが、ソフィーを追い払って年四千ポンドもの上乗せぶんをふいにするはずがないからだ。

だが、その四千ポンドはあくまでアラミンタのもので、ソフィーはそのうちの一ペニーだって目にしたことはなかった。それまで身につけていた上質な衣類は取りあげられ、使用人用の粗末な毛織の衣類があてがわれた。そして、ほかの女中たちと同じもの——つまりアラミンタ、ロザムンド、ポージーが残したものを口にしなくてはならなかった。

とはいえ、二十歳の誕生日は一年ほど前に過ぎたというのに、ソフィーは今シーズンも、ロンドンのペンウッド館《ハウス》に住み、アラミンタの身のまわりの世話を続けていた。理由は定かでないが——おそらく、新しい女中を仕込んだり賃金を払ったりしたくないからだろう——、アラミンタは、ソフィーが自分の家にとどまることを許していた。

だから、ソフィーはまだとどまっていた。アラミンタはたしかに悪魔だけれど、外の世界にはどのような悪魔が潜んでいるともわからない。もっとつらい目に遭わないともかぎらないからだ。

「そのお盆、重くない？」

我に返って目をぱちくりさせ、盆に残った最後のビスケットに手を伸ばしたポージーに焦点を合わせた。もちろん重い。立ち去るきっかけにはぴったりの問いかけだった。「ええ」ソフィーは小声で答えた。「ええ、とても重いわ。だからもう厨房に片づけて来るわね」

ポージーは微笑んだ。「これ以上引きとめないけど、それを片づけたら、ピンクのドレスにアイロンをかけてくれない？　今夜着ていきたいのよ。ああ、それから、お揃いの靴もきれいにしておいてね。この前履いたとき、ちょっと汚してしまったから、母にまたいろいろ言われてしまうわ。どうせ、ドレスに隠れて見えないのにね。階段をのぼるときに裾を持ちあげた瞬間に、ほんのちょっとの汚れを注意されてしまうんだもの」

ソフィーはうなずいて、頭のなかのきょうの雑用リストに、ポージーからの頼まれごとを加えた。

「それじゃあ、あとでね！」ポージーは最後のビスケットをかじりながら背を向けて、寝室のなかへ消えた。

ソフィーは重い足取りで厨房へおりていった。

数日後、ソフィーはひざまずき、留め針を口にくわえて、アラミンタが仮面舞踏会に着る衣装の最後の寸法合わせに取りかかっていた。エリザベス女王を模したドレスは、むろん仕立て屋から依頼どおり完璧な寸法で届けられたのだが、アラミンタはそのウエスト周りが数ミリ大きいと言いだしたのだ。

「いかがですか？」ソフィーは留め針を落とさないよう歯の隙間から発音した。

「きついわ」

ソフィーは留め針を何本かずらした。「どうです？」

「ゆるいわよ」

ソフィーは留め針を一本抜いたが、まったく同じ位置に刺し直した。「これで、いかがでしょう？」

アラミンタは腰を左右にひねってから、ようやく納得した。「これでいいわ」

ソフィーはほくそ笑みつつ立ちあがり、アラミンタがドレスを脱ぐのを手伝った。

「舞踏会に遅れたくないから、一時間以内に仕上げてちょうだい」アラミンタが言う。

「仰せのとおりに」ソフィーは小声で答えた。アラミンタとの会話では必ず、「仰せのとおりに」とだけ言っておくのが、最良の策であることを心得ていた。

「この舞踏会はとても重要なのよ」アラミンタが鋭い口調で言う。「ロザムンドに今年じゅうに条件の良い結婚をさせなくてはいけないのだから。あの新しい伯爵ときたら――」と、厭わしげに身をわななかせた。アラミンタはいまでも新しい伯爵を邪魔者だと考えていた。亡き伯爵と最も近縁の男子であることなど、おかまいなしに。「このわたくしに、ペンウッド・ハウスを使用するのは今年かぎりにしてくれと言ってきたのよ。なんて厚かましい男。わたくしは伯爵の未亡人であり、ロザムンドとポージーは伯爵の娘だというのに」

〝義理の娘〟でしょ。ソフィーは心のなかで指摘した。

「わたくしたちには、社交シーズンにペンウッド・ハウスを使用する権利がじゅうぶんにあるのよ。あの男がこの屋敷をどう使うつもりなのか、わかったものではないわ」

「あの方も、社交シーズンにこちらにいらして、花嫁をお探しになりたいのでしょう」ソフィーは控えめに言った。「きっと、跡継ぎがほしいのですわ」

アラミンタは顔をしかめた。「ロザムンドが玉の輿に乗らなかったら、わたしたちはどうすればいいの。適当な貸家を見つけるのはとても難しいわ。とても高いし」

侍女の賃金を払わずに済んでいるだけいいじゃない。ソフィーはそう言いたいのをこらえた。ソフィーが二十歳になるまで、アラミンタは侍女をひとりおくだけで、毎年四千ポンドを手に入れてきたのだ。

アラミンタが指をぱちんと鳴らした。「ロザムンドに髪粉をかけるのを忘れてはならなくてよ」

ロザムンドはマリー・アントワネットに扮した衣装を身につけることになっていた。いっそ血の色の首飾りを勧めてみようかと、ソフィーは思った。ロザムンドが面白がってくれるはずもないけれど。

アラミンタは手早くきびきびと化粧着を身につけ、腰帯《サッシュ》を締めた。「それから、ポージーには――」鼻にしわを寄せる。「着方やあれこれ、見てやってね」

「ポージーのことなら喜んでお手伝いいたします」ソフィーは応じた。

アラミンタは、ソフィーの態度が生意気でないか確かめるかのように、目をすがめた。「そうしてちょうだい」ようやくそれだけぴしゃりと言うと、洗面所のほうへすたすたと歩いていった。

ソフィーがお辞儀をすると同時に扉が閉まった。

「あら、ソフィー、ここにいたのね」ロザムンドが慌しく部屋に入ってきた。「いますぐやってもらいたいことがあるの」

「少しお待ちいただけ――」

「いますぐって言ってるでしょ！」ロザムンドが大声でさえぎった。

ソフィーは肩をいからせて、ロザムンドに冷ややかな視線を向けた。「あなたのお母様がドレスを直してほしいとおっしゃってるんです」

「その留め針を抜いて、詰めましたって言えばいいのよ。そんな違いに気づきやしないわ」

まさに同じことを考えていたソフィーは小さく唸《うな》った。言われたとおりにすれば、ロザムンドはさっそく翌日に言いつけるはずだから、アラミンタに一週間は怒鳴り散らされることになるだろう。なのでとにかく、寸法直しはやらなければならない。

「あなたのご注文は？」

「衣装の裾がほころびてるのよ。どうしてこうなってしまったのかしら」

「たぶん、試着なさったときに――」

「生意気な口きかないで！」

ソフィーはぴたりと口を閉じた。アラミンタよりロザムンドの注文に応えるほうがはるかに厄介だった。一時期は、同じ部屋で同じ家庭教師から勉強を教わる同等の身分だったからかもしれない。

「すぐに直してもらわないと困るのよね」ロザムンドが気どった調子で嘆いた。

ソフィーはため息を吐いた。「では持ってきてください。奥様の直しが終わったら、すぐにやります。時間はまだじゅうぶんにありますから」

「今夜の舞踏会には遅刻できないのよ」ロザムンドは釘を刺した。「もしわたしが遅れでもしたら、あなたの頭をお皿に打ちつけるわよ」

「間に合わせます」ソフィーは約束した。

ロザムンドはさらにむっとした鼻息を漏らすと、衣装を取りに足早に戸口へ向かった。

「きゃあ！」

ソフィーが顔を上げると、ロザムンドが戸口に突進してきたポージーと鉢合わせしていた。

「前を見て歩きなさいよ、ポージー！」ロザムンドがわめいた。

「お姉様だって前を見てなかったじゃない」ポージーが言い返す。

「わたしは見てたわ。あなたがでぶのうすのろだから、よけられなかったのよ」

ポージーは頰を真っ赤にして脇へよけた。

「ポージー、何か頼みごと？」ロザムンドが去るとすぐにソフィーは尋ねた。

ポージーがうなずく。「今夜、少し時間を作って、わたしの髪を結ってもらえないかしら？　ちょっと海藻っぽい緑色のリボンを見つけたの」

ソフィーは大きく息を吐いた。深緑色のリボンはポージーの濃い褐色の髪に映えるとは思わないけれど、それを指摘するのは気がひけた。「わかったわ、ポージー。でも、ロザムンドのドレスをかがって、あなたのお母様のドレスの寸法直しもしなくちゃいけないの」

「そうなの」ポージーがしょんぼりした。ソフィーは胸を締めつけられた。ポージーはこのアラミンタの屋敷で使用人を除けば唯一、中途半端なやり方とはいえ、親切にしてくれる人間なのだ。「心配いらないわ」ソフィーは請け合った。「どんなに時間がかかっても、あなたの髪をすてきに結ってあげる」

「まあ、ありがとう、ソフィー！　わたし――」

「まだわたくしのドレスの寸法直しにかかっていないの？」アラミンタが洗面所から出てきて怒鳴りつけた。

ソフィーは息をのみ込んだ。「ロザムンドとポージーと話してたんです。ロザムンドのドレスがほころびていて――」

「すぐに仕事にかかりなさい！」

「はい、ただいま」ソフィーは長椅子にどすんと腰をおろし、ドレスのウエストを詰めるために布地を裏返した。「さっさとやらなきゃ」と、つぶやく。「蜂鳥《はちどり》の羽より速く、さっさと――」

「何をぶつくさ言ってるの？」アラミンタが詰問した。

「べつに」

「とにかくすぐに無駄口を叩くのはやめなさい。あなたの声は特にいらつくのよ」

ソフィーは奥歯を嚙《か》みしめた。

「お母様」ポージーが言う。「今夜ソフィーが、わたしの髪を結ってくれるって――」

「結ってもらうのは当然です。ぐずぐずしていないで、湿布でもして、そのはれぼったい目をなんとかなさい」

ポージーは顔を曇らせた。「わたしの目がはれぼったい？」

ソフィーはポージーがこちらに目を向けるのを期待して首を振った。

「あなたの目はいつもはれぼったいわ」アラミンタが答えた。「そう思うでしょう、ロザムンド？」

ポージーとソフィーはいっせいに戸口を振り返った。ちょうどロザムンドがマリー・アントワネット風のドレスを持って入ってきた。「いつものことよ」と同調する。「でも、湿布が効くと思うわ」

「今夜のあなたはほんとにきれい」アラミンタがロザムンドに言う。「まだ支度もしていないのに。その金色のドレスは、あなたの髪の色とすばらしく調和するわ」

ソフィーは濃い褐色の髪の妹のほうへ思いやり深い視線を投げた。ポージーは一度も、母親からこんな褒め言葉をかけられたことがないはずだ。

「あなたなら、ブリジャートン家の兄弟のどちらかを誘惑できるわ」アラミンタが続ける。

「間違いないわよ」

ロザムンドは慎ましやかにうつむいた。それは完璧なしぐさで、ソフィーも魅力的だと認めざるをえなかった。もっとも、ロザムンドはほとんどどこをとっても魅力的だった。金色の髪と青い瞳はまさしく今年の流行だし、亡き伯爵がたっぷり結婚持参金を遺してくれたおかげもあって、今シーズン中には輝かしい縁談がまとまるだろうというもっぱらの評判だった。

ソフィーはポージーのほうへちらりと視線を戻した。悲しげな物憂い表情で母親を見つめている。「あなたもきれいよ、ポージー」ソフィーは思わず声をかけた。

ポージーの目が輝いた。「そう思う?」

「もちろん。それに、あなたのドレスはとっても個性的よ。マーメイドの衣装を着てくる人はほかにいないわ」

「どうしてそんなことが言えるのよ、ソフィー?」ロザムンドが笑いながら訊いた。「社交界を知りもしないくせに」

「間違いなく、すてきな時間を過ごせるわよ、ポージー」ソフィーはロザムンドのからかいを無視してきっぱりと言った。「すごくうらやましいもの。わたしも行けたらと思うわ」

ソフィーが夢見るように小さくため息をつくと、ひとたびしんと静まり返り……アラミンタとロザムンドのふたりがけたたましい笑い声をあげた。ポージーまでが忍び笑いを漏らしている。

「まったく、上等な思いつきだこと」アラミンタがどうにか笑いを鎮めて言った。「みすぼらしいソフィーが、ブリジャートン家の舞踏会に行くなんて。庶子が社交界に入れるわけがないでしょう」

「行くなんて言ってません」ソフィーは弁明した。「行けたらと思っただけのことです」

「まあ、そんなことは考えないのが身のためね」ロザムンドが口を挟んだ。「叶わないようなことを願っても、結局、落ち込むだけなんだから」

けれども、ソフィーにはそのあとの言葉は耳に入らなかった。その瞬間、なんとも奇妙なことが起きたからだ。ロザムンドのほうへ顔を向けたとき、戸口に立つ家政婦の姿をとらえたのだ。街屋敷《タウンハウス》の家政婦が亡くなったあと、ペンウッド・パークの田舎から出てきたギボンズ夫人。家政婦はソフィーと目が合うと、ウインクした。

ウインク！

ソフィーはこれまでギボンズ夫人のウインクを見たことはなかった。

「ソフィー！　ソフィー！　ねえ、聞いてるの？」

ソフィーは気もそぞろにアラミンタを振り返った。「すみません、なんておっしゃったのです？」

「ですから」アラミンタは意地の悪い声で続けた。「いますぐ、わたくしのドレスを仕上げてちょうだいと言ってるの。もしわたくしたちが舞踏会に遅れたら、あなたにその責任をとってもらいますからね」

「はい、仰せのとおりに」ソフィーは即座に答えた。針を布地に突き刺して縫い始めたものの、頭はまだギボンズ夫人のことを考えていた。

ウインク？

いったいなぜ、ウインクなんてしたの？

三時間後、ソフィーはペンウッド・ハウスの正面玄関の階段に立ち、アラミンタ、ロザムンド、ポージーの順に従僕の手を借りて馬車に乗り込むのを見守った。ソフィーが手を振ると、ポージーも手を振り返した。それから馬車は通りを走りだし、角を折れて見えなくなった。仮面舞踏会が開かれるブリジャートン館《ハウス》までは六ブロック足らずなのだが、アラミンタはたとえそれが隣家であったとしても馬車で行くと主張しただろう。

何より、華々しく登場することが重要なのだ。

ソフィーはため息をついて向き直り、階段を上がって戻っていった。アラミンタが興奮状態のせいで、留守のあいだにやらせる仕事のリストを渡し忘れてくれたのがせめてもの慰めだった。夜を自由に使えるなんて、このうえない贅沢だ。小説を読み直そうか。もしくは、きょう付の〈ホイッスルダウン〉を探して読んでもいい。たしか、昼過ぎにロザムンドが自分の部屋へ持っていったはずだ。

ところが、ソフィーが屋敷のなかに入ったとたん、突如ギボンズ夫人が現れたかと思うと、腕をつかんできた。「のんびりしている時間はありません！」家政婦は言った。

ソフィーはわけがわからず家政婦を見つめた。「なんですって？」

ギボンズ夫人が肘をつかんで引っぱっていく。「一緒に来なさい」

ソフィーは導かれるまま三階ぶんの階段をのぼり、屋根裏の隅にある狭苦しい自分の小部屋へ向かった。ギボンズ夫人は妙にかしこまった様子だったけれど、ソフィーも調子を合わせてついていった。この家政婦は、アラミンタの不興を買うとわかっていながら、いつもとりわけ親切に接してくれるのだ。

「服を脱ぐのですよ」ギボンズ夫人はドアの取っ手をつかんで言った。

「えっ？」

「ほんとうに急がなければ」

「ギボンズ夫人、いったい……」ソフィーは自分の寝室の光景を見て、口をあけたまま言葉を失った。中央に湯気の立ったたらいがおかれ、三人の女中がみなせわしく動きまわっている。ひとりは水差しの中身をたらいに注ぎ、もうひとりはなにやら謎めいたトランクの錠前をいじっており、最後のひとりは布を手に呼びかけていた。「急いで、急いで！」

ソフィーは勢ぞろいした女中たちに困惑の視線を投げた。「いったい、どうなってるの？」

ギボンズ夫人が向き直ってにっこりした。「さあ、ソフィア・マリア・ベケット嬢、仮面舞踏会へ行くのです！」


一時間後、ソフィーはすっかり様変わりしていた。トランクには、亡き伯爵の母のドレスが何着も収められていたのだ。どれも五十年前の年代物だったけれど、問題はなかった。今夜は仮面舞踏会。わざわざ最新流行のドレスを着てくる者などいない。

トランクの一番下から、銀色にきらめく優美な一着が出てきた。ほっそりとした身ごろには真珠が散りばめられ、スカートの裾が広がった、前世紀に流行した型のドレスだ。それに触れただけで、ソフィーはお姫様のような気分になれた。長年トランクに入っていてややかび臭かったので、女中のひとりが手早く引っぱりだし、ローズウォーターをふりかけて風を通した。

ソフィーは入浴のあと香水をつけて髪を結われ、家女中のひとりに口紅まで塗られてしまった。「ロザムンドお嬢様には内緒ですよ」女中は囁いた。「お嬢様のお化粧道具から拝借してきたんです」

「あらまあ、見てくださいな」ギボンズ夫人が言う。「ぴったりの手袋を見つけましたよ」

ソフィーが目を上げると、家政婦は肘までの長い手袋を掲げていた。「見て」ソフィーはギボンズ夫人から片方を受け取って眺めながら言った。「ペンウッド家の紋章だわ。それに、組み合わせ文字《モノグラム》も入ってる。縁《ふち》のところに」

ギボンズ夫人がもう片方をひっくり返した。「SLG。サラ・ルイザ・ガニングワースの頭文字。あなたのおばあさまね」

ソフィーは驚いて家政婦を見た。ギボンズ夫人の口から、伯爵の娘だと認める言葉を聞いたのは初めてだったからだ。ペンウッド・パークでは、ソフィーとガニングワース一族との血縁を認める言葉は誰も口にしたことがなかった。

「そう、あなたのおばあさまよ」ギボンズ夫人は明言した。「わたしたちはみなこの問題に、ずいぶん長いあいだ振りまわされてきたわ。ロザムンドとポージーがこの家の娘として扱われ、実際に伯爵の血を引くあなたが掃除をさせられ、こき使われるなんて言語道断！」

三人の女中たちも同調してうなずいた。

「せめて一度だけでも」ギボンズ夫人が続ける。「ひと晩だけでも、あなたを舞踏会の華にしてあげたい」夫人は笑みを浮かべ、ソフィーをゆっくり鏡の前に向き直らせた。

ソフィーは息をのんだ。「これがわたし？」

ギボンズ夫人が目に妖艶な光を湛えてうなずく。「ほんとうに、きれいよ」

ソフィーはゆっくりと髪に手を伸ばした。

「触ってはいけません！」女中のひとりが声をあげた。

「わかったわ」ソフィーは涙をこらえようとして少しゆがんだ笑顔で答えた。髪に光る粉を軽く振りかけてあるので、おとぎ話のお姫様のようにきらきらして見えた。濃いブロンドの巻き毛は頭の後ろの高い位置でゆるく結い上げられ、たっぷりとした髪の房がうなじに垂れている。もともとモスグリーンの瞳はエメラルドのように輝いていた。

涙を溜めているせいで、よけいにそう見えるのかもしれないけれど。

「これがあなたの仮面よ」手で押さえなくてもいいように、後ろで結べる形式の半仮面を手渡しながら、ギボンズ夫人はきびきびと言った。「あとは靴だけね」

ソフィーは、片隅においた丈夫で不恰好な作業用の履き物を悲しげに見やった。「こんなきれいな服に合う靴は持ってないわ」

口紅を塗ってくれた女中が白い上靴を掲げて見せた。「ロザムンドのクロゼットにあったものです」と、言う。

ソフィーはその上靴に右足を入れ、すぐさま引き抜いた。「大きすぎるわ」ギボンズ夫人を見あげる。「この靴で歩くのはとても無理」

ギボンズ夫人がその女中に向き直った。「ポージーのクロゼットから一足持ってきてちょうだい」

「そちらのほうがもっと大きいわ」ソフィーは言った。「知ってるのよ。ふたりの靴はしょっちゅう磨かされているから」

ギボンズ夫人が深いため息をつく。「それなら無駄ね。では、アラミンタの靴のなかから探してみましょう」

ソフィーは身震いした。アラミンタの靴でどこかを歩くことを考えるだけでも、ぞっとする。でも、そうしなければ、あとは靴を履かずに行くしかない。華やかなロンドンの仮面舞踏会に裸足で入れてもらえるとは思えなかった。

数分後、女中が、銀糸の刺繍《ししゅう》が施され、ローズカットの優美なダイヤモンドが付いた、白いサテン地の上靴を持って戻ってきた。

ソフィーはまだアラミンタの靴を履くことに気が進まなかったが、とりあえず片足を滑り込ませた。ぴったりだった。

「しかも、ドレスにもぴったり」女中のひとりが銀糸の刺繍を指差して言う。「まるで、このドレスのためにあつらえたみたい」

「靴に見とれている時間はありませんよ」ギボンズ夫人がいきなり話し始めた。「いいですか、いまから言うことをよく聞いて。伯爵夫人と娘たちを乗せていった御者が戻っていますから、これからあなたをブリジャートン・ハウスへ送り届けます。でも、その御者は三人が帰るときには外で待機していなければなりません。ですから、あなたは午前零時ぴったりに、屋敷を出てこなくてはいけないのです。一秒たりとも遅れずに。いいですね？」

ソフィーはうなずき、壁の掛け時計を見やった。午後九時少し過ぎ。いまから二時間以上も仮面舞踏会にいられるということだ。「ありがとう」ソフィーはつぶやいた。「ほんとうに、ありがとう」

ギボンズ夫人がハンカチで目頭を押さえた。「存分に楽しんでらっしゃい。それがわたしにとっては一番嬉しいことなのですから」

ソフィーはもう一度時計を見やった。二時間。

この二時間で一生ぶんを楽しまなければ。

2

『ブリジャートン家はまさしく個性的な一族だ。ロンドンでは知らない者はいないだろうが、子供たちはみなとてもよく似ていて、ご存知のとおり、アルファベット順に名前が付けられている。アンソニー、ベネディクト、コリン、ダフネ、エロイーズ、フランチェスカ、グレゴリー、ヒヤシンス。

もし亡き子爵と（現在もいたって元気な）子爵未亡人のあいだに九人目の子が生まれていたら、なんと名づけられていたのかと考えずにはいられない。イモジェン？　イニゴー？　八人でやめておいて、賢明だったのかもしれない』

一八一五年六月二日付〈レディ・ホイッスルダウンの社交界新聞〉より

ベネディクト・ブリジャートンは八人兄弟の二番目なのだが、時どき、兄弟が百人はいるように思えた。

母のたっての希望で開かれたきょうの夜会は仮面舞踏会という趣向で、ベネディクトも従順に顔の上半分を黒い仮面で覆っていたが、全員に正体を見抜かれていた。いや、正確に言うなら、全員に正体をほぼ見抜かれていた。

「ブリジャートン兄弟！」人々はそう呼びかけては、大はしゃぎで手を叩く。

「ブリジャートン兄弟のひとりね！」

「ブリジャートン兄弟！　お宅の兄弟はどこにいてもわかる」

ベネディクトは生まれながらにブリジャートン家の人間で、ほかの家族の一員になりたいなどとは思わないが、ブリジャートン兄弟のひとりとしてではなく、もう少し自分個人を見てもらえないものかと感じるときもあった。

そのとき、羊飼い娘の扮装をした、年齢不詳の女性がこちらのほうへやって来た。「ブリジャートン兄弟ね！」と、興奮している。「その栗色の髪を見ればわかるわ。何番目？　待って、言わないで。当てるから。子爵様ではないわね。先ほどお見かけしたばかりだもの。次男か、三男のはずだわ」

ベネディクトは冷ややかな目を向けた。

「どちらかしら？　二番目、それとも三番目？」

「二、だ」ベネディクトはぶっきらぼうに答えた。

女性は盛大に拍手した。「思ったとおりね！　それならポーシャを探さなきゃ。わたしはあなたが二番目だって言ったのに――」

二番目じゃなくて、ベネディクトだ、と怒鳴りそうになった。

「――彼女は、違う、あなたは一番下だって言ってたのよ。でも、わたしは――」

ベネディクトはとたんに逃げださなければと思った。そうでもしなければ、このおしゃべり女の口を永遠にふさいでしまいそうだ。これほどおおぜいの前でそんなことをして、逃げきれるとも思えない。「申し訳ないが」舌なめらかに言った。「お話ししたい方がいるので失礼」

それは嘘だったが、かまってはいられなかった。とうが立った羊飼い娘にそっけなく頭をさげると、兄の書斎に逃げ込もうと、舞踏場の脇扉のほうへまっすぐ歩きだした。書斎に入れば、のんびり静かにくつろげるし、上質のブランデーも味わえるだろう。

「ベネディクト！」

くそっ。もう少しで逃げきれたのに。顔を上げると、急ぎ足で向かってくる母が見えた。母はエリザベス朝風の衣装をまとっていた。シェークスピアの芝居の登場人物に扮しているらしいが、具体的にどの人物なのかは見当もつかない。

「何かご用ですか、母上？」ベネディクトは尋ねた。「ハーマイオニー・スマイス－スミスと踊れとは言わないでくださいよ。前回踊ったときには、足の指を三本失いかけたんですから」

「おあいにくさま」ヴァイオレットが答えた。「プルーデンス・フェザリントンと踊ってと頼みに来たのよ」

「お母さん、勘弁してくださいよ」ベネディクトはぼそりと言った。「もっと悪い」

「なにも、あのお嬢さんと結婚してと頼んでるわけじゃないわ。ただ踊るだけのことじゃないの」

ベネディクトは呻きたいのをこらえた。プルーデンス・フェザリントンは人柄はいいのだが、おつむが弱く、大の男が両耳を抑えて逃げだしてしまうほどけたたましい笑い声をあげる。「では、こうしてはどうです」と逃げ口上を打った。「プルーデンス嬢をよせつけないでいてくれれば、ペネロペ・フェザリントン嬢と踊りますよ」

「いいでしょう」母が満足げにうなずくのを見て、初めからペネロペと踊らせる魂胆だったのではないだろうかと気が滅入った。

「ペネロペなら、向こうのレモネードのテーブルのそばにいるわ」とヴァイオレット。「かわいそうに、レプラコーン（アイルランド民話に登場する老靴屋の小妖精）の扮装をして。色は似合っているけれど、次回はきちんと仕立て屋に頼むよう、誰かがあのお母様にご忠告すべきよ。あれ以上ひどい衣装はないでしょう」

「ということは、マーメイドのお嬢さんをご覧になっていないんですね」ベネディクトは囁き声で言った。

ヴァイオレットが息子の腕を軽く叩いた。「お客様を笑いものにしてはいけません」

「でも、みんなそうやって楽しんでるんです」

母は諫めるように一瞥してから言った。「あなたの妹を探してきます」

「どの妹です？」

「未婚なら誰でも」ヴァイオレットがすまして言う。「ゲルフ子爵はスコットランド人の娘にご執心だそうだけれど、まだ婚約したわけではないんだもの」

ベネディクトは心密かにゲルフの幸運を祈った。気の毒な彼には運こそ必要だ。

「ペネロペと踊ってくれてありがとう」ヴァイオレットがあてつけがましく言った。

ベネディクトは母に皮肉めいた苦笑いを返した。お互いに、その言葉に感謝ではなく念押しの意味が込められていることは承知していた。

ベネディクトはやや気難しげな態度で腕を組み、母が立ち去るのを見届けると、大きく息を吸って、レモネードのテーブルのほうへ向きを変えた。心から敬愛している母ではあるが、子供たちの社交面のこととなると、とんでもないお節介をやく習性があった。しかも、息子のことにとどまらず、誰にもダンスを申し込まれずに浮かない顔をした、よその令嬢のことにまで気を揉むのだ。おかげで、ベネディクトは舞踏場でたっぷり時間を費やすはめとなり、その相手は花婿探しにやってきた美しい娘たちのときもあるが、ほとんどが見捨てられた壁の花たちだった。

そのどちらかを選ぶなら、ベネディクトはむしろ壁の花のほうがいいと思った。人気のある娘たちはたいがい浅はかで、率直に言ってしまえば、少しばかりおつむが軽い。

母はいつも、とりわけペネロペ・フェザリントンを気にかけていた。ペネロペにとってはたしか……ベネディクトは眉根を寄せた。これが三度目の社交シーズンだっただろうか？

そう、三度目に違いない。しかし、結婚相手が見つかった様子はない。まあ、仕方ない。自分は義務として相手を務めるだけのこと。ペネロペはとても機転がきき、人柄もよく、じゅうぶんすてきな女性だ。そのうち花婿を見つけるだろう。むろん、それは自分ではないし、正直に言うと、自分の知る男性とも思えないが、きっと〝誰か〟は見つけるだろう。

ため息をついてから、ベネディクトはレモネードのテーブルのほうへ歩きだした。ほんとうならまろやかな舌触りのブランデーを味わっていたはずだが、いましばらくはレモネードで我慢するほかはない。

「ミス・フェザリントン！」そう呼びかけて、三人のフェザリントン嬢が振り返ったとき、ベネディクトは身震いを押し隠した。とりあえず弱々しい笑みを浮かべることしかできず、付け加えた。「あ、いや、ペネロペを呼んだんだ」
三、四メートル先でにっこり微笑む顔を見て、ベネディクトは、たしかにこのペネロペ・フェザリントン嬢には好感が持てると思った。実際、この厭《いと》わしい姉妹たちとしじゅうくっついていなければ、彼女を逃げ口上に使うようなことは考えなかっただろう。なにしろあとのふたりの姉妹ときたら、大の男がオーストラリアまでも逃げたくなるような女性たちなのだから。
ベネディクトがペネロペたちのすぐそばまで来たとき、背後で低い囁《ささや》き声が広がった。義務を果たさなければならないとわかってはいたが、——神よ、許したまえ。好奇心に負けて振り返った。

そこで目にしたのは、いままで見たこともない魅力的な女性だった。

美しいと断言できるわけではない。髪はありふれた濃いブロンドだし、仮面がしっかり付けられているので顔の半分も見えないからだ。

だが、彼女にはどこか惹きつけられるものがあった。その笑顔、目の形。ばかげた衣装で着飾った多くの愚かな貴族たちはおろか、きらびやかな光景すら初めて見るかのように、じっと舞踏場を見渡している。

まさしく、内面から滲《にじ》みでる美しさ。

彼女はきらきらと輝いていた。

まばゆいばかりだった。ベネディクトはふと、それはとても幸せそうだからなのだと気づいた。彼女は、ここに、こうしてやってきたことそのものに幸せを感じている。

ベネディクトは、それほどの幸せを自分は感じたことがあっただろうかと思った。暮らしは豊かで、それも、きわめて豊かだと言えるだろう。すばらしい七人の兄弟姉妹、愛情あふれる母、たくさんの友人もいる。だが、この女性は――。

喜びを知っている。

ベネディクトは、なんとかしてこの女性を知らなければならないと思った。

ペネロペのことは忘れ去り、人ごみをかきわけてずんずん進み、彼女まであと数歩のところに迫った。三人の紳士たちが先んじてそばに陣取り、お世辞や称賛を浴びせている。ベネディクトは彼女を興味深く観察した。そのそぶりは自分が知るどの女性とも違っていた。

とりすましているわけでもなく、称賛を当たり前のように思っているふしもない。はにかんでもいないし、忍び笑いもせず、狡《ずる》さも皮肉っぽさもない。一般に女性がするようなそぶりがまるで見られなかった。

彼女はただ微笑んでいる。それも、まばゆいばかりに。褒め言葉は少なからず受け手に幸せをもたらすものだとしても、これほど素直に、純粋に反応する女性は見たことがなかった。

ベネディクトは前へ踏みだした。その喜びを自分も味わいたかった。

「みなさん、申し訳ないのだが、このお嬢さんと踊る先約があるのです」と、嘘をついた。

彼女の仮面は目の部分が大きくあいているので、目がぱっと見開かれたあと、楽しげに細められたのがわかった。ベネディクトは手を差しだし、無言で彼女を自分の嘘に従わせた。

それでも、彼女はただ微笑んでいた。微笑みのまばゆいばかりの輝きがベネディクトの皮膚を貫き、まっすぐ魂にまで達した。彼女の手が自分の手に重ねられると、ベネディクトはそのときようやく自分が息をとめていたことに気づいた。

「円舞曲《ワルツ》を踊っていただけますか？」ダンスフロアに出るとすぐに囁きかけた。

彼女は首を振った。「踊れないのです」

「ご冗談を」

「ごめんなさい、できないのです。ほんとうに――」前かがみになり、かすかに微笑んで続ける。「踊り方がわからないのです」

ベネディクトは驚いて彼女を見た。生まれ持った気品にあふれ、そのうえ良家の子女だというのに、この年齢までダンスを習わなかったということがありうるのだろうか？「では、こうしましょう」ベネディクトは耳打ちした。「ぼくがお教えします」

彼女は目を大きくして、わずかに口をあけ、驚いたように小さく吹きだした。

「何が」ベネディクトは真剣な声を取り繕って訊いた。「そんなにおかしいのです？」

彼女はにっこりした――舞踏会のデビュタントではなく、幼なじみが見せるような笑顔。なおも笑いながら彼女が言った。「いくらわたしでも、舞踏会がダンスを習う場所ではないことぐらい知っています」

「どういう意味です？」ベネディクトは問いかけた。「わたしでも、とは？」

彼女は答えなかった。

「では、ぼくが先導することにしましょう」ベネディクトは続けた。「ぼくの言うとおりにしてもらいます」

「言うとおりに？」

彼女はそう言いながらも微笑んでいたので、気を悪くしたわけではないのだとほっとして言った。「このような痛ましいことを続けるのは、紳士にあるまじき行為なのかもしれない」

「痛ましい、ですって？」

ベネディクトは肩をすくめた。「美しい淑女が踊れないとは、自然の摂理に反するようなものですから」

「わたしから教えていただきたいとお願いすれば……」

「あなたからお申しでくださるのなら」

「わたしからお願いしたなら、どちらで教えてくださるのです？」

ベネディクトは頭をそらせて舞踏場を見渡した。パーティ出席者たちの頭越しに眺めるのは難しくなかった。身長は百八十五センチ余りで、出席者のなかでも最も長身の男性のひとりだからだ。「テラスへ出たほうがよさそうですね」ベネディクトはそう告げた。

「テラス？」彼女は繰り返した。「とても混んでいるのではないかしら？　なにしろ暖かな晩ですから」

ベネディクトは身をかがめた。「〝私用〟のテラスなら大丈夫」

「私用のテラス？」彼女は面白がるような声で訊いた。「いったいなぜ、私用のテラスの場所をご存知なの？」

ベネディクトは唖然として彼女を見つめた。彼女は自分を誰だか知らずに話していたのか？　ロンドンじゅうの人々に自分の身元を知られていると考えるのは思いあがりではないはずだった。自分はブリジャートン兄弟のひとりであり、兄弟のうちのひとりにでも会ったことのある人間は、たいがいべつの兄弟のこともすぐに見分けられる。そして、ロンドンにいればブリジャートン兄弟の誰かには必ず出くわしているはずだから、ベネディクトもどこででも身元を見分けられてしまうのだ。しかも悲しいかな、ただの〝二番目〟という呼び名で。

「お答えくださらないの？」謎の淑女が問いかけた。

「私用のテラスのことですか？」ベネディクトは彼女の手を口もとに持っていき、上質なシルクの手袋の上からキスをした。「ちょっとしたつてがあるとだけ答えておきましょう」

彼女が決めかねているようだったので、ベネディクトはその手を握って引き寄せた――わずか数センチ近づけただけなのに、ふいに唇が触れ合いそうに思えた。「さあ、ぼくと踊りに行きましょう」

彼女が一歩踏みだしたとき、ベネディクトは自分の人生が一変してしまったように感じた。

最初に舞踏場に足を踏み入れたとき、ソフィーはまだ彼の存在に気づいてはいなかったけれど、魔法の世界に入り込んだような気がした。そして、彼がまるでおとぎ話のすてきな王子様みたいに目の前に現れると、なぜだか自分はこの人と出会うために舞踏会にもぐり込んだのだと悟った。

彼は背が高く、とびきりのハンサムで、口もとにやや皮肉めいた笑みを浮かべ、顎にはうっすらと髭《ひげ》が見てとれた。濃い褐色の豊かな髪が、蠟燭《ろうそく》のゆらめく明かりでかすかに赤みを帯びていた。

人々はみな、彼のことを知っているようだった。彼が歩きだすと、ほかの出席者たちが道をあけるのが見えた。しかも彼が大胆にもダンスの約束をしていると嘘をつくと、ほかの男性たちはおとなしく脇へ身を引いた。

このハンサムで権力もある男性が、今夜だけは自分のものだった。

時計の針が午前零時を指した瞬間に、繕い物、洗濯、アラミンタにこき使われる退屈な日常に舞い戻ってしまうのだ。ひと晩くらい、魔法の世界で恋愛を楽しんで何がいけないの？

ソフィーはお姫様――向こう見ずなお姫様――になった気分で、彼にダンスを申し込まれると、その手に手を重ねた。自分は貴族の庶子で、伯爵夫人の女中。ドレスは借り物だし、靴はほとんど盗んだようなもので、これはまやかしの一夜だとわかっていたけれど、ふたりの手が絡みあうと、そんなことはどうでもいいように思えてきた。

せめてあと数時間は、この紳士が自分だけのもので、この瞬間から人生がすっかり変わるのだ、と思い込んでいられる。

たとえ夢にすぎなくても、夢に浸れるのはずいぶん久しぶりのことだった。

不安はすべて払いのけ、ソフィーは導かれるまま舞踏場の出口へ歩きだした。賑やかな人ごみを縫いながらも早足で進む彼についていくうち、いつしか笑いだしていた。

「どうして」舞踏場から廊下に出たところで彼が一瞬立ちどまり、尋ねた。「きみはずっと笑っているのかな？」

ソフィーはふたたび笑った。そうせずにはいられなかった。「幸せだから」困ったように肩をすくめる。「ここに来られて、ほんとうに幸せなんですもの」

「それはまたどうして？　きみのような淑女なら、このような舞踏会はいつものことだろう」

ソフィーはにっこりした。もしも自分も貴族のひとり、舞踏会や夜会に行き慣れたお嬢様だと見られているのなら、完璧に役柄を演じられている証拠だ。

彼が唇の端にそっと触れてきた。「きみはずっと笑っている」と囁く。

た。

「笑うのが好きなんです」

彼の手が腰に滑りおり、引き寄せられた。ふたりのあいだには適度な隙間が保たれていたものの、ソフィーはその急接近で呼吸を忘れた。

「きみの笑顔はすてきだ」彼の声は低く魅惑的だったけれど、妙にかすれていた。その言葉は本心で、自分はただの一夜の遊び相手ではないのだと、ソフィーは信じてしまいそうだった。

ところが答える前に、いきなり廊下の先から咎《とが》めるような声があがった。「こんなところにいた！」

ソフィーは心臓がせりあがってくるような気がした。見つかってしまったんだわ。通りに放りだされ、あすにもアラミンタの靴を盗んだ罪で監獄に入れられ――。

呼びかけてきた男性はそばに来ると、隣りにいる謎の紳士に向かって言った。「母上が探しまわってましたよ。ペネロペとのダンスをほったらかしていなくなってしまうから、ぼくが代わりに踊るはめになったんです」

「それは悪かった」隣りの紳士がぼそりと言った。

現れた男性はそのひと言では気がすまなかったらしく、ひどくふてくされた顔で言った。「もしもあの悪魔のごときデビュタントの一団を、ぼくひとりに押しつけて逃げたりしたら、絶対に死ぬまで恨みますよ」

「償いはするから」隣りの紳士は言った。

「当然です、代わりにペネロペのお相手をさせられたのだから」と、もうひとりの紳士がこぼす。「ぼくがたまたま近くにいたからよかったようなものを。かわいそうに、彼女はとり残されて傷ついているようでしたからね」

隣りの紳士は恐縮して顔を赤らめた。「申し訳ないが、やむをえない事情があったんだ」

ソフィーはふたりの紳士の顔を交互に見やった。顔の上半分が仮面で覆われているとはいえ、ふたりが兄弟であるのはどう見ても明らかだった。ソフィーは瞬く間にひらめいた。ふたりはたぶんブリジャートン兄弟で、だとすればここは彼らの家だ。それで――。

ああ、それなのに、私用のテラスをなぜ知っているのかと訊いてしまうなんて、わたしはなんておばかさんなの？

でも、彼は兄弟のうちの誰なのだろう？　ベネディクト。そう、ベネディクトだわ。ソフィーは心のなかで、レディ・ホイッスルダウンに感謝の言葉をつぶやいた。ホイッスルダウンが以前、ブリジャートン家の子供たちをひと目で見分けられるほど詳しいコラムを書いていたのだ。たしか、ベネディクトは兄弟のなかで最も長身だと書かれていたはず。

この鼓動を三倍も速く高鳴らせている紳士は、もうひとりの兄弟よりも優に数センチは背が高い――。

――と、そのもうひとりの兄弟のほうに、じいっと見られていることに気づいた。

「立ち去った理由がわかりましたよ」コリンは言った（そう、彼はコリンに違いない。十四歳のグレゴリーのはずがないし、アンソニーは結婚しているのだから、ベネディクトがデビュタントをほったらかしてパーティを抜けだしても怒りはしないだろう)。コリンはいたずらっぽい表情でベネディクトを見た。「紹介してもらえませんか?」

ベネディクトは眉を吊りあげた。「そうしたいところだが、できないんだ。ぼくもまだお名前をお聞きしていない」

「お尋ねにならなかったから」ソフィーは指摘せずにはいられなかった。

「では、お尋ねしていたら答えてくれたと?」

「答えはしましたわ」ソフィーは応じた。

「でも、真実ではないかもしれない」

ソフィーは首を振った。「真実を明かす晩ではないでしょう」

「こういう夜会もいいんじゃないかな」コリンがすました声で言う。

「行くべきところがあるんじゃないのか?」ベネディクトが訊いた。

コリンが首を横に振った。「お母さんはぼくに舞踏場にいてもらいたいでしょうが、はっきりと頼まれたわけじゃない」

「では、ぼくが頼もう」ベネディクトが言い返した。

ソフィーは含み笑いを喉の奥でこらえた。

「わかりました」コリンがため息を吐いた。「ぼくはここから退散しますよ」

「ありがたい」とベネディクト。

「ひとりぼっちで、飢《う》えた狼の群れのお相手か……」

「狼の群れ？」ソフィーは問いかけた。

「花嫁候補のお嬢様たちです」コリンが明かした。「あの一団は飢えた狼の群れですよ。もちろん、ここにいるお嬢様はべつですが」

自分は〝花嫁候補のお嬢様〟ではないとは言わないほうがいい、とソフィーは思った。

「母は――」コリンがまた話し始めた。

ベネディクトが唸る。

「――何より、ぼくの親愛なる兄上を結婚させたくてたまらないんです」ひと息ついて言葉を選ぶ。「まあ、たぶん、ぼくのこともでしょうが」

「おまえを家から追いだすためにもな」ベネディクトがさりげなく付け足した。

ソフィーはとうとう笑い声を漏らしてしまった。

「なのに、このままでは兄上はどんどん年寄りになる」コリンが続ける。「絞首台に送らなきゃなりませんね――いや、その前に教会に送って結婚式を挙げてもらうのが先だ」

「意見する気か？」ベネディクトが低い声で言う。

「とんでもない」コリンが答える。「でも、してることになるのかな」

ベネディクトがソフィーを振り返った。「弟が言っていることは事実なんだ」

「ですから」コリンが大げさな手振りをつけてソフィーに言う。「長らく苦しんでいる母に情けをかけると思って、この親愛なる兄を教会に連れて行ってもらえませんか？」

「でも、頼まれていませんし」ソフィーは愉快なやりとりに調子を合わせた。

「だいぶ飲んでるのか？」ベネディクトが唸《うな》るように言った。

「わたし？」ソフィーは訊き返した。

「こいつに訊いてるんです」

「ぜんぜん」コリンが陽気に答える。「でも、たしかに気を紛らわすにはいいかもしれないな。この晩を乗りきるには唯一の手かもしれない」

「飲むためでもいいから、おまえがここから消えてくれるなら」ベネディクトが言う。「こちらもいい晩を過ごせそうだ」

コリンはにやりとして、気どって会釈すると、立ち去った。

「ほんとうに、仲のいいご兄弟なのね」ソフィーはつぶやいた。

戸口の内側へ消える弟をややいかめしい顔で見つめていたベネディクトは、はっとこちらに注意を戻した。「仲がいい？」

ソフィーはロザムンドとポージーのことを思い返していた。冗談を言いあうのではなく、冷えきった関係のままの姉妹。「ええ」ソフィーはきっぱりと答えた。「間違いなく、あなたは弟さんのために命を懸けられるわ。そして、弟さんのほうも同じ」

「そうかもしれないな」ベネディクトは悩ましげなため息をつくと、うってかわって微笑んだ。「認めるのはしゃくだがね」壁に寄りかかり、腕組みをしている彼はひときわ気高く、洗練されて見えた。「きみは、ご兄弟がいるのかい？」

ソフィーは一瞬その質問を思案し、決然と答えた。「いいえ」

彼の片方の眉が上がり、いぶかしげに大きな弧を描いた。ほんのわずかに頭をかしげて言う。「こんな単純な質問の答えをそんなに長く考えるなんて、妙な気がするな。考えるまでもないだろう」

その瞬間、ソフィーは自分の目に表れているはずの苦悩を見られたくなくて、顔をそむけた。ずっと家族が欲しかった。実際、人生でこれほど欲しいと思ったものはなかった。父はふたりきりのときでさえ娘とは認めてくれなかったし、母は自分を産んで亡くなった。アラミンタには厄介者扱いされ、ロザムンドとポージーはけっして姉妹として接してはくれなかった。ポージーはたまに友人と思えることもあったけれど、話しかけてくることといえばたいてい、ドレスを直してほしい、髪を結ってほしい、靴を磨いてほしいといった頼みごとばかり……。

それに、姉や母親のように命令するのではなく頼んでくるとはいえ、それを断わるわけにはいかないのが現実だ。

「ひとりっ子なのです」ソフィーはようやく答えた。

「それで、この話題は打ちきりというわけか」ベネディクトがつぶやく。

「それで、この話題は打ちきりです」

「いいだろう」ベネディクトは気だるげに男っぽい笑みを浮かべた。「では、ほかのことを訊いてもいいかな？」

「だめよ、ほんとに」

「まったく？」

「好きな色は緑だということぐらいはかまわないけれど、それ以上の、わたしの身元の手がかりになるようなことは教えられないわ」

「どうしてそんなに秘密ばかりなんだい？」

「それに答えたら」ソフィーは正体不明の女性になりきって、謎めいた微笑みを浮かべた。「秘密ではなくなってしまうでしょう？」

ベネディクトはほんの少し身を乗りだした。「秘密はいつでも増やせるものじゃないかな」

ソフィーは一歩あとずさった。彼の目は熱を帯びていた。その目が意味することは、使用人たちの部屋でたっぷり聞かされている。それを考えると胸がどきどきして、見かけほど落ち着いてはいられなかった。「そもそも、きょうは秘密を楽しむ夜会だわ」

「ならば、ぼくが質問を受けよう。秘密はないので」

ソフィーは目を見開いた。「まったく？　「ほんとうに？　誰にでも秘密はあるのではないかしら？」

「ぼくにはないんだ。どうしようもなく平凡な人生だからね」

「そんなの、信じられないわ」

「ほんとうなんだ」肩をすくめる。「うぶな淑女も、既婚の貴婦人も口説いたことはないし、ギャンブルでの借金もなく、両親は完璧に互いを信頼し合っていた」

つまり、彼は庶子ではない、ということだ。そう思うとなぜか胸が苦しくなった。それはむろん彼が嫡出子だからというわけではなく、自分が嫡出子ではないと知れたら、求愛されることは――少なくとも正式な形では――ないのだと悟ったからだ。

「質問しないのかい」ベネディクトがせかした。

ソフィーは驚いて瞬きした。本気で言っているとは思わなかったからだ。「そ、そうね」不意を衝かれて口ごもりながら言った。「では、好きな色は？」

ベネディクトはにやりとした。「そんなくだらない質問でいいのかい？」

「ひとつしか訊いてはいけないの？」

「きみは何も教えてくれないのに、不公平だな」濃い色の目を輝かせて前のめりになる。「ちなみに答えは青だ」

「なぜ？」

「なぜ？」ベネディクトは繰り返した。

「ええ、なぜなの？　海の色だから？　空の色だから？　それとも、ただ単に好きなの？」

ベネディクトは興味深く彼女を見つめた。なぜ青色が好きなのかという質問はなんとも奇妙に思えた。たいがい誰もが青と言われれば、それで納得する。だが、自分がまだ名前すら知らないこの女性は、もっと深く、なぜその色が好きなのかを知りたがっている。

「きみは絵を描くのかい？」と訊いてみた。

彼女は首を振った。「興味はあるけれど」

「きみはどうして緑色が好きなんだい？」

彼女は吐息を漏らし、懐かしそうな目をした。「芝草、それと、木の葉の色だからかしら。だけど、思い浮かぶのはほとんど草の色のほうだわ。夏に素足でその上を駆けたときの感触。庭師たちが草刈り鎌で刈り込んだあとの匂い」

「草の感触や匂いが、色とどう関係しているのかな」

「関係はないと思うわ。たぶん、どれも思い出の一部というだけ。わたしは田舎で暮らしていたの、だから……」ソフィーははっと我に返った。こんなにぺらぺらと話すつもりではなかったものの、このようなたわいない告白に彼が気分を害している様子も見えなかった。

「そこではもっと幸せだった？」ベネディクトが静かに訊く。

ソフィーは肌が粟立つのをぼんやり感じながらうなずいた。レディ・ホイッスルダウンは、ベネディクト・ブリジャートンとじっくり話したことがないのに違いない。だって、ロンドンで最も洞察の鋭い男性とは書いていなかったもの。ソフィーは彼に目を覗き込まれて、心まで見透かされているような奇妙な感覚にとらわれた。

「では、公園を歩くのが好きなのだろうな」ベネディクトが言う。

「ええ」ソフィーは嘘をついた。公園に行く時間などあるはずもない。アラミンタはほかの使用人には認めている休日さえ与えてくれないのだ。

「ぜひ一緒に歩いてみたいな」と、ベネディクト。

ソフィーは話題を戻して返事を避けた。「なぜ青色がお好きなのか、まだ伺ってませんわ」

ベネディクトがわずかに首をかしげて目を細めたのを見て、ソフィーは返事を避けたことに気づかれたのだと察した。だが彼はごく自然に答えた。「なぜだろう。たぶん、あなたのように、何か懐かしい記憶と結びついているのかな。ぼくが育った、ケントのオーブリー屋敷《ホール》には池があったんだ。でも、そこの水の色はいつもだいたい青色というより、灰色に近かった」

「空の色が映っていたのかもしれないわ」ソフィーは推測した。

「空のほうもたいてい青色ではなく灰色だった」ベネディクトは笑いながら言った。「きっと、ぼくは青い空と陽光が恋しいのだろう」

「雨が降らなければ」ソフィーは微笑んだ。「イングランドではありませんもの」

「ぼくは一度イタリアに行ったことがあるんだ」ベネディクトが言う。「太陽がつねに燦々《さんさん》と照っていた」

「天国のようでしょうね」

「そう思うだろう。でも、ぼくは雨が恋しくなった」

「信じられないわ」ソフィーはくすくすと笑った。「人生の半分は窓の外を眺めて、雨を嘆いているような気がするんですもの」

「それでも、なくなれば、恋しく思える」

ソフィーは物思いに沈んだ。自分の人生でなくなって恋しく思えるものなどあるだろうか？　アラミンタのことは絶対に恋しくはならないし、ロザムンドのことも同じだ。もしかしたら、ポージーのことは恋しく思うかもしれない。それに、自分の屋根裏部屋に射し込む朝陽はきっと恋しくなるだろう。冗談を言って笑い合う使用人たちも。みな亡き伯爵の庶子だと知りながら、ちょくちょくおしゃべりに仲間入りさせてくれる。

とはいえ、どこにも行く場所はないのだから、そうしたものを恋しく思う日は来ないだろうし、そう思える機会すら持てないだろう。この魔法をかけられたような、すばらしく魅惑的なひと夜が終われば、いつもの生活に戻ってしまうのだから。

自分にもっと強さと勇気があれば、何年も前にペンウッド・ハウスを飛びだしていただろう。でも、それでほんとうに人生が大きく変わっていただろうか？　アラミンタと暮らすのはつらくても、飛びだしたからといって生活がずっと良くなるとも思えなかった。家庭教師になりたいと思っていたし、なれるだけの知識はじゅうぶん身についているけれど、紹介状がなければ雇ってはもらえないだろうし、アラミンタが紹介状を書いてくれるはずもなかった。

「ずいぶん、おとなしいな」ベネディクトが穏やかに言った。

「ちょっと考えごとをしていたんです」

「どんなことを？」

「人生がものすごく変わってしまったら、いったいどんなことを恋しく思うのかしらと」

ベネディクトが真剣な目つきになった。「ものすごく変わることを望んでいる？」

ソフィーは首を振り、悲しみが声に表れないよう取り繕って答えた。「いいえ」

ベネディクトはとても静かに、ほとんど囁くような声で言った。「変わってほしいんだね？」

「ええ」自分を押しとどめる前に、ため息がこぼれた。「ああ、ほんとうに」

ベネディクトは彼女の両手をとって自分の口もとに持っていくと、片方ずつにそっと口づけした。「ならば、いますぐふたりで変えるんだ。そして、あすからきみは別人になる」

「今夜のわたしが別人なの」ソフィーは囁いた。「あすはもとに戻ってしまうわ」

ベネディクトは彼女を引き寄せて、その額にとてもやさしいキスをすばやく落とした。

「ならば、このひと夜を一生ぶん楽しもう」

3

『ブリジャートン家の仮面舞踏会に貴族たちがいかなる衣装で現れるのか、筆者は固唾《かたず》をのんで待つばかりだ。噂によれば、エロイーズ・ブリジャートンはジャンヌ・ダルクの扮装だというし、今年が三シーズン目で、最近アイルランドのいとこを訪ねて戻ったばかりの、ペネロペ・フェザリントンは、レプラコーンの衣装を身につけるそうだ。亡きペンウッド伯爵の継娘、ポージー・レイリングはマーメイドの装いを予定している。筆者としては、その姉で、固く口を閉ざしているロザムンド・レイリングの衣装を見るのが待ち遠しいが。

殿方のほうはというと、前回の仮面舞踏会の様子から察するに、恰幅《かっぷく》の良い紳士はヘンリー八世、もう少し痩せ型ならばアレキサンダー大王、あるいは魔王というところだろうか。そして、うんざり気味の紳士たち（ブリジャートン兄弟たちも、むろんここに含まれる）は通例の黒の夜会服に、今回の趣向に則って半仮面を付けるに違いない』

一八一五年六月五日付〈レディ・ホイッスルダウンの社交界新聞〉より

「わたしと踊ってください」ソフィーは衝動的に言った。

ベネディクトは面白がるように微笑んだが、彼女の指にしっかり指を絡ませて囁いた。

「踊り方をご存知ないはずでは」

「教えてくださるとおっしゃったでしょう」

ベネディクトはしばらく彼女の目をじっくり見つめたあと、ぐいと手を引いて言った。

「行こう」

ソフィーは彼に手を引かれ、廊下を駆け抜けて階段を一階ぶん上がった。そして角を曲がると、両開きの扉の前に行き着いた。ベネディクトが錬鉄《れんてつ》の取っ手を動かすと勢いよく扉が開き、こぢんまりとした私用のテラスが現れた。鉢植えが並び、長椅子も二脚設《しつら》えられている。

「ここはどこ？」ソフィーは見まわして訊いた。

「舞踏場のテラスの真上なんだ」ベネディクトは内側から扉を閉めた。「音楽が聞こえる？」

聞こえてくるのはほとんど、絶え間ない会話の低いざわめきばかりだったが、耳を澄ますと、オーケストラの軽快な調べがかすかに聴きとれた。「ヘンデルだわ」ソフィーは嬉しそうに微笑んだ。「家庭教師がこれと同じ曲のオルゴールを持っていたの」

「あなたはその家庭教師をとても慕っていたのだね」ベネディクトが静かに言った。

目を閉じて曲に合わせてハミングしていたソフィーは、その言葉を聞いてはじかれたように目をあけた。「どうしてわかるの？」

「田舎では幸せだったと言ったときと同じだから」ベネディクトは手を伸ばして彼女の頬に

触れ、手袋をした指でゆっくりと輪郭《りんかく》を顎までたどった。「表情を見ればわかる」

ソフィーは一瞬沈黙し、さっと身を引いて言った。「ええ、そうよ。家のなかでは誰よりも一緒にいた人だもの」

「それでは寂しい子供時代だっただろう」ベネディクトは静かに言った。

「そういうときもあったわ」彼女はバルコニーの端へ歩いていって手摺《てすり》に両手をおき、真っ暗な夜空を見あげた。「そうではないときもあった」すると突如くるりと振り返ってにっこり微笑んだので、これ以上子供時代のことに触れられたくないのだろうとベネディクトは察した。

「反対に、あなたの子供時代は寂しさとは無縁だったのでしょうね。兄弟姉妹がたくさんいらっしゃるんですもの」

「ぼくが誰か知っているわけか」

ソフィーはうなずいた。「最初はわからなかったわ」

ベネディクトも手摺のほうに歩いてくると、横向きに寄りかかって腕組みした。「どうしてわかった？」

「じつはさっき弟さんにお会いしたからなの。だってそっくり――」

「仮面を付けているのに？」

「仮面を付けているのに」彼女は満面の笑みで言った。「レディ・ホイッスルダウンがあなたがたのことを頻繁に書いていて、必ず、そっくりだという表現が出てくるんですもの」

「それで、ぼくは兄弟のうちの誰だと？」

「ベネディクト」彼女は即答した。「レディ・ホイッスルダウンが正しいとすれば、あなたが兄弟のなかで一番背が高いと書いてあったわ」

「探偵顔負けだな」

彼女は少しばつの悪そうな顔をした。「ゴシップ紙を読んでいるだけのことよ。ここに来ている人たちと何も変わらないわ」

ベネディクトは彼女の顔をちらりと見やり、正体を解く新たな手がかりを与えたことに気づいているのだろうかと考えた。彼女が〈ホイッスルダウン〉だけを頼りにこちらの素性を見抜いたのだとすれば、社交界に入ってまだ日が浅いのか、ひょっとすると社交界の人間ではないのかもしれない。どちらにしても、彼女はこれまで母に紹介されてきた多くの娘たちとは違うということだ。

「〈ホイッスルダウン〉には、ほかにぼくについてなんと書いてあった？」ベネディクトはのんきそうに微笑んで尋ねた。

「褒め言葉をお聞きになりたいの？」口角をほんのわずかに上げて、うっすら微笑む。「あの手厳しいホイッスルダウン女史は、毎回のようにブリジャートン家のことを取りあげているわ。あなたのご家族についてはほとんど褒めてばかりだけれど」

「だから女史の正体についてあれこれ取り沙汰される」ベネディクトも認めた。「ブリジャートン家のひとりかもしれないという推測まで出ているんだ」

「そうなの？」

ベネディクトは肩をすくめた。「ぼくにわかるはずもない。ところで、まだぼくの質問に答えてもらっていないが」

「どんな質問だったかしら？」

「〈ホイッスルダウン〉に、ぼくのことがなんて書いてあったのか」

彼女は驚いた顔をした。「ほんとうにお聞きになりたい？」

「きみのことを何も教えてもらえないのなら、せめてぼくについて、きみがどんなことを知っているのかを聞きたいんだ」

彼女は微笑んで、愛らしいしぐさでぼんやりと考えをめぐらせながら、人差し指を下唇にあてた。「ええと、先月はハイドパークでのくだらない競馬で、あなたが勝ったと書いてあったわ」

「くだらないなんてとんでもない」ベネディクトはにんまりした。「おかげで、百ポンドも儲けたのだから」

彼女は茶目っ気のある目を向けた。「競馬はたいがいくだらないわ」

「女性はこれだから」と、こぼす。

「だって――」

「言いたいことはわかっております」ベネディクトはさえぎった。

その口ぶりに彼女はくすりと笑った。

「ほかには？」と訊く。

「〈ホイッスルダウン〉に書いてあったこと？」指で頬をとんとんと叩く。「前に、妹さんのお人形の頭を取ってしまったのよね」

「それについてはいまだに、どうやって彼女が知ったのか不思議なんだ」ベネディクトはつぶやいた。

「やっぱり、レディ・ホイッスルダウンはブリジャートン家の人間なのかしら」

「まさか」ややむきになって続けた。「そんなことにも気づけないほど愚かな家族じゃない。いやむしろ、賢いからこそ見抜けないふりをしてるのかな」

彼女は声をあげて笑いだした。ベネディクトはその表情を観察しながら、またひとつ素性に繋がる小さな手がかりを漏らしたことに気づいているのだろうかと疑った。レディ・ホイッスルダウンが、首を切られた不幸な人形の出来事を書いたのは二年前、新聞を発行し始めた頃のことだ。いまでは〈ホイッスルダウン〉は奥地まで多くの人々に届けられているが、当時このゴシップ紙を読めるのはロンドンの住人にかぎられていた。

つまり、この謎の女性は二年前にすでにロンドンにいたということだ。それなのに、コリンと会うまでこちらの正体を見抜けなかった。

ロンドンにいても、社交界にはいなかったのだろう。家族のなかで一番年下で、姉たちが社交シーズンを楽しんでいるあいだ、〈ホイッスルダウン〉を読んでいたということなのかもしれない。

これではまだとても素性を解明できないが、取っ掛かりにはなる。

「あとは何か知ってるかい？」ほかにも何かうっかり漏らしてはくれないかと願い、ベネディクトは訊いた。

彼女はなんとも愉快そうにくすくす笑った。「あなたは若い女性との浮いた噂がまったくたたないから、お母様があなたの結婚をひどく心配されているのよね」

「兄が妻を娶《めと》ってからは少しプレッシャーが減ったけれど」

「子爵様のことね？」

ベネディクトはうなずいた。

「レディ・ホイッスルダウンはそのことについても書いていたわ」

「きわめて詳細に。でも――」ベネディクトは彼女のほうへ身を乗りだして声をひそめた。「すべてが書かれていたわけじゃない」

「ほんとうに？」彼女が興味津々で訊く。「何が抜けていたの？」

小さく舌打ちして首を振る。「きみが名前も教えてくれないのに、兄の求婚の秘密は明かせないな」

彼女は不満げに言った。「〝求婚〟というのは大げさではないかしら。だって、レディ・ホイッスルダウンによれば――」

「レディ・ホイッスルダウンは」ベネディクトは軽くからかうような笑みを見せて、さえぎった。「ロンドンで起きていることすべての内情に通じているわけじゃない」

「ほ、ほとんどには通じているはずだわ」

「そうだろうか？」考えをめぐらす。「ぼくにはそう思えないな。たとえば、レディ・ホイッスルダウンがこのテラスに来たとして、きみの正体がわかるだろうか」

彼女の仮面の下の目が見開かれ、ベネディクトはこの成果に少しばかり満足した。腕組みする。「そうじゃないか？」

彼女はうなずいた。「わたしはしっかり変装しているから、誰にもすぐには見抜けないわ」

ベネディクトは片眉を上げた。「では仮面をはずしたとすれば？　ホイッスルダウンはきみが誰かわかるだろうか？」

彼女は手摺から離れ、テラスの真ん中のほうへ二、三歩移動した。「答えられないわ」

ベネディクトもそばに近づいた。「そうだろうと思った。それでも訊きたかったんだ」

ソフィーは振り返って、目の前に彼がいることに気づいて息をのんだ。こちらへ来る気配は察していたけれど、これほど近づいているとは思わなかった。何か言おうと口を開いたものの、驚きのあまり言葉が出てこない。ただひたすら、仮面越しにこちらをじっと見つめるとても暗い目を見あげているしかなかった。

話すことなどできない。呼吸すら難しくなっている。

「まだぼくと踊っていない」ベネディクトが言った。

ソフィーが動けずにじっとしているうちに、彼の大きな手が腰に添えられた。触れられた部分の肌が疼《うず》き、辺りの空気が濃く、熱くなってきた。

これが欲望なのだ、とソフィーは悟った。女中たちがひそひそ声で語り合っていたもの。良家の子女ならば、知っているふりすらしてはいけないもの。

でも、わたしは良家の子女ではない、とソフィーは憤然と思った。わたしは庶子、貴族の妾の娘。社交界の一員ではないし、これから一員になることもない。彼らのしきたりに従う必要などあるだろうか？

ソフィーはずっと、自分はけっして愛人にはなるまい、もう自分のように庶子の悲しい運命に苦しむ子を生みだしてはならないと胸に誓ってきた。けれども、こんな大胆なことをするとは想像していなかった。ひと夜かぎり、一度きりのダンスに、もしかしたら一度だけのキス。

そんなことをすれば評判が傷つきかねないけれど、そもそも評判など気にする必要がある？　自分は社交界の外にいて、受け入れてはもらえない人間だ。それに、ひと夜の夢を見てみたい。

ソフィーは顔を上げた。

「逃げようと考えてるんじゃないだろうな」ベネディクトが囁いた。暗い目が熱い興奮らしきもので輝いている。

ソフィーは首を振って否定し、またも自分の考えを読まれてしまったのだと思った。これほど簡単に考えを読まれてしまうことに怯えてもいいはずなのに、誘惑的な夜の暗さ、髪をなびかせるそよ風、階下から響いてくる音楽に包まれ、逆に胸がわくわくしてくる。「どこに手をおけばいいの？　踊りたいの」

「ぼくの肩のここへ」ベネディクトが教えた。「いや、もう少し下、そう」

「ダンスの踊り方を知らないなんて、とんだ変わり者とお思いでしょうね」

「それを認めるとは、むしろ、とても勇気のある方だと思う」空いているほうの手で彼女の手を取り、ゆっくり持ちあげていく。「ぼくの知り合いの女性たちならおおかた、けがをしているとか、興味がないといったふりをするだろう」

ソフィーは息が詰まりそうになるのを知りながら彼の目を見あげた。「わたしには興味がないふりができないのよ」

腰に添えられた彼の手に力がこもった。

「音楽を聴いて」ひどくかすれた声で言う。「高くなったり低くなったりするのを感じる？」

ソフィーは首を横に振った。

「もっとよく聴いて」唇を彼女の耳に近づけて囁いた。「ワン、トゥー、スリー、ワン、トゥー、スリー」

ソフィーは目を閉じて、階下の招待客たちの絶え間ないしゃべり声をどうにか取り除き、音楽のなだらかな盛り上がりに耳を澄ました。ゆっくりと呼吸するうち、オーケストラの演奏に合わせて体を自然に揺らせるようになってきた。ベネディクトが静かに数える声に従って、頭を前後に動かす。

「ワン、トゥー、スリー。ワン、トゥー、スリー」

「感じるわ」ソフィーは囁いた。

ベネディクトが微笑んだ。なぜそう言えるのかはわからない。目はまだ閉じているのだから。でも、彼の低い息づかいが聞こえて、微笑んでいるのが感じられたのだ。

「よし。今度は、ぼくの足もとを見て、合わせてごらん」

ソフィーは目をあけて見おろした。「ワン、トゥー、スリー。ワン、トゥー、スリー」

まごつきながら彼に合わせて足を動かし――彼の足を踏んづけてしまった。

「まあ！　ごめんなさい！」とっさに声が出た。

「妹たちはもっとひどかったんだ」ベネディクトは励ました。「あきらめないで」

ソフィーはもう一度やってみた。と、突如こつがつかめてきた。「まあ！」驚いて息を吸い込む。「すてき！」

「顔を上げてごらん」ベネディクトのやさしい声がした。

「でも、つまずいてしまうわ」

「大丈夫」と請け合う。「ぼくがついてる。ぼくの目を見るんだ」

言われたとおりにすると、彼と目が合った瞬間、体のどこかに鍵をかけられてしまったように、目がそらせなくなった。彼に導かれて回転し、最初はゆっくりと、それからしだいに速度をあげながらテラスのなかをめぐるうち、息があがり、目がまわってきた。

そのあいだじゅう、目は彼の目に据えられていた。

「何を感じる？」ベネディクトが訊く。

「すべてを！」ソフィーは笑いながら答えた。

「何が聞こえる？」

「音楽」目が興奮で見開かれた。「いままで聴いたこともないような音楽に聞こえるわ」

ベネディクトが手に力を込め、ふたりの距離は数センチほどに縮まった。「何が見える？」

ソフィーはよろめいたけれど、目はそらさなかった。「わたしの心」と、囁く。「わたしの心のなかが見えるわ」

ベネディクトは足をとめた。「なんだって？」低い声で訊いた。

ソフィーは押し黙った。これほど感情が昂《たか》ぶったかけがえのない瞬間を、台無しにするのが怖かったから。

いいえ、それは本心ではない。このまま幸せな気持ちになればなるほど、午前零時に現実に引き戻されたとき、それだけつらさも増すのが怖かったからだ。

このあと、いったいどうやってまたアラミンタの靴磨きに戻れというの？

「言ったことは聞こえた」ベネディクトがかすれ声で言う。「きみの言葉を聞いて――」

「もう何も言わないで」ソフィーはさえぎった。彼も同じ気持ちだという言葉は聞きたくなかった。この男性を永遠に忘れられなくなるような言葉は。

けれども、もうすでに遅すぎるかもしれない。

ベネディクトはたえがたいほど長いあいだこちらを見つめてから、囁いた。「言わない。もう、ひと言も」それから、ソフィーが息を吸い込む間もなく、唇を重ねてきた。きわめて紳士的に、ぞくぞくするほどにやさしく。

　じっくりと時間をかけて、彼が唇と唇を擦れ合わせる。そのなまめかしい摩擦のせいで、ソフィーの全身に震えと疼きが伝わった。

　唇が触れ合う感触が爪先にまで達した。それはとてつもなく奇妙で、とてつもなくすばらしい感覚だった。

　すると、腰に添えられていた手――ダンスをやすやすと導いていた手――に、引き寄せられた。その手つきはゆっくりだけれど力強く、ふたりの体が密着するにつれソフィーは熱くなり、ふいに彼が押しつけられるのを感じて、かっと燃えあがった。

　ベネディクトがとても大きく、とても逞《たくま》しく感じられ、その腕に抱かれていると、自分がこの世で一番美しい女性であるように思えてきた。

　ふいに、どんなことも叶えられるような気がいた。こき使われたり、屈辱を受けたりすることのない人生を手に入れることとさえも。

　彼の唇はさらにまとわりつき、舌が口角をくすぐった。ワルツを踊っていたときのまま握り合っていたほうの手がソフィーの腕を滑りおり、背中をのぼってうなじに届いた。その指でほつれた髪を絡めとる。

「きみの髪はシルクのようだ」その囁きを聞いて、ソフィーはくすくすと笑いを漏らした。手袋をはめているのに不自然だと思ったからだ。

　ベネディクトが身を離した。「どうして」不思議そうな表情で訊く。「笑ったんだい？」

「なぜ、わたしの髪の感触がわかるの？　手袋をはめているのに」

彼がやんちゃな少年のように笑うのを見て、ソフィーは胸がどきりとして、とろけそうな気分になった。「なぜかな。でも、そう感じたんだ」さらにいたずらっぽい笑みを広げて続ける。「だが念のために、素手で確かめたほうがいいだろう」

ベネディクトは片手を差しだした。「よろしいでしょうか？」

ソフィーは数秒その手を見つめてから、言われた意味を理解した。不安定な弱々しい息をつきながら、一歩さがって両手を彼のほうへ伸ばす。手袋の指先をつまんで少し引き、上質な生地をゆるませていって、彼の手から手袋を脱がせた。

ソフィーは指先に手袋をぶらさげたまま目を上げた。ベネディクトの目に計り知れない表情が浮かんでいた。渇望……と何かもうひとつ。神秘を感じさせるような何かが。

「きみに触れたい」ベネディクトは囁いて、手袋をはずした手で彼女の頰を包み込み、指の腹でそっと肌を撫でてから、上へたどって耳のそばの髪に触れた。そっと引っぱって、ひと房の髪を絡めとる。ほつれた髪の毛先がゆるく巻きあがっている。ソフィーはその金色の髪を絡めた彼の人差し指から目を離せなかった。

「ぼくは間違っていた」ベネディクトがつぶやく。「シルクよりやわらかい」

ソフィーはふと自分も同じように彼に触れたいという強い衝動に駆られ、片手を伸ばした。

「今度はわたしの番」静かに言う。

ベネディクトは目を輝かせ、彼女がしてくれたように指先の手袋の生地を引いてゆるませた。けれども脱がしにかかる前に、まずは唇を長い手袋の端に近づけ、肘の上へとのぼって、彼女の敏感な腕の内側の皮膚に口づけた。「ここもまたシルクよりやわらかい」と囁《ささや》く。

ソフィーはもう片方の手で彼の肩につかまっていたが、これ以上立っていられそうになかった。

ベネディクトは、じれったいほどゆっくりと手袋を手前に引っぱりつつ、それとともに唇を肘の内側まで滑らせた。キスをかすかに中断し、目を上げて言う。「もう少しこうしていてもいいだろうか」

ソフィーはどうにもできずに首を振った。

舌が肘の内側をかすめるようになぞる。

「ああ、あの」ソフィーは呻き声を漏らした。

「気に入ってくれたかな」ベネディクトの熱い息が皮膚にかかる。

ソフィーはうなずいた。というより、うなずいたつもりだった。実際にうなずけていたかどうかはわからない。

彼の唇はそのまま繊細な刺激を与えながら前腕へ滑りおりてきて、手首の内側にたどり着いた。一瞬そこにとどまってから、手のひらのちょうど真ん中でようやくとまった。

「きみは誰なんだ?」ベネディクトは頭を上げたが手は放さなかった。

ソフィーはかぶりを振った。

「知りたいんだ」

「言えないの」そのとき、ソフィーは彼に返事をあきらめるつもりがないことを見てとって、嘘を付け加えた。「いまはまだ」

ついに手袋がはずれた。ベネディクトが彼女の指の一本を自分の唇にやさしく擦りつける。「あす、会いたい」穏やかに言う。「きみの住まいを訪ねて、会いたいんだ」

ソフィーは何も答えず、泣くまいとひたすら耐えた。

「きみのご両親にお会いしたり、愛犬をかわいがったりしたいんだ」どこか落ちつかなげに続ける。「ぼくが言っている意味がわかるかい？」

階下ではなお音楽と人々のしゃべり声がざわついているものの、テラスではふたりの荒い息づかいだけが響いていた。

「それに――」ベネディクトは声をひそめて囁きかけた。自分の言葉の真意が信じられないかのようにやや驚いた目で。「きみと未来を分かちあいたい。きみのどんな些細なことまでも知りたいんだ」

「それ以上言わないで」ソフィーは懇願した。「お願い。もう言わないで」

「ならば名前を教えてほしい。あす、きみを見つける手立てを教えてくれ」

「わたし――」そのとき、不気味に反響する鐘の音が聞こえた。「あれは何？」

「仮面をはずす合図なんだ」と、ベネディクト。

ソフィーはパニックに襲われた。「なんですって？」

「午前零時になったんだろう」

「午前零時？」ソフィーははっと息をのんだ。

ベネディクトがうなずく。「仮面をはずす時間だ」

ソフィーはとっさに片手をこめかみに持っていき、仮面をぎゅっと押さえつけた。意志の力で貼りつけてしまおうとでもいうように。

「大丈夫かい？」ベネディクトが訊く。

「行かなきゃ」ソフィーはだし抜けに言うと、それ以上の説明もせず、ドレスの裾を持ちあげてテラスを出ようと駆けだした。

「待ってくれ！」呼びとめる声がして、彼がドレスをつかもうと慌てて伸ばした手がむなしく空を切るのがわかった。

けれども、ソフィーの動きはすばやく、もはや完全に我を忘れて、地獄の猛火に追い立てられるように階段を駆けおりていった。

舞踏場に飛び込み、おおぜいのなかに紛れて振りきろうと考えた。なんとしても、部屋の向こう側の脇扉から外に出て、待っている馬車までたどり着かなければ。

すでに仮面をはずした人々が浮かれ騒ぎ、室内は賑やかな笑い声に沸いていた。ソフィーは部屋の向こう側を目指して、人波にもまれ、掻きわけながら進んだ。焦りつつ肩越しに振り返ると、ベネディクトが舞踏場に入ってきて、真剣な表情で人波を見渡しているのが見えた。まだ見つかってはいないようだが、すぐに見つかるのはわかっていた。銀色のドレスは格好の目印なのだから。

ソフィーは人々を押しわけて進み続けた。少なくとも半分の人々は気にしてはいないようだった。かなりお酒を飲んでいるのだろう。「ごめんなさい」ジュリアス・シーザーに扮した男性の脇腹に肘がぶつかって詫びた「すみません」唸るような声になった。ちょうどクレオパトラに扮した女性に爪先を踏みつけられ、体勢を崩したときだった。

「失礼しました、わたし――」そのとたん、まさに文字どおり息がつけなくなった。いま顔と顔を突き合わせているのはアラミンタだったのだから。

いや、厳密に言えば、顔と仮面だ。ソフィーはまだ偽装できているはずだった。とはいえ、ほかの人にはわからなくても、アラミンタには見抜かれてしまうかもしれない。そうしたら――。

「前を見て歩きなさいな」アラミンタは高慢に言い放った。そして、ソフィーが口をあけて呆然としているうちに、エリザベス女王を模したドレスの裾を翻してさっさといってしまった。

アラミンタに気づかれなかった！　ベネディクトに追いつかれる前にブリジャートン・ハウスを出ようとこんなふうに躍起《やっき》になっていなければ、大笑いしていたことだろう。

振り返ると、ベネディクトが自分を見つけ、こちらよりもはるかに効率よく人波を掻きわけながら突き進んでくる。ソフィーはごくりと唾をのみ込んで気をとり直し、ギリシャの女神ふたりを押し倒しそうになりながら進み続けて、ようやく部屋の端の扉に行き着いた。

後ろを振り返り、ベネディクトが杖をついた高齢の婦人に呼びとめられたところまで見て屋敷を駆けだすと、ギボンズ夫人に言われたとおり、正面玄関のそばでペンウッド家の馬車が待機していた。

「すぐに出して！」ソフィーは勢い込んで御者をせかした。

そして、馬車は走り去った。

4

『複数の仮面舞踏会出席者から聞いた話によれば、ベネディクト・ブリジャートンが、銀色のドレスを着た正体不明の淑女と連れ立っていたという。

いまのところ、筆者はくだんの謎の淑女の正体を皆目つかめていない。筆者が真相を暴けないのだから、淑女の素性の秘密は相当に固く守られているに違いない』

一八一五年六月七日付〈レディ・ホイッスルダウンの社交界新聞〉より

彼女は行ってしまった。

ベネディクトはブリジャートン・ハウスの正面の舗道に立ち、通りを見渡した。グロヴナー・スクウェアには馬車が所狭しとひしめいていた。彼女は、その玉石敷の道を通り抜けようとしている馬車の一台に乗っているのだろうか。それとも、ちょうど、もつれあうようにいっせいに角を曲がっていった三台の馬車のどれかに乗っていたのかもしれない。

どちらにしても、行ってしまったのだ。

レディ・ダンベリーに杖で進路をふさがれ、今夜のおもだった出席者たちの衣装について意見を述べたいと言われたときには、絞め殺してやりたい心境だった。それをどうにか振りきれたと思ったら、謎の女性は舞踏場の脇扉の向こうへ消えていた。

そして、彼女はふたたび自分と会うつもりはないのだと悟った。

ベネディクトは腹立たしげに低く悪態をついた。母親には多くの女性を勧められてきたが、銀色のドレスの女性に対して湧きあがった、魂が通じあうような感情はこれまで一度も経験したことがなかった。彼女を目にした瞬間、いや、目にするよりも前にその存在を感じた瞬間から、緊張と興奮がばちばちと音を立てていた。そして、自分自身にもまた、何年も忘れていた活力がみなぎってきた。まるで、突如何もかもが新たに輝きだし、情熱と夢に充たされていくように。

それなのに……。

今度は悔しまぎれに毒づいた。

それなのに、彼女の目の色さえわからないとは。

褐色ではないことは確かだ。それについてはかなりの自信がある。だが、蠟燭で照らされた夜の薄闇のなかでは、その目が青色なのか緑色なのかは判別できなかった。薄茶色かもしれないし、灰色がかっていたのかもしれない。どういうわけか、このことが何より腹立たしく思えた。みぞおちに煮えたぎる渇望を覚え、胸が苦しくなってくる。

目は心を映す窓と言われている。ほんとうに理想の女性を、いつか家庭を作り、未来を分かちあえる女性を見つけたのなら、目の色ぐらいは覚えているはずではないか。

彼女を探すのは容易ではなさそうだった。探されたくない相手を探すのが簡単であるわけもなく、本人が正体を隠そうとしていたのは火を見るよりも明らかなのだ。

手がかりはほんのわずかしかない。レディ・ホイッスルダウンのコラムについて、いくつか話していたことと……。

ベネディクトはまだ右手に握っていた片方だけの手袋を見おろした。舞踏場を走り抜けてくるあいだも、それを持っていることをすっかり忘れていた。手袋を顔に近づけて匂いを嗅いでみると、意外にも、謎の女性から漂っていたローズウォーターや石鹸の香りはしなかった。むしろ、何年も屋根裏のトランクにしまわれていたような、少しかび臭い匂いがする。

なんとも奇妙だ。なぜ彼女は古い手袋をつけてきたのだ？

これが彼女を呼び戻す一手とばかりに手袋をひっくり返すと、縁の小さな刺繍に目が留まった。

ＳＬＧ。誰かのイニシャル。

彼女のイニシャルなのか？

それに、どこかの家の紋章。ベネディクトの知らない図柄だった。

だが、母なら知っているだろうと思った。そのようなことには概して詳しいからだ。そして、母がこの紋章を知っていたならば、〈ＳＬＧ〉が誰のイニシャルなのかがわかる可能性もある。

ベネディクトはようやく希望の光が見えた気がした。彼女を見つけられるかもしれない。

彼女を見つけて、自分のものにする。いたって単純なことだ。

ほんの三十分で、ソフィーはいつものさえない姿に戻ってしまった。ドレスも、きらめくイヤリングも、すてきな結い髪も消えうせた。宝石が付いた上靴はアラミンタのクロゼットのなかにきちんとしまわれ、女中が塗ってくれた口紅はロザムンドの鏡台に戻された。さらに五分ほどの顔面マッサージで、皮膚に残っていた仮面のあとを消し去った。

寝る前のいつもの自分となんら変わらない——平凡で、質素で、慎ましく、髪はゆるい三つ編みに束ね、夜の寒さをしのぐために厚手のタイツを履いている。

ほんとうの姿に戻ったのだ——ただの女中に。おとぎ話のお姫様だった短いひと夜の名残りはどこにもない。

何より悲しいのは、おとぎ話の王子様も消えてしまったことだった。

ベネディクト・ブリジャートンは、何もかも〈ホイッスルダウン〉に書かれていたとおりの男性だった。ハンサムで、逞しく、颯爽としていて。まさに若い女性たちの憧れの的。ただし自分には夢見ることすら許されない相手なのだと、ソフィーは憂鬱に沈んだ。そんな男性が伯爵の愛人の子と結婚するはずがない。女中と結婚するなんて考えられない。

でも、ひと夜だけは自分のものだったのだ。それで満足しなければならないとソフィーは思い定めた。

少女の頃から持っている小さな犬の縫いぐるみを手に取った。幸せだった時代の思い出に、何年もずっと大事にしてきたものだ。いつもは鏡台に置いているけれど、なんだか急にそばにいてほしくなった。ソフィーはその小さな犬の縫いぐるみを抱いてベッドにもぐり込み、身を縮めて上掛けにくるまった。

唇を噛んで目をぎゅっとつむると、涙が静かに枕に流れ落ちた。

長い、長い夜だった。

「これに見覚えはありませんか？」

ベネディクト・ブリジャートンは、いかにも女性好みの薔薇《ばら》模様とクリーム色に彩られた客間で母の隣りに腰かけ、銀色のドレスの女性を探す唯一の手がかりを差しだした。ヴァイオレット・ブリジャートンは、その手袋を受け取って紋章を眺めた。ほんの一瞬見ただけで言った。「ペンウッド家だわ」

「伯爵家の？」

ヴァイオレットはうなずいた。「それにこれは、ガニングワースのGでしょうね。わたしの記憶が正しければ、爵位は最近、他家に譲られたはずだけれど。六、七年前だったかしら……伯爵が嫡子を授からないまま亡くなったの。爵位は遠戚に渡ったのよ。それはそうと」非難がましく顎を引いて続ける。「ゆうべ、ペネロペ・フェザリントンと踊るのを忘れたでしょう。代わりを務めてくれた弟に感謝しなくてはね」

ベネディクトは唸り声を押し殺し、小言は聞こえなかったふりをした。「それで、ＳＬＧ

とは誰のことなんですか？」

ヴァイオレットが青い目をすがめる。「なぜ興味があるの？」

ベネディクトはため息まじりに言った。「いちいち質問に答えなければ、こちらの質問には答えてもらえないんですか？」

母がしとやかに鼻で笑う。「そんなことはよくわかってるくせに」

ベネディクトは天を見ないようどうにかこらえた。

「ベネディクト、誰なの？」ヴァイオレットが訊く。「この手袋の持ち主は」そして、思うようにすぐに答えが返ってこないのを見て、続けた。「全部話したほうが身のためよ。どうせ、わたしは自分ですぐに突きとめてしまうんだから、母親にあれこれ探られるよりましでしょうに」

ベネディクトはため息を吐いた。母に全部話さざるをえないだろう。少なくとも、ほとんどのことは。母に細かく話すことほど気乗りしないことはなかった――ついに結婚する気になったのだと思い込み、きわめつきの粘り強さで追及してくるに決まっている。しかし、選択の余地はなかった。どんなことをしてでも彼女を探さなければ。

「ゆうべの仮面舞踏会で会った人なんです」ベネディクトはしぶしぶ答えた。

ヴァイオレットは嬉しそうに手を叩いた。「ほんとうに？」

「だから、ペネロペと踊るのを忘れてしまったわけです」

ヴァイオレットは飛びあがらんばかりに喜んでいる。「誰なの？　ペンウッド家のお嬢さんたちのひとり？」眉をひそめる。「あら、そんなはずはないわね。伯爵に娘さんはいなかったもの。でも、奥様の連れ子の娘さんがふたりいたわ」ますます眉をひそめる。「その娘さんたちにはお会いしたことがあるのだけれど……ちょっと……」

「ちょっと、なんです？」

ヴァイオレットは眉間にしわを寄せ、慎重に言葉を選んだ。「ちょっとね、どちらの娘さんも、あなたが興味を持ちそうな相手ではないと思っただけのことよ。でも、そうじゃなかったのよね」がらりと顔を輝かせて続ける。「そういう話なら、伯爵の未亡人をお茶に招待しましょう。わたしにはそれぐらいのことしかできないし」

ベネディクトは口を開きかけて、母がまたも眉をひそめたのに気づいて取りやめた。「今度はなんです？」

「ああ、なんでもないわ」ヴァイオレットが言う。「ただ……ちょっと……」

「はっきり言ってください、お母さん」

母は弱々しい笑みを浮かべた。「ただね、あの伯爵未亡人はどうも苦手なのよ。いつ見ても、高慢なそぶりだし野心家で」

「お母さんだって、野心家と見られているかもしれませんよ」ベネディクトは指摘した。

ヴァイオレットは顔をひきつらせた。「もちろん、子供たちにはぜひ幸せな結婚をさせたいという、大いなる野望を抱いてるわ。でも、わたしには、いくら公爵だろうと七十の男性と娘を結婚させるなんてことは考えられない！」

「伯爵未亡人はそんなことをしたんですか？」ベネディクトは、最近結婚した人々のなかに、七十代の公爵などいただろうかと思った。

「いいえ」ヴァイオレットは言った。「でも、あの人ならやりかねないのよ。けれど、わたしの場合は――」ここぞとばかりに自分のことを話し始めた母を見て、ベネディクトは笑いを噛み殺した。

「子供たちが幸せになるのなら、相手が貧しい人でも結婚を許します」

ベネディクトは片眉を吊りあげた。

「もちろん、しっかりと信念を持った働き者にかぎりますけれどね」母がとうとうと語る。

「ギャンブル好きは認められないわ」

ベネディクトは母を笑うわけにもいかず、さりげなくハンカチで口を覆って咳き込んだふりをした。

「でも、あなたはわたしのことを気にする必要はないのよ」ヴァイオレットは息子をちらりと横目で見てから、その腕を軽く叩いた。

「そりゃ、気にしますよ」即座に答えた。

母は穏やかに微笑んだ。「伯爵未亡人へのわたしの感情は脇においといて、あなたが彼女の娘さんを気に入ったというのなら……」期待に充ちた目を向ける。「娘さんのひとりを気に入ったの？」

「わかりません」ベネディクトは正直に答えた。「名前を知らないんです。手がかりはこの手袋だけで」

ヴァイオレットはいかめしい視線を投げた。「その手袋をどうやって手に入れたのかは、あえて訊きません」

「断じて、やましいことはしてませんよ」

ヴァイオレットの表情はいかにも疑わしげだった。「息子がこんなにたくさんいると、そんなことは信じられなくなるのよね」とつぶやく。

「イニシャルの件は？」ベネディクトはせっついた。

ヴァイオレットがもう一度手袋を眺める。「ずいぶん古いものだわ」

ベネディクトはうなずいた。「ぼくもそう思ったんです。長いあいだしまっておいたのか、少しかび臭いし」

「刺繍も擦り切れているわね」母が言葉を継ぐ。「Ｌについてはわからないけれど、Ｓはサラの頭文字じゃないかしら。亡き伯爵のお母様の名前なのだけれど、やはりもう亡くなられているわ。それならば、手袋が年代物である説明がつくでしょう」

ベネディクトは母の手にある手袋をしばし見つめてから言った。「とにかく、ぼくがゆうべ話したのが幽霊でないことは確かですから、その手袋の持ち主はいったい誰なのでしょう？」

「わからないわ。ガニングワース一族のどなたかでしょうけれど」

「その方たちの住まいを知っていますか？」

「それなら、ペンウッド・ハウスよ」ヴァイオレットは答えた。「新しい伯爵はまだ、あの方たちを追いだしてはいないのよ。理由はわからないけれど。おそらく、住まいを移すとなれば、同居を頼まれるのではないかと恐れているのではないかしら。伯爵はシーズンにすら街にお見えになっていないと思うわ。お会いしたことがないのですもの」

「ではどうして――」

「ペンウッド・ハウスを知っているか？」ヴァイオレットが言葉を差し入れた。「もちろん知ってるわよ。ここからほんの数ブロックの所ですもの」母が道順を説明しているあいだに、ベネディクトは気がせいて立ちあがり、聞き終える前に戸口を出ようとしていた。

「もう、ベネディクト！」ヴァイオレットは呼びとめると、いかにも愉快そうに微笑んだ。

ベネディクトは振り返った。「はい？」

「伯爵夫人のお嬢さんの名前はロザムンドとポージーよ。興味があればだけれど」

ロザムンドとポージー。どちらの名前もあの女性に似合うようには思えないが、自分に何がわかるのだろう？　自分だって、出会った人々からベネディクトという名がぴったりだと思われているとはかぎらない。ベネディクトは踵《きびす》を返し、改めて部屋を出ようとしたが、またも母に呼びとめられた。「ねえ、ベネディクト！」

ベネディクトは振り返った。「お母さん、なんです？」わざとやれやれといった口調で訊いた。

「あとでどうなったか報告してくれるわね？」

「もちろんですよ、お母さん」

「そのつもりもないくせに」母はにんまりした。「まあ、いいわ。あなたが恋に落ちたというだけで、じゅうぶん嬉しいから」

「そんなんじゃ――」

「あら、言い訳は要りません」と、手を払う。

ベネディクトは反論しても無意味だと思い、ただ目で天を仰いで部屋を出ると、家を飛びだしていった。


「ソフィ――――！」

ソフィーははっと顔を上げた。考えたくないことだけれど、アラミンタの声はいつも以上にいらだっているように聞こえた。なにしろ、いつ、も、ものすごくいらだっているのだから。

「ソフィー！　まったくもう、あの厄介娘はどこなの？」

「厄介娘ならここにいるわ」ソフィーはつぶやいて、磨いていた銀のスプーンを置いた。アラミンタ、ロザムンド、ポージーの侍女なのだから、食器磨きは仕事のなかに含まれないはずなのに、アラミンタは徹底的にこき使わなければ気がすまないのだ。

「ただいま、まいります」ソフィーは叫んで立ちあがり、廊下へ出ていった。今回アラミンタが腹を立てている原因はいったいなんなのやら。ソフィーはきょろきょろと見まわした。

「奥様？」

アラミンタはばたばたと角を曲がってきた。「これは」右手で何かを振りあげて怒鳴った。「どういうこと？」

ソフィーはアラミンタの手もとに目を留めて、声が出そうになるのを必死にこらえた。手にしているのは、ゆうべ借りた靴だった。「あの、おっしゃられている意味がわかりませんが」ソフィーは口ごもった。

「この靴は新品だったのよ。新品！」

ソフィーは沈黙してすぐに、アラミンタが返事を待っていることに気づいた。「あの、それが何か？」

「これを見なさい！」かかとを指差しながら金切り声をあげる。「すり減ってるでしょ。すり減ってるのよ！　どうしてこんなことが起こるの？」

「わたしにはわかりません、奥様」ソフィーは言った。「たぶん――」

「たぶんじゃないわよ」アラミンタは怒鳴りつけた。「誰かがわたくしの靴を履いたに決まってるでしょう」

「誰も奥様の靴を履いたりしませんわ」ソフィーは自分の平静な声に驚きつつ答えた。「誰でも、奥様がどれほど履物に気を遣われているか知ってますから」

アラミンタは疑わしげに目をすがめた。「皮肉を言ってるの？」

そう尋ねなければわからないということは、皮肉を上手に隠せている証拠だと思いながら、ソフィーはしらをきった。「まさか、とんでもない！　わたしはただ、奥様が靴をとても大事にされていると言いたかったのです。長持ちしてますもの」

アラミンタが何も答えないので、ソフィーは続けた。「だから、たくさん買わなくてもよろしいのに」

そう、愚かしいことときわまりない。アラミンタはすでに、ひとりの人間が生涯では履ききれないほど靴を持っているのだから。

「これは、あなたの責任です」アラミンタは唸り声で言った。

アラミンタにはなんでもかんでも責任を押しつけられてきたけれど、今回ばかりは正しかったので、ソフィーは唾をのみ込んで言った。「わたしにどうしろとおっしゃるのですか、奥様？」

「わたくしの靴を履いた人間を突きとめたいの」

「クロゼットのなかで擦り切れたのではないでしょうか」ソフィーは言ってみた。「ご自身で、うっかり蹴り飛ばしてしまったのかも」

「わたくしは〝うっかり〟なんてことはしないわ」アラミンタはぴしゃりと言い放った。

ソフィーは心のなかで同意した。たしかに、アラミンタのやることはすべて意図的だ。

「女中たちに尋ねてみます。誰かが何か知っているかもしれませんから」

「女中たちは愚か者の集まりですからね」アラミンタが言う。「あの者たちの知識といったら、わたくしの爪の先程度のもの」

仕方なく言う。「その靴を磨いてみます。すり傷をなんとか消せるかもしれません」

「かかとはサテン地なのよ」アラミンタがあざ笑った。「その磨き方がわかったら、王立織物学会に入れるわね」

そもそも〝王立織物学会〟など実在するのか問いつめたくてたまらなかったが、アラミンタは頭に血がのぼっていないときですらユーモアなどろくに解せない。いま、からかいでもしたら、災いを招くのは明らかだった。「擦《こす》り取れるかやってみます」ソフィーは申しでた。「ブラシもかけてみます」

「そうしてちょうだい」とアラミンタ。「それからついでに……」

ああ、なんてこと。この言葉は厄介事の前兆なのだ。それからついでに、それからついでに、それからついでに。

「……ほかの靴も全部磨いておいてちょうだい」

「全部？」ソフィーは息をのんだ。アラミンタの靴は少なくとも八十足は超えている。

「全部よ。それからついでに……」

もうたくさん。

「レディ・ペンウッド？」

ありがたいことに、アラミンタは指示を中断し、執事の呼びかけに振り返った。

「紳士が面会を求めていらっしゃいます、奥様」執事は言うと、ぴんとした白い名刺を手渡した。

アラミンタはそれを受け取って名前を読んだ。目を丸くして、「まあ！」と小さく叫ぶと、執事のほうに向き直って声を張りあげた。「お茶を！　それにビスケット！　最上等の銀食器で。すぐに用意しなさい」

執事が駆けだしていき、ソフィーは好奇心に掻きたてられてアラミンタを見つめた。「何か、お手伝いしましょうか？」

アラミンタは二度瞬きして、ソフィーがいることを忘れていたように見つめた。「けっこうよ」ぴしゃりと言う。「あなたにかまっている暇はないわ。すぐに階上《うえ》に上がりなさい」ひと息ついてから続ける。「だいたい、ここで何をもたもたしているの？」

ソフィーは先ほど出てきた食堂のほうを手振りで示した。「食器を磨くよう申しつけられたので――」

「わたくしは靴を磨けと命じたのよ」アラミンタはわめかんばかりに言った。

「わ、わかりました」ソフィーはゆっくりと答えた。いくらアラミンタとはいえ、どうも様子がおかしい。「すぐに片づけて――」

「いますぐ行くの！」

ソフィーは階段のほうへ駆けだした。

「待ちなさい！」

ソフィーは振り返った。「はい？」おずおずと訊く。

アラミンタが唇を引き結んで、顔を醜くゆがませた。「ロザムンドとポージーの髪はきちんと結ってあるわね」

「もちろんです」

「ならば、あなたをわたくしのクロゼットに閉じ込めるよう、ロザムンドに言いなさい」

ソフィーはあっけにとられた。つまりは、自分をクロゼットに閉じ込めろと頼めというのだろうか？

「わかったわね？」

ソフィーはいくらなんでもうなずけなかった。屈辱的なことを受け入れるのにも限度がある。

アラミンタがつかつかとやって来て、顔をぐっと近づけた。「返事がないわよ」小声で叱責する。「聞いてるの？」

ソフィーはかすかにだけれどうなずいた。日ごとに、アラミンタの自分への憎しみの深さは増すばかりのように思えた。「どうして、わたしをここにおいてるの？」考える前につぶやいていた。

「便利だからよ」アラミンタの低い声がした。

ソフィーはアラミンタがふんぞりかえって立ち去るのを見届けてから、階段を駆けあがった。ロザムンドとポージーの髪がきちんと整っているのを確かめて胸をなでおろし、ポージーのほうを向いて言った。「わたしをクロゼットに閉じ込めてもらえないかしら」

ポージーは驚いて目をしばたたいた。「なんですって？」

「ロザムンドに頼むよう言いつけられたんだけど、それだけはどうしてもいやだから」

ポージーは興味深げにクロゼットのなかを覗き込んだ。「いったいどうして？」

「あなたのお母様の靴を磨くのよ」

ポージーはきまり悪そうに唾をのみ込んだ。「ごめんなさいね」

「こちらこそ」ソフィーはため息まじりに言った。「ごめんなさい」

5

『仮面舞踏会では、ポージー・レイリング嬢のマーメイドの衣装が不評を買ったとのことだが、筆者が思うに、フェザリントン夫人と、年長のふたりの娘たちほどひどくはなかったのではあるまいか。お三方は果物の盛り合わせに扮していた――フイリッパ嬢はオレンジ、プルーデンス嬢がリンゴ、フェザリントン夫人がブドウ。あいにく、どれまったく食欲をそそられなかったが』

一八一五年六月七日付〈レディ・ホイッスルダウンの社交界新聞〉より

なぜ自分はここまで手袋ひとつに執着しているのだろうかと、ベネディクトは驚いていた。レディ・ペンウッドの屋敷の居間に腰をおろしてから、何十回も上着のポケットに触れては、ちゃんとここにあると心のなかで自分を落ち着かせていた。いつになくそわそわして、伯爵未亡人が現れたらなんと言えばいいのか思い浮かばなかった。だが元来口の立つたちなので、そのときになれば何かしら思いつくだろうとふんでいた。

とんとんと足を踏み鳴らしながら炉棚の時計を見やる。執事に名刺を渡してからおよそ十五分が経っているから、そろそろレディ・ペンウッドが現れてもいい頃だ。貴族のご婦人がたには、訪問者を少なくとも十五分は待たせるという暗黙の慣習があるらしかった。とりわけ機嫌が悪ければ、それが二十分にも及ぶ。

まったく、くだらない慣習だ。ベネディクトはいらだたしく思った。どうしてほかの人々は自分のように時間に正確であることを美徳と考えないのか理解できない——。

「ミスター・ブリジャートン！」

ベネディクトは顔を上げた。ブロンドですこぶる華やかな装いの、なかなかの美貌の四十代の婦人がすたすたと部屋に入ってきた。どことなく見覚えがあったが、それは当然のように思われた。名乗りあってはいないにしろ、社交界の多くの催しに同席していたに違いないのだから。

「レディ・ペンウッドですね」ベネディクトは言い、立ちあがって礼儀正しく会釈した。

「そうです」未亡人は優雅に頭を傾けて答えた。「我が家をご訪問くださるなんて光栄ですわ。もちろん、娘たちにも伝えましたので、まもなくおりてくると思います」

ベネディクトは微笑んだ。まさに期待どおりの言葉だった。べつの対応をされていたら、動揺していただろう。結婚適齢期の娘をかかえる母親で、ブリジャートン家の兄弟を冷たくあしらえる者などいない。「ぜひお会いしてみたいですね」

夫人の眉間にかすかにしわが寄った。「では、あの子たちにまだ会ってらっしゃらないのですか？」

しまった。ではなぜ訪ねてきたのかと思われてしまう。「お嬢様方は、とてもお美しいと聞き及んでおります」唸り声を漏らさないよう取り繕った。これがレディ・ホイッスルダウンの耳にでも入れば――どんな情報でも嗅ぎつけそうだが――、花嫁を探しているとか、伯爵夫人の娘たちに狙いをつけたという噂がたちまち街じゅうに広まるだろう。知り合ってもいないふたりの女性を訪ねる理由など、ほかにあるだろうか？

レディ・ペンウッドはにっこり微笑んだ。「うちのロザムンドは、このシーズンで最も美しい娘のひとりですわ」

「ポージー嬢は？」なんとなく茶々を入れたくなって尋ねた。

夫人が唇を引き結ぶ。「ああ、ポージーもいい子ですわ」

ベネディクトは愛想よく微笑んだ。「ポージー嬢とお会いするのが待ち遠しい」

レディ・ペンウッドは目を瞬かせてから、やや固い笑顔をこしらえて驚きを隠した。「ポージーも、あなた様にお会いできて喜びますわ」

女中が凝った装飾の銀の茶器を運んできて、レディ・ペンウッドがうなずくのを確かめてテーブルにおろした。ところが女中が出ていこうとしたとき、伯爵夫人が（ベネディクトから見ると、いささかとげとげしく）言った。「ペンウッド家のスプーンは？」

女中はひどくうろたえた様子で膝を曲げてお辞儀をすると答えた。「ソフィーが食堂でその銀食器を磨いていたのですが、奥様に、階上《うえ》へ上がるように言われて――」

「お黙んなさい！」レディ・ペンウッドは自分からスプーンについて尋ねておきながら、さえぎった。「ミスター・ブリジャートンは、組み合わせ文字《モノグラム》入りのスプーンでなければお茶を飲めないような高慢な方ではありませんわよね」

「もちろんです」ベネディクトは応じて、レディ・ペンウッド自身が高慢だからこそ、そのような物言いをするのだろうと思った。

「ほら、もう行って！」伯爵夫人は追い払うように手を振って、きつい声で命じた。「さがりなさい」

女中が急いで出ていき、伯爵夫人は向き直って説明した。「もっと上等な銀食器のほうには、ペンウッド家の紋章が入ってますのよ」

ベネディクトは身を乗りだした。「そうなんですか？」関心をあらわにして訊いた。あの手袋の紋章がペンウッド家のものなのかどうかを確かめるには格好の機会だ。「ブリジャートン・ハウスにはそのようなものはないのです」それが嘘ではないことを祈りながら言った。じつのところ、銀食器の柄に目を留めたことなどなかったが。「ぜひ拝見したいですね」

「ほんとうに？」レディ・ペンウッドは目を輝かせて問い返した。「さすがは教養の高い紳士でいらっしゃるのね」

唸り声を押し殺すために、ベネディクトは微笑んだ。

「食堂から持ってこさせますわ。厄介娘が磨き終えているはずですから」夫人がひどく醜く口もとをゆがめ、眉間にかなり深いしわが刻まれたことに、ベネディクトは気づいた。

「どうかしましたか？」ベネディクトは礼儀正しく尋ねた。

夫人は首を振り、手をひらひらさせて否定した。「いい召使いを見つけるのは、とても難しいというだけのことですわ。お宅のお母様も、いつも同じことをおっしゃっているのではないかしら」

母は一度もそのようなことは言わなかったが、それはブリジャートン家の使用人たちがみな大事にされていて、そのぶん家族にも献身的に尽くしてくれているからなのだろう。だが、ベネディクトは調子を合わせてうなずいた。

「そのうち、ソフィーを追いださなければと思ってますのよ」ふんと鼻を鳴らす。「何ひとつ、まともにできやしないんだから」

ベネディクトは、気の毒な見知らぬソフィーにぼんやりと同情の念を抱いた。だが、レディ・ペンウッドと使用人のことを話しにきたわけではないので、お茶のポットのほうを手振りで示して話題を変えた。「そろそろちょうどよい濃さになったのでは」

「あらあら、そうですわね」レディ・ペンウッドは目を上げて微笑んだ。「お好みの飲み方は？」

「砂糖なしのミルクだけで」

夫人がお茶を入れているあいだに、ぱたぱたと階段をおりてくる足音が聞こえ、ベネディクトの鼓動は興奮で速まった。まもなく伯爵夫人の娘たちがドアをあけて入ってくる。そのどちらかがゆうべ出会った女性のはずなのだ。じつのところ顔の大部分は見えなかったのだが、おおよその体つきや身長は覚えている。それに、髪が長く、濃いブロンドだったことは間違いない。

もう一度見れば、見分けられる自信があった。わからないはずがあるだろうか？

ところが、ふたりの娘が部屋に入ってきたとき、ベネディクトはすぐに、どちらも自分の頭から離れない女性ではないと気づいた。ひとりは明るすぎるブロンドで、しかもとりすましていて、やや気どった感じすらする。表情に喜びもなければ、笑顔に茶目っ気もない。もうひとりのほうは親しみやすさはあるが、ぽっちゃりしているし、髪の色も暗すぎた。

ベネディクトは落胆を見せないよう懸命に取り繕った。にこやかに紹介を受けて、それぞれの手にうやうやしく口づけると、対面できていかに光栄かといった戯言《ざれごと》を並べた。ぽっちゃりしたほうを多く褒めたのは、母親が明らかに、もうひとりの娘をひいきしていたからに過ぎない。

そんなことをする人間に母親の資格はないと、ベネディクトは思った。

「ほかにお子さんはいらっしゃらないのですか？」ひととおり紹介が終わると、ベネディクトはレディ・ペンウッドに尋ねた。

夫人はけげんそうに目を向けた。「おりませんわ。おりましたら、ご紹介していますもの」

「まだ勉強を習う年齢のお子さんがいるのではと思ったのです」と取り繕った。「伯爵と結婚されてから、お生まれになったのではと」

夫人は首を振った。「ペンウッド伯爵とのあいだには子を授かりませんでした。ガニングワース一族が爵位を手放さなければならなくなったことは残念でなりません」

伯爵夫人が、ペンウッド家の子孫を残せなかったことに悲しむというよりいらだっているのが、否応なく感じとれた。「ご主人にはご兄弟や姉妹はいらっしゃらなかったのですか?」謎の女性はガニングワース一族の親類なのかもしれない。

伯爵夫人がいぶかしげな視線を投げた。たしかに、午後の訪問の会話にしては違和感を覚えられても仕方のない質問だと、ベネディクトは思った。「言うまでもなく」夫人が口を開いた。「亡き主人に兄弟がいないので、爵位を手放さざるをえなかったのです」

ベネディクトは口をつぐむべきだとわかっていたが、夫人の言い方が無性に癇《かん》にさわって続けた。「ご主人より前に亡くなられたご兄弟はいらっしゃったんですよね」

「いいえ、おりませんわ」

ロザムンドとポージーは、テニスの試合のボールみたいに頭を左右に動かして、興味津々にやりとりを見守っている。

「姉妹もですか?」ベネディクトは訊いた。「自分がとても大家族なものですから、つい訊きたくなってしまって」ロザムンドとポージーのほうを手振りで示す。「兄弟がひとりだけだなんて信じられないのです。娘さんたちには、仲良しのいとこがいるのだろうなと思いまして」

説明すればするほど嘘臭く聞こえるような気もしたが、続けずにはいられなかった。

「主人には妹がひとりおりましたわ」伯爵夫人はあざ笑うように鼻を鳴らして答えた。「ですが、生涯独身を通しました。信仰心のあつい女性で」と説明する。「慈善活動に身を捧げる人生を選んだのですわ」

それは単なる個人の見解だろう。

「ゆうべ、お宅で催された仮面舞踏会は、とても楽しませていただきましたわ」唐突にロザムンドが言った。

ベネディクトは驚いてその顔を見つめた。娘たちはそれまで黙りこくっていたので、口をきけることすら忘れていた。「正しくは、母が開いた舞踏会なのです。ぼくは準備には関わっていませんから。ですが、あなたからのお褒めの言葉は母に伝えておきます」

「ぜひよろしくお伝えくだささい」ロザムンドが言う。「ミスター・ブリジャートン、あなたは舞踏会を楽しまれました？」

ベネディクトは答える前に、一瞬ロザムンドを見つめた。是が非でも聞きだしたいことがあるらしく、強い眼差しを向けている。「もちろんです」やっと答えた。

「特定の女性とずいぶん長い時間を過ごしてらしたようですけれど」ロザムンドは粘《ねば》った。

レディ・ペンウッドはすばやく顔を振り向けたが、何も言わなかった。

「そうでしたか？」ベネディクトは低い声で返した。

「銀色の衣装の女性です」ロザムンドが言う。「どなたなのです？」

「秘密です」ベネディクトは意味深な笑みを浮かべて言った。その正体が自分にもわからないことをわざわざ教えてやる必要はない。

「名前ぐらい教えてくださってもよろしいでしょう」レディ・ペンウッドが言った。

ベネディクトはただ微笑んで立ちあがった。ここではこれ以上の情報は得られそうにない。

「みなさま、申し訳ないのですが、そろそろ行かねばなりません」にこやかに言い、速やかに軽く一礼した。

「スプーンをご覧になっていないわ」レディ・ペンウッドが引きとめた。

「またの機会の楽しみにとっておきます」ベネディクトは答えた。母がペンウッド家の紋章を見誤ったとは考えにくいし、何より、この冷淡きわまりないペンウッド伯爵夫人とこれ以上一緒にいたら吐いてしまいそうだ。

「楽しい時間を過ごせました」嘘をついた。

「ほんとうに」レディ・ペンウッドは立ちあがって戸口まで見送りにきた。「楽しかったですわ、つかの間でしたけれど」

ベネディクトはもう微笑みはしなかった。

「いったい」ベネディクト・ブリジャートンが出ていって玄関扉が閉まる音を聞いたとたん、アラミンタは言った。「どういうことなの?」

「ええと」とポージー。「たぶん――」

「あなたには訊いてないわ」アラミンタは言い捨てた。

「それなら、誰に訊いたの?」ポージーがいつになく果敢に訊き返した。

「きっと遠くから、わたしのことを見てたんだわ」ロザムンドが言う。「それで――」

「遠くからあなたを見てたんじゃないわよ」アラミンタはぴしゃりとさえぎって、つかつかと部屋のなかを歩きだした。

ロザムンドが驚いてひるんだ。これほどいらだった口調で母にものを言われた記憶はほとんどなかった。

アラミンタは続けた。「あなたは自分で、あの方が銀色のドレスの女性にのぼせあがっていたと言ってたじゃないの」

「のぼせあがっていいたとは言ってないけど……」

「揚げ足をとるのはやめなさい。のぼせあがっていようがいまいが、あの方がここに探しにきたのは、あなたたちのどちらでもないのよ」アラミンタはあざけりに充ちた口調で言った。

「あの方はいったい何しにきたのかしら。いったい……」

窓辺にたどり着くと同時に言葉が途切れた。薄地のカーテンを引くと、ミスター・ブリジャートンが舗道に立ち、ポケットから何やら引っぱりだしているのが見えた。「何をしてるのかしら？」アラミンタは独りごちた。

「手袋を持っているみたいだわ」横からポージーが言った。

「ばかな――」アラミンタはいつもの癖で次女の言葉を否定した。「どうして、手袋なのよ」

「だって、手袋にしか見えないんだもの」ポージーがつぶやく。

「何を見てるんですって？」ロザムンドが妹を押しのけた。

「手袋に付いてる何かね」とポージー。「刺繍じゃないかしら。わたしたちも、縁にペンウッド家の紋章が刺繡されてる手袋を持ってるじゃない。きっとあの手袋にも刺繡があるのよ」

アラミンタは青ざめた。

「お母様、ご気分は大丈夫？」ポージーが訊く。「顔色が悪いわ」

「あの子を探しに来たのだわ」アラミンタはつぶやいた。

「誰のこと？」ロザムンドが訊く。

「銀色のドレスの女よ」

「だけど、ここにはいないわよね」ポージーが言う。「わたしはマーメイドで、お姉様はマリー・アントワネットだったじゃない。お母様はエリザベス女王だし」

「あの靴」アラミンタは声を絞りだした。「あの靴よ」

「靴がどうしたの？」ロザムンドがいらだたしげに尋ねた。

「擦り切れていたのよ。誰かがわたくしの靴を履いた」すでにひどく青ざめていたアラミンタの顔がさらに白ばんでいく。「あの子だったんだわ。いったいどうしてそんなことができたの？　でも、あの子しかありえない」

「誰よ？」ロザムンドがせかした。

「お母様、ほんとうに大丈夫？」ふたたびポージーが問いかけた。「お母様らしくないわ」

だが、アラミンタはすでに部屋を飛びだしていた。

「ほんとに、ほんとに無駄な靴」ソフィーはぶつぶつ言いながら、アラミンタの古びた靴のかかとを磨いていた。「これだって、もう何年も履いてないんだから」

爪先まで磨き終えると、整然と並んだ靴の列のなかに戻した。ところが、次の一足に手を伸ばしたとき、クロゼットの扉が勢いよくあいて壁に叩きつけられ、ソフィーは驚いて悲鳴をあげそうになった。

「ああ、もう、びっくりしました」アラミンタに言う。「足音が聞こえなかったので——」

「荷物をまとめなさい」アラミンタが低く非情な声で言った。「夜明け前に、この家から出て行くのです」

ソフィーは靴磨きに使っていたぼろ切れを落とした。「えっ?」息をのむ。「どうして?」

「理由など必要あるかしら? 一年近く前に、あなたの養育費が打ち切られているのはわかっているはずよ。あなたを追いだすのは当然のことだわ」

「でも、どこへ行けと?」

アラミンタは意地悪そうに目をすがめた。「わたくしの知ったことかしら?」

「でも——」

「あなたは二十歳なのよ。もうじゅうぶん自分で生きていける歳でしょう。もはやわたくしが世話をする必要はないはずだわ」

「あなたに世話などしてもらってないわ」ソフィーは低い声で言った。

「口答えするんじゃありません」

「どうしていけないのよ?」ソフィーは甲高い声をあげた。「もうわたしに失うものなんてある? どうせあなたに追いだされてしまうんだから」

「あなたにはわたくしへの敬意が足りないのよ」アラミンタは言い捨てて、ソフィーがひざまずいたまま立てないようにスカートを踏みつけた。「わたくしはこれまで、あなたへの親切心で服を着せて、住まわせてきてやったのに」

「親切心でしたんじゃないでしょう」ソフィーはスカートを引っぱったが、アラミンタの靴のかかとにしっかりと押さえつけられていた。「ほんとうは、どうしてわたしをここにおいていたの？」

アラミンタはけらけらと笑った。「女中を雇うよりもずっと安あがりだからよ。あなたをこき使うのは楽しかったし」

ソフィーはアラミンタの奴隷《どれい》同然でいるのはいやだったけれど、少なくともペンウッド・ハウスは自分の住まいだった。ギボンズ夫人は友人だし、ポージーもたいてい好意的に接してくれた。でも、外の世界は……ただもう……怖いだけだ。どこへ行けというの？　何をすればいいの？　どうやって生計を立てればいいの？

「なぜいまなの？」ソフィーは訊いた。

アラミンタが肩をすくめる。「あなたにはもう用がないからよ」

ソフィーは自分が磨いた長い靴の列を眺めた。「用がない？」

アラミンタが靴のかかとの細い先端をソフィーのスカートに擦りつけ、布地を引き裂いた。

「ゆうべ、舞踏会に行ったわね？」

顔から血の気が引き、ソフィーはかちあったアラミンタの目を見て、真実を知られていることを悟った。「い、いいえ」嘘をついた。「どうやって、わたしが——」

「どうやってだかは知らないけれど、あなたは行ったはず」アラミンタが一足の靴をソフィーのほうへ蹴り飛ばした。「それを履きなさい」

ソフィーはただ呆然とその靴を見つめた。銀糸の刺繍が施された白いサテン地の靴。ゆうべ自分が履いていった靴だった。

「履きなさい！」アラミンタは怒鳴った。「ロザムンドとポージーの足は大きすぎるわ。ゆうべ、わたくしの靴を履くことができたのはあなただけなのよ」

「だから、わたしが舞踏会へ行ったと？」ソフィーは動揺して息を乱しながら尋ねた。

「靴を履くのよ、ソフィー」

ソフィーは言われたとおりにした。もちろん、足にぴったりだった。

「あなたは自分の領分を踏み越えたのよ」アラミンタが低い声で言った。「何年も前に自分の立場を忘れるなと忠告したはずよ。あなたは庶子、非嫡出子、つまり——」

「庶子がなんなのかはわかってるわ」ソフィーはわめき声でさえぎった。

アラミンタはふてぶてしく片眉を吊りあげ、取り乱したソフィーを鼻であざ笑った。「あなたは上流社会には入れないわ。生意気にも、わたくしたちと同等のような顔をして、仮面舞踏会に出席するなんてもってのほか」

「ええ、生意気ですとも」ソフィーは叫んだ。アラミンタになぜばれてしまったのかという疑問は頭から吹き飛んでいた。「そうよ、生意気だから言わせてもらうわ。わたしにはあなたと同じ貴族の血が流れてる。でも、わたしのほうがはるかに情が深いし――」

叫びながら立ちあがったとたん、アラミンタに顔を激しく平手打ちされて倒れ込み、真っ赤になった頰を手で押さえた。

「わたくしと比べることなど許しません」アラミンタは言い放った。

ソフィーは倒れ込んだままでいた。どうして父は、これほどまで継子を嫌う女に養育をまかせるような仕打ちができたのだろう？　それほど愛情が薄かったの？　それとも単に人を見る目がなかったの？

「あすの朝までに出て行くのよ」アラミンタの低い声がした。「あなたの顔など二度と見たくないわ」

ソフィーは扉のほうへ進みだした。

「ただし」アラミンタが手首をソフィーの肩に押しつけて言った。「わたくしが命じた仕事を終わらせてからよ」

「終わらせるには朝までかかってしまうわ」ソフィーは言い返した。

「わたくしの知ったことではないわ」アラミンタはそれだけ言うと、扉をばたんと閉めて、がちゃりと鍵をかけた。

ソフィーは、細長く暗いクロゼットの照明代わりに持ち込んでいた、蠟燭のゆらめく炎を見つめた。蠟燭の燈芯が朝までもつはずもない。

それに、どう考えても、アラミンタの残りの靴を朝までに磨き終えられるはずがなかった。

ソフィーは床にへたり込み、膝を寄せて体を抱きかかえ、蠟燭の炎の一点をひたすら見つめた。あす、陽が昇れば、人生はすっかり変わってしまうのだ。ペンウッド・ハウスはすばらしく居心地がいいわけではなかったけれど、少なくとも安全な場所だった。

ソフィーはほとんどお金を持っていなかった。この七年、アラミンタからは一ペニーも受け取っていないのだ。さいわい、父親がまだ健在で、その妻の奴隷ではなく、被後見人として扱われていたときに与えられた、少しばかりの小遣いは使わずにとってあった。

けれども、そのわずか数ポンドではそう遠くへは行けない。ロンドンを出るには旅費が必要だ。それで手持ちのお金の半分以上は消えてしまうはずだ。しばらく街にとどまることも考えたけれど、ロンドンのスラム街は汚らしく危険だし、自分の蓄え程度では環境の良い地区に泊まれないことはわかっていた。それに、どうせ自分の力で生きていくのなら、大好きな田舎に帰りたい。

しかも、ここにはベネディクト・ブリジャートンがいる。ロンドンは大きな街だから、何年も顔を合わせずにすむかもしれないが、彼の姿を見たくて、あのお屋敷にみずから足を向けてしまいそうで怖かった。

それでもし彼に気づかれでもしたら……どうなるのかソフィーにはわからなかった。騙したことを激怒されるだろうか。愛人になるよう迫られるだろうか。まったく気づかれないかもしれない。

ただひとつ確かなのは、足もとにひざまずき、永遠の愛を誓って求婚されることはありえないということ。

子爵家の子息が、卑しい生まれの女性と結婚するはずがない。ロマンス小説のなかでさえ。

そうよ、やはりロンドンを出なくては。愚かな夢を振りきるためにも。とはいえ、働き口を見つけるまで、もう少し当座の生活費が必要だ。ある程度の――

ソフィーはきらりと光るものに目を留めた――隅に押し込まれた一足の靴。それはちょうど一時間前に磨いたばかりの靴で、光っているのは靴ではなく、宝石が散りばめられた靴飾りであることを知っていた。しかも簡単に取りはずしができて、ポケットにすっぽり収まる大きさだ。

奪う勇気がある？

アラミンタが養育費を受け取っておきながら、そのお金をまったく分け与えてくれなかったことを、ソフィーは思った。

何年ものあいだ、奴隷のようにこき使われてきたことを思った。

良心が咎《とが》めるかもしれないとも思ったけれど、その思いはすぐに打ち消した。良心がどうのこうのと言っていられるような場合ではない。

ソフィーは靴飾りを取りはずした。

それから数時間後、（母親の言いつけに背いて）やって来たポージーにクロゼットから出してもらうと、ソフィーは持ち物をすべてまとめて、屋敷を出た。

意外にも、振り返ろうとは思わなかった。

第二部

6

『この三年来、ブリジャートン家の子供たちの結婚は途絶え、レディ・ブリジャートンが頭を悩ませているとたびたびこぼしているらしい。ベネディクトはいまだ妻を娶らず（三十ともなれば適齢期はとうに過ぎていると筆者は見るが）、コリンもまた然り。とはいえ、こちらは二十六歳なので、まだ猶予はあるだろう。

子爵未亡人にはさらに心配の種の娘がふたりいる。まもなく二十一歳になるエロイーズは複数の殿方から求婚されているものの、同意する気配はなし。まもなく二十歳になる（この姉妹は偶然にも誕生日が同じ）フランチェスカはといえば、結婚よりまだまだ社交シーズンを楽しみたいと見える。

筆者からすれば、レディ・ブリジャートンの心配は無用の長物。ブリジャートン家で、最後まで望みどおりの結婚が叶わない者が出るとは信じがたいからだ。しかも、既婚のふたりの子供たちはすでに合わせて五人の孫の顔を見せているのだから、未亡人とてそれで本望ではなかろうか』

一八一七年四月三十日付〈レディ・ホイッスルダウンの社交界新聞〉より

アルコールと両切り葉巻。カードゲームに、おおぜいの商売女たち。まさしく、ベネディクト・ブリジャートンが大学を出たての頃には大いに楽しんでいた類《たぐい》のパーティだ。でもいまは、退屈なだけだった。

どうして出席を承諾してしまったのか、自分でもよくわからない。それほど退屈していたということだろう。一八一七年のロンドンの社交シーズンはこれまでのところ前年と何も変わらず、しかも前年の一八一六年は格別に心躍る出来事は何も起きなかった。今年もそっくり同じことを繰り返すのでは、うんざりせずにはいられない。

招待主のフィリップ・キャベンダーなる男のこともろくに知らなかった。言うなれば、友人の友人の友人のひとりという関係だ。いまとなっては、ロンドンにとどまっていればよかったと心から思っていた。ちょうど重い鼻風邪から回復したばかりで、それを言い訳に断わろうとしたのだが、友人――この四時間、姿を見ていない――にあの手この手で説得され、結局承諾するはめとなったのだ。

いまやほんとうに後悔していた。

ベネディクトはフィリップの両親の家の廊下を歩いていた。左手の戸口からは、賭け金の高いカードゲームをしているのが見えた。参加者のひとりが大汗をかいている。「愚か者め」ベネディクトはつぶやいた。気の毒に、あの男は先祖代々受け継いできた屋敷を手放すことになりかねない窮地に追い込まれているのだろう。

右手の扉は閉まっていたが、女性の忍び笑いのあとに男性の笑い声がして、さらにはなんとも耳障りな唸り声と金切り声が聞こえた。

まったくばかげている。ベネディクトはその場にいたくなかった。分不相応に賭け金の高いカードゲームは虫が好かないし、おおっぴらに女性と戯れたいとも思わない。自分を誘った友人はどこへ行ってしまったのかわからず、ほかの招待客の誰にもあまり好意を持てない。「去るとしよう」聞いている者もいない廊下で宣言した。馬車で一時間ほどのところに、ささやかな所有地があった。小さな別荘といった程度のものだが、何といっても自分の持ち物だし、この瞬間にはそこが天国のように思えた。

だが、招待主を見つけて、去ることを伝えるのが然るべき礼儀というものだろう。たとえミスター・キャベンダーが酔っていて、翌日にはその会話を覚えていなかったとしても。

とはいえ、無駄に探しまわって十分ほどが過ぎると、子供たち全員に徹底的に礼儀を教え込んだ母が恨めしく思えてきた。礼儀など教えられていなければ、こんな苦労をせずとも楽に立ち去れたものを。「あと三分だけだ」ベネディクトは愚痴った。「あと三分であのたわけ者が見つからなければ、帰るぞ」

そのとき、若い男ふたりがよろよろ歩いてきて、つんのめりそうになって騒々しい笑い声をあげた。酒の臭いがぷんぷん漂っている。片方の男がいまにも胃の中身を吐きだしそうだったので、ベネディクトはさりげなくあとずさった。

大事なブーツを汚されてはたまらない。

「ブリジャートンだな！」片方の男が叫んだ。

ベネディクトはそっけなく会釈した。ふたりとも自分より五歳は若く、よく知らない相手だった。

「ブリジャートンじゃないだろう」もうひとりが呂律《ろれつ》のまわらない口ぶりで言う。「いや、やっぱりブリジャートンだぞ。髪と鼻を見りゃわかる」目をすがめる。「だが、どのブリジャートンだ？」

ベネディクトはその質問を無視した。「招待主を見かけなかっただろうか？」

「招待主なんていたか？」

「そりゃいるさ」最初に叫んだ男が答えた。「キャベンダーだよ。ご親切にも、われらに自分の家を開放してくれた御仁――」

「両親の家だろ」もうひとりの男が訂正した。「気の毒に、まだ相続してないんだから」

「そうだった！　やつの両親の家だ。でもいいやつだよ」

「その彼を見かけていないかね？」ベネディクトは唸るような声で言った。

「外に出てったな」招待主などいたかと言っていたはずの男が答えた。「正面玄関から」

「ありがとう」ベネディクトはそれだけ言うと、ふたりの傍らを抜けて正面玄関のほうへ向かった。玄関先の階段をおりてキャベンダーに挨拶をすませたら、厩《うまや》に馬車を取りに行こう。足をとめる必要すらないだろうと思った。

やはり新たな仕事を探す潮どきだと、ソフィー・ベケットは思った。ロンドンを離れ、アラミンタの奴隷同然の生活から解放され、まったく自分ひとりの力で暮らし始めてから二年が経とうとしていた。

ペンウッド・ハウスを出たあと、アラミンタの靴飾りを質屋に持ち込んだものの、本人がダイヤモンドだと吹聴していたものはただのガラス玉だとわかり、たいしたお金にはならなかった。家庭教師の仕事を探そうともしたけれど、喜んで受け入れてくれる紹介所はなかった。高い教養を身につけていることは確かでも、紹介状を持っていなかったし、そのうえ、ほとんどのご婦人は若い女性を雇いたがらなかった。

ソフィーは結局、ウィルトシャーまでの乗合馬車の切符を買った。万が一に備えて少しばかりのお金をとっておくためには、そこまでの切符しか買えなかった。さいわいにもすぐに仕事が見つかり、ジョン・キャベンダー夫妻の階上女中として働き始めた。夫妻はごくふつうの雇い主で、使用人に勤勉な仕事ぶりを望みはしても、無理なことは要求しなかった。何年もアラミンタにこき使われてきたあとでは、キャベンダー家の仕事は楽しい休暇のようにすら思えた。

ところが、夫妻の息子がヨーロッパをめぐる旅から戻ってくると、すべてが一変した。フィリップはことあるごとにソフィーを廊下の隅に追いつめて、ねちねちとした誘いをかけてきて、拒まれると攻撃的になるいっぽうだった。ちょうどソフィーがべつの働き口を探そうと考え始めた矢先、キャベンダー夫妻がブライトンに住む夫人の姉妹を訪ねるため一週間留守にすることになり、そのあいだに、フィリップが二十人ほどのごく親しい友人を招いてパーティを開きたいと言いだしたのだ。

これまでも言い寄ってくるフィリップから逃れるのに苦労してきたけれど、少なくとも無茶な手だしはできないだろうという安心感があった。母親が家にいるあいだは、フィリップはけっして襲ってこないからだ。

でも、キャベンダー夫妻が留守にするとなれば、フィリップはなんでも好きなようにやれると思うだろうし、その友人たちにしても同じことだった。

ソフィーはすぐに発つべきだとわかっていたが、キャベンダー夫人にはとても親切にしてもらったので、二週間前に申しでる礼儀を欠くことが気になっていた。けれども、家じゅうを二時間も追いまわされて、もう礼儀など守っている場合ではないと決断した。だから（さいわいにも同情的な）家政婦に、もうとどまれないと告げて、わずかな荷物をまとめて裏階段をこっそりおりていった。町までは歩いて二マイルの道のりがあるものの、たとえ真夜中であろうと、夜道を行くほうがキャベンダー家にとどまるよりよほど安全に思えたし、手頃な代金で温かい食事と部屋を提供してくれる小さな宿屋があることも知っていた。

ところが、裏口からまわって正面の私道に出たとき、がさつな大声を耳にした。

ソフィーは顔を上げた。ああ、なんてこと。かなり酔っ払って、いつにもまして卑劣そうなフィリップ・キャベンダーだった。

ソフィーは駆けだした。走る速さではかなうわけがないとわかっていたので、アルコールのせいでフィリップの運動能力が落ちていますようにと祈りながら。

けれど、逃げだしたのがよけいに相手の興奮を煽《あお》ったらしかった。フィリップの高笑いが聞こえ、地面を踏みしめる足音が背後にどんどん迫ってきて、ついに外套の襟《えり》の後ろをつかまれ、ぐいと引きとめられた。

フィリップが勝ち誇ったように笑っている。ソフィーは人生でこれほど恐ろしい思いをしたことはなかった。

「ほら、つかまえた」フィリップがげらげら笑う。「ソフィーお嬢ちゃん、きみに友人たちを紹介させてくれよ」

ソフィーは口が乾いてきて、鼓動が倍に速まったのか、それともとまってしまったのかもわからなくなった。「放してください、ミスター・キャベンダー」できるだけきつい声で言った。弱々しい懇願を喜ぶことはわかっていたので、相手の望みどおりにはしたくなかった。

「やだね」フィリップは自分のほうにソフィーを振り向かせて、狡猾な笑みを広げた。首をかしげて、声を張りあげる。「ヘーズリー！　フレッチャー！　ぼくはここだ！」

さらにふたりの男が暗がりから現れ、ソフィーは恐怖で目を見張った。どうやらどちらもお酒を飲んでいて、フィリップ以上に酔っ払っているようにも見えた。

「あなたが開くパーティはいつもすばらしいですよ」片方の男が媚びた声で言う。

フィリップが誇らしげに鼻息を吐いた。

「放してください！」ソフィーはもう一度言った。

フィリップがにやりとする。「みなさん、いかがかな？　淑女の頼みを聞いたほうがいいだろうか？」

「まさか、とんでもない！」ふたりのうち若いほうの男が答えた。

「〝淑女〟と呼ぶのは」もうひとりの、すばらしいパーティを開いてくれると媚びた男が続けた。「いささか不適切ではありませんか？」

「まさしく！」フィリップが応じる。「こやつは女中であり、みなさんご存知のように、使用人の身分である」ソフィーを友人のひとりのほうへぐいと押しやる。「さあ、この女をとくとご覧あれ」

ソフィーは前へ押しだされて悲鳴をあげ、小さな袋をぎゅっと握りしめた。強姦される。それはもう逃れようがない。けれど、うろたえながらも最後の一縷《いちる》の尊厳だけは守りたかった。この男たちに、自分のわずかな持ち物を冷たい地面にぶちまけられてなるものか。

ソフィーを手渡された男は乱暴に体を撫でまわしてから、もうひとりの男のほうへ押しだした。その男が彼女の腰に手を這わせたとき、どこからか声があがった。「キャベンダー！」

ソフィーは耐えきれずに目を閉じた。〝四人目の男が来たんだわ。ああ、神様、三人でも足りないのですか？〟

「ブリジャートン！」フィリップが叫び返した。「こっちへ来たまえ！」

ソフィーはぱっと目を開いた。ブリジャートン？

暗がりから、長身の逞しい体つきの男性が現れ、ゆったりと自信に充ちた優雅な足どりで近づいてくる。

「ここで何をしているのです?」

ああ、神様、この声を忘れられるものですか。ソフィーはその声を夢のなかで何度となく聞いていた。

それは、ベネディクト・ブリジャートン。ソフィーの憧れの王子様だった。


夜気はひんやりしていたが、屋内でアルコールと煙草の臭いを嗅がされていたベネディクトには、それが心地良く感じられた。満月に近い月はふっくらと丸みを帯び、やさしいそよ風が木の葉をさざめかせている。どれをとっても、退屈なパーティから抜けだして帰るには最適な夜だった。

とはいえ、物事には手順というものがある。招待主を見つけて、もてなしに感謝し、帰ることを伝える義務を果たさなくてはならない。階段の一番下までおりると、呼びかけた。

「キャベンダー!」

「ここにいる!」その声を聞いて、ベネディクトは右のほうを振り向いた。堂々とした楡《にれ》の老木の下に、キャベンダーがふたりの紳士とともに立っていた。三人は女中を軽く突き飛ばしあって、ふざけているように見えた。

ベネディクトは唸った。ここからでは遠くて、その女中がからかわれて楽しんでいるのかどうかがわからないが、本人がいやがっているのだとすれば、こちらの今夜の計画がどうあれ、助けなければならない。とりたてて強い英雄願望があるわけでもないが、妹が山ほどいるので——正確には四人——、困っている女性を放っておくことができないのだ。

「おお、そこにいらしたのか！」ベネディクトは大声で答えると、いかにもさりげない調子でのんびりと歩いていった。むやみに急ぐより、ゆっくりと歩いて状況を見きわめるほうが往々にして得策だ。

「ブリジャートン！」キャベンダーが呼びかけた。「こっちへ来たまえ！」

近づいていくと、男たちのひとりが若い女性の腰に腕をまわし、その背中を自分の前面にぴったり押さえつけていた。男のもう片方の手は女性のお尻をもみしだいている。

ベネディクトは女中の目に視線を移した。大きく見開いた目に恐怖を湛《たた》え、空から人が舞い降りてきたとでもいうように、こちらを見つめている。

「ここで何をしているのです？」ベネディクトは尋ねた。

「ちょっとしたお遊びだ」キャベンダーがへらへら笑う。「うちの両親が、親切にもこのかわい子ちゃんを雇ってるんだ」

「彼女は楽しんでいるように見えないが」ベネディクトは静かに言った。

「楽しんでるさ」フィリップはにやりとした。「どうあれ、ぼくはすこぶる楽しい」

「こっちにはつまらないな」ベネディクトは前へ進みでた。

「きみにも楽しませてやろうじゃないか」フィリップがますます愉快そうに言う。「われわれのあとで」

「誤解するな」

ベネディクトの鋭い口調を聞いて、三人の男は凍りつき、用心深い目を向けた。

「その女性を放せ」

場の空気が一転して静まり返った。女中をつかまえている男はアルコールで反射神経が鈍っているのか、手を放さなかった。

「争いごとは好かないのだが」ベネディクトは腕組みした。「仕方あるまい。それと、三対一など造作ないことも言っておく」

「おい、ここをどこだと思ってるんだ」フィリップが声を荒らげた。「ぼくの所有地で、ぼくに命令できる者などいない」

「きみのご両親の所有地だろう」ベネディクトは指摘し、フィリップがまだ青二才であることをその場の全員に強調した。

「ぼくの家だ」フィリップは言い返した。「それに、この女はぼくの女中だ。だから、ぼくの好きなようにできる」

「この国に奴隷制度があるとは知らなかったな」ベネディクトはつぶやいた。

「この女は、ぼくの命令をきかなければならないんだ！」

「そうだろうか？」

「そうしなければ首にする」

「なるほど」ベネディクトは皮肉っぽい笑みをちらりと浮かべて言った。「では、本人に尋ねてみてはどうだ。きみたち三人と交わりたいかどうか。それがきみたちの希望なのだろう？」

フィリップは言葉に窮して唾を吐いた。

「尋ねるんだ」ベネディクトは、今度はにこやかに微笑んで繰り返した。この若者は微笑みに激昂するだろうとわかっていたからだ。「それでもし、彼女がいやだと言ったら、即刻ここで首にすればいい」

「尋ねるものか」フィリップがぐずるように言った。

「そうか、ならば、きみの言うとおりにさせることはできないぞ？」ベネディクトは女中を見やった。濃いブロンドの巻き毛を肩の辺りで切り揃え、やや大きすぎる感じの目をした、魅力的な娘だった。「よかろう」ベネディクトはちらりとフィリップに目を戻した。「ぼくが尋ねる」

女性の唇がかすかに開き、ベネディクトは見覚えがあるような、なんとも奇妙な気分に襲われた。だが、ほかの貴族の家で働いていたのでもないかぎり、ありえないことだ。たとえ働いていたとしても、通りすがりに見かけただけのことだろう。実際、女中のことはほとんど目に入らないのだから。

「ミス……」ベネディクトは眉根を寄せた。「きみの名前は？」

「ソフィー・ベケットです」ソフィーが息をのむと、喉に巨大な蛙が詰まっているかのような音がした。

「ミス・ベケット」ベネディクトが続ける。「次の質問にお答えいただけるかな？」

「いやです！」とっさにソフィーは叫んだ。

「答えたくないと？」ベネディクトが面白がるような目で訊く。

「いえ、その三人と交わるのがいやなんです！」口から言葉がほとばしった。

「決着がついたようだな」ベネディクトは言った。女中をつかんだままでいる男を見やる。「彼女は首になったのだから、放したまえ」

「それでどこへ行くというんだ？」フィリップはせせら笑った。「この辺りでは二度と働けないぞ」

ソフィーはまさにそのことを憂慮して、ベネディクトのほうを振り向いた。

ベネディクトは無造作に肩をすくめた。「母に彼女の仕事を見つけてもらうよ」彼女のほうを見やって片眉を上げる。「それでいいかい？」

ソフィーは驚きのあまり口をぽかんとあけた。彼のうちで働けというの？

「期待はずれの反応だな」ベネディクトがぼそりと言った。「ここよりは間違いなく快適に働けるぞ。少なくとも、こんな目に遭うことはありえない。どうだろう？」

ソフィーは自分を強姦しようとした三人の男たちに怒りの目を向けた。じつのところ選択の余地はなかった。ベネディクト・ブリジャートンの提案が、キャベンダー家から逃れるための唯一の手段なのだ。内心では、彼の母親に仕えることなどできるのだろうかと思った。

ベネディクトのそれほど近くで使用人として働かなければならないことに、果たして耐えられるのだろうか。けれど、その問題についてはあとで解決策を見つければいい。いまはとにかく、フィリップから逃れなくては。

ソフィーはベネディクトのほうを向き、まだ声を出すのが怖かったのでうなずいた。恐れからなのか安堵からなのか、喉の奥が締めつけられているような気がした。

「よし」とベネディクト。「では行くとしよう」

ソフィーは、自分をつかんだままの腕にじろりと鋭い視線を向けた。

「おやおや、困ったなあ」ベネディクトはいやみっぽく言った。「彼女を放さないと、その大事な手を撃ち抜かねばならないだろう?」

ベネディクトは銃を持ってすらいなかったが、その声の調子を聞いて、男はすぐさま手を放した。

「よしと」ベネディクトは言うと腕を女中のほうへ伸ばした。彼女が前へ踏みだし、ふるえる指でその肘につかまる。

「連れて行かせるもんか!」フィリップがわめく。

ベネディクトはさげすんだ目を向けた。「連れていく」

「こんなことをして後悔するぞ」とフィリップ。

「それはどうかな。さっさと目の前から消えてくれ」

フィリップはふんっと鼻を鳴らし、友人たちのほうを向いて言った。「行くぞ」それからベネディクトを振り返り、言い足した。「うちのパーティへの招待状は、二度とおまえに届かないと思え」

「それは残念」ベネディクトは間延びした声で言った。

フィリップはもう一度いらだたしげに鼻息を吐きだすと、ふたりの友人とともに大股で屋敷のほうへ戻っていった。ソフィーは三人が歩き去るのを見届けてから、ゆっくりとベネディクトに視線を戻した。フィリップと、彼のいやらしい目つきの友人たちにとらわれていたときには、死んでしまいたい気持ちだった。そこへ、まるで夢みたいに、目の前にベネディクト・ブリジャートンが現れたのだ。ソフィーは自分がとうとう死んでしまったのだと思った。天国にでも行かないかぎり、彼と再会できるとは思えなかったから。

ソフィーはただもう呆然として、フィリップの友人に押さえつけられ、あまりに屈辱的なやり方でお尻をつかまれていたことすら忘れてしまった。周りの現実が溶け去り、目に見えるもの、意識できるものはただひとつ、ベネディクト・ブリジャートンだけになった。

ずっと夢見てきた瞬間だった。

けれどもまもなく、すさまじい勢いで現実が舞い戻り、ひとつのことで頭がいっぱいになった——なぜ、彼はここにいたのだろう？　飲んだくれと娼婦だらけの忌まわしいパーティなのに。二年前に出会ったときの彼は、このような場所に足繁く通う男性には見えなかった。といっても、彼と過ごしたのはほんの数時間に過ぎない。もしかしたら、かいかぶっていたのかもしれない。ソフィーはつらくて目を閉じた。この二年、ベネディクト・ブリジャートンとの思い出は、暗く侘しい生活のなかで一筋の光明だった。彼をかいかぶっていただけで、フィリップやその友人たちとたいして変わらない男性だったのだとしたら、自分にはもう何もなくなってしまう。

愛の記憶さえも。

でも、彼はわたしを救ってくれた。これは否定しようのない事実だ。きっとほんとうに大切なのは、フィリップのパーティになぜ来たかではなく、ここに現れて、自分を救ってくれたことだけなのだろう。

「大丈夫かい？」ふいにベネディクトが尋ねた。

ソフィーはうなずき、面と向かって目を見つめて、気づいてくれるのを待った。

「ほんとうに？」

ソフィーはふたたびうなずき、じっと待った。もうすぐ気づいてくれるはずだ。

「よかった。きみは大変な目に遭ったからね」

「大丈夫です」ソフィーは下唇を噛んだ。もしも気づいたなら、彼はいったいどんな反応をするのか想像もつかなかった。喜ぶだろうか？　腹を立てるだろうか？　それを考えていると命が縮む思いがした。

「荷物をまとめるのに、どのぐらい時間がかかるだろうか？」

ソフィーは無言で目を瞬き、ふと自分がまだ布袋をかかえていることに気づいた。「すぐに発てます」と答える。「ちょうど出ていこうとしたとき、あの人たちにつかまったんです」

「賢いお嬢さんだ」ベネディクトは感心してうなずいた。

ソフィーは気づいてもらえないことが信じられず、ただじっと彼を見つめた。

「では、出発しよう」ベネディクトが言う。「キャベンダー家の所有地にいるだけで気分が悪くなる」

ソフィーは何も答えなかったが、顎をわずかに突きだし、首をかしげて、彼の顔を見た。

「ほんとうに大丈夫かい？」ベネディクトが訊く。

そして、ソフィーは思い起こした。

二年前、彼と出会ったときには、顔の半分を仮面で覆っていたのだ。

光る髪粉を振りかけていたから、実際の髪の色より明るい金色に見えていたはずだ。しかもその髪を切って、かつら商に売り払ってしまった。かつてのゆるやかにうねった長い髪は、いまや短い巻き毛になっていた。

栄養をつけさせてくれたギボンズ夫人と離れて、体重も六、七キロ落ちている。

それに考えてみれば、そもそもふたりが顔を合わせていたのは、ほんの二時間足らずのことなのだ。

ソフィーは彼の目をまっすぐにじっと見つめた。そしてそのとき、確信した。

ベネディクトは、わたしに気づかない。

わたしがあの女性であるとは思ってもいない。

笑うべきなのか泣くべきなのか、ソフィーはわからなかった。

7

『先週木曜日のモットラム家の舞踏会で、ロザムンド・レイリング嬢がミスター・フィリップ・キャベンダーの気を惹こうとしていたのは、招待客の誰の目にも明らかだった。筆者が思うに、ふたりはじつにお似合いだ』

一八一七年四月三十日付〈レディ・ホイッスルダウンの社交界新聞〉より

十分後、ソフィーは二頭立て馬車にベネディクト・ブリジャートンと並んで乗っていた。

「目に何か入ってしまったのかい？」ベネディクトが丁寧な口調で尋ねた。

ソフィーはその言葉にはっとした。「な、なんでしょう？」

「ずっと瞬きをしているだろう。目に何か入ってしまったのかと思って」

ソフィーはぐっと唾をのみ込み、神経質な笑いを嚙み殺した。いったい、なんと答えろというの？　事実を言える？　ただの夢なら覚めてほしくて瞬きしていたと？　悪夢かもしれないと思ったと？

「ほんとうに大丈夫かい？」ベネディクトが訊く。

ソフィーはうなずいた。

「恐ろしい思いをしたせいかもしれないな」とベネディクト。

ソフィーはそのせいだとばかりにもう一度うなずいた。

やはり気づいてはもらえないのだろうか？　この瞬間をずっと夢に見続けてきたのに。憧れの王子様はついに助けに来てくれたけれど、わたしが誰かすら気づかないなんて。

「もう一度、お名前を聞かせてもらえないだろうか？」ベネディクトが言う。「大変申し訳ない。いつも二度聞かなければ覚えられないんだ」

「ソフィア・ベケットです」嘘をつく必要などないと思った。あの仮面舞踏会では名を名乗らなかったのだから。

「会えて嬉しいよ、ミス・ベケット」ベネディクトが夜道を見つめたまま言った。「ぼくは、ベネディクト・ブリジャートンだ」

彼がこちらを見ていないことを知りつつ、ソフィーはうなずいて応じて、しばし沈黙した。というのも、単にこの信じがたい状況で口にすべき言葉が見つからなかったからだ。二年前には、このような挨拶を交わすことは考えられなかった。ようやく、ソフィーは口を開いた。

「とても勇敢な行動でしたわ」

ベネディクトが肩をすくめた。

「相手が三人なのに対して、あなたはたったひとり。たいていの男性なら関わりたがらないでしょう」

今度はベネディクトがこちらを向いた。「弱い者いじめは許せないんだ」

それから付け加える。「ぼくには妹が四人いる」

ソフィーは「知ってるわ」と言いそうになるのをどうにかこらえた。ウィルトシャーで働く女中がそんなことを知っているはずがある？　その代わりに言った。「それで、わたしを助けてくださったのですね」

「妹たちがもし同じような状況に立たされたなら、誰かに救われることを願わずにはいられない」

「そのような目に遭うことはありませんわ」

ベネディクトはいかめしい顔でうなずいた。「そう祈りたい」

馬車が静寂にまとわれた夜道を進んでいく。あの仮面舞踏会のときには一瞬たりとも会話が途切れなかったのに、とソフィーは思い返した。いまは立場が違うことはわかっている。自分は貴族の華麗な淑女ではなく、女中なのだ。共通の話題などあるはずもない。

それでも、ソフィーは気づいてもらえるのを待ち続けた。馬車ががくんと止まって、彼が自分を胸に抱き寄せ、二年間きみを探していたんだと言ってくれるのではないか、と。でも、そんなことは起きないのだとすぐに悟った。そもそも、女中の姿でいる女性が、あのときの淑女だと気づいてもらえるはずがあるだろうか？

人には見たいものが見えるものだ。だから、粗末な身なりの女中を見て、間違っても貴族の淑女だとは思わない。

彼のことを考えない日は一日もなかった。この唇に触れた彼の唇、うっとりと魔法をかけられたような、あの仮面舞踏会の夜を忘れたことはない。いつだって、彼を中心に空想を思い描いてきた。その夢物語のなかでは、自分はべつの両親から生まれた別人だった。そして、舞踏会、それも自分を愛してくれる母と父が自宅で開いた舞踏会で、彼と出会うのだ。彼は芳しい花束を手渡し、何度もこっそりキスをして、やさしく求愛する。そのあと、うららかな春の日に、小鳥たちがさえずり、穏やかなそよ風が吹き抜けるなかで、彼は片膝をつき、永遠の誠実な愛を誓って結婚を申し込む。

すばらしい白昼夢にはさらに、婚姻の誓いを守って無事に生まれた三、四人の元気な子供たちとともに、いつまでも幸せに暮らすというおまけまでついていた。

けれど、いくら想像力をふくらませても、実際に彼と再会することや、ましてや放蕩者たちに襲われかけているところを彼に助けられるとは考えてもいなかった。

彼のほうは、一度だけ情熱的なキスを交わした、銀色のドレスを着た謎の女性のことを、思い出したことがあるのだろうか、とソフィーは思った。そうであってほしいけれど、あのときのことを自分と同じように記憶してくれているとは思えなかった。第一、彼は男性なのだし、おおぜいの女性とキスをしているに違いないのだから。

彼にとっては、あの晩もほかの晩とさほど変わりはないものだったのだろう。ソフィーはいままでも、手に入るときには欠かさず〈ホイッスルダウン〉を読んでいた。だから彼が多くの舞踏会に出席しているのも知っている。あの仮面舞踏会だけをとりたてて覚えているなんてことがありうるだろうか？

ソフィーはため息をついて、小さな布袋の引き紐を握りしめたままの手を見おろした。手袋があればよかったのだけれど、たったひと組の手袋がその年の初めに擦り切れてしまい、新しいのを買う金銭的余裕はなかった。手は荒れてひび割れ、指先が冷たくなっている。

「持ち物はそれだけなのかい？」ベネディクトが袋のほうに手を向けて尋ねた。

ソフィーはうなずいた。「あまり持ち物はないのです。着替えの服が一着と、いくつかの思い出の品だけで」

ベネディクトはしばし沈黙したあと言った。「きみは女中にしては言葉が洗練されている」

それを指摘されたのは初めてではなかったので、ソフィーは用意していた答えを返した。

「母が、とても親切で寛大な一族の家政婦をしていたのです。それで、その家の娘さんたちと一緒に授業を受けさせていただきました」

「なぜそこで働かないのだ？」ベネディクトは手首を巧みに返して、分かれ道の左側へ二頭の馬を導いた。「その一族がキャベンダー家とは思えないが」

「違います」と否定して、上手な言い訳を探した。用意していた答えについて、さらに深く訊かれたのは初めてだった。そこまで関心を寄せてくれる人はこれまでいなかった。「母は亡くなりました」どうにか答えた。「そのあと、新しい家政婦とうまくやっていけなかったのです」

ベネディクトは納得したらしく、ふたりはまた何分か馬車に揺られた。夜はほとんど静寂に包まれ、風の音と、テンポ良く響く馬のひづめの音だけが聞こえてくる。ソフィーはとうとう好奇心を抑えきれなくなって尋ねた。「どこに向かっているのですか？」

「そう遠くないところに別荘を持っている」ベネディクトが言う。「そこで、一、二泊してから、きみを母の家に連れて行くつもりだ。きっと母が、きみにぴったりの仕事を見つけて割りあててくれるはずだ」

ソフィーの鼓動が高鳴りだした。「その別荘は……」

「身のまわりの世話は心配ない」ベネディクトがかすかに笑みを浮かべて言った。「管理人がやってくれるんだ。クラブトリー夫妻は、自分たちの家で不自由な思いなどさせはしないから」

「あなたの家なのでしょう」

ベネディクトは笑みをさらに広げた。「長年、そう理解させようとしてきたんだが、まるで効果なしさ」

ソフィーは自然に口もとをほころばせていた。「おふたりをとても好きになれそうだわ」

「そう願うよ」

それからまた沈黙が落ちた。ソフィーは用心深く正面を見続けた。目が合えば気づかれてしまうのではないかと、あまりに愚かな恐れを抱いていた。でも、それは幻想に過ぎなかった。彼はすでに何度も真正面からこちらを見ているのに、いまだ女中としか思っていないのだから。

ところが数分後、頬になんとなくくすぐったさを感じて振り返ると、ベネディクトが妙な表情でこちらを見ていた。

「どこかでお会いしたかな？」だし抜けにベネディクトが言った。

「いいえ」思いのほか詰まり気味の声になっていた。「そんなことはないと思います」

「そうだよな」ベネディクトがつぶやく。「だがどうも見覚えがあるような気がする」

「女中はみんな同じように見えるんですわ」ソフィーは苦笑いを浮かべて言った。

「まあ、たしかに」とベネディクト。

ソフィーは正面に顔を戻し、顎を引いた。どうしてちゃんと言わなかったのだろう？　彼に気づいてほしくないの？　この三十分、期待して、願って、夢見ていたはず――

それが問題だったのだ。夢見ていたことが。夢のなかでは、彼に愛されていた。夢のなかでは、求婚されていた。でも現実には、愛人になってほしいと言われるかもしれず、それはまさに、絶対にしないと胸に誓ってきたことだ。身元を知れば彼は、アラミンタのもとへ帰すのが礼儀と考えるかもしれない。そうしてアラミンタのもとに連れ戻されれば、きっとまっさきに靴飾りを盗んだ罪で治安判事に突きだされるだろう（なくなったものをアラミンタが見落とすことはありえないのだから）。

そう、彼に気づかれないままでいるのに越したことはない。気づかれても、人生がややこしくなるだけだ。働き口のあてもなく、持ち物もほとんどないことを考えれば、ここでわざわざ面倒を増やす必要はない。

それでもなお、すぐに気づいてもらえなかったことが、どうしようもなく悲しかった。

「雨かしら？」ソフィーは話題を変えるきっかけをつかみたくて言った。

ベネディクトが空を見あげた。いつのまにか月は雲に覆い隠されていた。「出てくるときには雨になる気配はなかった」ベネディクトがつぶやく。大きな雨粒がその太腿に落ちた。

「だが、きみの言うとおりらしい」

ソフィーは空を見やった。「風がほんの少し強まっているわ。嵐にならなければいいけれど」

「嵐になるな」ベネディクトが苦々しげに言う。「幌なし馬車を使うときにかぎってこうなるんだ。幌つきに乗っていたら、雲ひとつ出てこなかったに違いない」

「別荘まで、あとどのぐらいですか？」

「三十分ぐらいのはずだ」ベネディクトが眉をひそめる。「雨で遅れなければの話だが」

「あら、わたしは少しぐらいの雨なら気になりません」ソフィーは勇ましく言った。「濡れるより、はるかに大変な目に遭うところだったのですから」

その言葉の意味は、ふたりともじゅうぶんわかっていた。

「あなたにまだお礼を申し上げていませんでした」ソフィーの言葉は静かに響いた。

ベネディクトはさっと振り返った。神に誓って、その声には聞き覚えがあると確信した。だが、彼女の顔をまじまじと見直しても、見えるのはただの女中の顔だった。たしかにすこぶる魅力的な女性であるとはいえ、しょせん女中だ。かつて出会った女性であるはずがない。

「たいしたことではない」ベネディクトはようやく答えた。

「あなたにとってはそうかもしれません。でも、わたしにとっては一大事でした」

これほど感謝されると気恥ずかしく、ベネディクトはただうなずいて、なんと答えていいかわからない紳士たちがよくやるように低く唸った。

「とても勇敢な行動でしたわ」とソフィー。

ベネディクトはまたも低く唸った。

やがて、雨が本降りになってきた。

一分と経たないうちに、ベネディクトの服はぐっしょり濡れていた。「できるだけ急ごう」風に掻き消されないように大声で叫んだ。

「わたしのことは心配いりません！」ソフィーも叫び返した。だがベネディクトが見やると、ソフィーは身を縮こめて、体温を奪われないよう自分の胸をきつく抱きしめていた。

「ぼくの外套を着るんだ」

ソフィーは首を振り、笑ってみせた。「それも濡れているのですから、よけいに寒くなります」

ベネディクトはいっそう速く馬を駆り立てたが、道はしだいにぬかるみ、風のせいで雨が四方八方から吹きつけるので、もともと見えにくかった視界がさらに悪くなってきた。

これぞ天の恵み。まさしく渡りに船だ。先週はずっと鼻風邪で寝込んでいて、たぶんまだ完全には治りきっていない。この凍えるような雨のなかを進み続ければ、おそらくはぶり返し、これからひと月、鼻水に、涙目に……あらゆる腹立たしい不快な症状に悩まされることだろう。

　ということはもちろん……。

　ベネディクトはどうにも笑みをこらえきれなかった。もちろん、また病気になれば、どこかのご令嬢とすんなり幸せに結婚してほしいと切望する母も、街じゅうのパーティに息子を送り込めなくなるというわけだ。

　じつのところ、ベネディクトはいつだって目を見開いて、花嫁探しに勤《いそ》しんでいた。結婚否定主義者などではない。兄のアンソニーと妹のダフネは、このうえなく幸せな結婚をしている。だが、ふたりの結婚がそれぞれこのうえなく幸せなのは、賢明にもふさわしい相手を選んだからであり、自分はまだ、間違いなくそういう相手とはめぐり会えていないのだ。

　いや、そうとも言いきれないと、ベネディクトはこの二、三年のことを振り返った。一度だけ、めぐり会っている……。

　銀色のドレスの貴婦人。

　バルコニーで彼女をこの胸に抱き寄せ、彼女にとってまさに初めてのワルツをふたりで踊ったとき、何かそわそわ、ぞくぞくとする不思議な感覚に襲われた。怯えてしまいそうなほどだった。

　でも、そうはならなかった。息苦しくなり、気が昂ぶり……どうしても彼女が欲しいと思った。

だが、それからすぐに彼女は姿を消した。まるで、ほんとうは地球が平面で、彼女が地平線の向こうに落下してしまったかのように、レディ・ペンウッドを訪ねたときの腹立たしい会話からはなんの情報も得られず、友人や家族に訊いても、銀色のドレスを着た若い女性のことは誰も知らなかった。

彼女が来るときも去るときも、その姿を見た者はいなかった。あらゆる点から見て、彼女は存在すらしていないように思えた。

以来、舞踏会、パーティ、音楽会に出席するたび彼女の姿を探した。彼女をひと目でも見られるのならばと、これまでの二倍もの催しに出かけた。

しかし、毎回、落胆して帰宅した。

いつしか彼女を探さなくなるだろうと思っていた。自分は現実的な性格だし、そのうちにきっぱりあきらめがつくだろう、と。その願いはある程度は叶えられた。数カ月後には、招待を受けるより断わるほうが多い、以前の習慣に戻っていた。さらに数カ月後には、女性たちに会っても、無意識に彼女と比べることはしなくなっていた。

それでも、彼女を探すのをやめることはできなかった。舞踏会や音楽会に出かけたときには必ず、人波にくまなく目を走らせ、彼女の明るく軽やかな笑い声を探して耳を澄ましている自分がいた。

彼女はどこかにいるはずだ。もうだいぶ前に見つかりはしないとあきらめをつけ、もう一年以上も前に探すことはやめたはずなのだが……。

ベネディクトは物憂く微笑んだ。いや、まだ探すことをやめられないのだ。なんとも奇妙なことに、習性のように身についてしまっていた。我が名はベネディクト・ブリジャートン。七人の兄弟姉妹がいて、剣とクレヨン画の達人で、心を揺さぶられたある女性を、いつも目を皿のようにして探している。

期待し……願い……探し続けている。そろそろ結婚すべき年齢だとわかっていても、本気でそうしようという意欲が湧かない。

どこかの女性の指に指輪をはめた翌日に、〝彼女〟を見つけるかもしれないではないか。そんなことになれば、胸が張り裂ける思いをするだろう。

いや、それぐらいではすまされない。心が砕け散ってしまう。

ローズミードの村が見えてくると、ベネディクトは安堵のため息をついた。ローズミードまで来れば、目指す別荘まではほんの五分ほどだ。ああ、だが、いますぐにでも家のなかへ入って湯気の立った風呂に浸かりたい。

ミス・ベケットをちらりと見やった。同じようにふるえているが、泣き言ひとつ漏らさないとは、少しばかり感嘆の念を覚えた。このような風雨にさらされて黙って気丈に耐えられる女性がほかにいるだろうか。スポーツなら誰にも負けない我が妹のダフネでさえ、いまごろは寒さに弱音を吐いていたはずだ。

「もうすぐだ」ベネディクトは励ました。

「わたしは大丈夫――まあ！　どうしました？」

ベネディクトは胸の奥から轟くような深く激しい咳の発作に見舞われた。肺は燃えているように熱く、喉にかみそりの刃で切りつけられたような痛みが走った。

「大丈夫だ」ベネディクトはあえぎながら言い、わずかにぐいと手綱を引いて、咳き込んでいたあいだにそれた馬の進路を修正した。

「大丈夫には見えないわ」

「先週、鼻風邪をひいてたんだ」そう言うと、顔をしかめた。まったく、今度は肺がひりひりする。

「鼻風邪ではなさそうだわ」彼女は明らかにおどけた笑みを浮かべようとしていた。だが、おどけた笑みどころか、逆にひどく心配そうに見えた。

「患部が移ったのだろう」ベネディクトは答えた。

「わたしのせいで悪くなっては困ります」

ベネディクトが微笑もうとすると、頬骨に激しい痛みが走った。「きみを連れていようがいまいが、雨に降られていたはずだ」

「でも――」

彼女が継ごうとした言葉は、喉の奥から響く新たな咳の発作に掻き消された。

「すまない」ベネディクトはつぶやいた。

「わたしが代わります」彼女が手綱に手を伸ばした。

ベネディクトは信じられない思いで振り向いた。「これは二頭立て馬車《フェートン》だぞ、一頭立ての荷馬車じゃないんだ」

ソフィーはその首を絞めたい思いをこらえた。鼻水を垂らし、目は充血し、咳も止まらないというのに、傲慢な見栄っ張りをとおす気力だけはあるなんて。「お言葉ですが」ソフィーはゆっくりと言った。「二頭立ての馬の駆り方はわかっています」

「そんな技術をどこで身につけたのだ？」

「娘さんたちと一緒に授業を受けさせてくださったのと同じお屋敷ですわ」ソフィーは嘘を続けた。「お嬢様たちが二頭立て馬車の駆り方を習ったときに、わたしも習ったのです」

「きみはその家の女夫人によほど気に入られていたのだろうな」ベネディクトが言う。

「それはとても」ソフィーは笑いたいのを我慢して答えた。あの家の女主人であるアラミンタは、ロザムンドとポージーと同様の教育を受けさせるようにという父の指示に、毎回あらゆる手段で必死に抵抗しようとしていた。娘たちは三人とも、伯爵が亡くなる前年に二頭立ての駆り方を習ったのだ。

「手綱はぼくがとる」ベネディクトはきっぱりと言った。するとその言葉もむなしく、また咳き込み始めた。

ソフィーは手綱に手を伸ばした。「お願いですから――」

「わかったよ」ベネディクトが手綱をこちらへ押しやって、目を拭った。「待ちたまえ。だが、見ているからな」

「それぐらいはお願いしますわ」ソフィーは皮肉っぽく返した。この雨では馬を駆るのに理想的な環境とは言えないし、手綱を握るのは数年ぶりだけれど、なかなかうまくこなせているように思えた。身についた勘というものがあるのだろう。

　じつを言えば、以前の人生、つまりまだ少なくとも名目上は伯爵の被後見人だった頃にしたことをするのは、なんだか楽しかった。あの頃は、きれいな服を着て、おいしいものを食べ、興味深い授業を受けて……。

　ソフィーはため息を漏らした。完璧とまではいかなかったけれど、その後の暮らしに比べればはるかに恵まれていた。

「どうかしたのか？」ベネディクトが訊いた。

「べつに。どうしてそんなことをお訊きになるのです？」

「ため息をついたから」

「この風のなかで聞こえたのですか？」いぶかって尋ねた。

「細心の注意を払っているのでね。なにしろ」――ゴホッ、ゴホッ――「振り落とされないかと心配で」

　ソフィーは要らぬ心配にわざわざ答える必要はないと思った。

「その先を右へ」ベネディクトが指示する。「まっすぐ別荘へ向かう」

　ソフィーは言われたとおりにした。「あなたの別荘に名称はないのですか？」

「〈ぼくの小さな田舎家〉なんだ」

「それはわかっています」ソフィーはつぶやいた。

ベネディクトが薄笑いを浮かべた。相当に具合が悪そうなので、それぐらいでも離れ業に等しい。「冗談ではないんだが」

たしかに、それから数分で優美な邸宅の前に乗りつけると、〈ぼくの小さな田舎家〉という小さい控えめな表札が付いていた。

「前の所有者が付けた名称なんだ」ベネディクトが厩のほうを示しながら言う。「だが、ぼくもこの名称がぴったりだと思った」

ソフィーは母屋のほうを見やった。かなり小さめだが、けっして質素な住まいではない。

「これが、小さな田舎家なのですか?」

「いや、前の所有者がそう呼んでたんだ」ベネディクトが答える。「彼のほかの家を見れば納得もいく」

雨をしのげる場所に入るとすぐ、ベネディクトは地面に降りて、馬を解き放しにかかった。手袋がぐっしょり濡れているので、滑って馬具がはずせず、手袋をはぎとって放り投げた。ソフィーはその作業を見守っていた。彼の指は雨でふやけ、寒さで震えている。「手伝います」ソフィーは言って、進みでた。

「自分でできる」

「そうでしょうけれど」なだめるように言う。「わたしがお手伝いしたほうが早くすみます」

ベネディクトは今度も断わるつもりで振り返ったらしかったが、咳き込んで体を折り曲げた。ソフィーはすばやく駆け寄り、彼をそばの長椅子に連れていった。「どうか、坐ってください」切に頼んだ。「あとはわたしがやります」

聞いてもらえないと思ったのに、今度は承諾してくれた。「すまない」ベネディクトがかすれ声で言う。「ぼくは——」

「何も気になさることはありませんわ」手早く作業にかかった。といっても、できるかぎりだったけれど。ずっと雨ざらしだったせいで、指はまだしびれ、先端が真っ白になっていた。

「これではまったく……」ベネディクトが先ほど以上の低く深い咳をした。「……紳士として失格だ」

「あら、今夜助けてくださったことを思えば、こんなことはなんでもありません」ソフィーは快活に微笑もうとしたが、なぜか顔がゆがみ、ふいにわけもわからず涙がこみあげてきた。それを見られたくなくて、さっと顔をそむけた。

けれど、ちらりと見えたのか、ただ異変を察しただけなのかもしれないが、ベネディクトが呼びかけてきた。「大丈夫か?」

「なんでもありません!」と答えたものの、りきんだむせび声になり、気がつくと、いつのまにかそばにきていた彼の腕に抱かれていた。

「大丈夫」ベネディクトが慰めるように言う。「もう安全なのだから」

涙があふれでた。ソフィーは、この夜降りかかっていたはずの災難を思って泣き、この九年の生活を思って泣いた。あの仮面舞踏会でこの腕に抱かれたことを思いだし、いまもまた同じ腕に抱かれているのだと実感して涙が流れた。

彼はなんてやさしい人なのだろう。見るからに具合が悪いうえ、相手はただの女中にしか見えていないはずなのに、それでも気づかい、守ろうとしてくれている。

もう思いだせないくらいずっと前から泣いていなかったのだと思い返し、自分はなんて孤独なのだろうと思うとよけいに泣けてきた。

そして、こんなに長いあいだ夢見てきた彼に、気づいてもらえないことも切なかった。気づかれないほうがいいのだとわかっていても、胸が苦しくてたまらない。

ようやく泣きやんでくると、ベネディクトが身を引いて、彼女の顎に触れて言った。「気がすんだかい？」

ソフィーはたしかにその通りだと驚きながらうなずいた。

「それはよかった。怖かったのだろう、それに――」ベネディクトはさっと離れ、身をよじって咳き込んだ。

「すぐに家のなかへ入ったほうがいいですわ」ソフィーは言って、最後の涙の筋を拭い去った。「さあ、家のなかへ」

ベネディクトはうなずいた。「玄関まで競争しよう」

ソフィーは呆れて目を丸くした。これほど具合が悪そうなのに、そんな冗談を言える気力があるのが信じられなかった。それでも、布袋をしっかりかかえてスカートの裾を持ちあげると、母屋の玄関目指して走りだした。玄関前の階段に着く頃には、自分の奮闘ぶりに笑いだしていた。すでにもうぐっしょり濡れてしまっているのに、雨を避けようと懸命に走っているのがばかばかしくて可笑しかったからだ。

当然のことながら、ベネディクトが先に小さな玄関ポーチの屋根の下に到着した。たとえ具合が悪くても、こちらより脚はずっと長いし、逞しいのだ。ソフィーもその隣りに駆けつけると、ベネディクトが玄関扉をドンドンと叩いた。

「鍵を持っていないのですか」ソフィーは声を張りあげた。なおも風が轟音を立てていて、声が聞きづらい。

ベネディクトが首を振った。「ここに寄る予定ではなかったんだ」

「管理人さんに聞こえるかしら？」

「そう願うしかない」ベネディクトがつぶやく。

ソフィーは目に流れ落ちてくる雨のしずくを拭って、そばの窓を覗き込んだ。「とても暗いわ。いないのではないかしら？」

「ほかにいる場所はないはずだが」

「女中や従僕はひとりもおいてないのですか？」

ベネディクトが首を振る。「ここへはあまり来ないから、使用人を揃えるのはばかばかしいと思ってね。滞在するときだけ女中たちに来てもらってるんだ」

ソフィーは顔を曇らせた。「あいている窓を探すにしても、雨だから見込みは薄いわ」

「その必要はない」ベネディクトが険しい顔で言う。「予備の鍵がある場所を知っている」

ソフィーは驚いて彼を見つめた。「なのに、なぜ浮かない顔をしているの？」

ベネディクトは何度か咳をしてから答えた。「つまり、また大嵐のなかに戻らなければならないからだ」

さすがに体調の悪さで我慢の限界にきているのだとソフィーは察した。彼はすでに目の前で二度も悪態をついており、ただの女中であれ、本来なら女性の前で悪態をつくような男性には見えなかった。

「ここで待っていてくれ」ベネディクトは言うと、ソフィーが答える間もなく玄関ポーチの屋根の下から飛びだしていった。

数分後、錠前に鍵を差し込んでまわす音がして玄関扉が開き、蠟燭を手にして、しずくを床に滴らせたベネディクトが現れた。「クラブトリー夫妻がどこにいるのかわからない」咳のしすぎでざらついた声で言った。「だが、ここにいないのは確かだ」

ソフィーは息をのんだ。「わたしたちだけ？」

ベネディクトがうなずく。「いかにも」

ソフィーは階段のほうへじりじりとあとずさった。「わたしは使用人部屋を探します」

「いや、それはだめだ」ベネディクトが唸り声で言い、彼女の腕をしっかりとつかんだ。

「だめ？」

ベネディクトは首を振った。「ああ、どこにも行かせはしない」

8

『最近、ロンドンの舞踏会に足を一歩踏み入れるたびに、いい召使いが見つからないと嘆くご夫人に出くわすように思える。実際、先週のスマイス-スミス家の音楽会では、フェザリントン夫人とレディ・ペンウッドが殴り合い寸前の様相を呈していた。ひと月前、レディ・ペンウッドが、目と鼻の先のフェザリントン夫人の家から、高賃金とおさがり服の提供を約束して侍女を引き抜いたというのだ（ちなみに、フェザリントン夫人もまたこの使用人女性におさがり服を提供していたのだが、これまでこの家の娘たちの衣装を見てきた者なら、侍女がこれを利点と思わなかったわけは容易にご想像いただけよう）。

ところが、くだんの侍女がフェザリントン夫人のもとへ舞い戻り、もう一度働かせてほしいと頼んだものだから事はややこしくなった。レディ・ペンウッドはどうやら、侍女とはじつに、皿洗い係、家女中、料理女の仕事も兼ねるものだと考えているらしい。

どなたか、このご婦人に、ひとりで三人ぶんの仕事はできないことをご助言願いたい』

一八一七年五月二日付〈レディ・ホイッスルダウンの社交界新聞〉より

「火を熾《おこ》そう」ベネディクトが言った。「ふたりとも温まってからベッドに入るんだ。キャベンダーからきみを助けたのは、風邪で死なせるためじゃない」

ソフィーは、彼がまた咳き込んで、身を震わせながら二つ折りになる姿を見つめた。「聞いてください、ミスター・ブリジャートン」言わずにいられなかった。「でも、わたしたちふたりのうち、風邪で危険な状態にあるのはあなたのほうです」

「たとえそうでも」ベネディクトが息苦しそうに続ける。「ふたりして苦しい思いをする必要はない。だから――」またも咳に見舞われて体を折った。

「ミスター・ブリジャートン？」ソフィーは気遣わしげな声で尋ねた。

ベネディクトは肩で息をつき、やっとのことで言った。「とにかく、ぼくが咳で気を失う前に、火を熾すのを手伝ってくれ」

ソフィーは案じて眉根を寄せた。彼の咳の発作はどんどん間隔が狭まり、そのたびに、胸のずっと奥から込みあげるような深くかすれた咳になっていた。

ソフィーは手際よく火を熾した。女中として働くうち火を熾す仕事には慣れていた。それからすぐにふたりはできるだけ炎のそばに寄り、手をかざした。

「着替えのほうも濡れてしまっただろうな」ベネディクトは言って、ソフィーの濡れそぼった布袋のほうへ顎をしゃくった。

「そうでしょうね」ソフィーはしょんぼりと答えた。「でも、心配いりません。しばらくこうしていれば、いま着ている服が乾きますから」

「ばかなことを言うんじゃない」ベネディクトは炎を背にして振り返った。「きみの着替えを見つけてくるよ」

「ここに女性ものの衣類があるのですか？」ソフィーはいぶかしげに訊いた。

「きみは、ズボンとシャツでひと晩我慢できないほど神経質なわけではないだろう？」

その瞬間まで、ソフィーはおそらくまさに神経質になっていたのだが、そう言われてみると、少しばからしくなってきた。「そんなことはありませんけれど」ぱりっと乾いた衣類はたしかに魅力的に思えた。

「それならよかった」ベネディクトが淡々と言う。「ふたつの寝室の暖炉《だんろ》に火を熾してもらえないだろうか？　ぼくはふたりぶんの着替えをとってくる」

「わたしは使用人部屋に泊まります」ソフィーは即座に言った。

「その必要はない」ベネディクトがついてくるよう手振りで促し、部屋を大股で出ていく。

「部屋は余分にあるし、ここでは、きみは使用人ではない」

「でも、わたしは使用人です」ソフィーは急いであとを追いながら言った。

「では、きみの好きなようにすればいい」階段をのぼり始めたものの、咳が出て、途中で立ちどまってしまった。「狭苦しい使用人部屋の硬い粗末な寝床でも、羽根敷布団と羽毛の上掛けのある来客用の寝室でも、好きなほうを使えばいい」

ソフィーは、自分の立場をわきまえて、このまま次の階段を屋根裏まで上がるべきだとわかっていたが、ああ、きっと、羽根敷布団と羽毛の上掛けで寝られたら天国のようだろうと思った。もう何年もそんな快適な環境で寝ていない。「では、小さな来客用の寝室を使わせていただきます」ソフィーは応じた。「でも、あの、一番小さなお部屋で」

ベネディクトの乾いた唇がちょっと微笑むようにひきつれた。「きみの好きな部屋を選べばいい。だが、そこはだめだ」左側のふたつめの部屋を指し示して言う。「ぼくの部屋だから」

「すぐに火を熾しますね」ソフィーは言った。いまの彼には自分以上に暖かい場所が必要だし、彼の寝室のなかがどんなふうなのか、ものすごく好奇心を掻き立てられた。寝室の装飾にはその人となりが表れるものだ。もちろん、それは好みの装飾に仕立てられる財力がある場合にかぎられるけれど、と顔をしかめながら考えた。キャベンダー家の小塔部分にある狭い屋根裏部屋を見て、自分のことをわかってもらえるとはとうてい思えない——無一文であること以外は。

ソフィーは布袋を廊下に置いて、ベネディクトの寝室へ足早に入っていった。そこは温かみと男っぽさを感じさせる、とても居心地の良いすてきな部屋だった。ベネディクトはあまり来ていないと言っていたけれど、書き物机やテーブルにはさまざまな身のまわりの品が並んでいた——兄弟や姉妹を描いたと思われる小さな肖像画、革装の本の数々、小ぶりのガラス鉢に入った、たくさんの……。

小石？

「なんなのかしら」ソフィーはつぶやき、ひどく厚かましい行動だと知りながら歩を進めた。

「それぞれに何かしら意味があるんだ」背後で深みのある声がした。「集め始めたのは――」咳で途切れた。「子供の頃だ」

ずうずうしく覗き込んでいるのを見られて顔を赤らめつつ、なおも好奇心をそそられて、ひとつ手に取った。ピンク色がかっていて、ちょうど真ん中辺りに灰色のぎざぎざの筋が入っている。「これにはどんな意味が?」

「それはハイキング中に拾ったんだ」ベネディクトが穏やかに言う。「ちょうどその日に父が亡くなった」

「まあ!」ソフィーはやけどしたかのように、それを石の山に戻した。「ほんとうにごめんなさい」

「ずいぶん昔のことだ」

「それでも、ごめんなさい」

ベネディクトは悲しげに微笑んだ。「こっちこそ」するとまた咳が出てきて、たえきれずに壁にもたれかかった。

「暖かくしなければ」ソフィーはすぐさま言った。「火を熾します」

ベネディクトは衣類の包みをベッドの上にぽんと放った。「きみのだ」さらりと言う。

「ありがとうございます」ソフィーは言うと、小さな炉に意識を集中させようとした。こうして彼と同じ部屋にいるのは危険だと感じた。なにも彼がいやらしく口説いてくるなどと思ってはいない。きわめて紳士的な男性だけに、よく知りもしない女性を騙すようなことはありえない。そう、危険は自分自身のなかにしっかり横たわっていた。簡単に言ってしまえば、彼とあまり多くの時間を過ごせば、恋にのめり込んでしまいそうで怖かった。

それでどうなるというの？

心が傷つくだけのこと。

ソフィーは小さな鉄の炉の前にしゃがんで、火が消えないことを確かめられるまで数分かけて炎を掻きたてた。「これでいいわ」満足して言った。立ちあがり、わずかに背をそらせて腰を伸ばし、振り返った。「あとは様子をみて——まあ、大変！」

ベネディクト・ブリジャートンの顔はすっかり青ざめていた。

「大丈夫ですか？」問いかけて、急いでそばに寄る。

「快調とは言えない」ベネディクトはぼんやりとつぶやき、ベッドの支柱にぐったり寄りかかった。酔っているような口調だが、ソフィーは少なくとも二時間は一緒にいて、お酒を飲んでいないことはわかっていた。

「ベッドに入ったほうがいいわ」ベネディクトがベッドの支柱から離れてこちらに寄りかかってきたので、ソフィーはその重みでよろめいた。

ベネディクトがにやりとした。「きみも来てくれる？」

ソフィーは後ろによろめいた。「あなたは熱があるのだわ」

ベネディクトは自分で額に手をあてようとして鼻にぶつけてしまった。「いたた！」

ソフィーは気の毒そうに顔をしかめた。

ベネディクトが手を額にずらす。「ふうむ、少し熱がありそうだ」

厚かましいかもしれないけれど、人の命にかかわることなのだからとソフィーは意を決し、手を伸ばして彼の眉の上にあてた。すごく熱いわけではないが、明らかに冷たくはない。

「濡れた服を脱いだほうがいいわ。すぐに」

ベネディクトは自分のずぶ濡れの服を見おろし、いま初めて気づいたかのように目をしばたたいた。「ああ」考え込むようにつぶやく。「ああ、そうしたほうがいいようだ」シャツのボタンに触れたものの、湿ってかじかんでいる指が何度やっても滑り落ちてしまう。とうとうベネディクトは肩をすくめてみせると、情けなさそうに言った。「はずせないな」

「まあ、そんな。では、わたしが……」ソフィーはボタンをはずそうと手を伸ばしかけて、びくんと手を引っ込めてから、改めて歯を嚙みしめて手を伸ばした。ボタンを手早くはずしながら、一つはずれるごとに数センチずつ広がっていく彼の肌から必死に目をそらそうとした。「もうすぐ終わります」とつぶやく。「あとほんの少しで」

何も答えが返ってこないので、ソフィーは目を上げた。彼の目は閉じられ、体がわずかに揺れている。立っていなかったら、眠ってしまったと思っただろう。

「ミスター・ブリジャートン？」ソフィーはそっと問いかけた。「ミスター・ブリジャートン！」

ベネディクトがぱっと顔を起こした。「なんだ、何ごとだ？」

「居眠りなさっていたのよ」

ベネディクトは当惑したように瞬きした。「それの何がいけないんだ?」

「服を着たまま寝てはいけないわ」

服を見おろす。「いつの間にボタンをはずしたんだ?」

ソフィーはその質問には答えず、ベッドの敷布団に背中があたるまで彼を軽く押した。「坐って」と指示する。

彼がそのとおりにしたので、命令口調になっていたに違いない。

「乾いた着替えはありますか?」

ベネディクトはシャツを脱ぎ去ると、床に乱雑に放り落とした。「寝るときは服を着ないんだ」

ソフィーは胸がどきりとした。「でも、今夜は着るべきだわ。それに――何してるんです?」

ベネディクトはばかばかしすぎる質問をされたかのようにこちらを見た。「ズボンを脱いでいる」

「先に、わたしに後ろを向くよう伝えるべきでしょう?」

彼は呆然と見つめた。

ソフィーも見つめ返す。

ベネディクトはまだ見つめている。ようやく言った。「それで?」

「それで、何?」

「後ろを向かないのかい？」

「あら！」ソフィーは叫ぶと、足もとに火をつけられたみたいにくるりと背を向けた。

ベネディクトはやれやれと首を振り、ベッドの端に腰かけて、靴下を脱いだ。この淑女ぶったお嬢さんをなんとかしてくれ。女中だろうに。たとえ処女であったとしても——そぶりからするとおそらくそうなのだろう——、男の体ぐらいは見たことがあるはずだ。女中は拭き布やシーツといったものを取り替えるために、しじゅうノックもせずに部屋を出入りしている。たまたま裸の男がいる部屋に入ってしまったことすらないなんて考えられない。

ベネディクトはズボンを脱いだ——かなり湿っているので、まさしく皮膚からはがすようなものだった。すっかり裸になると、ソフィーの背中を見て片眉を持ちあげた。彼女は両脇に拳を握りしめ、身をこわばらせて立っていた。

その姿にあきれて、思わず笑った。

少しだるくなってきて、三回目の試みでようやくベッドに脚をかけてよじのぼった。やっとの思いで前のめりになって上掛けの縁をつかむと、体の上に引っぱりあげた。それで完全に疲れ果て、枕に頭を沈めて呻いた。

「大丈夫ですか？」ソフィーが呼びかけた。

ベネディクトは「大丈夫だ」と言おうとしたが、「ふぁいじょうぶ」としか言えなかった。

足音が聞こえたので、気力を振り絞って片方のまぶたを上げると、彼女がベッド脇に来るのが見えた。心配そうな表情をしている。

どういうわけか、その顔がなんともいとおしく見えた。家族ではない女性に体を気づかわれるのはずいぶんと久しぶりのことだ。

「ぼくは大丈夫だ」と囁いて、安心させる笑みを浮かべようとした。ところが、その自分の声が長く細いトンネルの向こうから聞こえるような気がした。ベネディクトはとっさに自分の耳を引っぱってみた。口はちゃんと話せているように感じる。ということは、耳がどこかおかしいに違いない。

「ミスター・ブリジャートン？　ミスター・ブリジャートン？」

ベネディクトはもう一度、片方のまぶたをこじあけた。「ベッドに行くんだ」唸り声で言った。「体を乾かして」

「大丈夫なのですね？」

ベネディクトはうなずいた。もうとても話せそうになかった。

「わかりました。でも、ドアはあけたままにしておきます。夜中に助けが必要になったら、すぐに呼んでください」

ベネディクトはもう一度うなずいた。少なくとも、自分ではそうしたつもりだった。そして、眠りに落ちた。

ソフィーはほんの十五分もかからずに寝る準備を整えた。乾いた服に着替え、部屋の炉に火を熾すあいだは気が昂ぶった状態が続いていたものの、ひとたび枕に頭をのせると、体の芯から染みだしてくるような凄まじい疲労感に襲われた。

長い一日だったと、どんよりした頭で思った。ほんとうに長かった。朝の雑用をこなし、フィリップ・キャベンダーとその友人たちから逃れようと屋敷を飛びだし……まぶたが重くなってきた。とてつもなく長い日で……。

ソフィーは突如起きあがった。胸がどきどきしている。炉の炎が小さくなっているから、いつの間にか眠ってしまったのだろう。とはいえ、疲れきっていたはずだから、何かを感じて目が覚めたのだ。ミスター・ブリジャートンがどうかしたのだろうか？　呼ばれたの？　自分が部屋を出てきたときには、具合が良くなさそうだったけれど、瀕死《ひんし》の状態には見えなかった。

ソフィーはベッドからおりて蠟燭を手に取り、戸口へ急いだ。ベネディクトが貸してくれた大きすぎるズボンがずり落ちそうになり、ウエストバンドをしっかりつかむ。廊下に出たところで、目覚めた原因と思われる音を耳にした。

低い呻き声、それから手足をばたつかせるような音、さらにはすすり泣きとしか呼びようのないものが聞こえた。

ソフィーはベネディクトの部屋に駆け込んで、炉の前でしばしとまって蠟燭に火を灯した。ベネディクトはベッドに寝ていて、不自然なほど動きがなかった。ソフィーはじりじりと近寄って胸の辺りに目を据えた。胸が上下しているのを見て心からほっとした。

「ミスター・ブリジャートン？」ソフィーは囁きかけた。「ミスター・ブリジャートン？」

反応がない。

ソフィーはそっと近づいて、ベッドの上に身を乗りだした。「ミスター・ブリジャートン?」

手がさっと伸びてきて肩をつかまれ、ソフィーはバランスを崩してベッドに倒れ込んだ。「ミスター・ブリジャートン!」ソフィーは悲鳴を上げた。「放して!」

ところが、ベネディクトは手足をばたつかせて呻き声を漏らし始めた。体から熱気が感じられるので、熱に浮かされているのだとソフィーは気づいた。

つかまれた手からどうにか逃れようとしてベッドから転げ落ちてしまい、そのあいだもベネディクトのほうは、寝返りを繰り返しながら意味をなさない言葉を唸り続けていた。

ソフィーは動きがとまる瞬間を見計らって、さっと彼の額に手をあてがった。燃えているように熱い。

どうするべきかと思案して下唇を嚙んだ。発熱の看病はしたことがないけれど、冷やすのが理にかなった処置に思えた。とはいえ、病室というのはたいがい閉め切られていて蒸し暑いような気もするし、でもたぶん……。

ベネディクトがふたたびもだえ始め、それからだし抜けにつぶやいた。「キスしてくれ」

ソフィーはズボンを押さえていた手を放してしまった。ズボンが床にずり落ちる。はっとして小さく叫ぶと、すぐにまたズボンを引きあげた。右手でしっかりウエストバンドを持ちながら、彼の手をさすろうと左手を伸ばしてから、やめたほうがいいと思い直した。「夢を見てるだけなのよ、ミスター・ブリジャートン」

「キスしてくれ」ベネディクトは繰り返した。けれども目をあけない。

ソフィーはさらに身を乗りだした。たった一本の蠟燭の明かりでも、彼のまぶたの下で眼球がすばやく動いているのが見てとれた。他人の夢を見ているような不思議な気分だった。

「何してるんだ！」突然わめいた。「キスしてくれ！」

ソフィーは驚いてのけぞり、慌てて蠟燭をナイトテーブルに置いた。「ミスター・ブリジャートン、わたし――」キスするなんて考えることさえ許されないのだときちんと説明しようとして、ふと思った――どうして、いけないの？

鼓動がせわしく高鳴り、ソフィーは身をかがめると、ほんのかすかに、軽く、とてもやさしいキスを彼の唇に落とした。

「愛しています」囁きかける。「ずっとあなたを愛していたの」

彼は動かなかったので、ひとまず安心した。この瞬間を朝になって思いだしてもらっては困るからだ。ところが、やはり彼は深い眠りのなかにいるのだと安堵したそばから、彼の頭が左右に揺れだし、羽毛枕が深くへこんだ。

「どこへ行った？」かすれ声で唸る。「どこへ行ったんだ？」

「ここにいます」ソフィーは答えた。

ベネディクトは目をあけた。ほんの一瞬だけ正気に戻ったように見えた。「きみじゃない」それから目を閉じると、ふたたび頭を左右に振り始めた。

「でも、わたししかいないのよ」ソフィーはつぶやいた。「どこにも行かないでね」ぎこちない笑みを浮かべて言った。「すぐに戻るから」

そうして、ソフィーは恐れと不安で鼓動を高鳴らせながら、部屋を出ていった。

ソフィーが女中をしていて学んだことのひとつは、おおむねどこの家も同じように暮らしているということだ。ベネディクトの汗で湿ったシーツを取り替えるために寝具一式の収納場所を迷わず見つけられたのも、そのおかげだった。さらには冷水がたっぷり入った水差し、彼の額を冷やす数枚の小さな布も探しだしてきた。

寝室に戻ると、ベネディクトはふたたび静かになっていたが、呼吸は浅く、せわしかった。ソフィーはもう一度手を伸ばして彼の額に触れてみた。確信は持てないものの、先ほどより熱くなっているような気がする。

ああ、どうしよう。これは良くない兆候だけれど、ひとりで高熱の病人を世話できるほどの知識は持ちあわせていない。アラミンタもロザムンドもポージーも、病気ひとつしたことがなかったし、キャベンダー家の人々もみな同様に並外れて健康だった。これまでの経験のなかで看病に最も近いものといえば、キャベンダー夫人の母親を手助けしたことぐらいで、高熱を出した病人の世話は一度もしたことがなかった。

ソフィーは小さな布を水差しに浸し、端からしずくがたれない程度に絞った。「これで少しは楽になると思うの」囁きながら、そうっと彼の額にのせる。それから、やや自信のない声で言い添えた。「せめて、そう信じたいのだけど」

布が触れても、ベネディクトはびくりともしなかった。それをとても良い兆しと受けとめて、もう一枚布を準備した。とはいえ、今度はどこへあてればいいのかわからない。胸では適切ではない気がするし、上掛けを腰より下へめくるのは瀕死の状態でもないかぎり（たとえそうだとしても、そこまでめくったからといってよみがえるわけでもないだろう）許されることとは思えない。そこで結局、布を耳の裏に軽く押しあて、首筋にも少し触れさせた。

「気持ちいい？」ソフィーは問いかけた。返事はないとわかっていても、一方的にでも話しかけるべきだと思った。「病人の看病の仕方はほんとうによくわからないのだけれど、額を冷やしたら気持ちいいのではないかと思って。自分が同じ状態なら、そう感じる気がするのよね」

ベネディクトが体をわずかに動かして、意味をなさない言葉をつぶやいた。

「ほんとう？」ソフィーは微笑もうとしたものの、うまくできなかった。「そう感じてくれると嬉しいわ」

ベネディクトがまた何かつぶやいた。

「ええ」ソフィーは冷たい手拭いを彼の耳に押しあてながら言った。「最初にあなたが言ったとおりにすればよかったのよね」

ベネディクトがまた静かになった。

「ちゃんと反省するわ」不安げに言う。「だから怒らないでね」

ベネディクトの反応はない。

ソフィーはため息をついた。これ以上話しかけても仕方がないだろう。彼の額にあてていた布をはずし、肌に触れてみる。今度はじっとりとしているような感じがした。じっとりとしていて、しかもまだ熱いなんて、ソフィーには考えられない組み合わせだった。

布をあてるのをしばらくやめてみようと思い、水差しの上にのせた。いますぐ彼のためにできることは考えつかなかったので、脚の筋を伸ばしてから、ゆっくりと部屋のなかを歩き始めた。よく見ていなかったものすべてを臆面もなく眺めていくと、ずいぶんとたくさんのものがあることがわかった。

最初に目に留まったのは、細密肖像画のコレクションだった。書き物机の上に九枚並んでいる。たぶん、ベネディクトの両親と七人の兄弟姉妹なのだろう。ソフィーはその兄弟姉妹を年齢順に並べてみようと思ったが、どうやらそれらの肖像画はすべて同時期に描かれたものではないらしく、ベネディクトの兄は十五歳ぐらい、弟は二十歳ぐらいのときのものだと気づいた。

この兄弟姉妹は同じ濃い栗色の髪、大きな口、優美な輪郭をしていて、なんて似ているのだろうとソフィーは感心した。目の色の違いを見きわめようと近づいて眺めても、蠟燭の薄明かりのもとでは無理だった。それにそもそも、細密画で目の色を識別するのは概して難しい。

細密画の隣りには、ベネディクトが集めているという石の入った小鉢があった。ソフィーはそのいくつかを次々に手に取って、手のひらの上で転がしてみた。「どうしてこれがあなたにとってそんなに大切なのかしら？」つぶやいて、慎重に鉢のなかに戻した。自分にはただの石ころにしか見えないけれど、ベネディクトにとってはそれぞれに特別な思い出があり、もっと興味深くかけがえのないものに見えるのだろう。

絶対にあけられそうもない小さな木箱もあった。東洋から伝来したという、からくり箱のひとつなのかもしれない。そして、とりわけ興味をそそられたのは、机の端に立て掛けられた大きなスケッチブックだった。鉛筆画がぎっしり描かれていて、ほとんどが風景画だけれど人物画も数枚挟まっていた。ベネディクトが描いたのだろうか？　ソフィーはそれぞれの絵の下のほうに目を凝らした。たしかに、ふたつのBが小さく走り書きされているように見える。

ソフィーははっとして、思わず笑みがこぼれた。ベネディクトが絵描きであるとは夢にも思わなかった。〈ホイッスルタウン〉紙にはちらりとも触れられていなかったし、ゴシップ・コラムニストの耳に入るまでには何年もかかりそうな情報だ。

ソフィーはスケッチブックを蠟燭のほうへ近づけて、ぱらぱらと頁をめくった。ほんとうは腰かけて一枚につき十分はかけてじっくり眺めたかったが、そこまで細かく見るのはひどく厚かましいような気がした。詮索好きの言い訳かもしれないけれど、ちらりと見るだけならば悪いことではないように思えた。

風景画はさまざまなものがあった。〈ぼくの小さな田舎家〉〈他人は〈彼の小さな田舎家〉

と呼ぶべきなのだろうか）の絵もあれば、おそらくはブリジャートン家の田舎屋敷と思われる大きな邸宅の絵もあった。風景画のほとんどにはまったく建築物がなく、さらさらと流れる小川、風に吹かれる木、雨露に濡れた草地といったものばかりが描かれていた。そして、驚かされるのは、まるである一瞬を切り取ったように見えることだった。ソフィーにははっきりと、小川のせせらぎや風に木の葉が揺れる音が聞こえてきた。

肖像画のほうはたいして数はなかったけれど、大いに興味を掻きたてられた。妹たちと思われる絵が何枚かと、母親と思われる絵が数枚。ソフィーがなかでも気に入ったのは、外でクリケットをして遊んでいるところらしい絵だった。少なくとも五人のブリジャートン家の子供たちが長い木の棒を手にしていて、最前部にいる女の子が、ウィケットにボールをあてようとしかめっ面をしている。

その絵を見てソフィーは笑い声をもらしそうになった。楽しそうな様子が感じられて、自分にも家族がいたならと、どうしようもなく切なくなった。

振り返ると、ベネディクトはまだベッドで静かに眠っていた。このような愛情にあふれた大家族に生まれついたのがどんなに幸せなことか、本人は気づいているのだろうか？

ソフィーはため息を吐いて、さらに数枚の頁をめくり、最終頁に行き着いた。最後の一枚は、いままでの絵とは違って背景が夜で、描かれている女性はスカートの裾を踝《くるぶし》の上まで持ちあげて走って――。

まあ、なんてこと！　ソフィーは驚愕して息をのんだ。わたしだわ！

ソフィーはその絵をさらに顔に引き寄せた。ベネディクトはドレス――たったひと晩だけ自分のものになった、すてきな銀色の魔法の衣装――の形まで完璧に再現していた。肘までの長い手袋も、髪の結い上げ方の細かな部分すら描き込まれている。顔の描写は少しあいまいだけれど、仮面をつけていたことを考えれば、大目に見なければならないだろう。

こうして、再会してさえいなければ。

突如呻き声が聞こえ、ソフィーが見やると、ベネディクトがベッドで落ち着きなく身を動かしていた。ソフィーはスケッチブックを閉じてもとの場所に戻してから、そばに駆け寄った。

「ミスター・ブリジャートン？」囁きかける。ベネディクトと呼びたくてたまらなかった。それが自分には自然に思えた。この長い二年のあいだ、夢のなかではいつもそう呼んでいたのだから。でも、それはあまりになれなれしい呼び方で、使用人の立場ではむろんしてはならないことだ。

「ミスター・ブリジャートン？」もう一度囁きかけた。「大丈夫ですか？」

ベネディクトが何度か瞬きした。

「何か欲しい物はありますか？」

聞こえているのかどうか、ソフィーにはわからなかった。目の焦点も合っていないようだし、こちらの姿が実際に見えているのかさえ定かではない。

「ミスター・ブリジャートン？」

ベネディクトが目を凝らす。「ソフィーか」喉がひどく乾いて荒れているらしく、ざらついた声で言った。「女中の」

ソフィーはうなずいた。「ここにいます。何か必要な物は？」

「水」ベネディクトはかすれ声で言った。

「すぐにお持ちします」水差しの水には布を浸してしまっていたが、いまは気にしている時間はないと思い、台所から持ってきておいたグラスをつかんで水を充たした。「どうぞ」ソフィーは言って、手渡した。

彼の指は震えていたので、ソフィーは手を添えたまま、その口もとまでグラスを運んだ。ベネディクトは二、三口飲むと、枕に沈み込んだ。

「ありがとう」低い声で言う。

ソフィーは手を伸ばして額に触れた。まだかなり熱いけれど、意識ははっきり戻ったようなので、熱がさがってきたしるしだろうと思った。「朝には良くなります」

ベネディクトが笑った。力強さも、生気らしきものも感じられないけれど、たしかに笑ったのだ。「そうは思えないが」声を絞りだす。

「ええ、すっかりとはいきません」ソフィーは認めた。「でも、いまより気分は良くなるはずです」

「悪くはなりたくない」

ソフィーは微笑みかけた。「シーツを替えますから、ベッドの片端にずれてもらえますか？」

ベネディクトはうなずいて言われたとおりに動き、疲れた目でソフィーがシーツを取り替えるのを眺めていた。「見事な手際だ」作業が終わると言った。

「キャベンダー夫人のお母様は」ソフィーは説明した。「寝たきりでしたので、ベッドからおろさずにシーツを替える方法を覚えなくてはいけませんでした。たいして難しいことではありません」

ベネディクトはうなずいた。「そろそろまた眠らせてもらおう」

ソフィーは力づけるように彼の肩をそっと叩いた。自然に手が動いてしまったのだ。「朝にはよくなります」囁いた。「必ず」

9

『世間ではよく、医者は最も始末の悪い患者になると言われるが、筆者が思うに、殿方はより厄介な患者になりうるのではあるまいか。つまりは、患者には辛抱強さが必要だが、間違いなく、男という人種にはその辛抱強さがだいぶ欠けているからである』

一八一七年五月二日付〈レディ・ホイッスルダウンの社交界新聞〉より

翌朝、ソフィーは目覚めたとたん、叫び声をあげた。

ベネディクトのベッド脇にある背もたれ付きの椅子で、あられもなく手足を投げだし、頭を片側に傾けて、ひどく不自然な姿勢で寝込んでいた。初めのうちは、病人の苦しげな徴候を聞き漏らさないよう耳をそばだて、まどろんでいた程度だった。けれども、一時間ほどしてすっかり安らかな静けさに包まれると、極度の疲労感に襲われて深い眠りに沈んだ。だから心穏やかに、朗らかなやさしい笑みを浮かべて目覚められるはずだった。

それがどういうわけか、目をあけると、見知らぬふたりに見つめられているのに気づいてぎょっとし、激しい鼓動を鎮めるのに五分もかかった。

「誰？」ソフィーは思わず口走ってから、ふたりが誰であるかをはっきりと悟った。〈ぼくの小さな田舎家〉の管理人、クラブトリー夫妻だ。

「きみこそ誰だ？」男性のほうが、ずいぶんとけんか腰の調子で訊いた。

「ソフィー・ベケット」ごくりと唾《つば》をのむ。「わたし……」必死でベネディクトを指差した。

「彼が……」

「はっきり言うんだ！」

「彼女をいじめないでくれ」ベッドからしわがれ声がした。

三人はベネディクトのほうへくるりと頭を向けた。「起きたのね！」ソフィーは叫んだ。

「起きなければよかったよ」ベネディクトがつぶやく。「喉が燃えてるみたいだ」

「もっとお水を持ってきましょうか？」ソフィーは気づかわしげに尋ねた。

ベネディクトが首を振る。「お茶を……頼む」

ソフィーはさっと立ちあがった。「淹れてきます」

「あたしが行くわ」クラブトリー夫人がきっぱりと言った。

「手伝いましょうか？」ソフィーはおずおずと尋ねた。この夫妻の雰囲気に圧倒され、十も老けたような気分になった。ふたりともずんぐりとした体つきなのだが、強烈な威圧感を漂わせている。

クラブトリー夫人が首を振った。「あたしがお茶のポットも用意できないような、ひ弱な家政婦に見えるのかね」

ソフィーは唾をのみ込んだ。クラブトリー夫人がふてくされているのか、冗談を言っているのかわからない。「そんなつもりでは——」

クラブトリー夫人が手を振ってさえぎった。「あなたもいる？」

「わたしは何もいりません」ソフィーは言った。「わたしは、使用——」

「持ってきてやってくれ」ベネディクトが頼んだ。

「でも——」

ベネディクトが指を突きつけて低い声で言った。「黙って」クラブトリー夫人のほうへ向き直り、氷嚢《ひょうのう》も溶かしてしまいそうな笑みを広げた。「申し訳ないが、ミス・ベケットにもお茶を運んできてもらえないだろうか？」

「承知しましたよ、ミスター・ブリジャートン」夫人は答えた。「ですが、お話が——」

「お茶を持ってきてくれたら、なんでも聞こう」ベネディクトは約束した。

夫人は厳しい顔をしてみせた。「お話がたくさんあるんですけど」

「わかっている」

ベネディクト、ソフィー、クラブトリーは、夫人が部屋を出て行くまで沈黙していた。間違いなく声の届かない所まで離れた頃を見計らって、クラブトリーが高らかに笑いだして言った。「えらいことになりそうですな、ミスター・ブリジャートン！」

ベネディクトは苦笑いした。

クラブトリーがソフィーのほうを向いて説明する。「家内がたくさん話があると言うときには、ほんとにたくさんあるもんでね」

「まあ」ソフィーは答えた。もう少しはっきりと返事をしたかったけれど、なにしろ知り合ったばかりなので、ほかに言葉が考えつかなかった。

「それに、家内がたくさん話があると言うときには」クラブトリーが茶目っ気たっぷりに微笑んで続ける。「こっぴどく、まくしたてられる」

「ありがたいことに」ベネディクトが乾いた声で言う。「そのあいだ、われわれはお茶を飲んでやり過ごせる」

ソフィーのお腹がぐうぐうと音を立てた。

「それに」ベネディクトが愉快そうな目を向けた。「クラブトリー夫人のことだから、きっと朝食を山ほど運んでくる」

クラブトリーがうなずいた。「準備はできてますよ、ミスター・ブリジャートン。今朝、娘の家から戻ったとき、厩にあなたの馬がいるのを見て、家内はすぐに朝食作りにかかったんです。あなたの卵好きも心得てます」

ベネディクトはソフィーのほうを向いて、こっそり打ち明けるように微笑んだ。「ぼくの好物は卵なんだ」

ソフィーのお腹がまた鳴った。

「ですが、おふたりがいらっしゃるとは知りませんでしたよ」クラブトリーが言う。

ベネディクトは含み笑いして、ふっと痛みに顔をゆがめた。「夫人のことだから、間違いなく、小部隊でも賄えるぐらいたっぷりこしらえているはずだ」

「まあ、ビーフパイと魚料理のきちんとした朝食をこしらえる時間はなかったんですがね」

クラブトリーが言う。「ベーコン、ハム、卵、トーストは用意してます」

ソフィーのお腹がさかんに鳴っていた。「静かにして！」と言いたいのをどうにかこらえて、腹部を叩いた。

「来ると連絡してくだされればよかったのに」クラブトリーが人差し指を振って言い添えた。

「いらっしゃるとわかっていたら、留守にしませんでしたよ」

「とっさに決めたことなんだ」ベネディクトは首を左右に曲げ伸ばした。「ひどいパーティに出てしまって、抜けだしてきたものだから」

クラブトリーがソフィーのほうにひょいと顔を向ける。「お嬢さんはどこからいらしたので？」

「パーティにいたんだ」

「わたしはパーティにいたのではありません」ソフィーは否定した。「たまたま、そこにいたんです」

クラブトリーがいぶかしげに目をすがめた。「どう違うんですか？」

「わたしは、そのパーティに出席していたわけではないんです。その家の使用人だったので」

「あなたが使用人？」

ソフィーはうなずいた。「先ほどからずっと、それを言おうとしてたんです」

「使用人には見えませんけどねえ」クラブトリーはベネディクトのほうへ顔を戻した。「使用人に見えますか？」

ベネディクトは答えようがなく肩をすくめた。「どう見えるかなんてわからないな」

ソフィーは彼を睨んだ。けなしているわけではないだろうが、明らかに褒め言葉には聞こえない。

「ほかの家の使用人なら」クラブトリーが粘った。「ここでいったい何をしてるんです？」

「その説明は夫人が戻ってきてからでいいだろうか？」ベネディクトが訊く。「おそらく、きみとまったく同じ質問を繰り返すだろうからね」

クラブトリーはしばしベネディクトを見つめ、瞬きしてうなずくと、ソフィーのほうへ顔を戻した。「どうしてそんな格好をしてるんです？」

ソフィーは見おろし、男性の服を着ていたのをすっかり忘れていたことに気づいてぞっとした。男ものは大きすぎて、ズボンがほとんどずりさがりかけていた。「自分の服が濡れてしまったんです」ソフィーは釈明した。「雨で」

クラブトリーは同情するようにうなずいた。「ゆうべはひどい嵐だった。それでわたしらも、娘の家に泊まることにしたんです。ほんとうは帰ってくるつもりだったんですが」

ベネディクトとソフィーは黙ってうなずいた。

「娘の住まいはさほど遠くないんですよ」クラブトリーが続ける。「ほんの村の向こう側ですから」ちらりと見やると、ベネディクトがすぐさま相槌を打った。

「赤ん坊が生まれましてね、女の子です」

「おめでとう」ベネディクトが言った。その表情から、単に社交辞令で言っているのではないことがソフィーには見てとれた。彼は心から祝っているのだ。

階段のほうからどたどたと大きな足音がして、クラブトリー夫人が朝食を運んでこようとしているのがわかった。「お手伝いしなければ」ソフィーは言うと、すばやく立ちあがって戸口へ急いだ。

「使用人の習性ってのは、染みついとるもんですなあ」クラブトリーが物知り顔で言った。

ベネディクトはなんとなくだが、ソフィーがびくんとひるんだように見えた。

一分後、クラブトリー夫人が豪華な銀の茶器を持って部屋に入ってきた。

「ソフィーはどこへ？」ベネディクトは尋ねた。

「残りを取りに行ってもらってます」クラブトリー夫人は答えた。「すぐに上がってきますよ。気だてのいい娘さんですね」淡々とした口調で続ける。「でも、あなたがお貸しになった、あのズボンにはベルトが必要ですよ」

ベネディクトは、だぼだぼのズボンで歩く〝女中〟のソフィーを想像して、なぜだか胸が締めつけられるような気がした。この息苦しい感覚は欲望に違いないと悟り、強引に唾をのみ込んだ。

それから、喉を押さえて呻いた。ひと晩さんざん咳をした喉に強引に唾をのみ込んだせいで、喉の痛みがひどくなった。

「特製の強壮剤をご用意しますね」クラブトリー夫人が言った。

ベネディクトはかぶりを振った。以前、夫人の強壮剤を飲んだときには、三時間も吐き気に苦しめられたのだ。

「飲まないとは言わせませんよ」夫人が言う。

「家内はあきらめませんよ」クラブトリーも調子を合わせた。

「お茶でかなり良くなるだろう」ベネディクトは即座に言った。「間違いない」けれども、クラブトリー夫人の関心はすでにべつのことに移っていた。「あの娘さんはどうしちゃったのかしら?」つぶやいて戸口へ戻って見渡す。「ソフィー! ソフィー!」

「強壮剤を飲まされるのを阻止してくれたら」ベネディクトはすばやくクラブトリーに囁いた。「五ポンド払おう」

クラブトリーはにんまりした。「お安いご用です!」

「あらら」クラブトリー夫人が声をあげた。「大変だわ」

「おい、どうしたんだ?」クラブトリーも戸口へぶらりと歩いていった。

「かわいそうに、ズボンを押さえてるから、お盆を運べないのよ」夫人が気の毒そうに舌打ちした。

「助けてやってくれないか?」ベネディクトはベッドから声をかけた。

「あら、もちろんですよ」夫人は駆けだしていった。

「すぐに戻ります」クラブトリーが肩越しに言う。「見逃す手はありませんから」

「誰か、気の毒な娘にベルトを貸してやってくれ！」ベネディクトは不機嫌な声をあげた。みんなが廊下に出てちょっとした見物をしているのに、自分だけベッドに取り残されるとはあまりに不公平だ。

しかも、ベネディクトはどうにもそこから離れられなかった。起きあがろうと考えただけでめまいがする。

ゆうべは自分で思っていた以上にひどい状態だったのだろう。いまはもう数秒おきに咳に見舞われるわけではないが、体はぐったりと疲れきっていた。ふしぶしが痛むし、喉はひりひりと疼いている。歯も思うように嚙み合わない。

ソフィーに看病されたことはぼんやりと覚えていた。額に冷たい布をあて、具合を見ながら子守唄を歌ってくれさえした。だが、彼女の顔はよく見えていなかった。そのあいだはほとんど、目をあける気力はなかったし、目をあけられたときでも部屋は暗く、彼女はずっと暗がりのなかにいた。覚えているのは――。

突如はっと目の前が明るくなり、鼓動が狂ったように響きだして、ベネディクトは大きく息を吸い込んだ。夢を見ていたことを思いだしたのだ。

〝彼女〟の夢を。

初めて見た夢ではないが、この数カ月は見ていなかった。無邪気な空想というわけでもない。自分は聖人ではないのだ。仮面舞踏会で出会った女性が、銀色のドレスを着ていない夢を見るのだから。

何も着ていない彼女を思って、ベネディクトはいたずらっぽい笑みを浮かべた。

だが、どうにも理解しがたいのは、なぜ何カ月かぶりに、またこの夢を見たのかというこ とだった。ソフィーの何かがきっかけになったのだろうか？　あの夢を見なくなれば、彼女のことを忘れられると思っていた。いや、忘れたいと願っていた。

その願いは叶わなかったらしい。

ソフィーが、二年前に踊った女性と似ているはずがなかった。髪がまったく違うし、ソフィーのほうがずっと痩せている。なにしろ、この腕に仮面をつけた女性を抱いたときの柔らかな感触ははっきりと覚えていた。それに比べて、ソフィーはがりがりと言ってもいいほどに痩せている。声は少し似ている気もするが、なにぶん時間が経っているので、あの晩の記憶が薄れつつあり、もはや謎の女性の声をはっきり思いだせないことは認めざるをえなかった。それに、ソフィーの言葉のアクセントは女中にしては格別に洗練されているとはいえ、〝彼女〟のような貴族階級の話し方ではない。

それにしても、いったいなんだって〝彼女〟としか呼べないんだ。それが彼女の秘密のなかでも最も残酷なものに思えた。〝彼女〟は名前すら明かしてくれなかった。いっそ偽名でもいいから教えてくれればよかったのだ。そうすればせめて、なんであれ名前を呼んで思い浮かべられたのに。

夜、窓の向こうを眺めて、彼女はどこにいるのだろうかと思いめぐらすときにも、その名前を囁けたはずだ。

廊下から、がたんごとんと大きな物音が聞こえ、ベネディクトの回想は断ち切られた。まずは、クラブトリーが朝食の盆の重みでよろめきながら戻ってきた。

「あとのふたりはどうしたんだ？」ベネディクトはいぶかしげに戸口をじろりと見やった。

「家内はソフィーに適当な服を見繕ってます」クラブトリーは答えて、ベネディクトの書き物机に盆をおろした。「ハムとベーコン、どちらにします？」

「どちらも。空腹なんだ。それで、その〝適当な服〟というのはいったいなんなんだ？」

「ドレスですよ、ミスター・ブリジャートン。女性が着るもんです」

ベネディクトは蠟燭のもえさしを投げつけてやろうかと本気で思った。「だから」聖人並みの忍耐強さで言葉を選ぶ。「どこにドレスを探しにいったんだ？」

クラブトリーは、ベネディクトの膝の上に据える脚付きの盆に料理の皿をのせて歩いてきた。「家内は余分な服を何枚か持ってます。人に分けてやるのが好きでしてね」

ベネディクトは口に放り込んだ卵で喉をつまらせそうになった。「ソフィーは夫人と体型がまるで違うだろう」

「あなたともね」クラブトリーは指摘した。「それでも、あなたの服をどうにか着てたじゃないですか」

「ずり落ちそうになっていたズボンのことか」

「まあ、ドレスならその心配はないんじゃないですか？　頭からかぶったら肩にも引っかからないでずり落ちるということもなかろうし」

　ベネディクトは精神衛生上、自分のやるべきことに集中するのが賢明だと思い、朝食に全神経を注いだ。三枚目の皿にとりかかったとき、クラブトリー夫人が慌しく入ってきた。

「お待たせしました！」

　ソフィーはクラブトリー夫人のぶかぶかのドレスに埋もれたような姿で、ひっそり入ってきた。それでも案の定、裾は足首まで届いていなかったが。夫人はソフィーより身長が十三、四センチは低いのだ。

　クラブトリー夫人がにんまり微笑んだ。「すてきになりましたでしょう？」

「えっ、ああ」ベネディクトは唇をひきつらせて答えた。

　ソフィーがこちらを睨んでいる。

「これなら朝食をたっぷり食べられそうじゃないか」ベネディクトはおどけて言った。

「あたしが濡れた服を洗って乾かすまでの辛抱よ」夫人が言う。「でも、少なくとも女性らしいでしょう」ゆっさゆっさと近づいてくる。「朝食はいかがです、ミスター・ブリジャートン？」

「おいしいよ」ベネディクトは答えた。「こんなにおいしい食事は何カ月かぶりだ」

　クラブトリー夫人が身を乗りだしてきて耳打ちした。「あなたのソフィーを気に入りました。ずっとここに？」

　ベネディクトはむせた。理由はわからないが、とにかくむせた。「なんだって？」

「あたしたち夫婦はもう若くはありません。そろそろ、手伝いを増やせたらいいんですけどね」

「ああ、まあ……」ベネディクトは咳払いした。「考えておこう」

「助かりますわ」クラブトリー夫人は部屋の反対側に戻っていって、ソフィーの腕をつかんだ。「こっちに来なさい。今朝はずっとお腹を鳴らしてるんだから。最後に食べたのはいつなの？」

「ええと、きのうのいつだったかしら」

「きのうのいつ？」夫人が詰め寄った。

ベネディクトは笑いをナプキンで隠した。ソフィーはすっかり面食らっているらしい。クラブトリー夫人にかかれば、たいてい誰でもそうなってしまうのだ。

「あの、ええと、正確には――」

夫人が腰に両手をあてた。ベネディクトはにやりとした。ソフィーが窮地に陥っている。

「きのうは食べてないんでしょう？」クラブトリー夫人が唸り声で言った。

ソフィーに困惑の視線を向けられると、ベネディクトは肩をすくめ、〝ぼくに助けを求めるな〟と目顔で答えた。それに、クラブトリー夫人が彼女の世話をやくのをむしろ楽しんで見ていた。この気の毒な娘が何年も世話をやかれていないのは、まず間違いないだろう。

「きのうはとても忙しかったんです」ソフィーは言い訳がましく答えた。

ベネディクトは顔をしかめた。つまりはおそらく、フィリップ・キャベンダーと、やつが友人と呼んでいた仲間たちから逃げるのに忙しかったのだ。

クラブトリー夫人はソフィーを机の後ろの椅子にぐいと坐らせ、「食べなさい」と命じた。ベネディクトはソフィーが黙々と食べるのを見つめた。懸命に行儀よくしようとしていたが、結局は空腹には勝てなかったらしい。一分後にはまさしく料理を口に放り込んでいた。

ベネディクトはいつしか無性に怒りを覚えて、きつく歯を噛みしめていることに気づいた。誰に対して怒っているのかは定かではない。でも、これほど空腹なソフィーを見るのは耐えられなかった。

この女中とはささやかな絆《きずな》が生まれていた。自分が彼女を救い、彼女に自分は救われた。ひょっとすると、昨夜の熱で自分は死んでいたかもしれなかったのだ。あのままひどくなっていたら、いまもまだ苦しんでいただろう。だが、彼女が看病し、楽になるよう気を配って回復を早めてくれたに違いなかった。

「少なくともあとひと皿は食べさせてくださいね？」クラブトリー夫人がベネディクトに頼んだ。「あたしはこの娘さんの部屋を支度してきますから」

「使用人部屋にしてください」ソフィーは即座に言った。

「ばかなこと言わないの。正式に雇われるまでは使用人じゃないんだから」

「でも――」

「それ以上言わないこと」クラブトリー夫人がさえぎった。

「手伝おうか？」クラブトリーが訊いた。

夫人がうなずき、夫妻はさっさと行ってしまった。

ソフィーは食べ物をひたすら詰め込む奮闘を中断し、夫妻が出ていった戸口を見つめた。夫妻には、同じ身分の人間だと見なされているのだろう。使用人でもなければ、ベネディクトとふたりきりで残していくことはありえない。どんな噂を立てられて評判に傷がつくかわからないのだから。

「きのうは何も食べていなかったのかい？」ベネディクトが静かに訊いた。

ソフィーはこくりとうなずいた。

「今度キャベンダーに会ったら」ベネディクトが唸り声で言う。「ぶちのめしてやる」

自分がもっと善良な人間だったなら恐ろしく感じただろうとソフィーは思った。けれど、ベネディクトがまたかばってくれようとしているのを知って、笑みを隠せなかった。ぶちのめされて、鼻がひん曲がってしまったフィリップ・キャベンダーの顔まで思い浮かべてしまう。

「もうひと皿ぶん、食べてくれ」ベネディクトは言った。「これはぼくからのお願いだ。クラブトリー夫人は、卵やベーコンがいくつ残っていたのかしっかり記憶して出ていったから、戻ってきたときにその数が減っていなければ、ぼくが叱られる」

「とてもすてきな女性ですね」ソフィーは言って、卵に手を伸ばした。最初のひと皿でどうにか空腹は落ち着き、もう焦って食べる必要はなかった。

「とびきりにね」

ソフィーは給仕用のフォークとスプーンで器用にハムを挟んで自分の皿に移した。「今朝のお加減はいかがですか、ミスター・ブリジャートン？」

「だいぶいいよ、ありがとう。快調とまではいかないが、きのうの夜よりははるかに良くなった」

「とても心配しましたわ」ソフィーはハムの端をフォークで押さえ、ナイフで小さく切り分けた。

「看病をしてくれて、とても感謝している」

ソフィーはハムを嚙んで飲み込んでから言った。「とんでもありません。誰でも同じことをしたはずです」

「そうかもしれないが」ベネディクトは言う。「あれほど親切に、細やかな気配りはできない」

ソフィーはフォークを持ちあげたまま動きをとめた。「ありがとうございます」静かに言う。「そんなにお褒めいただいて」

「それで、ぼくは……」ベネディクトは咳払いした。

ソフィーは不思議そうに見つめ、彼が言おうとしていることを最後まで聞こうと待っていた。

「なんでもない」ベネディクトは口ごもった。

ソフィーはがっかりして、ハムのかけらを口に運んだ。

「ぼくは、きみに謝らなければいけないようなことはしなかっただろうか？」ベネディクトが唐突に言った。

ソフィーはハムをナプキンのなかに吹いてしまった。

「やはり、したということか」ベネディクトがつぶやく。

「してません！」ソフィーはすぐさま言った。「まったく何も。唐突におっしゃるのでびっくりしただけです」

ベネディクトが目を細めた。「嘘を言ってるのではないか？」

ソフィーはしっかりと一度キスをしてしまったことを思いだしつつ、かぶりを振った。あなたは謝るようなことは何もしていないけれど、わたしのほうはしていないとは言えないの。

「顔が赤いが」ベネディクトが問いつめる。

「いえ、そんなことはありません」

「いや、赤い」

「もし赤いとしたら」むきになって答えた。「あなたが謝らなければならないようなことをしたと思う理由を想像したからです」

「きみは使用人にしては、ずいぶんと口が達者だな」

「すみません」ソフィーは即座に言った。自分の立場をわきまえなければ。でも、この男性に対してはそれがなかなかうまくできなかった。貴族でありながら、たとえ数時間であれ、自分を同等の人間として扱ってくれた人なのだから。

「褒め言葉のつもりで言ったんだ」ベネディクトが言う。「ぼくに委縮する必要はない」

ソフィーは押し黙った。

「きみはなんというか……」ベネディクトはひと呼吸おき、適切な言葉を探しているらしかった。「新鮮な感じがする」

「まあ」ソフィーはフォークを置いた。「ありがとうございます」

「きょう、このあとの予定は？」ベネディクトは尋ねた。

ソフィーは巨大な服を見おろして顔をゆがめた。「自分の服が着られるようになるのを待って、それから、女中を探していないか近隣を訪ねてみるつもりです」

ベネディクトは顔をしかめた。「ぼくの母にきみの仕事を見つけてもらうと言ったじゃないか」

「ありがたいお話なのですが」ソフィーは慌てて弁明した。「わたしは田舎にいるほうが落ち着くんです」

ベネディクトは、人生で大きな挫折など一度も味わったことのない人間らしいしぐさで肩をすくめた。「ならば、オーブリー・ホールで働けばいい。ケントの」

ソフィーは下唇を噛んだ。あなたと顔を合わさなければならないから、あなたのお母様の家では働きたくないのよ、などとはっきり言うわけにもいかない。

それ以上の苦しみは想像もつかないほどなのに。

「わたしに責任を感じてくださる必要はないのです」ソフィーはどうにか答えた。

ベネディクトはやや傲慢な視線を向けた。「ぼくがきみに新しい仕事を探すと言っただろう」

「でも――」

「何か問題があると言うのか？」

「ありません」ソフィーはぽつりと言った。「まったく何も」ここで言い争っても無駄なのは目に見えている。

「よし」ベネディクトは満足そうに枕に背をあずけた。「わかってくれて嬉しいよ」

ソフィーは立ちあがった。「もう失礼します」

「なんのために？」

ソフィーはなんだかばからしい気分で答えた。「わかりませんわ」

ベネディクトがにやりとした。「ならば、ゆっくり味わってくれ」

ソフィーは給仕用のスプーンの柄をぎゅっと握りしめていた。

「まあ、落ち着いて」ベネディクトがなだめた。

「なんのことです？」

「そのスプーンを投げたいんだろう」

「そんなこと考えてません」ソフィーはきっぱりと返した。

ベネディクトはげらげら笑っている。「いやいや、考えてたさ。いまだって、そうしたいのに、できないんだ」

ソフィーは、手が震えるほどスプーンを強く握りしめていた。

ベネディクトは、ベッドが揺れるほどくすくすと笑っている。

ソフィーはスプーンを持ったまま立ちあがった。

ベネディクトが微笑んだ。「それを持っていくつもりかい？」

立場をわきまえなさい。ソフィーは心のなかで自分を叱りつけた。自分の立場をわきまえるのよ。

「いったいどうしたっていうんだい？」ベネディクトが考え込んだ。「そんなに怖い顔をして。いや、言わなくていい」と続ける。「ぼくが苦しんで早死にすればいいとでも思ってるな」

ソフィーはゆっくりと慎重に彼に背を向けると、スプーンをテーブルに置いた。慌てて動けば危険を冒しかねない。一歩間違えれば、彼の頭に投げつけてしまいそうだ。

ベネディクトは感心したふうに眉を持ちあげている。「きみはおとなだよ」

ソフィーはゆっくりと振り返った。「こんなふうに、どなたでもからかうのですか？」

「きみだけだ」ベネディクトがにっこりする。「母のところで働くという、ぼくの申し出を受けてもらうためだ。きみはぼくの長所を引きだしてくれたというわけだ、ミス・ソフィー・ベケット」

「長所ですって？」ソフィーはとても信じられない思いで訊いた。

「悪いがそうらしい」

ソフィーは黙って首を振り、戸口へ歩きだした。ベネディクト・ブリジャートンと話していると神経がまいってしまう。

「ああ、ソフィー！」

ソフィーは振り返った。

ベネディクトがいたずらっぽく笑った。「きみはスプーンを投げないだろうと思ってたよ」

そのあと起こったことは間違いなく自分のせいではない。つかの間、一時的に悪魔に乗り移られたのだと信じている。だって、自分ではまったく気づかないうちに、横にあった小さなテーブルにいきなり手が伸びて、蠟燭のもえさしをつかんでいたのだ。たしかに、その手は自分の腕にしっかりつながっていたけれど、そのときは少しも体になじんでいなかった。なにしろ、ぐいと後ろへ反動をつけたかと思うと、部屋の向こう側へ蠟燭のもえさしを投げつけたのだから。

ベネディクト・ブリジャートンの頭めがけて。

命中したかどうかを見るまで待ってはいられなかった。でも、戸口へすたすた歩きだしたとき、ベネディクトの高笑いが聞こえた。それから、大きな声がした。「よくやったぞ、ミス・ベケット！」

そのとき、ソフィーは、自分が何年かぶりに心から純粋に楽しくて微笑んでいることに気づいた。

10

『来ると返事をしたのに（レディ・コビントンの弁）、ベネディクト・ブリジャートンは年一度のコビントン舞踏会に現れなかった。舞踏場の令嬢たち（と、その母親たち）からは不満の声があがっていた。

レディ・ブリジャートン（義理の姉ではなく母親のほう）によれば、ベネディクト・ブリジャートンは先週田舎に出かけたきり、音沙汰がないのだという。といっても、身の安全や健康を案ずる必要はなさそうだ。レディ・ブリジャートンですら、心配するどころか、いらだっているのだから。なにしろ昨年はコビントン舞踏会で四組もの男女が未来の伴侶と出会っている（その前年は三組）。

レディ・ブリジャートンの落胆ぶりは気の毒ながら、今年のコビントン舞踏会をきっかけに結婚する男女がいたとしても、その花婿たちのなかにベネディクトは含まれていない』

一八一七年五月五日付〈レディ・ホイッスルダウンの社交界新聞〉より

療養が長引くと得なこともあるのだと、ベネディクトはまもなく気づいた。

一番わかりやすいのが、クラブトリー夫人の台所から生みだされる、量も種類も豊富なすばらしい料理だ。〈ぼくの小さな田舎家〉に来るといつもおいしい料理にありつけるのだが、病人がいるとなると、クラブトリー夫人はますます腕を振るった。

しかも、ありがたいことに、クラブトリーが夫人の強壮剤を完全に阻止するため、ベネディクトの最高級のブランデーとすり替えてくれた。ベネディクトは従順に一滴残さず飲み干したのだが、あとで窓の外を見て薔薇が三本枯れていることを知った。おそらくそこに、クラブトリーが強壮剤を捨てたのだろう。

痛ましい犠牲とはいえ、前回クラブトリー夫人の強壮剤を飲んだときのことを考えれば、それぐらいのことはいたしかたない。

もうひとつ、ベッドの上にいられる恩恵は、単純に何年ぶりかで静かな時間を楽しめたことだ。読書をして、絵を描き、目を閉じてただ白昼夢にまどろむこともあった——ほかの仕事や用事を怠っているという後ろめたさをいっさい感じずに。

そのうち、ベネディクトは怠惰な生活がなんと幸せなものかと思い始めた。

だが、病状の回復のいちばんの助けになっているのは、断然、ソフィーだ。ソフィーは日に何度か部屋に顔を出して、枕をはたいてふんわりさせたり、食べ物を運んできたり、本を読むためだけに来ることもあった。そうして尽くしてくれるのは、役立ちたいという思いがあるのと、フィリップ・キャベンダーから救ってもらったことを深く感謝しているからなのだろう。

とはいえ、ベネディクトには理由はなんであれかまわなかった。ただ、来てくれるだけで嬉しいのだから。

当初ソフィーは、でしゃばるべきでないという使用人の規範を守ろうとしていたらしく、おとなしく控えめだった。だが、こちらはそんなことはどうでもいいので、わざと会話に引き込んで、立ち去れないようにした。煽ったり、いらだたせたり、怒らせたりもした。おとなしく従順なときよりも、怒ってまくしたてているときのソフィーのほうがはるかに好きだからだ。

もっともベネディクトにしてみれば、同じ部屋に一緒にいられるだけで楽しかった。話しているときも、自分が窓の外を眺め、彼女がただ椅子に坐って読書をしているときでも関係なかった。彼女の存在自体に安らぎを感じるのだ。

軽快なノックの音に考えが中断され、はやる思いで呼びかけた。「どうぞ!」

ソフィーがひょっこり顔を覗かせた。肩までの巻き毛がかすかに揺れ、ドアの縁をかすめている。「クラブトリー夫人から、お茶をお持ちするようにと」

「お茶? それともお茶とビスケットかい?」

ソフィーはにっこりとして、盆を水平に保ちながら腰でドアを押しあけた。「もちろん、後者のほうです」

「大歓迎だ。きみも一緒にどうかな?」

ソフィーはいつものようにためらってから、いつものようにうなずいた。ベネディクトがいったん決めたことに反論しても無駄なのはとっくに学んでいるのだ。

ベネディクトは彼女のそんなそぶりに好感をいだいていた。

「顔色が戻ってきましたね」ソフィーは言って、そばのテーブルに盆を置いた。「それに、もうそれほどやつれてお見えにならないし。きっともうすぐベッドから出られますわ」

「ああ、もうすぐかな」ベネディクトは曖昧に答えた。

「日に日に良くなっていますもの」

ベネディクトはおどけるように言った。「そう思うかい？」

ソフィーはティーポットを持ちあげて、ひと息おいてから注いだ。「ええ」皮肉っぽい笑みを浮かべる。「そう思わなければ、言いません」

ベネディクトは彼女のお茶を淹れる手つきを眺めた。まるで生まれながらに身に染みついているように、自然で優雅な物腰でお茶を注いでいる。おそらく、午後のお茶を淹れるのも、母親の寛大な雇い主から学んだことのひとつだったのだろう。いやもしかすると、お茶を淹れる淑女たちを間近に見ていて覚えただけのことかもしれない。ソフィーがきわめて観察力の鋭い女性であることにベネディクトは気づいていた。

この儀式はもう何度も繰り返していたので、ベネディクトのお茶の好みを尋ねる必要はなかった。ソフィーは砂糖を入れずミルクのみを加えたカップを手渡し、ひと揃いのビスケットとスコーンを皿にのせた。

「自分のお茶も用意して」ベネディクトは言って、ビスケットをかじった。「こちらに来なさい」

ソフィーはふたたびためらった。すでに従うつもりでいてもためらうのをベネディクトは知っていた。辛抱強さを発揮して待っていると、それが報われ、ソフィーはやわらかなため息を漏らし、盆に手を伸ばしてカップをとった。

ソフィーは自分のお茶――角砂糖二個と、ほんのちょっぴりのミルク入り――を用意すると、ベッド脇にあるビロード張りの高い背もたれ付きの椅子に腰かけ、ティーカップの縁越しに彼を見てお茶を口に含んだ。

「ビスケットはいらないのかい?」ベネディクトは訊いた。

ソフィーが首を振る。「焼きたてのを何枚か食べたんです」

「うらやましいな。温かいうちが一番おいしいからね」ベネディクトはビスケットをもう一枚食べてしまうと、袖に落ちた屑を払って、さらにもう一枚に手を伸ばした。「何をして過ごしてたんだい?」

「二時間前にお会いしてからですか?」

ベネディクトは、皮肉には答えるつもりがないことを目顔で伝えた。

「台所でクラブトリー夫人の手伝いをしていました」ソフィーが言う。「夕食はビーフシチューの予定なので、ジャガイモの皮むきをしたんです。それから、あなたの図書室から本を一冊お借りして、庭で読んでいました」

「ほんとうに?　何を読んだんだ?」

「小説です」

「楽しめたかい？」

ソフィーは肩をすくめた。「単純なお話でしたけれど、ロマンティックでした。楽しめましたわ」

「ロマンスに憧れているのか？」

ソフィーの顔が瞬く間に赤く染まった。「それは、とても個人的な質問ではないでしょうか？」

ベネディクトは肩をすぼめた。「言ってみただけだ」などと思いきり茶化そうとしたのだが、彼女が頬をピンク色に上気させて膝に目を落としたのを見て、なんとも奇妙なことが起こった。

自分が彼女を欲していることに気づいたのだ。

欲しくて、欲しくて、たまらない。

だからといってなぜこれほど動揺しているのか、自分でもわからなかった。彼女を欲するのは当然のことだ。ほかの男たちと同様、自分にも熱い血が通っている。そんな男が、ソフィーのようにはつらつとした愛らしい女性と長い時間を過ごして、欲望を感じずにいられるだろうか。だいたい、これまでに出会った女性の半数には欲望を感じた。きわめて淡泊な欲望に過ぎなかったが。

だがこの瞬間、この女性に対しては、性急な欲望が湧きあがっていた。

ベネディクトは姿勢を変えた。上掛けを膝のあたりまで引っぱりあげる。それからまた姿勢を変えた。

「ベッドの寝心地が悪いのですか？」ソフィーが訊く。「枕をはたきましょうか？」

ベネディクトはとっさに思った。そうだと答えて、身を乗りだしてきた彼女をつかみ、うまい具合にベッドにいるのを利用して、淫らな行為に及んでしまおう、と。

だが、そんな企みがソフィーに受け入れられるはずもないとひそかに思い直して言った。

「大丈夫だ」妙に甲高い声が出て、たじろいだ。

ソフィーが微笑んで、彼の皿の上のビスケットを見て言う。「あと一枚いかがですか」

ベネディクトは彼女が届きやすいよう皿を動かそうとして、いまさらながらそれをなぜか膝の上に置いていたことに気づいた。彼女の手が自分の股間に伸びてくる光景――本人にはビスケットの皿しか見えていないはずなのだが――が体に、正確に言うなら股間に、おかしな変化をもたらした。

突如、それが……じりじりと動く光景が見えて、皿が傾かないよう急いでつかんだ。

「もう一枚お取りしま――」

「頼む！」ベネディクトは叫んだ。

ソフィーは皿からジンジャー・ビスケットをつまんで眉をひそめた。「お加減は良さそうなのに」そう言って、そのビスケットの匂いを少し嗅ぐ。「声はなんだか変ですね。喉の調子が悪いのですか？」

ベネディクトはさっとひと口お茶を飲んだ。「いや、なんともない。菓子屑が喉につまってたんだろう」

「あら。でしたら、もっとお茶をお飲みになってください。すぐに取れますわ」ソフィーはティーカップを置いた。「本を読みましょうか？」

「ああ！」ベネディクトはすばやく答えて、上掛けをさらに引きあげた。せっかくうまくのっている皿を彼女に片づけられでもしたら、どうすればいいんだ？

「ほんとうに大丈夫ですか？」心配するというより明らかにけげんそうにソフィーが訊く。

ベネディクトはぎこちなく微笑んだ。「ほんとうに大丈夫だ」

「わかりました」ソフィーは立ちあがった。「何を読みましょうか？」

「ああ、なんでもいい」やたら陽気に手を振って答えた。

「詩集にします？」

「いいね」おそらくは凍原《ツンドラ》の植物の研究論文を勧められても、同じ言葉を吐いていただろう。

ソフィーは作りつけの書棚に歩いていって、ぼんやりと目録を眺めた。「バイロン？　ブレイクにします？」

「ブレイク」ベネディクトはきっぱりと言った。バイロンの色恋絡みの戯言を一時間も聞かされたら、頭がおかしくなってしまう。

ソフィーは書棚から薄い詩集を引く抜くと、椅子に戻ってきて、不恰好なスカートを広げて坐った。

ベネディクトは眉根を寄せた。こんなみっともない服を着ていたとはいままでまるで気づかなかった。クラブトリー夫人が貸した服ほどではないにしろ、どう見ても美しさを引き立てる形ではない。

新しいドレスを買ってやろう。むろん、ソフィーはけっして受け取らないだろうが、いま着ている服が何かの間違いで燃えてしまえば……。

「ミスター・ブリジャートン？」

しかしどうやって彼女の服を燃やす？　彼女が着ていないときでなければだめだし、そのときを狙うこと自体、相当難しい……。

「聞いてらっしゃいます？」ソフィーが強い調子で訊いた。

「え、えっ？」

「聞いてらっしゃらないんだもの」

「悪かった」ベネディクトは言った。「謝るよ。ぼうっとしてたんだ。どうか続けてくれ」

ソフィーが朗読を再開し、ベネディクトはちゃんと聞いているふりをしようと、その唇に視線を据えた。それが大きな間違いだった。

なにしろ、突如その唇しか目に入らなくなり、彼女とのキスを考えずにはいられなくなってしまったのだ。そして、間違いなく、あと三十秒以内にどちらかが部屋を出なければ、彼女に延々謝り続けなければならなくなることをしてしまうと確信した。

彼女を口説きたくないわけではない。ただもう少し、洒落た誘い方をしたかった。

「あら、しまった」ベネディクトは唐突に言った。

ソフィーは不思議そうな目を向けた。そうされるのも当然だ。あまりに間の抜けた言い方だったのだから。「あら、しまった」だなんて、ここ何年も言った記憶がない。いや、一度も言ったことがない。

まったく、母上みたいな言い方じゃないか。

「どうかしました？」ソフィーが訊いた。

「ちょっと思いだしたんだ」自分でもすこぶる滑稽に聞こえた。

ソフィーがいぶかしげに眉を持ちあげた。

「忘れていたことがあってね」

「人が思いだすことは」ソフィーはすっかり面白がっているように言った。「たいていの場合、忘れていたことですわ」

ベネディクトは睨みつけた。「ちょっと、ひとりにしてほしい」

ソフィーはすぐさま立ちあがった。「かしこまりました」低い声で言った。

ベネディクトは唸り声を押し殺した。くそっ。彼女は傷ついた様子だった。彼女の気持ちを傷つけるつもりなどなかった。ベッドに引っ張り込んでしまわないように、ただ部屋から出てもらおうとしただけなのに。「個人的な用事なんだ」そう言ってなだめようとしたが、自分のしていることすべてがばからしく思えてきた。

「あっ、ああ」ソフィーが心得顔で言った。「便器をお持ちしましょうか？」

「自分で取りに行けるよ」ベネディクトは便器など必要ないことも忘れて答えていた。

ソフィーがうなずいて立ちあがり、詩集をそばのテーブルに置いた。「では、わたしは失礼します。用事があれば呼び鈴を鳴らしてください」

「きみを使用人のように呼びつけたりしない」ベネディクトは唸り声で言った。

「でも、わたしは――」

「ぼくにとっては、きみは使用人じゃない」必要以上に少しきつい言い方になってしまったが、ベネディクトは無力な女性の使用人を食い物にする男たちをずっと嫌悪してきた。そういう卑怯な輩のひとりになるぐらいなら、猿ぐつわをはめられるほうがましだ。

「承知しました」ソフィーは使用人らしく従順に言った。それから、使用人らしくうなずき――あてつけでやっているのは明らかだった――、立ち去った。

ベネディクトはソフィーがいなくなるとすぐにベッドを飛びだし、窓辺へ駆け寄った。よし。誰もいない。部屋着を脱ぎ捨てると、ズボンとシャツに上着をはおり、もう一度窓の外を見た。よし。まだ誰もいない。

「ブーツ、ブーツ」つぶやきながら、部屋を見まわす。ブーツはいったいどこにある？　きれいなブーツではなくて、泥まみれになってもいいやつは……と、そこにあったのか。ベネディクトはそのブーツをつかんで、ぐいと足を入れた。

窓辺に戻る。まだ誰もいない。ついている。ベネディクトは片脚を窓枠の外に出し、もう片方の脚も出して、すぐ前の楡の木から突きでている長く太い枝につかまった。そうして上手にバランスをとりながら、するすると地面へ滑りおりていった。

それから、一目散に池へ向かった。水がとても冷たい池へ。

とても冷たい水のなかで泳ぐために。


「便器が必要なら」ソフィーは独りつぶやいた。「正直にそう言ってくれればよかったのに。わたしは一度も便器を運んだことがないわけでもないんだし」

ソフィーは足を踏み鳴らして階段をおりていった。どうしておりているのかわからないけれど（階下にこれといった用事もない）、ほかにやることが思いつかないのでそうするしかなかった。

ベネディクトが自分を使用人として扱うことをなぜそれほどいやがるのか、ソフィーには理解できなかった。彼はソフィーに、自分に仕えることはない、〈ぼくの小さな田舎家〉では仕事はしなくていいと言い続け、さらには同じように何度も、自分の母親の家で働けるようにすると繰り返した。

あっさり使用人扱いしてくれれば、自分がただの庶子で、彼は貴族のなかでも特に裕福で有力な一族のひとりであるのだと思いだして悩まされることはないはずだった。なのにいつも同じ人間として扱われるので（ソフィーの経験から言えば、ほとんどの貴族は使用人を人間として扱う気はさらさらない）、仮面舞踏会の晩を思いだしてしまうのだ。自分が優雅で魅力的な貴婦人で、ベネディクト・ブリジャートンとの未来を夢見る権利のある女性だった、すばらしいひと夜を。

ベネディクトはまるでほんとうに好意をいだいてくれていて、一緒にいるのを楽しんでいるように見えた。たぶん、実際にそうなのだろう。でも、それはソフィーにとって何より残酷なことだった。彼を愛さずにはいられなくなるし、彼との未来にかすかでも希望をいだいてしまうからだ。

だから、必死で自分に現実を言い聞かせなければならなくなり、それはあまりにつらいことだった。

「あら、ミス・ソフィー、ここにいたのね！」

ぼんやりと寄せ木張りの床のひび割れを追っていた目を上げると、クラブトリー夫人が後ろから階段をおりてきた。

「こんにちは、クラブトリー夫人」ソフィーは言った。「ビーフシチューはうまくできてます？」

「ええ、順調よ」クラブトリー夫人はどこかうわの空で言った。「ちょっと人参が足りないけど、味には問題ないわ。ミスター・ブリジャートンを見かけなかった？」

ソフィーはその問いかけに驚いて目をしばたたかせた。「お部屋にいましたわ。ほんの数分前は」

「それが、もういないのよ」

「便器を使うのだと思ったのですが」

クラブトリー夫人は顔を赤らめもしなかった。雇い主たちのそういったことについても、使用人たちは日頃からふつうに話しているからだ。「それなら、使うつもりだったのに使わなかったわけね。だって、お部屋は春らしい爽やかな匂いがしてたもの」

ソフィーは眉をひそめた。「それで、姿が見えなかったのですか？」

「影も形も」

「どこに消えたのか、見当もつきません」

クラブトリー夫人はふくよかな腰に両手をあてた。「あたしは階下《した》を探すから、あなたは階上《うえ》を探してくれるかしら。どちらかで見つかるでしょう」

「いい考えとは思えませんわ、クラブトリー夫人。お部屋を出たのだとすれば、それなりの理由があったのでしょう。たぶん、見つかりたくないのでは」

「でも、ご病気なのよ」クラブトリー夫人は反論した。

ソフィーはベネディクトの顔を思い浮かべて考えをめぐらせた。肌には健康そうな赤みがさしていたし、もうちっともつらそうな様子は見えなかった。「その点も確かではないと思うんです、クラブトリー夫人」ソフィーは思いきって言った。「病気を装っていたのではないかしら」

「そんなばかな」クラブトリー夫人は鼻で笑い飛ばした。「ミスター・ブリジャートンはそんなことをする方ではないわ」

ソフィーは肩をすぼめた。「わたしもそう思っていたんですけれど、ほんとうに、もうちっとも具合が悪そうに見えなかったんです」

「あたしの強壮剤が効いたのね」夫人が自信満々にうなずいた。「回復が早まるって言ったでしょう」

ソフィーはその強壮剤をクラブトリーが薔薇の植え込みに捨てるのを見ていた。その後遺症も。薔薇はひどい有様になっていた。微笑んでうなずくことなどどうしてできるだろう。

「とにかく、あたしとしては、旦那様がどこに行ったのか知りたいのよ」クラブトリー夫人が続ける。「ベッドを出るべきじゃないわ。本人もわかってるはずなのに」

「すぐに戻ってきますわ」ソフィーはなだめるように言った。「それまでに、台所でお手伝いすることはありませんか？」

クラブトリー夫人は首を振った。「ええ、ないわ。シチューはあとはもう煮込むだけだから。これ以上手伝わせたら、ミスター・ブリジャートンに怒られてしまうもの」

「でも――」

「お願いだから、言うとおりにしてちょうだい」クラブトリー夫人がさえぎった。「たしかに旦那様の言うとおり。あなたはここではお客様だわ。だからもう働かせません」

「わたしはお客様ではありません」ソフィーは抵抗した。

「あら、じゃあ、なんなの？」

その言葉に一瞬ソフィーは黙り込んだ。「わからない」ようやく言った。「でも、絶対にお客様ではありません。お客様は……お客様というのは……」頭と感情の両方で納得のいく説明を探した。「お客様というのは、同じ階級か、少なくともそれに近い身分の人です。人に仕えたり、床を磨いたり、便器を掃除したことのない人。それに――」

「家の主人が客として招いた人のことよ」クラブトリー夫人が断言した。「決めるのは家の主人の特権よ。あなたは自分の好きなようにしていいの。自分を卑下するのはおやめなさい。ミスター・ブリジャートンがあなたを来客とみなしたからには、あなたはそのご判断をありがたく受け入れて、楽しまなければ。あなたが最後に、あくせく働かないでのんびり過ごせたのはいつのこと？」

「あの方は、本心からわたしを来客と認めてるわけではないんです」ソフィーは静かに言った。「もしそうなら、わたしの評判を守るために、付添い人を同席させるはずですから」

「でもこのうちでは、あたしが厄介ごとを許しはしませんもの」クラブトリー夫人がすごんだ。

「それはわかっています」ソフィーは同意した。「でも、妙な評判を立てられないためには、事実と同じくらい対面が大事なんです。社交界の人々は、どんなに厳格で高潔な道徳心を持っていようと、家政婦を付添い人とは認めてくれません」

「それがほんとなら」クラブトリー夫人が言う。「あなたには付添い人が必要だわね、ミス・ソフィー」

「ばかなこと言わないでください。わたしはあの方と同じ階級の人間ではないから、付添い人は必要ないんです。女中が独身男性のいる家に住んで働いても、誰も気にしませんわ。誰もその女性の評判が落ちるなんて思わないし、ましてや結婚に差しさわりが出るなんて考える人はいないんです」ソフィーは肩をすくめた。「そういう世界なんです。ミスター・ブリジャートンも、本人が認めようが認めまいが、同じように考えてるでしょうし、だからひと言も、わたしがここにいるのが問題だとは言わないんです」

「なんだか、気に入らないわね」クラブトリー夫人は声高に言った。「まったくもって、気に入らない」

ソフィーはこの家政婦の気づかいが嬉しくて、思わず微笑んだ。「散歩にいってきます。もし台所でお手伝いすることがなければ、ですけれど。これも」ソフィーは茶目っ気のある笑みを浮かべて続けた。「いまの中途半端な立場だからできることですものね。お客様ではないにしても、使用人でないのは数年ぶり。いまだけでも、自由な時間を楽しむことにします」

クラブトリー夫人はソフィーの肩をぱんと叩いた。「そうなさい、ミス・ソフィー。そしたら途中で、あたしに花を摘んできてちょうだいな」

ソフィーはにっこりして正面玄関を出ていった。この季節にしては暖かくて陽光のまぶしい晴天の日で、ほころび始めた春の花の穏やかな香りが漂っていた。こうやって、純粋に心から爽やかな空気を楽しみながら歩くのは何年ぶりだろう。

ベネディクトが近くに池があると話していたので、ソフィーはぶらりとそこまで行って、気が向けば爪先をちょっぴり水に浸けてみるのも悪くないと思った。

笑顔で太陽を仰いだ。空気は暖かいけれど、五月初めなのだから水はまだひんやりしているに違いない。それでも、気持ちいいだろう。自由なひととき、穏やかにひとりでいられるときを実感させてくれるものなら、なんでも気持ちよく感じられるはずだ。

ソフィーはふと立ちどまり、遠くを見すえて思いめぐらせた。ベネディクトは、池がこの別荘の南側にあると言っていたかしら？　南の方角は鬱蒼《うっそう》とした木々の一群がずっと先まで延びているけれど、歩いたところでさほど疲れはしないだろう。

ソフィーは森を抜ける道を選んで、樹木の根をまたぎ、低く広がった枝を押し分け、その跳ね返りを激しく背に受けながら進んだ。頭上に生い茂る葉に陽光がほとんどさえぎられ、地上の視界は昼間というより夕暮れのように感じられた。

さらに進むと、池らしき開けた場所が見えてきた。だんだんと近づくにつれ、陽射しにきらめく水面が現れ、ソフィーは道を間違えていなかったことが嬉しくて、満足の小さな吐息を漏らした。

けれども、さらに近づいていくと、水しぶきの音が聞こえた。自分がひとりではないことに気づき、恐ろしさと同時に好奇心が沸いてきた。

池の縁まではほんの三メートルほどだったので、水のなかに誰かがいることをすぐに察し、慌ててオークの大木の後ろに身を縮めた。気弱なたちだったなら、くるりと向きを変えて逃げ帰っていただろう。でもソフィーは、こんな早い時期に池で水遊びをする変わり者は誰なのか、木の陰からそっと覗き込まずにはいられなかった。

木の陰にできるかぎり身を隠しつつ、ゆっくり、そうっと顔を出した。
見えたのは男性だった。
裸《・》の男性。
裸の……。
ベネディクト？

11

『ロンドンで、女中の争奪戦が過熱している。レディ・ペンウッドが、大変人望のあるブリジャートン子爵未亡人を含む三人もの貴婦人の面前で、フェザリントン夫人のことを育ちの悪いこそ泥と罵倒した！

これに対しフェザリントン夫人は、侍女の待遇の悪さ（筆者の調べによれば、この侍女の名は先に伝えられていたエステルではないし、さらに言えば、フランス人でもない。ほんとうの名はベスで、リヴァプール出身）を引き合いにだし、レディ・ペンウッドの家は救貧院も同然だと応酬した。レディ・ペンウッドはひどく憤慨した様子で、娘のロザムンド・レイリングを引き連れてその場をあとにした。もうひとりの娘のポージー（見るも気の毒な深緑色のドレスを着用）は申し訳なさそうな目をしてとどまっていたが、引き返してきた母親に袖をつかまれ、引きずられて去っていった。

むろん、筆者が社交界行事の招待客名簿を作るわけではないが、フェザリントン夫人の次の夜会にペンウッド一族が招待されるとは想像しがたい』

一八一七年五月七日付〈レディ・ホイッスルダウンの社交界新聞〉より

とどまったのは間違いだった。

大きな間違い。

とんでもなく大きな間違い。

それでも、ソフィーはほんの少しも動かなかった。

背の低い幅広の茂みにほとんど覆われた、てっぺんだけが剝きだしの大きな岩を見つけ、片ときも彼から目を離さずにそこに腰を据えた。

彼は裸だった。それがまだとても信じられない。

もちろん、ある程度までは水に浸かっていて、ちょうど肋骨の辺りで水面がさざ波立っている。

そこから下は――そう考えるとめまいがした。

とはいえ、自分に正直になるなら、前言は訂正しなければいけない。残念ながら、ある程度までは水に浸かっている、と。

自分は誰にも劣らずうぶで……たしかにうぶなのだけれど、ああ、なんてこと、好奇心をそそられるし、この男性にほとんどのぼせている。激しい突風で小さな津波が起きて、彼のまわりの水がどこかへ引いてしまえばいいのにと願うのはふしだらだろうか？ そんなことがありうる？

なんて、ふしだらな考えなのだろう。わたしはふしだらだ。でも、そんなことは気にしていられない。

これまでの人生では安全な道のりを慎重に歩いてきた。これまでの短い人生で思いきり大胆なことをしたのはあのひと晩だけ。そして、あの晩こそが、人生で最も胸がときめいた、最も魅惑的な、とてつもなくすばらしい時間だった。

だから、ソフィーはそのままそこにとどまり、最後まで、目に映っているものを見届けようと思った。どうせ失うものなどもう何もない。仕事も、将来の希望もない。母親の家で仕事を見つけてくれるというベネディクトの申し出以外は（それもソフィーにはひどくよくない考えのように思えた）。

だから、ソフィーはただじっと、身動きひとつせず、目を大きく、大きく見開いた。

ベネディクトはけっして迷信を信じやすいたちではないし、自分に第六感のようなものがあるとも思わなかったが、これまでの人生で一、二度、得体の知れない疼きのようなものが走り、何か重要なことが起こりそうな、妙な胸騒ぎを感じたことがあった。

それを初めて感じたのは、父が亡くなった日だった。父の死に打ちひしがれていた兄のアンソニーにはおろか、誰にも明かしてはいないが、あの日の午後、アンソニーと競馬に興じてケントの野原を疾走していたとき、手足に痺《しび》れのようなものを感じ、頭がひどくずきずきとしてきた。正確に言うと痛いわけではなかったが、肺が締めつけられるような気がして、それまで想像したこともないような強い恐怖心に襲われた。

当然、そのレースは負けた。片手の指に思うように力が入らず、うまく手綱をとれなかったのだ。そして、家に帰ってきて、あの恐怖心が根拠のないものではなかったのだと知った。父が蜂に刺されて倒れ、すでに亡くなっていた。父のように強く逞しい男が、蜂に刺されて命を落したとはすぐには信じられなかったが、ほかに解釈のしようがなかった。

同じようなことがもう一度あったのだが、今度は感じ方がだいぶ違っていた。母が開いた仮面舞踏会の晩、あの銀色のドレスの女性を目にする直前のことだ。前のときと同様、手足に違和感を覚えたのだが、今回は痺れではなく妙な疼きで、長年の夢遊病から突如目覚めたような感覚だった。

そして振り返ると彼女がいて、自分がその夜そこに来たのも、イングランドに住んでいるのも、生まれてきたことすら、彼女に会うためだったのだと感じた。

もちろん、彼女は忽然と姿を消したのでその予感ははずれてしまったのだが、あの瞬間は完全に信じていたし、機会があれば、彼女にもそれを伝えられたのではないかと思っていた。

そしていま、池に入って、臍の上辺りまで水に浸して立っていると、またも、ほんの一瞬前より頭が冴えたような、得体の知れない感覚に襲われた。気が昂ぶって息もつけないような、どきどきする心地いい感覚だった。

前のときと同じだ。〝彼女〟と出会ったときと。

何かが起ころうとしているのかもしれないし、誰かが近くにいるのかもしれない。

人生が変わろうとしている。

と、自分が生まれたときのように真っ裸であることを思いだし、口もとをゆがめた。この姿では、魅力的な若い女性とシルクのシーツにくるまっているときでもなければ、男としてさまにならない。

あとは沈むしかない。

もう少し深いほうへ踏みだすと、池の底のやわらかいぬかるみに足の指が食い込んだ。これで水面が五センチ程度は上がった。まさしく凍えそうな冷たさだが、少なくとも体はだいぶ隠せた。

ベネディクトは岸辺を見渡し、木々や茂みに目を凝らした。誰かがいるはずだ。そうでなければ、いまや全身に広がっている妙な疼きの説明がつかない。

しかも、下半身（気の毒に大事な部分は小さく縮んでしまった）を隠すためにこれほど冷たい池に沈んでいるのに感じる疼きならば、よほど強烈な予感であるに違いない。

「そこにいるのは誰だ？」ベネディクトは叫んだ。

返事はない。実際に返事があると期待していたわけではないが、呼びかけてみる価値はあると思った。

改めて岸辺に目を凝らし、三百六十度ぐるりと見まわして、どこかに動きはないかと探した。風に静かにそよぐ木々の葉のほかには何も動きは見てとれなかったが、ひととおり眺めたあとで、どういうわけか気がついた。

「ソフィー！」

息をのむ気配、続いて、慌てて動く大きな音がした。

「ソフィー・ベケット」ベネディクトは叫んだ。「いま逃げだしたら、ぼくは追いかけるぞ。服など着なくても平気なんだ」

岸辺から聞こえる音がゆっくりになった。

「追いつくに決まってる」ベネディクトは続けた。「ぼくのほうが体力はあるし足も速い。きみを地面に突き倒してでも、逃がしはしない」

身動きする音がとまった。

「それでいい」低い声で言う。「出てくるんだ」

出てこなかった。

「ソフィー」ベネディクトは警告するように言った。

しんと静まり返ったかと思うと、ためらいがちなゆっくりとした足音がして、テムズ川に沈めたくなるような、あのひどい服を着た彼女が岸辺に姿を現した。

「ここで何をしている？」ベネディクトは詰問した。

「散歩に来たのです。あなたこそ何をなさっているの？」ソフィーは言い返した。「ご病気のはずでしょう。こんなこと」彼のほうへ腕を振り、さらには池を指し示す。「お体にいいとはとても思えないわ」

その質問を無視して言った。「ぼくをつけてきたのか？」

「まさか」ソフィーが答え、ベネディクトもそれは信じた。彼女がそこまで平気な顔で嘘をつける女性であるとは思えなかった。

「泳ぎにいく人をつけたりしません」ソフィーが続ける。「恥ずかしいことだもの」

たちまちその顔が真っ赤に染まった。その言いぶんに説得力がないことは互いにわかっていた。ほんとうに恥じらいを感じたのなら、偶然だろうとなかろうと、彼を見つけたらすぐに池を離れていたはずなのだから。

ベネディクトは片腕を水から上げて彼女のほうへ伸ばし、手首を返して後ろを向くよう指示した。「後ろを向いて待っていてくれ。すぐに服を着るから」

「わたしはもう戻ります」ソフィーが言う。「あなたはひとりで存分に楽しんで――」

「そこにいるんだ」ベネディクトはきつく言った。

「でも――」

ベネディクトは腕組みした。「いまのぼくが、言い争いたい気分に見えるか？」

ソフィーは反抗的な目を向けた。

「もし逃げたら、つかまえる」ベネディクトは警告した。

ソフィーはふたりのあいだの距離を目測し、さらに〈ぼくの小さな田舎家〉までの距離を頭にめぐらせた。着替えている隙を狙えば逃げだせそうだけれど、もし彼がそのままで……。

「ソフィー」ベネディクトの声がした。「きみの耳から湯気が出ているのが見えるようだ。無駄な計算に頭を働かせるのはやめて、ぼくの言ったとおりにするんだ」

片足がぴくりとひきつった。逃げだそうか、おとなしく後ろを向こうか、まだ迷っていた。

「さあ」ベネディクトがせかす。

大きくため息を吐きながら低い唸り声を漏らし、ソフィーは腕組みして後ろを向き、命綱でも見るように、目の前にある木の幹の節穴を凝視した。いまいましい彼は静かにことを進めているとは言いがたく、ソフィーはいつしか耳をそばだてて、背後の水しぶきの音、衣擦れの音のひとつひとつから行動を想像していた。いま水から上がり、ズボンを手にとって、今度は……。

ばからしい。ものすごくふしだらな想像力が働いて、それしか考えられなくなっていた。ひとりで先に家に帰らせてくれればよかったのに、どうして、こんなふうに恥ずかしさに耐えながら着替えを待っていなければならないのだろう。肌が燃えているように熱く感じられるし、頬は八段階もの赤いまだら模様に染まっているに違いない。紳士であれば、こんな恥ずかしい思いをさせないように、せめて三日間は家の奥の部屋に引きこもらせて、あとはすべて忘れたふりをしてくれるはずだ。

でも、きょうの午後のブリジャートン・ベネディクトは明らかに、紳士になるつもりなどなさそうだった。なにしろ片足を動かしたとたん――ほんとうにただ靴のなかで痺れていた爪先を伸ばしただけなのに！――、間髪入れずに唸り声をあげたのだから。「ばかなことは考えるな」

「考えてないわ！」ソフィーは言い返した。「足が痺れたのよ。とにかく急いでください！着替えにそんなに時間はかからないでしょう」

「なんだって？」ベネディクトがのんびりと言った。

「こんなことをして、わたしをいじめてるんだわ」ソフィーはぶつくさと言った。

「こっちを向きたければ、いつでもどうぞ」軽いからかいを含んだ声で言う。「ぼくはどうでもいいんだが、きみに配慮して後ろを向いていてくれと言っただけなんだから」

「このままでけっこうです」ソフィーは答えた。

一時間にも思える三分ほどが過ぎた頃、ベネディクトの声がした。「もうこっちを向いてかまわない」

ソフィーはそうするのが怖いような気がした。ベネディクトなら、すっかり支度が整う前に振り向かせるようないたずら心を働かせかねない。

でも、今回は信じることにして――いいえ、ほんとうはすごくそうしたかったのだと認めざるをえない――、振り向いた。ほっとしたことに、いいえ、正直に言えばちょっぴりがっかりしたのだけれど、ベネディクトはすっかり支度を整えていた。湿った肌に布が張りつき、所々、肌が透けてみえていたけれど。

「どうして先に帰らせてくれなかったの？」ソフィーは訊いた。

「ここにいてほしかったからだ」ベネディクトが淡々と答えた。

「でも、なぜ？」ソフィーは問いただした。

ベネディクトが肩をすくめる。「さあ。たぶん、ぼくをこっそり見ていた罰かな」

「わたしはべつに――」ソフィーはとっさに否定しようとしたものの、途中で打ち切った。

こっそり見ていたのは事実だ。

「賢いお嬢さんだ」ベネディクトがつぶやいた。

ソフィーは睨みつけた。何か絶妙に気の利いた皮肉を返したいところだけれど、まったく裏腹な言葉が出てしまいそうな気がして、口をつぐんだ。愚かなことを口走るよりは黙っていたほうがましだ。

「滞在中の家の主人を覗き見るなんて、お行儀が良くないな」両手を腰にあて、威厳と寛大さを同時に見せようとするように言った。

「偶然見てしまったのよ」ソフィーは低い声で反論した。

「まあ、それは信じよう」ベネディクトが言う。「だが、見るつもりがなかったのだとしても、その機会を利用したことは事実だ」

「責めてるの？」

ベネディクトがにやりとした。「全然。ぼくもまったく同じことをしただろうからね」

ソフィーはぽかんと口をあけた。

「おいおい、怒ったふりはやめてくれ」

「ふりなんてしてないわ」

ベネディクトはやや身を乗りだした。「ほんとうのことを言うと、すごく嬉しかった」

「学究的な好奇心だったのよ」唸り声で言う。「たぶん」

ベネディクトの笑みに茶目っ気が加わった。「ということは、裸の男性に出くわしたら、誰であれ覗き見るわけだ？」

「そんなことないわ！」

「さっきも言ったように」ベネディクトは木に背をもたれ、のんびりと言った。「嬉しかった」

「だったらもう、それでいいでしょう」ソフィーはむっとして言った。「わたしは〈あなたの小さな田舎家〉に帰ります」

ほんの二歩踏みだしたところで、ドレスをさっとつかまれた。「ぼくはそうしたくない」とベネディクト。

ソフィーはうんざりした吐息をついて振り返った。「わたしはもう立ち直れないほど恥ずかしい思いをさせられたのに。これ以上、どうしろというのですか？」

ゆっくりと引き寄せられた。「大変興味深い質問だ」ベネディクトがつぶやいた。

ソフィーは地面に踏ん張ろうとしたけれど、彼の腕の強引な力に抗えなかった。わずかによろめいて、気づくとすぐ目の前に彼の顔があった。突如、空気が熱くなり、あまりに熱くて、手足の動かし方すらおぼつかない妙な感覚に襲われた。肌が粟立ち、鼓動が速まった。それでもこの男性ときたら、あと数センチのところで身動きひとつせず、こちらをじっと見つめている。

ひたすらじっと。

「ベネディクト？」ソフィーは小声で呼びかけた。それまでミスター・ブリジャートンと呼んでいたことも忘れて。

ベネディクトが微笑んだ。そのどことなくわけ知りふうの笑みを目にして、ソフィーの背筋に寒気が走り、全身に広がった。「きみに名前で呼ばれるのはいいな」

「そんなつもりじゃなかったの」ソフィーは正直に言った。

ベネディクトが指を彼女の唇にあてて言葉をとめた。「しいっ。言わなくていい。そんなことを聞きたい男がいると思うかい？」

「男性のことはあまりわからないわ」とソフィー。

「そういう言葉なら、ぜひ聞きたい」

「そうなの？」ソフィーはいぶかしがって訊いた。男性は無垢な花嫁を求めるものだというけれど、ベネディクトが自分のような女性と結婚しようとするはずはない。

ベネディクトが一本の指先で彼女の頬に触れた。「それはまさにきみから聞きたかった言葉だ」

唇にやわらかな風を感じて、ソフィーは息をのんだ。ベネディクトがキスをしようとしている。

彼が自分にキスをしようとしている。そんなことがありうるとすれば、とてもすばらしく、恐ろしいことだった。

ああ、でも、どんなにそれを求めているか。

あすになれば後悔することをソフィーは知っていた。くぐもったむせび笑いが漏れた。わたしはなんてばかなの？　十分後には後悔しているはずだ。でも、この二年、彼の腕に抱かれたときの感触を支えに生きてきたことを思うと、せめてもうひとつぐらい思い出がなければ、残りの人生を生きていける自信がない。

彼の指は頬からこめかみへふわりと移り、そこから眉をなぞって、やわらかな毛を逆立てながら鼻梁におりていった。「なんてかわいらしいんだろう」穏やかな声で言う。「おとぎ話に出てくる妖精みたいだ。時どき、もしかしたらきみは実在していないのではないかと思ってしまう」

ソフィーは息をするのが精一杯だった。

「きみにキスしたい」ベネディクトは囁いた。

「キス？」

「しなくてはいられない」自分の言葉がとても信じられないという口調だった。「呼吸するみたいに。だとしたら、選択の余地などないだろう」

ベネディクトのキスはぞくぞくするほどやさしかった。彼の唇が羽根のように軽やかに唇をかすめて、ほんのかすかに前後に擦れる。もう息もつけないほどなのに、もっと何かを、さらなる何かを感じてめまいを覚え、体の力が抜けた。ソフィーは彼の肩につかまって、どうしてこれほど妙な動揺を感じるのだろうと考えて、ふいに思いあたった――。

あのときとまるで同じだ。

唇が唇にやさしくやわらかに触れあい、けっして強引にではなく、心地良い刺激とともに押しつけられる感触——それはあの仮面舞踏会のときとまるで同じだった。夢を見続けて二年、ソフィーはとうとう、人生でたった一度の極上の瞬間を取り戻したのだ。

「泣いているのか」ベネディクトが言って、頰に触れた。

ソフィーは瞬きして、知らぬまに流れていた涙を手で拭った。

「やめてほしいかい？」ベネディクトが囁く。

ソフィーは首を振った。いいえ、やめてほしくなんてない。あの仮面舞踏会のときのように、やさしくかすめてから、さらに情熱的に唇を触れあわせるキスをしてほしかった。それから、もっとキスしてほしい。だって、今回は午前零時の鐘は鳴らないし、去らなくてもいいのだから。

ソフィーはベネディクトに、自分があの仮面舞踏会で出会った女性なのだと知ってほしかった。その反面、けっして気づきませんようにと心から祈った。もうどうしていいのか完全に頭が混乱して……。

そのとき、ベネディクトがキスをした。

荒々しく唇を重ね、探るように舌を差し入れ、女性が望みうるかぎりの情熱と欲望に充ちた本物のキスを。そうしていると、自分が美しく、大切に慈《いつく》しまれているように思えた。召使いではなく、ひとりの女性として扱われているのだと感じ、その瞬間に初めて、自分がどれほど人として扱われることを望んでいたのかに気づかされた。貴族の紳士たちは使用人たちを見もしなければ、話をせざるをえないときにはできるだけ短く、おざなりにすまそうとする。

でも、ベネディクトにキスされたとき、ソフィーはそれが本物のキスだと感じた。

しかも、ベネディクトは体全体を使ってキスしてくれた。穏やかに敬意を込めて唇を触れあわせてから、荒々しく性急に求めてきた。ソフィーは背中の半分が覆われてしまいそうな大きくて逞しい両手に、息苦しいぐらいしっかりと抱き寄せられた。そして、彼の体が――ああ、罪つくりなほどに押しつけられて、その熱さが布地を通して染み込んできて、魂をも焦がした。

ベネディクトのキスにソフィーはふるえ、とろけた。

結婚の聖礼典にそむくことはけっしてしないと誓ってきたのに、彼にこの身を捧げたいと思った。

「ああ、ソフィー」ベネディクトのかすれ声を唇に感じた。「こんな感触は一度も――」

ソフィーは身をこわばらせた。こんな感触は一度も味わったことがないと言おうとしているのだと察し、それに対してどう反応すればいいのかわからなかったからだ。もちろん、自分が彼を差し迫った欲求に酔わせていることには女性として喜びを感じた。けれども、かつて彼とキスをしたことがある。そのときにはここまで狂おしく感じられなかったということ？

ああ、どうしてわたしは自分自身に焼きもちをやかなければいけないの？

ベネディクトがほんのわずかに身を離した。「どうしたんだい？」

ソフィーは小さく首を振った。「なんでもないわ」

ベネディクトは彼女の顎先に触れ、顔を上向かせた。「嘘をつかないでくれ、ソフィー。どうしたんだ？」

「わたし――わたし、緊張してしまって」ソフィーは口ごもった。「それだけです」

それでもベネディクトはまだ疑わしげに目を細めた。「ほんとうに？」

「ほんとうに」ソフィーは彼から身を引き離して、両手で胸を抱きしめて数歩遠のいた。「こんなことをするつもりではなかったの」

ベネディクトは離れていく彼女の痩せ細った背中を見つめた。「わかっている」静かに言う。「きみはそういう女性じゃない」

その言葉にソフィーがふっと小さく笑いを漏らした。顔が見えたわけではなかったが、ベネディクトにはその表情が容易に想像できた。「そんなこと、どうしてわかるの？」ソフィーが訊いた。

「きみの行動を見ていればわかる」

ソフィーは振り返らなかった。何も言葉を発しない。

それから、次に言うべきことを思いつく前に、突飛な疑問が口をついた。「きみは誰なんだ、ソフィー？　ほんとうは誰なんだ？」

けれどもソフィーは振り返らなかった。聞こえてきたのは、囁きよりわずかに大きい程度の声だった。「どういう意味？」

「きみはどこか妙な気がするんだ。女中にしては言葉がきちんとしすぎているし」

ソフィーは落ち着かなげにスカートの裾をいじりながら言った。「きちんと話そうとするのがいけないことですか？　この国では、育ちの悪い話し方ではまともな暮らしはできないわ」

「だが、きみはまともな暮らしをしてきたとはいえない」わざとらしく穏やかな声で言った。

ソフィーの腕は棒のようにまっすぐに伸びていた。まっすぐな固い棒の先にはギュッと握りしめた拳がある。そして、ベネディクトが言葉を待っているうちに、立ち去ろうと歩きだした。

「待ってくれ！」ベネディクトは叫ぶと、大股でほんの三歩で追いついて、手首をつかんだ。ぐいと引き寄せて振り向かせる。「行くな」

「黙って侮辱されていなければならないなんて、性に合わないんです」

ベネディクトはひるみかけた。その打ちひしがれた目を一生忘れられないだろうと思った。

「きみを侮辱しているんじゃない。それはきみもわかっているはずだ。ぼくは事実を言っているんだ。きみは女中とは思えないよ、ソフィー。ぼくにはそれがはっきりわかるし、自分でもわかっているはずだ」

ソフィーは笑った――彼女の声とはとても思えない、冷ややかで情味のない笑いだった。

「それなら、わたしに何をしろと言うの、ミスター・ブリジャートン？　家庭教師の口でも見つけてくださる？」

ベネディクトはそれを名案だと思い、そう答えようと口を開きかけたとき、ソフィーにさえぎられた。「いったい、どなたがわたしを雇ってくださるのかしら？」

「それは……」

「そんな人はいないのよ」ソフィーは言い捨てた。「誰もわたしを雇わないわ。紹介状もなければ、あまりに若すぎるから」

「しかも、かわいらしい」ベネディクトは顔をしかめて言った。家庭教師の雇用事情についてはさほど詳しくないが、たいていその家の母親に決定権があることは知っている。とすれば、常識的に考えて、自分の家にこれほどかわいらしく若い娘をおきたがる母親はいないだろう。だからこそ、フィリップ・キャベンダーがいるような家で耐えなければならなかったのだ。

「きみなら侍女になれる」ベネディクトは提案した。「そうすれば、少なくとも便器の掃除はしなくてすむだろう」

「そんなに簡単なことではないのよ」ソフィーはつぶやいた。

「年配の女性に仕えることが？」

ソフィーはため息を吐いた。悲しげな疲れきった音を聞いて、ベネディクトは胸が砕けそうな気がした。「助けようとしてくださるのはありがたいけれど、あなたが言うような働き口はもうぜんぶあたってみたわ。それに、あなたにはなんの関わりもないことだし」

「あるんだ」

ソフィーは驚いて彼を見た。

その瞬間、ベネディクトは彼女を自分のものにしなければならないと思った。ふたりを結びつける何かがあるのを感じたのだ。仮面舞踏会の夜に謎の淑女に感じたのと同じ、何か奇妙な説明のつかない絆が。あの女性は去り、消えてしまったが、ソフィーはいま、ここに存在している。幻想などもうたくさんだ。目に見えて、触れられる相手が欲しい。

それに、ソフィーは自分を必要としている。本人はまだそのことに気づいていないのかもしれないが、ぼくを求めているのだ。ベネディクトは彼女の手をつかんでぐいと引き寄せ、胸に倒れ込んできた隙をついて抱きしめた。

「ミスター・ブリジャートン!」ソフィーが声をあげた。

「ベネディクトだ」ベネディクトは彼女の耳もとに唇を近づけて訂正した。

「放して——」

「ぼくの名を呼ぶんだ」ベネディクトは迫った。こうしようと決めたことにはいくらでも頑固になれるし、彼女の唇から自分の名を聞くまで手放すつもりはなかった。

その名を聞いたあとでも。

「ベネディクト」ようやくソフィーが抵抗をやめた。「わたし——」

「黙って」ベネディクトはその口を自分の口でふさぎ、唇に軽く嚙みついた。彼女がおとなしく従順になると、ちょうど視線が合わさるようにわずかに身を引いた。ソフィーの瞳は夕暮れの陽射しのもとで、おぼれてしまいそうなほど深みのある、濃い緑色に見えた。

「ぼくと一緒にロンドンに来てほしい」考えるより先に囁き声が出ていた。「一緒に来て、ぼくと暮らすんだ」

ソフィーは呆然と彼を見つめた。

「ぼくのものになってくれ」差し迫った低い声で言った。「いますぐ、ぼくのものになるんだ。永遠に。きみの望むものはなんでも与える。その見返りにぼくが求めるのは、きみだけだ」

12

『依然として、ベネディクト・ブリジャートンの消息についてあまたの憶測が流れている。事情を知っているはずの妹、エロイーズ・ブリジャートンによれば、数日前には街に戻っている予定であったとのこと。

だが、エロイーズもむろん承知だろうが、ミスター・ブリジャートンのような立派な大人の男性に、妹に居場所を報告しなければならない義務はない』

一八一七年五月九日付〈レディ・ホイッスルダウンの社交界新聞〉より

「あなたの愛人になれというの？」ソフィーは淡々と言った。

ベネディクトは、あまりに露骨に言われたからなのか、言い方に異論があるからなのか、困惑した目を向けた。「一緒にいてほしいんだ」

どうしようもないほど情けない気分なのに、ソフィーはほとんど微笑みかけていた。「それと愛人になるのと、どう違うの？」

「ソフィー――」

「どう違うのよ」さらに甲高い声で繰り返した。

「わからないよ、ソフィー」ベネディクトがもどかしそうに言う。「そんなことが問題なのか？」

「わたしには問題だわ」

「わかった」ベネディクトは簡潔に言った。「わかったよ。ぼくの愛人になって、こ、こうさせてくれ」

ソフィーが息をのんだとたん、彼の唇が唇に激しく押しつけられ、膝の力が抜けた。先ほどまでとは違って、欲望が剝きだしの、どことなく怒りを含んだキスだった。

彼の唇が情熱的なダンスのようにソフィーの唇をむさぼった。その手が、胸や、腰や、スカートのなかにまで、あらゆる場所に伸びてくるように思えた。触れられ、つかまれ、さすられ、撫でられた。

そのあいだじゅう、体をぴったり押しつけられていたので、ソフィーはふたりの肌が溶けあってしまいそうな気がした。

「きみが欲しい」ベネディクトはかさついた声で言い、唇を喉のくぼみに滑らせた。「いますぐきみが欲しい。ここで」

「ベネディクト――」

「ぼくのベッドに来てほしい」呻き声で言う。「あすもきみが欲しい。その次の日も」

ソフィーは欲情に駆られ、力が抜けて、とうとう頭をのけぞらせて彼の唇に首をあずけた。

肌に心地良い刺激を感じて、ふるえと痺れが体の奥底にまで達した。彼を欲し、これまで手に出来なかったものすべてを欲し、手にしてきたものを呪った。

そしていつしか地面に仰向けに倒され、ベネディクトが自分の上に体を半分浮かせてまたがっていた。彼の体は大きく、逞しく、その瞬間、完全に自分だけのものだった。ソフィーの頭の片隅はまだ機能していて、ここで声をあげてばかげた行動に歯止めをかけなければいけないとわかっていたけれど、どうしてもそれができなかった。いまはまだ。

ずっと長いあいだ、彼の皮膚の匂いや声を懸命に思いだし、彼のことを夢に見続けてきた。それだけを心の支えにして、いくつもの晩を過ごしてきたのだ。

ソフィーは夢を見て生きてきたけれど、その多くは叶うはずもないものだった。この夢はまだすぐには失いたくない。

「ベネディクト」ソフィーは囁きかけて、彼のなめらかな縮れ毛に触れ、自分はほかの誰かだと思おうとした。愛人になってくれなどと頼まれていない、ほかの誰かだと。

他人に仕える以外に生活の術がない、亡き伯爵の庶子の娘などではないのだと。

その囁きがベネディクトを勇気づけたらしく、長々と膝をまさぐっていた手が徐々にのぼって、太腿のやわらかな皮膚をぎゅっとつかんだ。長年の労働で痩せ細り、女らしい豊満さは失われていたけれど、彼は気にしていないようだった。実際に、彼の鼓動がますます速まるのを感じ、あえぐような息づかいが聞こえてきた。

「ソフィー、ソフィー、ソフィー」ベネディクトは呻いて、唇で彼女の顔をやみくもにたどり、ふたたび唇を探りあてた。「きみが必要なんだ」腰を熱烈に擦りつける。「ぼくがどれだけきみを求めているかわかるかい？」

「わたしもあなたを求めてるわ」ソフィーは囁いた。そして、求めた。何年も静かにくすぶっていた炎がついに燃えあがった。彼の姿を見て新たな火が灯り、彼の手が灯油のようにその炎を煽った。

彼の指がドレスの後ろの大きくて不恰好なボタンをいじくりまわした。「こんなボタン、燃やしてしまいたいよ」ベネディクトは文句を言いながら、もう片方の手で膝裏のやわらかい皮膚を執拗に撫でた。「きみにシルクやサテンのドレスを着せよう」唇をずらして耳たぶを噛んでから、そのまわりの繊細な肌を舌でなぞった。「何も着せないのもいいな」

ソフィーは彼の腕のなかで身を固くした。その言葉を聞いて、自分がここにいて、彼にキスされている理由を思いださざるをえなくなった。これは愛でもなければ、夢見てきた甘美な感情などでもなく、欲望だ。そして、彼はわたしを囲われ女にしようとしている。

ちょうど母がそうだったように。

ああ、でも、なんて心そそられる申し出なのだろう。とてつもなく心そそられてしまう。その申し出をのめば、〝彼〟と一緒にいられるばかりか、楽で贅沢な暮らしができるのだ。

魂と引き換えに。

いいえ、そんなことはほんとうに気にしているわけでも、問題でもない。男性の愛人として生きることぐらいできるに違いない。利点――ベネディクトとの暮らしに利点以外に何を望めるだろう――のほうが難点より多いはずだ。けれど、自分はどんな思いをしてもかまわないが、子供を苦しめたくはない。子供を産まずにいられるだろうか？　愛人たちはみな必ず子供を産んでいる。

苦しげな叫びをあげ、ソフィーはベネディクトを払いのけると転がって脇へ逃れ、膝をついた姿勢で息を整えてから立ちあがった。

「そんなことはできないわ、ベネディクト」彼の顔はとても見られなかった。

「どうしてできないんだ」ベネディクトがつぶやく。

「あなたの愛人にはなれないの」

ベネディクトも立ちあがった。「いったいなぜなんだ？」

そう言われて、ソフィーは彼の何かにかちんときた。傲慢な口調にかもしれないし、横柄な態度になのかもしれない。「なぜなら、なりたくないからよ」ソフィーは言い放った。

ベネディクトは疑わしげにではなく、怒って目をすがめた。「ついさっきまでは、なりたがっていたじゃないか」

「あなたはずるいわ」ソフィーは低い声で言った。「考えられなくなってたのよ」

ベネディクトがすごむように顎を突きだした。「考えようとしなかったんだろう。それが真実だ」

ソフィーは顔を赤らめながらボタンをとめた。彼の巧みな手に乗せられて考えられなくなっていたのだ。たった一度の淫らなキスで、生涯の誓いも道徳心も投げだしてしまうところだった。

「とにかく、あなたの愛人にはならないわ」ソフィーは念を押した。おそらくこれだけきっぱりと言えば、彼もその決心を覆す気にはならないだろうと思いたかった。

「それできみはこれからどうするというんだ？」ベネディクトがきつい調子で言う。「女中として働くのか？」

「そうかもしれないわ」

「ぼくと一緒に暮らすより、銀食器を磨いたり、便器を擦ったり、誰かに仕えるほうがいいというのか」

ソフィーはたったひと言に重みを込めて返した。「そうよ」

ベネディクトが憤然と目を剝いた。「信じられない。そんな選択をする人間がいるものか」

「わたしはするのよ」

「きみは愚かだ」

ソフィーは押し黙った。

「きみは、自分が何を捨てようとしているか、わかっているのか？」ベネディクトが激しい手ぶりで問いつめた。彼を傷つけてしまったことはソフィーにもわかっていた。傷つき、自尊心を汚された彼は、けがをした熊のようにいきりたっている。

ソフィーはうなずいたが、彼はこちらを見もしなかった。

「きみが求めるものをなんでも与えてやれるんだ」ベネディクトがまくしたてる。「ドレス、宝石——いや、ドレスや宝石なんてものよりも、きみがこれまでいたところよりずっといい住まいを与えてやれる」

「そうでしょうね」ソフィーは静かに言った。

ベネディクトが身を乗りだし、熱く燃えたぎった目で見つめた。「ぼくはすべてを与えられる」

ソフィーはどうにかまっすぐに立って、泣くのをこらえていた。そして、懸命に平静な声を繕って言った。「それですべてだと思っているのなら、きっとわたしが断わらなければならない理由はわからないわ」

ソフィーは彼の別荘に戻ってわずかな荷物をまとめようと、一歩足を引いた。ところが、ベネディクトのほうはまだ気がおさまらないらしく、声高に呼びとめた。「どこへ行く？」

「別荘へ戻ります。荷物をまとめたいので」

「あの布袋を持って、いったいどこに行こうというんだ？」

ソフィーは唖然として口をあけた。すでにとどまることは期待されていないのだ。

「仕事はあるのか？」ベネディクトが問いただす。「行くあてはあるのか？」

「いいえ」ソフィーは答えた。「でも——」

ベネディクトは両手を腰にあてて睨みつけた。「ぼくが、お金も、働き口もないきみを行かせるとでも思ってるのか？」

ソフィーは驚いて瞬きがとまらなかった。「あ、あの」口ごもる。「わたしはそんなこと

――」

「ああ、思っていないはずだ」ベネディクトは言い切った。

ソフィーは耳にした言葉が信じられず、目を見開き、口をわずかにあけたまま、ただ彼を見つめた。

「きみはまったく愚かだよ」ベネディクトが嘆かわしそうに言う。「女性ひとりで生きていくのが、どれほど危険なことかわかっているのか？」

「え、ええ」どうにか答えた。「もちろん、わかってるわ」

その返事が聞こえたとしてもまるで意に介さず、ベネディクトは、〝つけこんでくる男〟だとか、〝無力な女性〟だとか、〝死より悲惨な運命〟などといった言葉を並べた。真剣に聞いていたわけではなかったけれど、〝ローストビーフとプディング〟という言葉が出てきたことは確かだ。その長広説の真ん中辺りで集中力が途切れ、言葉が耳に入らなくなってしまった。ただひたすら彼の口もとを見つめ、声の調子を聞きながら、申し出は即座にぴしゃりとはねつけたのに、これほど身を案じてくれるのはどういうことなのかと考え続けた。

「ぼくの話をちゃんと聞いているのか？」ベネディクトが訊いた。

ソフィーはうなずくでも首を振るでもなく、どっちつかずにぎこちなく首を動かした。

ベネディクトは小さく毒づいてから、宣言した。「だから、ぼくと一緒にロンドンに来ればいいんだ」

その言葉で目を覚まされたような気がした。「できないって言ったじゃない！」

「もう、ぼくの愛人になれとは言ってない」と言い返した。「だが、きみをひとりで旅立たせるわけにはいかないんだ」

「あなたに出会うまで、わたしはしっかりと自分で身を守ってきたわ」

「しっかりと？」ベネディクトは吐き捨てた。「キャベンダー家で？　あれでしっかりとなんて言えるのか？」

「それを持ちだすのは卑怯よ！」

「きみの思慮が足りないんだろう」

ベネディクトは、やや傲慢ながらきわめて筋が通ったことを言ったと思ったのだが、ソフィーは納得できなかったらしい。なぜなら、なんと右手の突きをくらい、地面に仰向けに倒されてしまったのだから。

「わたしをばかだなんて言わないで」

ベネディクトは目をしばたたいて、彼女の目だけでも見える位置に視線を戻そうとした。

「そんなことは言って――」

「いいえ、言ったわ」ソフィーは怒りに充ちた低い声で言った。それから踵を返して歩きだした瞬間、ベネディクトは引きとめる方法はただひとつだと悟った。この混乱した状態では立ちあがって追いつけるほどすばやく動けそうもないので、手を伸ばし、両手で彼女の片方の足首をつかむと、自分のほうに引き倒した。

紳士らしい行為とはとても言えないが、この期に及んで手段は選べない。それに最初に手を出したのは彼女のほうだ。

「どこにも行かせない」ベネディクトは唸り声で言った。

ソフィーはゆっくりと顔を上げ、土を吐きだして、睨みつけた。「信じられない」辛らつな口調で言う。「こんなことをするなんて」

ベネディクトは彼女の足首を手放して起きあがり、中腰になった。「信じるんだな」

「あなたは――」

ベネディクトが片手で制した。「それ以上言うな。頼むから」

ソフィーは目を見張った。「頼むですって？」

「声が聞こえるということは、まだ話してるのか」

「でも――」

「頼むからと言ったのは」またもタイミング良くさえぎった。「ただの言葉の綾だ」

ソフィーは何か言おうと口を開いてから思い直したらしく、ふてくされた三歳児のように唇をぎゅっと結んだ。ベネディクトは短い嘆息を漏らして、手を差しだした。だが、ソフィーはそれを歓迎する様子もなく、地べたに坐り込んでいた。

差しだされた手を嫌悪感もあらわに見てから顔に視線を移し、ベネディクトが自分に角でも生えたのかと心配になるほど凄まじい形相で睨みつけてきた。ソフィーは何も言わないまま、手助けを無視して、どうにか立ちあがった。

「お好きなように」ベネディクトはつぶやいた。

「言葉を知らない人ね」ソフィーが言い捨てて、さっさと歩きだす。

今度はこちらも立っているので、強引に引きとめる必要はなかった。ほんの二歩後ろから（いらだたせることになるのは承知で）あとをついていった。一分ほどしてようやくソフィーが振り返って言った。「ほっといてくれないかしら」

「悪いができない」ベネディクトは答えた。

「できないの、それともしないの？」

しばし考えた。「できないんだ」

ソフィーは睨みつけてから、また歩きだした。

「きみと同じで、信じるのが苦手でね」ベネディクトは歩調を合わせながら話しかけた。

ソフィーが立ちどまり、向き直った。「いいかげんにしてよ」

「仕方ないんだ」肩をすくめる。「きみを行かせるのはどうにも気が進まない」

「〝気が進まない〟と、〝できない〟のでは、だいぶ違うわ」

「きみの人生を無駄に費やさせるために、キャベンダーから救ったんじゃない」

「あなたが判断することじゃないわ」

たしかに一理あるが、ベネディクトはだからといって引きさがるつもりはなかった。「そうかもしれないが」と譲歩して、「とにかくもう決めたんだ。きみはぼくとロンドンに行く。それについては議論の余地はない」

「わたしを懲らしめる気なのね」ソフィーが言う。「あなたを拒んだから」

「いや」ベネディクトはゆっくりと言い、改めて彼女の言葉を反芻してから答えた。「いや、そうじゃないな。きみを懲らしめたい気持ちはあるし、いまの心境からすればきみは懲らしめられて当然なのだと言いたいところだが、だから連れていくんじゃない」

「それなら、なぜなの？」

「きみのためを思えばこそだ」

「なんて、恩着せがましい思いあがり――」

「そのとおりかもしれない」ベネディクトは認めた。「たとえそうでも、いまこの瞬間に、ぼくはきみにとって最良な判断をしているつもりだし、とにかく、もう二度と殴られるのはごめんだ」

ソフィーは知らぬ間に振りあげようと後ろに引いていた自分の拳を見おろした。彼はわたしを怪物に変えようとしている。ほかに説明のつけようがなかった。これまでの人生で誰か人を殴りたいと思ったことなどなかったはずなのに、きょうは二度までも人を殴ろうとしていたなんて。

その手から目を離さずに、ゆっくりと拳を開き、ヒトデのように指を広げて、そのまま心のなかで三つ数えた。とても低い声で言う。「わたしをどうやって引きとめるつもり？」

「そんなに重要なことかな？」ベネディクトはこともなげに肩をすくめた。「何かしら考えるよ」

ソフィーは口を開いた。「わたしを縛りつけようと言うんじゃ――」

「そんなことは言ってないだろう」さえぎって、いたずらっぽい笑みを浮かべる。「だが、その思いつきはたしかに魅力的だ」

「卑劣よ」ソフィーは罵った。

「すごく下手くそな小説の女主人公みたいな口ぶりだな。今朝、きみが読んだ本はなんだといったっけ?」

ソフィーは頰の筋肉が激しくひきつるのを感じ、明らかに震えだした歯をきつく嚙みしめた。ベネディクトはどうしてこんなふうに、この世で最もすばらしい男にも、最も恐ろしい男にもなれるのか、ソフィーには理解できなかった。でもいまは、すっかり恐ろしい男のほうになっているようなので、理屈はどうあれ、あと一瞬でも一緒にいたら、間違いなく頭が爆発してしまいそうだった。

「もう行くわ!」自分としては一大決心のつもりで言った。

でも、ベネディクトはただ皮肉っぽい薄笑いを浮かべて言った。「ぼくも行く」

そして、腹立たしくも、別荘に着くまでずっと二歩後ろをついてきた。


ベネディクトは人に(むろん兄弟姉妹はべつにして)ちょっかいを出したくなることはめったになかったが、ソフィー・ベケットにはどうしてもいたずら心が疼いた。彼女が荷物をまとめているあいだ、その部屋の入り口でのんびりと戸枠にもたれていた。彼女をいらだたせることになるのは知りながら、腕組みをして、右脚を軽く曲げ、ブーツの爪先を床に擦りつけた。

「ドレスを忘れるなよ」親切ぶって声をかけた。

ソフィーが、きっと睨む。

「あのみっともないほうだ」解説が必要とばかりに付け加える。

「二着ともみっともないわよ」ソフィーが吐き捨てた。

ベネディクトはにやりとした。「そうだな」

ソフィーは布袋に持ち物を詰め込む作業に戻った。

ベネディクトは腕を大げさに振った。「記念品は自由に持っていくがいい」

ソフィーがぴんと背筋を伸ばし、むっとして両手を腰にあてる。「銀の茶器でもいいのかしら？　いただければ、何年かは暮らせるもの」

「茶器を持っていきたいということは」にこやかに言う。「ぼくについてくるつもりはないわけか」

「あなたの愛人にはならないわ」ソフィーは言い放った。「言ったでしょう、そんなことはしないって。わたしにはできないの」

〝できない〟という言葉が、ベネディクトにはなぜか引っかかった。しばし思案しているうちに、ソフィーは残りの持ち物を詰め終えて布袋の引き紐をしっかり締めた。

「なるほど」ベネディクトはつぶやいた。

ソフィーはその言葉を無視してつかつかと戸口に歩いてきて、鋭い視線を向けた。

部屋から出るために道をあけるよう求めていることはわかっていた。けれど、ベネディクトは動こうとせず、考え深げに一本の指で顎をさすった。「きみは非嫡出子だな」

ソフィーの顔から血の気が引いた。

「そうなのか」彼女に言うというより独り言のようにつぶやいた。不思議にも、それがわかって、ベネディクトはむしろほっとした。つまり、拒まれたのは、自分に何か非があったわけではなく、すべて彼女の側の事情のせいだったのだ。

胸のつかえが取れた。

「きみが非嫡出子であろうと、ぼくは気にしない」笑みをこらえて言った。真剣な話をしているのに、これで彼女がロンドンに来て愛人になってくれるかと思うと、思わず笑みがこぼれそうになった。これで障害はなくなったのだから――。

「あなたは何もわかってないわ」ソフィーは首を振った。「わたしに、あなたの愛人になる資格があるかなんて問題じゃないのよ」

「子供ができたら、ぼくはちゃんと面倒をみる」まじめな口調で言い、戸枠から身を起こした。

あろうことか、ソフィーの態度はよけいに頑なになっていくように見えた。「奥様はどうするの？」

「妻は娶《めと》らない」

「一生？」

ベネディクトは凍りついた。仮面舞踏会で踊った淑女の面影が頭をよぎる。これまでさまざまな姿の彼女を思い描いてきた。ときには銀色のロングドレスをまとい、ときには何も身につけていないこともあった。

ウエディングドレスを着ているときも。

ソフィーは彼の顔を見つめ、それから、脇をすり抜けていった。

ベネディクトは追いかけた。「卑怯な質問だぞ、ソフィー」そう言って、あとをついていった。

ソフィーは廊下を進み、階段の前でも足をとめなかった。「もっともな質問だと思うけど」

ベネディクトは階段を駆けおりて先に下に着き、彼女の進路をふさいだ。「ぼくはいつか結婚しなければならない」

ソフィーが足をとめた。道をふさがれてとまらざるをえなかった。「そう、すればいいじゃない。でも、わたしがあなたの愛人になる必要はないわ」

「きみの父親は誰なんだ、ソフィー？」

「わからないわ」嘘をついた。

「母親は？」

「わたしを産んで亡くなったのよ」

「家政婦だったと言ってたじゃないか」

「たしかに、嘘をついたわ」もはや嘘をつきとおそうという気力は失せていた。

「どこで育ったんだ？」

「そんなの重要なことじゃないわ」そう言うと、彼の脇をすり抜けようとした。

ベネディクトの片手に二の腕をつかまれ、しっかりと押さえつけられた。「ぼくにはとても重要なことなんだ」

「放して！」

その叫び声はしんとした廊下に大きく響き渡り、クラブトリー夫妻がすぐに助けに駆けつけても不思議ではなかった。でも、夫人は村へ出かけ、クラブトリーのほうも外にいて、声の届く所にはいない。助けてくれる人は誰もなく、彼の思いのままだった。

「きみをこのまま行かせるわけにはいかない」ベネディクトは囁いた。「きみに奴隷のような生活は耐えられない。死んでしまうぞ」

「そうだとすれば」ソフィーは言い返した。「もう何年も前に死んでいたはずでしょう」

「だが、これは以上続ける必要はない」ベネディクトはさとした。

「もう、わたしのことにかまわないで」感情が昂ぶってほとんど震え声になっていた。「あなたはわたしの体を心配してこんなことをしてるんじゃない。自分の思いどおりにしないと気がすまないだけなのよ」

「それも事実だ」ベネディクトは認めた。「だが、きみが路頭にさまようのを見たくないのもほんとうだ」

「わたしはこれまでもずっとさまよってきたわ」そうつぶやくと、言葉とは裏腹に悔し涙がこぼれ落ちてきた。ああ、どうしてもこの男性の前では泣きたくないのに。いまは泣きたくない、こんなふうに動揺して気弱になっているときには。

ベネディクトが頰に触れた。「きみの支えにならせてくれ」

ソフィーは目を閉じた。彼の指の感触は耐えがたいほどやさしかった。その申し出を受け入れて、これまで強いられてきた暮らしを捨て、何年も夢に見てきた、このすばらしく魅力的で、腹立たしくもある男性に身をまかせたいという思いはけっして小さくはない。

でも、子供時代に味わった苦しみはいまでもまだ生々しいままだった。そして、非嫡出子という屈辱は、胸に焼印のように刻まれていた。

こんな思いはもう誰にもさせたくない。

「できないわ」ソフィーはつぶやいた。「わたしは――」

「どうしたいんだ？」ベネディクトがせかす。

ソフィーはかぶりを振った。できるならそうしたいと言いかけたのだけれど、それが愚かな言葉であることはわかっていた。その機に乗じて、また説得されるに決まっている。

そして、よけいにいやだとは言いにくくなってしまう。

「では、ぼくが決めるしかないな」ベネディクトは顔をしかめた。

ふたりの目がかち合った。

「きみはぼくと一緒にロンドンに来て――」否定しようとするソフィーを手で黙るよう制した。「母の家で仕事を見つける」断固とした口調で言い足した。

「そうしなければ？」ソフィーは沈んだ声で尋ねた。

「そうしなければ、きみがぼくの物を盗んだと治安判事に訴える」

ソフィーはふいに口のなかに苦味を覚えた。「そんなことできないわ」

「ぼくもできればばしたくない」

「でも、するのね」

ベネディクトはうなずいた。「する」

「わたしは絞首刑になるか、オーストラリアへ島流しになる」

「ぼくが願いでなければね」

「何を願いでるというの？」

彼の褐色の目が異様に冷めているのを見て、自分と同じで、この会話を少しも楽しんでいないことをソフィーは悟った。

「ぼくの監視下におくことを条件に釈放を願いでる」

「まさに、あなたの思いどおりになるというわけね」

ずっと顎に触れていた彼の指が肩に滑りおりた。「ぼくはただ、きみをきみ自身から解放したいだけなんだ」

ソフィーはそばの窓辺に歩いていって外を眺めた。意外にも彼は引きとめようとしなかった。「あなたは、わたしに憎まれたいの？」

「それでもかまわない」

ソフィーはそっけなくうなずいた。「それなら、図書室で待ってるわ。きょう出発したいから」

ベネディクトは歩き去る彼女を見つめ、その姿が図書室のなかへ消えて扉が閉まっても、ただじっと立ち尽くしていた。彼女に逃げる気がないのはわかっていた。自分で言ったことを守らないような女性ではないからだ。

今回ばかりは手放すわけにはいかなかった。もうひとり、この魂を震わせた女性――謎の貴婦人の〝彼女〟を思って苦笑いを浮かべた――は消えてしまったのだから。

あの女性は名前すら告げてくれなかった。

だが、ソフィーは実際にここにいて、この胸を掻きたてている。こんな思いを感じるのは〝彼女〟と出会ったとき以来初めてだった。実在しない女性に恋焦がれるのはもううんざりだ。ソフィーはここにいるし、自分のものになる。

ソフィーを行かせはしないと、ベネディクトは厳然と決意した。

「きみに憎まれても生きられる」ベネディクトは閉じたドアに向かって言った。「きみがいなくなりさえしなければ」

13

『以前、筆者は本コラムにて、ロザムンド・レイリング嬢とミスター・フィリップ・キャベンダーの縁談がまとまるかもしれないと予測した。それを訂正しなければならないようだ。レディ・ペンウッド（レイリング嬢の母）が、爵位も持たない相手との結婚は承諾しかねると話しているらしい。レイリング嬢の父も、たしかに良家の出とはいえ、貴族社会の一員ではなかったというのに。

言うまでもなく、むろん、ミスター・キャベンダーのほうは、さっそくクレシダ・クーパー嬢に並々ならぬ関心を見せている』

一八一七年五月九日付〈レディ・ホイッスルダウンの社交界新聞〉より

馬車が〈ぼくの小さな田舎家〉を出たとたん、ソフィーは気分が悪くなり始めた。その晩、オックスフォードシャーの宿屋に着く頃には、胃に紛れもないむかつきを覚えていた。そして、ロンドン郊外に入ると……間違いなく吐いてしまいそうな気がしてきた。

やっとの思いで胃の中身をその場所にとどめていたものの、馬車がさらにロンドンの入り組んだ路地に進んでいくと、極度の不安で胸が圧迫されてきた。

いいえ、不安なんてものではない。絶望感だ。

ときは五月で、つまりは社交シーズン真っ盛り。アラミンタもロンドン市内の屋敷に来ている。

そんな時期にここにやって来るなんて、まったく、とんでもないことだ。

「ほんと、とんでもないわ」ソフィーはつぶやいた。

ベネディクトが目を上げた。「何か言ったかい？」

ソフィーは反抗的な態度で腕組みをした。「あなたはとんでもない人だと言っただけ」

ベネディクトが含み笑いを漏らした。そうするだろうとはわかっていたけれど、それでもソフィーは腹立たしかった。

ベネディクトがカーテンをめくって窓の外を見た。「もうすぐだ」

ソフィーはベネディクトから、まっすぐ母親の家に連れていくと聞かされていた。グロヴナー・スクウェアにあるその大きな屋敷のことなら、まるでゆうべのことのように思いだせた。広々とした舞踏場の壁には何百もの作りつけの燭台があり、そのひとつひとつに最上の蜜蠟で作られた蠟燭が飾られていた。もう少し小さめの部屋はどれも、優美な波模様の天井と淡いパステル調の壁でまとめられ、アダム様式の家具が設えられていた。

それはまさに文字どおり、ソフィーの理想の家だった。ベネディクトを思い浮かべ、ふたりの架空の未来を夢見るときにはいつも、その家にいる自分の姿を想像した。ベネディクトは次男で、その家の相続人ではないのだから、ばかげた夢であるのはわかっていたけれど、なにしろ自分が今まで目にしたなかで一番美しい家だったし、現実にならないからこそ夢なのだ。たとえそれがケンジントン宮殿に入る夢であろうと、夢を見るのは誰にでも許された権利なのだから。

もちろん、ケンジントン宮殿のなかを見る機会はないだろうけれど、とソフィーは思って苦笑いを浮かべた。

「何がおかしいんだい?」ベネディクトが訊いた。

ソフィーはあえて目も上げず、答えた。「あなたの最期を空想してたの」

ベネディクトはにやりとした——実際に笑みが見えたわけではないけれど、聞こえる息づかいから想像はついた。

ソフィーは、彼のかすかな気配までも感じてしまう自分が腹立たしかった。とりわけ、彼のほうも同じように、こちらの気配を感じていることに薄々気づきだしてからは。

「まあ、楽しいならそれでいいさ」ベネディクトが言った。

「何が?」ソフィーは、もう何時間も見ていたような気がするカーテンの裾からようやく視線を上げた。

「ぼくの最期を空想することさ」ベネディクトがからかうような皮肉っぽい笑みを浮かべて言う。「ぼくを殺すことを考えてきみが楽しんでいられるのも、ぼくがこうして生きているからなのだから」

ソフィーはぽかんと口をあけた。「いかれてるわ」

「かもしれないな」ベネディクトはこともなげに肩をすくめると後ろの背にもたれて、向かいの座席に足をのせた。「ぼくはきみを誘拐したも同然だ。ぼくにとってはこれまでで最もいかれた行動と言える」

「それなら、いますぐ解放すればいいじゃない」ソフィーはそうするはずがないことを知りながら言った。

「このロンドンで？　いつなんどき追いはぎに襲われるかわからないんだぞ。そんな無責なことができると思うかい？」

「こんなふうに誘拐するほうがよほどひどいわ！」

「正確には誘拐したのではないさ」ぼんやりと自分の指の爪を眺める。「脅迫したんだ。だいぶ違う」

ソフィーが言い返す文句を思いつく前に、馬車ががくんと音を立てて停まった。

ベネディクトはもう一度カーテンをめくってから、元に戻した。「さあ、着いたぞ」

ソフィーは彼が降りるのを待って、続いて扉口に移動した。つかの間、差しだされた手を無視して飛び降りようと思ったものの、馬車の床は地面よりだいぶ高く、転がり落ちるような目に遭うことは避けたかった。

ベネディクトに屈辱を味わわせるにはいい機会だけれど、そのために足をくじきたくはない。

ソフィーはため息をついて彼の手を取った。

「それが賢明だ」ベネディクトはつぶやいた。

ソフィーはさっと振り向いた。どうして、わたしの考えていることがわかったの？

「きみの考えていることは、ほとんどお見通しなんだ」ベネディクトが言う。

ソフィーは足を滑らせた。

「おっと！」ベネディクトは声をあげて、彼女が転げ落ちる前に上手に受けとめた。

必要以上に少し長めに抱いてから、舗道に降ろした。ソフィーは何か言ってやりたかったけれど、歯をきつく食いしばってしまい言葉が出なかった。

「裏目に出てがっかりかい？」ベネディクトがいたずらっぽく笑う。

ソフィーはどうにか口を開いた。「いいえ、でも、あなたのほうがずっとがっかりしてるんじゃないかしら」

いまいましくも、ベネディクトは笑い声をあげた。「さあ、来るんだ。母に紹介しよう。きっと、仕事やあれこれを考えてくれるだろう」

「受け入れてさえくれないかもしれないわ」ソフィーは反論した。

ベネディクトが肩をすくめる。「母はぼくを愛している。受け入れてくれるさ」

ソフィーは一歩たりとも動かずに断言した。「あなたの愛人にはならないわ」

ベネディクトがまったく無表情でつぶやいた。「ああ、それはもう聞きあきたよ」

「そうではなくて、あなたの思惑どおりにはならないと言ってるの」

ベネディクトがしれっと言う。「思惑?」

「ええ、そうよ」ソフィーはあざける口調で言った。「わたしがそのうち疲れ果てて、承諾すると思ってるんでしょう」

「そんなことは夢にも思っていない」

「それ以上の夢をたくらんでいるくせに」ソフィーは独りごちた。

聞こえたらしく、ベネディクトはくっくと笑った。ソフィーはむっとして腕組みした。人目につく舗道でこんな格好をすればどれほどみっともなく見えるかなど、かまってはいられなかった。どうせ、粗末な毛織の使用人着の女性などに、少しでも気をとめる者はいない。もっと明るい希望を持って、前向きな気持ちで新たな仕事に就くべきだとは思うけれど、いまはとにかくそんなことより、ただ不機嫌でいたかった。

率直に言えば、自分にはそうする資格があると思った。いまここで不機嫌にむっとしていることが許される者がいるとすれば、それは自分だ。

「一日じゅう、この舗道に立っていたってかまわない」ベネディクトが軽い皮肉の混じった声で言った。

ソフィーは怒りに充ちた眼差しを向けようとして、ふと、自分たちが立っている場所に気づいた。グロヴナー・スクウェアではない、と。そこがどこなのか、定かですらなかった。メイフェアのどこかだとは思うけれど、目の前にある家は間違いなく、あの仮面舞踏会で訪れた家ではなかった。

「あの、これがブリジャートン・ハウス？」ソフィーは尋ねた。

ベネディクトが不思議そうに尋ねた。「どうして、ぼくのうちが、〝ブリジャートン・ハウス〟という名称だと知ってるんだ？」

「あなたがそう言ってたわ」ありがたいことに、それはほんとうだった。ベネディクトはブリジャートン・ハウスと、ブリジャートン家の田舎屋敷オーブリー・ホールのどちらについても、何度となく話題にしていた。

「そうか」ベネディクトは納得したようだった。「いや、ここは正確には違うんだ。母は二年ほど前にブリジャートン・ハウスからここに住まいを移した。最後に舞踏会を開いて——正しく言えば仮面舞踏会なんだが——、そのあと、ぼくの兄夫婦に譲り渡した。前々から母は、兄が結婚して自分の家族を持ったらすぐに出ていくと言ってたんだ。兄の第一子はたしか、母が引っ越してほんの一カ月後に生まれたはずだ」

「男の子、それとも女の子？」ソフィーは答えを知りながら尋ねた。そうした事柄は、レディ・ホイッスルダウンが漏れなく書いてくれている。

「男の子だ。エドモンドというんだ。今年の初めにもうひとり息子が生まれて、マイルズと名づけられた」

「それはお幸せね」ソフィーはそう答えたものの、内心では胸が締めつけられる思いだった。自分は子供を持てないだろうし、それは何よりつらい現実のひとつだった。子供を産むには夫が必要なのに、結婚は叶いそうもない夢なのだ。使用人として育てられたわけではないので、日々の生活で出会う男性たちとはほとんど共感しあえることがなかった。ほかの使用人たちが品位に劣るというのではない。ただ、読書の喜びを解せない男性とともに生きていくことは、ソフィーには想像しがたかった。

格別に高貴な生まれの男性と結婚したいと望んでいるわけではないけれど、中流階級の男性ですら自分には手が届かない。自尊心の高い商人も女中とは結婚しないはずだ。

ソフィーはベネディクトに促されてあとをついていき、玄関先の階段に着いた。

ソフィーは首を振った。「わたしは勝手口を使うわ」

ベネディクトが唇を引き結んだ。「正面玄関を使うんだ」

「勝手口を使います」ソフィーは言い張った。「正面玄関から入ってくるような女中を雇う貴婦人はいないわ」

「きみはぼくと一緒に来たんだ」苦々しげに言う。「正面玄関から入ればいい」

ソフィーはふっと笑いを漏らした。「ベネディクト、あなたがわたしに愛人になれと言ったのはほんのきのうのことよ。正面玄関から愛人を案内して母親に会わせるっていうの？」

今回はしてやったりだった。ソフィーは不満げに顔をゆがめた彼を見て笑みを浮かべた。

この数日で一番気分がすっきりした。

「そもそも」さらに懲らしめたい思いだけで続けた。「愛人を母親に紹介するの？」

「きみはぼくの愛人じゃない」吐き捨てるように言った。

「そのとおりよ」

ベネディクトは顎を突きだし、抑えられそうもない憤激に充ちた目でこちらを見つめた。「きみはしがない、ただの女中だ」低い声で言う。「女中でいたいと言うのがきみのたっての希望だからね。だが、女中となると、社会的階級はいささか低いわけだから、相応の従順な振る舞いをするべきだ。むろん、ぼくの母に対しても失礼のないように」

ソフィーの顔から笑みが消えた。調子に乗りすぎてしまったのかもしれない。

「いいだろう」ベネディクトはソフィーにもう反抗する気がないのを確かめて、続けた。「一緒に来るんだ」

ソフィーは彼のあとについて階段をのぼっていった。これはかえって好都合な展開なのかもしれない。ベネディクトの母親はきっと、正面玄関からずうずうしく入ってくるような女中を雇いはしないだろう。しかも、愛人になることはきっぱりと断わったのだから、ベネディクトもさすがにあきらめて、田舎へ戻ることを許さざるをえなくなるに違いない。

ベネディクトは玄関扉を押しあけて、ソフィーを先に入らせた。ただちに執事が駆けつけた。

「ウィッカム」ベネディクトが呼びかけた。「母にぼくが来たと伝えてくれないか」

「かしこまりました、ミスター・ブリジャートン」ウィッカムが応じた。「それから、失礼ながら申し上げますが、奥様はこの一週間あなた様がどこにいらしたのか、とても気にかけていらっしゃいました」

「彼女がいなければ、大変なことになっていたよ」ベネディクトは答えた。

ウィッカムは好奇心と蔑《さげす》みのあいだでとまどっているような表情で、ソフィーのほうを向いてうなずいた。「こちらのお客様のことも奥様にお伝えしますか？」

「そうしてくれ」

「お客様のことは、なんとご説明すればよろしいでしょう？」

ソフィーは、なんと答えるのだろうかと興味深くベネディクトを見やった。

「彼女は、ミス・ベケットだ」ベネディクトは答えた。「ここに仕事を探しに来た」

ウィッカムの片眉が上がった。ソフィーは驚いた。執事が、どんなときであれ、平気でこのような表情を見せるとは思わなかったからだ。

「女中としてですか？」ウィッカムが尋ねた。

「どんな仕事でもかまわない」ベネディクトの口調はしだいにいらだちが滲んできた。

「承知しました、ミスター・ブリジャートン」ウィッカムは言うと、階段をのぼっていった。

「あの人、承知なんてしていないと思うわ」ソフィーは慎重に笑みを隠して、ベネディクトに囁きかけた。

「ウィッカムにここでの決定権はない」

ソフィーは、なんとでも言ってなさいといわんばかりの小さなため息を吐いた。「きっと、ウィッカムが反対するわ」

ベネディクトが信じられないといった顔でこちらを見た。「彼は執事だぞ」

「そして、わたしは女中よ。執事についてはよくわかってるわ。もちろん、あなたよりも」

ベネディクトが眉間にしわを寄せた。「きみのような態度をとる女中は初めてだ」

ソフィーは肩をすぼめ、壁の静物画に見入るふりをした。「ミスター・ブリジャートン、あなたはわたしの一番悪いところを引きだすのよ」

「ベネディクトだ」ぼそりと言う。「さっきまではぼくの指示どおり名前で呼んでたじゃないか。これからもそうするんだ」

「お母様が階段をおりていらっしゃるわ」ソフィーはそれとなく言った。「それに、あなたはお母様にわたしを女中として雇わせようとしているのよ。お宅のおおぜいの使用人たちは、あなたを名前で呼んでるの？」

ソフィーはベネディクトに睨まれ、やはり否定できないのだと思った。「呼び名をふたつ持つなんてできないわよ、ミスター・ブリジャートン」ちらりと微笑む。

「呼び名はひとつでいい」ベネディクトはむっつりと答えた。

「ベネディクト！」

ソフィーが見あげると、小柄でしとやかな女性が階段をおりてきた。肌こそベネディクトよりもずっと白いけれど、明らかに親子とわかる顔立ちをしている。

「お母さん」ベネディクトは大股で階段の下へ近づいて母を迎えた。「ご無沙汰していました」

「ほんとうですよ」母はあてつけがましく言った。「この一週間、あなたがどこへ行ったのやら、わからなかったのですから。キャベンダー家のパーティに行くと言って出かけたのに、いけれど」

「ぼくは早々にパーティを抜けだしたんです」ベネディクトが答えた。「それから、〈ぼくの小さな田舎家〉に滞在していました」

母はため息をこぼした。「三十にもなって、いちいち行動を報告してもらおうとは思わないけれど」

ベネディクトは母ににっこり微笑みかけた。

夫人がソフィーのほうを向いた。「こちらが、ミス・ベケットね」

「そうです」ベネディクトが答えた。「彼女が、〈ぼくの小さな田舎家〉に滞在中に、ぼくの命を救ってくれたんです」

ソフィーは口を開いた。「わたしはべつに――」

「救われましたよ」ベネディクトがなめらかに言葉を差し入れた。「雨のなかで馬を走らせたせいで具合が悪くなってしまって、彼女に看病してもらいました」

「わたしがいなくても、回復なさいましたわ」ソフィーは口を挟んだ。

「でも」ベネディクトが母のほうへ向けて言葉を継ぐ。「こんなに早く、こんなに元気にはなれなかったでしょう」

「クラブトリー夫妻はいたんでしょう？」ヴァイオレットが訊いた。

「はい、でも着いたときはいなかったんです」とベネディクト。

ヴァイオレットが好奇心をあらわにソフィーを見つめたので、ベネディクトはとうとう説明せざるをえなくなった。

「ミス・ベケットはキャベンダー家で雇われていたのですが、ある事情でいられなくなってしまったんです」

「あら……そうなの」ヴァイオレットは納得のいかない顔で言った。

「息子さんに、忌まわしい災難から救っていただいたのです」ソフィーは静かに言った。

「わたしは心から感謝しております」

ベネディクトは意表を突かれてソフィーを見た。自分に対する敵意の激しさからすれば、みずから感謝の言葉を口にするとは思えなかったからだ。とはいえ、考えてみれば当然のことのようにも思えた。ソフィーはきわめて高い道徳心の持ち主で、怒りで真実をゆがめるような女性ではない。

それが彼女について特に気に入っている点のひとつでもある。

「わかりました」ヴァイオレットが先ほどよりはるかに気持ちのこもった声で言った。

「この家で、彼女に何か仕事を見つけてもらいたいんです」ベネディクトが言う。

「そのようなご迷惑はおかけできませんわ」ソフィーは慌てて言い添えた。

「いいえ」ヴァイオレットはゆっくりと言って、不思議そうな表情でソフィーの顔に視線を据えた。「いいえ、まったく迷惑ではないのだけれど……」

ベネディクトとソフィーは、続きの言葉を待ち受けた。

「前に、お会いしてる？」ヴァイオレットが唐突に尋ねた。

「そんなことはないと思います」ソフィーはややどもりがちに答えた。なぜ、レディ・ブリジャートンはわたしを知っていると思ったのだろう？　あの仮面舞踏会でも顔を合わせてはいないはずだ。「そんなことがあるはずありませんわ」

「そうよね」レディ・ブリジャートンが手を振りながら言う。「なんとなく見覚えがあるような気がしたの。でも、きっと誰かと似ているのかもしれないわ。見間違いはよくあることですもの」

「ぼくの場合は特に間違えられる」ベネディクトは皮肉っぽい笑みを浮かべて言った。

レディ・ブリジャートンは愛情たっぷりに息子を見やった。「子供たちがみなそっくりになってしまったのは、わたしのせいではなくてよ」

「お母さんのせいでなければ」ベネディクトが言う。「いったい誰のせいなんです？」

「ぜんぶ、あなたのお父さまのせいね」レディ・ブリジャートンはすまして答えた。ソフィーを振り返る。「みんな、わたしの亡き夫にそっくりなの」

ソフィーは黙っているべきだと思いつつ、あまりに楽しいくつろいだ雰囲気に乗せられて、つい口を開いた。「息子さんは奥様にそっくりですわ」

「そう思う？」レディ・ブリジャートンは嬉しそうに両手を組み合わせて問いかけた。「ほんとに嬉しいわ。だからいつも、わたしがこのブリジャートン一族を生みだした器なのだと実感するのよ」

「お母さん！」ベネディクトが言った。

母がため息をつく。「あからさまに言いすぎたかしら？　歳とともにだんだんひどくなるのよね」

「お母さんは、ちっとも老けてませんよ」

母は微笑んだ。「ベネディクト、妹たちに顔を見せてやって。そのあいだにわたしはミス・ベネットを案内し――」

「ベケットです」ベネディクトが訂正した。

「そうそう、ベケットね」母がつぶやく。「階上《うえ》に案内して、お部屋を用意するわ」

「家政婦に紹介してくだされればけっこうです」ソフィーは言った。家の女主人が女中ひとりを雇うのにみずから手を煩わせるのは、あまりに不自然だ。そもそも、ベネディクトが女中を雇ってくれと頼んでいること自体がふつうではないのだけれど、レディ・ブリジャートンがみずから世話をやくのはなんとも妙なことだった。

「ワトキンズ夫人は忙しいと思うわ」レディ・ブリジャートンが言う。「それに、階上《うえ》でもうひとり侍女が必要なのよ。その辺りの仕事は経験がある？」

ソフィーはこくりとうなずいた。

「よかったわ。そんな気がしたのよね。言葉遣いがとてもきちんとしているんですもの」

「母が家政婦だったのです」ソフィーは反射的に答えた。「母はとても寛大な一族の家で働いていたので――」ソフィーは、ベネディクトに母親が自分を産んだときに亡くなったという真実を話してしまったことを今更ながら思いだし、慄然として口をつぐんだ。おずおずと目を向けると、ベネディクトはどことなくあざけるように首をかしげ、目顔で嘘はばらさないと告げた。

「母はとても寛大な一族に仕えていました」ソフィーはすらすらと言葉が出てきたことにほっとして続けた。「それで、その家のお嬢さんたちと授業を一緒に受けさせていただいたんです」

「そうなの」レディ・ブリジャートンは言った。「それで納得がいったわ。だって、あなたが女中として働いていたなんて信じられないもの。きちんとした教育を身につけているのがはっきりわかるのよ」

「朗読もとても上手なんだ」ベネディクトが言った。

ソフィーは驚いて彼に目を向けた。

ベネディクトが気づかないふりで、母に言う。「療養中はずいぶんたくさん読んでもらったんだ」

「では、書くこともできるのね?」レディ・ブリジャートンが訊く。

ソフィーはうなずいた。「はい、きちんと書けます」

「すばらしいわ。招待状の宛名を書いてくれる人がもうひとりいたら大助かりだもの。夏の終わりに舞踏会を開こうと思ってるの。今シーズンは娘をふたり出席させてるのよ」レディ・ブリジャートンは説明した。「シーズンが終わるまでに、どちらかが花婿を見つけてくれるといいのだけれど」

「エロイーズは結婚する気があるとは思えませんね」ベネディクトが言う。

「お黙りなさい」とレディ・ブリジャートン。

「ここでは、こういう発言は冒瀆と見なされる」ベネディクトがソフィーに言う。

「この子の話は聞かなくていいわよ」レディ・ブリジャートンは言うと、階段のほうへ歩いていった。「さあ、行きましょう、ミス・ベケット。あなたをなんと呼べばいいかしら?」

「ソフィアでも、ソフィーでも」

「行きましょう、ソフィー。娘たちに紹介するわ。それと」気づかわしげに鼻にしわを寄せる。「その服をなんとかしなくてはね。そんな粗末なものは着せておけないわ。わたしたちがきちんとお給料を払っていないと思われてしまうもの」

ソフィーは使用人の適正な賃金にまで気を配る〝貴族〟に初めて出会い、レディ・ブリジャートンの思いやりの深さに感じ入った。

「あなたは」レディ・ブリジャートンがベネディクトに言う。「階下《した》で待っていなさい。ふたりで話すことがたっぷりありますから」

「びくびくするなあ」ベネディクトがとぼけた調子で言った。

「あなたといい、兄弟といい、ほんとうに心配させられてばかりだわ」レディ・ブリジャートンが嘆いた。

「ご兄弟とはどなたのことですか?」ソフィーは尋ねた。

「どれもよ、全員。揃いも揃ってやんちゃ坊主」

でも、そのやんちゃ坊主たちを愛しているのがソフィーにははっきりわかった。三人のことを話すときの口調から聞きとれたし、息子を見るときの生き生きとした表情から見てとれた。

ソフィーは寂しさと羨ましさを感じた。母が出産で亡くなっていなければ、人生はどんなに違っていただろう。母は愛人で、自分は庶子なのだから肩身の狭い親子だったかもしれないけれど、母は自分を愛してくれたはずだと思いたかった。

父を含むほかの大人たちの誰よりも、愛してくれたはずだ、と。

「行きますよ、ソフィー」レディ・ブリジャートンがきびきびと言った。

ソフィーはあとについて階段をのぼりながら、単に新しい仕事に就くだけのつもりが、なぜ新たな家族の一員になったような気分になっているのだろうかと思った。

それがなぜだか……心地良かった。

それはほんとうに、ずいぶん久しぶりに感じる心地良さだった。

14

『ロザムンド・レイリングが、ベネディクト・ブリジャートンがロンドンに戻っているのを見たと公言している。これはかなり信憑性の高い情報であろう。なにせレイリング嬢は五十歩進むごとに未婚男子を発見しているのだ。
残念ながら、まだ、その獲得には至っていないようだが』
一八一七年五月十二日付〈レディ・ホイッスルダウンの社交界新聞〉より

ベネディクトが居間へ向かって歩きだすやいなや、妹のエロイーズが廊下を駆けてきた。ほかのブリジャートン一族全員と同様、エロイーズは豊かな栗色の髪と、大きな笑みを持ちあわせている。けれども、瞳は澄んだ明るい灰緑色で、その色合いはほかの兄弟姉妹とはまるで違っていた。

どことなくソフィーの瞳と似ている、とベネディクトは思った。

「ベネディクトお兄様！」エロイーズは呼びかけて、嬉しそうに抱きついてきた。「どこにいってらしたの？　この一週間ずっと、どこに消えたのかって、お母様がこぼしてらしたのよ」

「変だな。お母さんとはついさっき話したばかりだが、いつ結婚してくれるのかと、おまえのことをこぼしてたぞ」

エロイーズはふくれっ面をした。「結婚するに値する人が現れたらするわよ。誰か新たに街へいらっしゃる方はいないのかしら。百人くらいの同じ人々と何回も何回も会っているような気がするのよね」

「百人くらいの同じ人々と何回も何回も会ってるのさ」

「それがまさしく問題なのよ」とエロイーズ。「ロンドンにはもう秘密なんてない。わたしはもう、誰のことでもなんでも知ってるんだから」

「そうかな？」少なからず皮肉を込めて尋ねた。

「また、わたしをからかおうとしてるんでしょ」妹が指をこちらに突き刺すしぐさを見て、ベネディクトは母なら間違いなく下品だと叱るだろうと思った。「でも、わたしの言葉は大げさじゃないわ」

「ほんの少しも？」ベネディクトはにやりとした。

エロイーズがひと睨みする。「お兄様はこの一週間、どこへ行ってらしたのよ？」

ベネディクトは居間へ入っていってソファにどっかり腰をおろした。エロイーズが来るのを待って坐るべきなのだろうが、なにぶん相手は妹だし、ほかに誰もいないときには形式ばる必要もない。「キャベンダー家のパーティに行ったんだ」低いテーブルに足をのせた。「不愉快な思いをしたよ」

「そんなふうに足をのっけてるところをお母様に見られたら大変よ」エロイーズは斜め向かいの椅子に腰かけた。「それで、そのパーティの何がそんなに気に入らなかったの?」

「参加者たちさ」ベネディクトは足に目をやって、そのままにしておこうと決めた。「会ったこともないような、退屈で、だらしない連中だった」

「言葉が過ぎるんじゃないかしら」

ベネディクトは皮肉っぽく片眉を上げた。「ああいう連中とは結婚するなよ」

「その程度の命令ならきいてあげてもいいわ」エロイーズは椅子の肘掛けを軽く叩いた。ベネディクトは思わず微笑んだ。この妹はいつだって活力を持て余しているのだ。

「でも」エロイーズが眉をひそめて目を向けた。「それだけでは、一週間も、どこにいたのかという説明にはならないわ」

「お節介でうるさいって、言われたことはないか?」

「あら、いつも言われてるわよ。ねえ、どこにいらしたの?」

「しかも、しつこい」

「そうしないと聞けないもの。どこにいらしたの?」

「そうそう、どこかの会社に出資して、人間用の口輪を作ってもらおうと考えてるんだ」

エロイーズがクッションを投げつけてきた。「どこにいらしたのよ?」

「どうせ」ベネディクトは言いながら、クッションを軽く投げ返した。「ちっとも面白くない返事なんだぞ。ひどい風邪をひいて、〈ぼくの小さな田舎家〉で静養してただけなのだから」

「もう治ったのかと思ってたわ」

驚きも落胆も顔にださないようにして妹を見た。「どうして風邪のことを知ってるんだ？」

「わたしはなんでも知ってるのよ。もうそろそろ認めてほしいわ」エロイーズはにんまりした。「風邪は厄介なのよね。ぶり返したの？」

ベネディクトはうなずいた。「雨のなかで馬を駆ったせいでね」

「まあ、それは良くないに決まってるわよ」

「だいたい」エロイーズ以外に問いかける相手がいないかと探すように、部屋をみまわした。「どうして、まだ子供みたいな妹に問いただされなくちゃいけないんだ？」

「たぶん、わたしの訊き方がうまいからよ」エロイーズは兄の足を蹴ってテーブルから払おうとした。「もうすぐ、お母様がいらっしゃるわよ」

「いや、来ない」ベネディクトは言い返した。「忙しいんだ」

「何をなさってるの？」

ベネディクトは天井のほうを手振りで示した。「新しい女中を案内している」

エロイーズはしゃんと坐りなおした。「新しい女中を雇うの？　誰も教えてくれなかったわ」

「ほら、エロイーズが知らないこともあるだろう」

エロイーズは背を反らせて、もう一回兄の足を蹴った。「女中？　侍女？　皿洗い係？」

「どうして気にするんだ？」

「なんでも知らないと気がすまないのよ」

「侍女じゃないかな」

エロイーズはほんの一瞬でその言葉の意味を理解した。「どうして、お兄様が知ってるの？」

ベネディクトは真実を打ち明けてもかまわないだろうと考えた。たとえ自分が言わなくても、妹のことだから、日が暮れるまでにはすっかり事情を調べあげてしまうだろう。「ぼくが連れてきたからだ」

「女中を？」

「ああ、母上じゃなくて。もちろん女中を」

「お兄様はいつから、使用人の雇用にまで口だしするようになったの？」

「その娘さんに看病してもらって、命を救われたからさ」

エロイーズがぽかんと口をあけた。「そんなにご病気が悪かったの？」

妹には死にそうだったとでも信じさせておく方が得策かもしれない。少々の同情と心配は、今度妹の手を借りたくなったときに有利に働くだろう。「ほんとうに助かったよ」穏やかに言った。「どこに行くんだ？」

エロイーズはすでに立ちあがっていた。「お母様を探して、その新しい女中に挨拶するのよ。マリーがいなくなってしまったから、きっとフランチェスカとわたしに仕えることになるはずだもの」

「侍女がいなくなったのか？」

エロイーズが顔をしかめた。「あの鼻持ちならないレディ・ペンウッドのもとへ行ってしまったのよ」

ベネディクトは妹の言い方に思わず笑った。レディ・ペンウッドとのたった一度の対面は鮮明に覚えている。たしかに、鼻持ちならなかった。

「レディ・ペンウッドは使用人をこき使うことで有名なのよ。今年だけで三人も侍女が逃げだしてるわ。すぐ近くのフェザリントン夫人のところからも侍女を引き抜いたのだけれど、その娘さんも二週間しかもたなかったの」

ベネディクトは思いのほか興味をそそられて、妹の痛烈な長広舌にじっと耳を傾けた。理由はよくわからないのだが。

「一週間もすればマリーもこっそり帰ってきて、また雇ってくれと頼んでくるわよ。ねえ、聞いてるの」エロイーズが言う。

「おまえの話はいつも聞いてるよ」ベネディクトは答えた。「ちゃんと聞く気がないだけで」

「そんなことを言って後悔するわよ」エロイーズはこちらを指差して言い返した。

ベネディクトは薄笑いを浮かべて首を振った。「どうかな」

「もういいわよ。階上《うえ》へ上がるわ」

「楽しんでくるんだな」

エロイーズはこちらに舌を突きだして——むろん二十一歳の女性にふさわしい行為ではない——部屋を出ていった。ようやくひとりを満喫できると思ったら、ほんの三分後にはまた廊下を軽快に歩いてくる足音が聞こえてきた。目を上げると、戸口に母の姿が見えた。

ベネディクトはすばやく立ちあがった。妹の前ではともかく、母の前ではある程度の礼儀は欠かせない。

「テーブルに足をのせてたわね」先んじてヴァイオレットが言った。

「ブーツの表面を磨いてたんですよ」

ヴァイオレットは両眉を上げ、エロイーズが先ほどまで坐っていた椅子のほうへ歩いてきて腰かけた。「まあいいわ、ベネディクト」母はずいぶんときまじめな声で言った。「あの子は何者？」

「ミス・ベケットのことですか？」

ヴァイオレットが真剣な表情でうなずく。

「知らないんです。キャベンダー家で働いていて、そこの息子からひどい扱いを受けていたらしいということしか」

母が顔色を変えた。「つまり、その息子さんに……ああ、なんてこと。あの子は……」

「それはなかったと思います」ベネディクトはいかめしい顔で言った。「ぼくの見たところ、間違いありません。向こうは機会を窺《うかが》っていたのでしょうが」

「恐ろしいことだわ。あなたが居合わせて救いだすことができて、ほんとうによかったわ」

ベネディクトは、あの晩キャベンダー家の庭で起こったことは思いだしたくもなかった。忌まわしい悪ふざけはさいわいにも防げたものの、ありとあらゆる〝もしもの事態〟に考えをめぐらせずにはいられないからだ。もしも、自分があのとき駆けつけられなかったら？　もしもキャベンダーと仲間たちがあれほど飲んでおらず、もう少し強硬な態度に出ていたら？　ソフィーは貞操を奪われていたかもしれない。おそらく、そうなっていただろう。

こうしてソフィーを知り、強く惹かれているいまとなっては、そのような事態を考えると骨の髄《ずい》まで寒気が走った。

「でも」ヴァイオレットが言う。「あの子は自分で言っているような素性の娘さんではないわ。わたしにはわかる」

ベネディクトは姿勢を正した。「なぜ、そう思うんです？」

「女中にしてはあまりに高い教養を身につけてるわ。お母様の雇い主がお嬢さんたちと一緒に授業を受けさせてくれたと言っていたけれど、それだけかしら？　疑わしいわ。だってね、ベネディクト、あの子はフランス語が話せるんですもの！」

「ほんとうですか？」

「まあ、断言はできないのだけれど」母は認めた。「でも、あの子は、フランチェスカの机の上にあるフランス語で書かれた本を見ていたのよ」

「お母さん、見ているだけでは読めるかどうかはわからないでしょう」

母はむっとした視線を向けた。「いい、あの子の目が動くのをわたしはちゃんと見ていたんですからね。あれは、読んでいる目だったわ」

「お母さんがそう言うなら、そうなんでしょう」

ヴァイオレットは目をすがめた。「それは皮肉？」

ベネディクトは微笑んだ。「いつもなら、そうですと答えるところですが、今回は大まじめに言ってるんです」

「あの子は、貴族の家から放りだされた娘さんなのではないかしら」母は推測した。

「放りだされた？」

「子を身ごもってしまったということよ」母が説明した。

ベネディクトは母のこうしたあからさまな物言いに慣れていなかった。「ああ、いや」ソフィーが愛人になるのを断固として拒んだことを思い起こして言った。「それはないと思います」

だがふと思った――どうして、そう言いきれる？　非嫡出子を産むことを拒むのは、すでに非嫡出子を産んでいて、二度と同じ過ちを繰り返したくないからかもしれないではないか。口のなかが突如とても苦く感じられた。ソフィーが子供を産んでいたということは、恋人がいたということだ。

「あるいは」ヴァイオレットはますます推測に熱を入れて続けた。「あの子自身が貴族の非嫡出子なのかもしれない」

こちらのほうがずっとありうる説だ――たしかにありうる。「だとすれば、その貴族は、娘が女中にならなくてもいいように、財産を分与したはずでは」

「庶子を完全に見捨ててしまう殿方はとても多い」ヴァイオレットは嘆かわしそうに顔をしかめた。「とても恥ずかしいことだわ」

「そもそも庶子を作ることよりも恥ずべき行為ですよね？」

母の表情はひどく不機嫌になった。

「それに」ベネディクトはソファにもたれて足を組んだ。「もし彼女が貴族の庶子だとして、子供時代にきちんと教育を受けさせてもらえるくらい大事にされていたのなら、なぜいまは一文無しなのです？」

「ええまあ、たしかにそのとおりね」母は人差し指で頰を軽く叩き、唇をすぼめて、また頰を叩きだした。「でも、心配はいらないわ」ようやく口を開いた。「一カ月以内にはあの子の身元は突きとめるから」

「助手にはエロイーズを推薦しますよ」ベネディクトはそっけなく言った。

ヴァイオレットはなるほどというようにうなずいた。「いい考えね。あの子ならナポレオンからでも秘密を聞きだせるわ」

ベネディクトは立ちあがった。「ぼくはもう行きます。旅で疲れているので、家で休みたいんです」

「いつでもここを使っていいのに」

ベネディクトは苦笑いした。母にとっては子供たちがそばにいることが何よりの喜びなのだ。「自分の住まいに戻りますよ」そう言うと、身をかがめて母の頰にキスをした。「ソフィーに仕事を見つけてくださって、感謝します」

「ミス・ベケットのこと？」母は茶目っ気たっぷりに口もとをゆがめた。

「ソフィーでも、ミス・ベケットでも」ベネディクトは無関心を装って言った。「お好きなほうで呼んでください」

ベネディクトは背後で母が満面の笑みを湛えていることに気づきもせず、部屋を出ていった。


ソフィーはブリジャートン・ハウスの心地良さに慣れてはいけないと思いつつ——しょせん、準備ができしだい出ていくのだから——、使用人にあてがわれるにしてはきわめて上等な自分の部屋を見渡して、レディ・ブリジャートンの親切な応対や、やさしい笑顔に感じ入っていた。

いつまでもここにいられたらいいのにと思わずにはいられなかった。

でも、そんなことができるはずはない。自分の名前がソフィア・マリア・ベケットで、ソフィア・マリア・ガニングワースではないことはじゅうぶん承知している。

一番の問題は、ここにいれば、アラミンタと出くわす危険がつねにつきまとうことだった。レディ・ブリジャートンに女中から侍女に昇格させられてしまったからにはなおさらだ。たとえば、侍女は付添い役やお供として一緒に出かけることになる。アラミンタや娘たちが頻繁に訪れるような場所にも。

それに、アラミンタのことだから、どうにかして生き地獄に陥れようとしてくるのは間違いなかった。とにかく、尋常ではないぐらい憎まれているのだ。ロンドンで見つかりでもしたら、アラミンタがおとなしく放っておいてくれるはずがない。わたしにもっと苦しい人生を味わわせるためなら、嘘をつくことも、騙すことも、盗みすらやりかねない。

それほど、アラミンタはわたしを憎んでいる。

でも、自分に正直になるなら、ここにとどまれないほんとうの理由は、アラミンタではない。ベネディクトなのだ。

母親の家に住んで、その息子のベネディクトを避けることなどできるだろうか？　ソフィーはいまベネディクトに怒りを覚えていた――実際には怒りを通り越している――けれど、心の奥底では、その怒りが一時的なものであるとわかっていた。ひと目見ただけでくずおれてしまいそうなほど思い焦がれている彼に、抵抗することなどできるだろうか？　そのうちにまたベネディクトはあのいたずらっぽい笑みを見せるだろう。そうしたら、床にへたり込まないよう家具にしがみつくほかにない。

間違った相手に恋してしまったのだ。けっしてこの恋は叶わないし、彼が提案した形で結ばれるのは耐えられない。

どうすることもできない。

さらに憂鬱に沈む間もなく、小気味良いノックの音がした。「はい？」と答えると、ドアが開き、レディ・ブリジャートンが部屋に入ってきた。

ソフィーは慌てて立ちあがり、膝を曲げてお辞儀をした。「何かご用でしょうか、奥様？」

「いいえ、なんでもないの」レディ・ブリジャートンが言う。「ただ、落ち着いたかしらと思って見にきたのよ。必要なものはある？」

ソフィーは目をしばたたいた。レディ・ブリジャートンは、何か必要なものはないかと尋ねているのだろうか？　それでは、女主人と使用人の役割があべこべだ。「あの、いえ、ありません」ソフィーは答えた。「でも、何かお手伝いさせていただければ嬉しいのですが」

レディ・ブリジャートンは手を振って断わった。「けっこうよ。きょうはわたしたちのために何かしようなんて思わなくていいの。まずは身のまわりを落ち着けて、それから心おきなく仕事にかかってもらえればいいのだから」

ソフィーは自分の小さな布袋のほうへ目をやった。「荷ほどきするものはあまりないのです。ほんとうに、すぐにでも仕事にかからせていただければ嬉しいのですが」

「とんでもない。もうすぐ日も暮れるし、今夜は出かける予定もないのだから。娘たちもわたしも、この一週間、たったひとりの侍女の手伝いで過ごしてきたのですもの。もうひと晩くらい、どうにでもなるわ」

「でも——」

レディ・ブリジャートンは微笑んだ。「言うとおりにしてちょうだいね。息子を助けてもらったのに、あと一日休ませてあげることぐらいしか、わたしにはできないのよ」

「わたしはほとんど何もしてないんです」ソフィーは言った。「わたしがいなくても、息子さんは元気になられましたわ」

「そんなことはないわよ。あの子に助けが必要なときに、あなたが手を貸してくれた。だから、あなたには借りがあるわ」

「たいしたことではありません」ソフィーは言った。「息子さんがしてくださったことを思えば、ほんのお礼にもなりません」

するとレディ・ブリジャートンが歩いてきて、書き物机の後ろの椅子に腰かけたものだから、ソフィーは仰天した。

書き物机！　それがあるという事実をまだのみ込めなかった。使用人が書き物机を与えられるなんて幸運があるのだろうか？

「ねえ、ソフィー、教えてほしいの」レディ・ブリジャートンは愛嬌のある笑みを浮かべた――とっさにベネディクトのくつろいだ笑みを思い起こしてしまう笑顔だ。「あなたはどちらの出身なの？」

「生まれは、イースト・アングリアです」嘘をつく必要もないと思って答えた。ブリジャートン家はケント州の出身だ。自分が育ったノーフォーク州をレディ・ブリジャートンがよく知っているとは思えない。「ご存知かもしれませんが、そう遠くないところに、サンドリンガム宮殿があるんです」

「知っているわ」レディ・ブリジャートンが言う。「訪れたことはないけれど、とてもすばらしい建物だと聞いているわ」

ソフィーはうなずいた。「ええ、とっても。もちろん、なかに入ったことはありませんけれど」

「お母様はどこで働いていらしたの？」

「ブラックヒース屋敷《ホール》です」嘘は口なめらかに出てきた。この質問は何度となく尋ねられている。架空の屋敷の名称を考えついてからもうだいぶ経つのだ。「お聞き覚えがありますか？」

レディ・ブリジャートンは眉間にしわを寄せた。「いいえ、聞いた覚えはないわ」

「スワッファム邸から少し北に行ったところにあります」

レディ・ブリジャートンは首を振った。「そちらも知らないわね」

ソフィーは慎ましい笑みを浮かべた。「ご存知の方はあまりいませんわ」

「兄弟や姉妹はいるの？」

ここまで深く素性について聞きたがる雇い主は初めてだった。たいていの雇い主が知りたがるのは職歴と紹介状のことだけだ。「いいえ」ソフィーは答えた。「一人っ子です」

「あら、でもまあ、一緒に授業を受けたお嬢さんたちがいたのですものね。寂しくなくてよかったでしょう」

「ええ、とても楽しかったです」ソフィーは嘘をついた。実際は、ロザムンドとポージーとともに勉強することはまさしく拷問《ごうもん》だった。ふたりがペンウッド・パークに来る前に、家庭教師からひとりで授業を受けていたときのほうがどれほど楽しかったか。

「あなたのお母様の雇い主はとても寛大な方と言わざるをえないわ――ええと、ごめんなさいね」レディ・ブリジャートンは自分で話の腰を折った。「そのお宅の名前はなんとおっしゃったかしら？」

「グレンヴィル家です」

またも夫人の額にしわが寄った。「聞き覚えがないわ」

「ロンドンにはあまりいらっしゃらないのです」

「あら、まあ、それなら説明がつくけれど」レディ・ブリジャートンが続ける。「けれども、さっきも言ったように、お嬢さんたちと一緒に授業を受けさせてくださるなんて、とても寛大なご一族だわ。どんな勉強をしたの？」

ソフィーは凍りついた。夫人は問いただしているのか、単純に興味があるだけなのか、わからない。自分で創作した偽の素性をこれほど深く詮索されたことはなかった。「ええと、一般的な学科です」あいまいに答えた。「算数、文学、歴史と、神話学が少しに、フランス語」

「フランス語？」レディ・ブリジャートンはとても驚いたように繰り返した。「それは興味深いわ。フランス人の家庭教師はすごく授業料が高いでしょう」

「その家庭教師はフランス語を話せたんです」ソフィーは説明した。「ですから、ほかにフランス人教師を雇っていたわけではないんです」

「あなたはどのぐらいフランス語ができるの？」

ソフィーはほんとうのことを言うつもりはなかったけれど、フランス語は完璧だった。いや、ほとんど完璧というべきだろうか。この数年練習していないので、少しなめらかさに欠けるかもしれない。「ある程度は」と答えた。「もしご希望でしたら、フランス人女中のふりぐらいはできます」

「あら、いいのよ」レディ・ブリジャートンは愉快そうに笑った。「そんな必要はないわ。フランス人女中を雇うのが流行しているのは知っているけれど、あなたにわざわざフランス語訛《なま》りを思いださせるような面倒をかけるつもりはないわ」

「お気づかいくださって恐れ入ります」ソフィーは表情に疑念が表れないよう取り繕って言った。レディ・ブリジャートンはすばらしい貴婦人だ。こんなにすばらしい家族を築いたのだからすばらしいに決まっている。でも、親切すぎるような気もした。

「それで、ええと――あら、ご機嫌よう、エロイーズ。どうしてここへ？」

ソフィーが戸口を見やると、ブリジャートン家の娘にしか見えようのない女性が立っていた。たっぷりとした栗色の髪は首の後ろで優雅に巻きあがり、ベネディクトとそっくりの幅広で表情豊かな口もとをしている。

「ベネディクトお兄様から、新しい女中が入ると聞いたのよ」エロイーズが言った。

レディ・ブリジャートンがソフィーを手振りで示した。「こちらが、ソフィー・ベケットよ。ちょっとおしゃべりをしていたの。とっても気が合いそうなのよ」

エロイーズが母をけげんそうに見やった——少なくともソフィーにはけげんそうに見えた。エロイーズにはいつも母親を少しいぶかしげに、困惑ぎみな目でちらりと見る癖があるということも考えられる。でも、そうとは思えなかった。

「兄から、あなたが命を救ってくださったと聞いたわ」エロイーズは母からソフィーへ視線を移して言った。

「大げさですわ」ソフィーは口もとをかすかにほころばせた。

エロイーズの妙に鋭い目つきを見て、ソフィーは自分の笑顔を品定めされているのだと、はっきり気づいた。兄のベネディクトをたぶらかしたのかどうか、もしそうだとすれば、ふしだら女なのか薄情者なのか。

やたらに長く感じられる一瞬がすぎて、エロイーズの唇が驚くほど茶目っ気たっぷりにほころんだ。「お母様の言うとおりね。わたしたち、気が合いそうだわ」

ソフィーは厳しい試験にどうにか通ったような心境だった。

「フランチェスカとヒヤシンスにはもうお会いになった？」エロイーズが訊く。

ソフィーが首を振るとすぐに、レディ・ブリジャートンが言った。「ふたりとも家にいないのよ。フランチェスカはダフネの家へ遊びにいってるし、ヒヤシンスはフェザリントン家へ出かけたわ。フェリシティとけんかしていたはずなのに、また仲直りしたみたいだわね」

エロイーズはくすりと笑った。「かわいそうなペネロペ。ヒヤシンスが来なくなって静かな時間を楽しんでいたのに。わたしだって、フェリシティが来なくてほっとひと息ついてたんだもの」

レディ・ブリジャートンがソフィーに向き直って説明した。「娘のヒヤシンスはしじゅう親友のフェリシティ・フェザリントンのお宅へ伺ってるの。そうでないときには、フェリシティのほうがこちらに来てるのよ」

ソフィーは、こんなこまごまとした話までどうして教えてくれるのだろうかといぶかりながら微笑んで、うなずいた。ふたりとも、ほんとうの家族にもされたことのないほど家族らしい扱いをしてくれている。

とても奇妙だ。

奇妙で、すてきだ。

奇妙で、すてきで、恐ろしい。

なぜなら、これがずっと続くわけではないのだから。

とはいえ、ほんのしばらくはとどまれるだろう。長くはなくても。数週間——たぶん一カ月ぐらいは。きちんと気持ちと頭を整理できるまで。単なる使用人ではないふりを楽しんでいられるあいだは。

けっしてブリジャートン家の一員になれないことはわかっているけれど、友人にはなれるかもしれない。

誰かの友人になること自体、ずいぶん久しぶりなのだ。

「どうかしたの、ソフィー？」レディ・ブリジャートンが尋ねた。「目が潤んでいるけれど」

ソフィーは首を振った。「ごみが入っただけです」つぶやいて、小さな袋に入っている持ち物の荷ほどきに忙しく取りかかるふりをした。見え透いた言い訳だとわかっていたけれど、気にしてはいられなかった。

そして、これから自分がどうしようとしているのかすらわからないのに、人生が始まったばかりのような、なんとも妙な気分を覚えていた。

15

『人口の半分を占める男性諸氏は、本コラムの以下の内容には無関心であろうから、どうか読み飛ばしていただきたい。しかしながら女性のみなさんには、レディ・ペンウッドとフェザリントン夫人のあいだで今シーズンに過熱している女中争奪戦に、ブリジャートン家が巻き込まれたという最新ニュースをお伝えしよう。レディ・ペンウッドに三百足の靴磨きを強いられてフェザリントン家に舞い戻った女中に代わり、ブリジャートン家のお嬢様方に仕えていた女中がペンウッド家に逃亡したというのだ。
　もうひとつ、ブリジャートン家の情報としては、ベネディクト・ブリジャートンがやはりロンドンに戻っているとのこと。どうやら田舎で体調を崩し、滞在が延びていたらしい。もっと詳しい事情を知りたい方々（特に、筆者同様、面白い話を生きる糧にされているみなさん）もおられるだろうが、残念ながら、ご報告できるのはこれだけだ』
　　一八一七年五月十四日付〈レディ・ホイッスルダウンの社交界新聞〉より

翌朝までに、ソフィーはベネディクトの七人の兄弟姉妹のうち五人と対面した。エロイーズ、フランチェスカ、ヒヤシンスは三人ともまだ母のもとで暮らしており、アンソニーは幼い息子を連れて朝食に立ち寄り、ダフネ——現在はヘイスティングス公爵夫人——はレディ・ブリジャートンに呼ばれて、シーズンの終わりに開催予定の舞踏会の計画を立てる手伝いにやってきた。ブリジャートン家のなかでソフィーがまだ挨拶をしていないのは、イートン校の寄宿舎に入っているグレゴリーと、アンソニー曰《いわ》く行き先知れずのコリンだけだった。

厳密に言うなら、コリンには、二年前の舞踏会ですでに会っている。そのコリンが街にいないことを知って、ソフィーはむしろほっとしていた。正体を気づかれるのではないかと不安だったからだ。ベネディクトにも気づかれていないとはいえ、コリンと再会することを思うと、強い緊張と不安を覚えた。

たいして気にする必要もないのにと、ソフィーは物憂く思った。この数日はそもそもずっと強い緊張と不安を感じているのだから。

翌朝、ベネディクトが母の家で朝食をとりに現れたときには、完全に不意を衝《つ》かれた。絶対に顔を合わせるのは避けようと思っていたのに、ほかの使用人たちと朝食をとろうと厨房へ行く途中、ベネディクトが廊下をぶらぶらと歩いてきたのだ。

「ブルートン通り五番地での最初の夜は、いかがだったかな?」ベネディクトは男っぽい笑みを浮かべて訊いた。

「すばらしかったですわ」ソフィーは答えて、きれいな半円を描くように脇によけた。

ところが、こちらが左側に寄ると、ベネディクトはやはり同じ側に寄り、まんまと進路をふさいだ。「楽しんでくれて嬉しいよ」舌なめらかに言う。

ソフィーは右側にずれた。「楽しかったですわ」とあてつけがましく返した。

ベネディクトは右手にあったテーブルにもたれるようにして、ふたたび進路をふさいだ。

「屋敷のなかは案内してもらったかい？」

「家政婦に案内してもらいました」

「庭園も？」

「庭園はありませんわ」

ベネディクトは褐色の目をやさしそうに細めて微笑んだ。「裏庭があるんだ」

「一ポンド紙幣程度の広さでしょう」ソフィーはそっけなく返した。

「それでも……」

「それでも」ソフィーはさえぎった。「わたしは朝食を食べなければいけませんので」

ベネディクトは慇懃な態度で脇へよけて低い声で言った。「また今度」

また今度がすぐに訪れるかと思うと、ソフィーは気が沈んだ。

三十分後、ソフィーはどこからかベネディクトがいきなり現れるのではないかと半ば期待しながら、そろそろと厨房を出た。ううん、半ばどころではないかもしれない。息もつけないほどどきどきしているのだから、完全に期待しているのだ。

でも、いなかった。

少しずつ前進する。待ち伏せていて、いつ階段をおりてくるともわからない。まだベネディクトは現れない。

ソフィーは無意識に彼の名前をつぶやこうとしてはっとし、口を閉じた。

「ばかだわ」独りごちた。

「誰がばかだって?」ベネディクトが訊いた。「きみのことではないよな」

ソフィーは飛びあがらんばかりに驚いた。「どこにいたの?」

ベネディクトが開け放された戸口のほうを指差す。「そこだよ」そっけない声で答えた。

「クロゼットから飛びだしてきたってこと?」

「そんなばかな」あきれ顔で見る。「そこは階段なんだ」

ソフィーは彼の背後を覗き込んだ。それは脇階段だった。使用人用の。もちろん、主人一族がたまたま通りがかる場所ではない。「いつも脇階段に忍び込んでるの?」ソフィーは腕組みして尋ねた。

ベネディクトが身を乗り出して、少しとまどってしまうほど接近してきた。誰にも、自分自身にすら認めたくはないけれど、ソフィーはちょっぴり胸が高鳴った。「誰かのあとをこっそりつけたいときはね」

ソフィーは彼の横をすり抜けようとした。「仕事をしなければいけませんので」

「いま?」

ソフィーはぐっと歯を嚙みしめた。「ええ、いまです」

「だが、ヒヤシンスは朝食を食べている。食べているときに、髪を結うことなどできないだろう」

「わたしはフランチェスカ様とエロイーズ様にも仕えてるんです」

ベネディクトは屈託なく微笑んで肩をすくめた。「ふたりも朝食の最中だ。ということは、きみのやることはないわけだ」

「やっぱりあなたは生きるために働くということがどういうことか、よくわかっていらっしゃらないのね」厳しく言い返した。「わたしはほかにも、アイロンをかけたり、繕い物をしたり、磨いたり――」

「銀食器磨きまでやらされてるのか？」

「靴です！」ほとんど叫ぶように言った。「靴を磨かなくてはいけないんです」

「そうか」ベネディクトは片側の肩を壁にもたれて、腕組みした。「退屈そうだな」

「退屈ですわ」唸り声で言い、こみあげてくる涙をこらえた。自分の人生がつまらないことぐらい知っているけれど、それを他人に指摘されるのはつらかった。

ベネディクトが唇の片端を上げて、誘惑的な笑みを浮かべた。「退屈な人生を送る必要はないのに」

ソフィーは前へ足を踏みだした。「退屈なほうが好きなので」

ベネディクトが腕を大きく横に差しだして、通るよう促した。「きみがそう望むなら仕方ない」

「望んでるんです」でも、その言葉は思ったほどはっきりと出てこなかった。「望んでいます」繰り返した。ああ、自分自身にはとても嘘をつけない。望んでなんかいない。これっぽっちも。でも、そうして生きていくしかない定めなのだ。

「ぼくに言ってるのかな、それとも自分自身に言い聞かせてるんじゃないか？」ベネディクトが穏やかな声で言った。

「答えるのもばかばかしいわ」と言いつつ、彼の目を見られなかった。

「それではどうぞ、階上《うえ》へお上がりください」ベネディクトは片眉を上げて、動かずにいるソフィーに言った。「磨かなければならない靴が山ほどあるだろうからね」

ソフィーは使用人用の階段を駆けあがり、振り返りはしなかった。

その次にベネディクトがソフィーを見かけた場所は、裏庭だった——ソフィーがつい先ほど（それも的確に）一ポンド紙幣並みと揶揄《やゆ》した小さな芝地だ。ブリジャートン家の娘たちはフェザリントン家の娘たちを訪ねに出かけ、レディ・ブリジャートンは昼寝をしていた。ソフィーは彼女たちのドレスにアイロンをかけ、その日の夜会に備えて、それぞれのドレスに似合うリボンを選び、一週間ぶんの靴を磨いておいた。

ひととおり仕事が片づいたので、少し休んで裏庭で読書をすることにした。レディ・ブリジャートンに小さな書庫から自由に本を持ちだしていいと言われていたので、最近出版された小説を選びとって、こぢんまりとしたテラスの錬鉄《れんてつ》の椅子に腰を落ち着けた。やっと一章ぶんを読んだところで、屋敷のほうから近づいてくる足音を聞きつけた。なんとなく、人影が被さってくるまで顔を上げる気になれなかった。予想どおり、それはベネディクトだった。

「ここに住んでいらっしゃるの？」ソフィーはそっけなく訊いた。

「いや」ベネディクトは隣りの椅子にどっかりと腰をおろした。「母にはつねづね、自分の家のつもりで来るようにと言われているがね」

ソフィーは気の利いた皮肉も思いつかなかったので、ただ「ふうん」とつぶやき、本に目を戻した。

ベネディクトが正面の小さなテーブルの上にどんと足を投げだした。「それできょうは、何を読んでいるのかな？」

「その質問は」ソフィーは読んでいる箇所に指を挟みつつも本をぱたりと閉じた。「わたしが実際にいま読んでいるような言い方だけれど、あなたがそこにいるうちは読めないわ」

「ぼくがここにいると迷惑だとでも言うのかい？」

「煩わしいのよ」

「退屈よりはましだな」ベネディクトがあてつけがましく言った。

「わたしは退屈な人生が好きなのよ」

「退屈な人生を好きだと言えるのは、刺激的な人生を知らないだけのことじゃないかな」

ぞっとするほど慇懃《いんぎん》無礼な口調だった。ソフィーは指の関節が白くなるほど本をきつくつかんだ。「わたしはじゅうぶん刺激的な人生を送ってるわ」歯を食いしばるようにして言う。「間違いなく」

「そんなに熱心に答えてくれて嬉しいよ」ベネディクトが間延びした声で言う。「きみは自分の人生については少しも話してくれそうにないから」

「それは、こちらのせいじゃないわ」

ベネディクトは不満そうに舌打ちした。「そんなにかっかしないで」

ソフィーは目を剝いた。「わたしはあなたに誘拐されて――」

「脅迫されてだろ」と訂正する。

「ひっぱたいてほしいの？」

「それは勘弁してもらいたいな」やんわり言う。「それに、ぼくに脅かされて連れて来られたのだとしても、いまはそんなにひどい思いをしているわけではないだろう？　ぼくの家族を気に入ったんじゃないかな」

「ええ、でも――」

「みんな、きみに親切にしているんだろう？」

「ええ、でも――」

「それなら」いかにも横柄な口調で言う。「何か問題があるのか？」

ソフィーは頭に血がのぼりかけていた。ベネディクトの肩につかみかかって、何度も揺さぶってやりたくなったけれど、ふと、相手はまさしくそれを望んでいるのだと気づいた。だから、ただ鼻で笑うように言った。「何が問題かおわかりにならないのなら、説明のしようがないと思うわ」

　腹立たしくも、ベネディクトは笑った。「まったく、はぐらかしの達人だな」

　ソフィーは本を持ち直して開いた。「読書中なので」

「読めるなら、どうぞ」

　ソフィーは残り二段落を読まずに頁をめくった。とにかく彼のことなど気にかけてもいないふりができればいいのだ。ひとりになればまたいつでも読み返せるのだから。

「本が逆さまだぞ」ベネディクトが指摘した。

　ソフィーは慌てて確かめた。「逆さまじゃないわよ！」

　ベネディクトはにやりと唇をゆがめた。「でも、確かめなければわからなかっただろう？」

　ソフィーは立ちあがって言い放った。「お屋敷に戻ります」

　ベネディクトも即座に立ちあがった。「こんなにすばらしい春の陽気を放って？」

「あなたを放って」そう言いながらも、礼儀を示してくれていることはわかっていた。紳士はふつう、単なる女中を立って見送ることなどしない。

「残念だな」ベネディクトがつぶやいた。「ぼくはとても楽しかったのに」

　この本をぶつけたら、どれぐらい彼の鼻を明かせるのだろうかとソフィーは思った。たぶん、それで傷つけられた自尊心を埋められはしないだろう。

　どうして彼にはこう簡単にかっかさせられてしまうのかとソフィーは驚いていた。どうしようもなく愛しているのに――そのことで、自分自身に嘘をつくのはとうにあきらめた――、ほんの少し皮肉を言われただけで、全身が震えるほど腹が立ってくる。

「では失礼します、ミスター・ブリジャートン」

ベネディクトは追い払うように手を振った。「では、またあとで会おう」

そのそっけない態度を喜んでいいのかわからず、ソフィーは佇んだ。

「行くんじゃないのかい」ベネディクトがからかいを含んだ声で言う。

「行くわ」ソフィーは言った。

ベネディクトは首をかしげたが何も言わなかった。言うまでもなかった。そのどことなくあざけるような目に、じゅうぶん言いたいことは表れていた。

ソフィーはくるりと背を向けて屋敷に通じる扉のほうへ歩きだしたが、半分ほどいったところで呼びかけられた。

「その新しいドレスはとてもいいよ」

ソフィーは足をとめて、ため息をこぼした。伯爵の名ばかりの被後見人から侍女になりはしても、礼儀を守らなければならないのは同じで、褒め言葉を無視するわけにはいかない。振り返って言った。「ありがとうございます。あなたのお母様からいただきました。フランチェスカ様のおさがりだと思います」

ベネディクトはいかにも大儀そうにフェンスに寄りかかった。「女中にドレスを分け与えるのは慣習なのか？」

ソフィーはうなずいた。「もちろん、いらなくなった場合にかぎりますけれど。新しいドレスをくださる方はいませんわ」

「なるほど」

いったいなぜ新しいドレスのことなどを気にかけるのだろうかと、ソフィーはけげんな目を向けた。

「屋敷に入るのではなかったのか？」ベネディクトは問いかけた。

「何をたくらんでいるのです？」ソフィーは尋ねた。

「どうして、ぼくが何かをたくらんでいると思うんだ？」

ソフィーはいったん唇をつぐんでから言った。「何もたくらんでいないのは、あなたらしくないから」

ベネディクトはそう言われて笑った。「褒め言葉と解釈しよう」

「べつに、そんなつもりはありません」

「たとえそうでも」やんわりと言う。「どう解釈するかはこちらの自由だ」

ソフィーはなんと答えるべきかわからず、黙り込んだ。扉のほうへ歩きだすわけでもなかった。ひとりになりたいと言い切ったのに、なぜ歩きださないのか、自分でもよくわからない。でも、口に出したことと思っていることがつねに同じとはかぎらない。心のなかでは、この男性に思い焦がれ、けっして叶わない人生を夢見ているのだから。

彼にこれほど腹を立てるべきではないのだ。たしかに、ロンドンに無理やり連れて来られたのはいらだたしいけれど、愛人になるよう求めてきたことは責められない。彼のような地位にある男性にとってはめずらしいことではないからだ。ソフィーはロンドンの社交界に入れるなどという幻想をいだいてはいなかった。自分は女中であり、使用人だ。ほかの使用人たちと違う点があるとすれば、子供の頃に贅沢な暮らしを味わったというだけのこと。たとえ愛情は注がれなかったとしても、良家の娘として育てられ、そのあいだに考え方も価値観も形成された。おかげで、ふたつの世界の狭間で、どちらにも居場所を見つけられず、永遠にさまようことになったのだ。

「深刻そうな顔をしているな」ベネディクトが静かな声で言った。

その声は聞こえたけれど、ソフィーは考えることをどうしてもやめられなかった。

ベネディクトは歩きだした。ソフィーの顎に触れようと手を伸ばしかけて、立ちすくんだ。何か近寄りがたい、触れられない雰囲気に押しとどめられた。「そんなに悲しい顔のきみを見るのは耐えられない」ベネディクトは自分自身の言葉に面食らった。こんなことを言うつもりではなかったのに、口走っていた。

その言葉にソフィーが顔を上げた。「悲しいのではないわ」

ベネディクトはほんのかすかに首を振った。「きみの目に深い悲しみが見えるんだ。ほとんど消えることがない」

ソフィーははっと両手で顔を包んだ。まるで凝り固まってしまった悲しみに触れて、もみ消してしまおうとでもいうように。

ベネディクトはその手をとって、自分の唇に持っていった。「きみの秘密をぼくにも分かちあわせて欲しい」

「秘密なんて――」

「嘘は言うな」意図した以上にきつい声でさえぎっていた。「きみはぼくの知っているどんな女性よりも――」ふと仮面舞踏会で出会った女性の画像が頭によぎり、いったん口をつぐんだ。「いや、ほとんどの女性よりも多くの秘密をかかえている」

ほんのつかの間ふたりの視線がかち合い、ソフィーがすぐに目をそらした。「秘密をかかえていてはなぜいけないの。わたしの勝手――」

「その秘密がきみの人生を蝕《むしば》んでるんだ」ベネディクトは鋭い声でさえぎった。これ以上言い訳を聞くことには耐えられそうもなかった。もう我慢の限界だった。「手を伸ばして幸せをつかんで、人生を変えることができるのに、きみはそうしようとしない」

「できないのよ」その悲痛な声に、ベネディクトは気をくじかれそうになった。

「ばかげている」ベネディクトは言った。「自分の思いどおりにすればいいんだ。きみはそうしようとしないだけだ」

「もうこれ以上、ことを難しくするのはやめて」ソフィーは低い声で訴えた。

その言葉を聞いて、ベネディクトのなかで何かがはじけた。血がほとばしり、この数日来、体のなかでくすぶっていたやりきれない怒りを煽《あお》るような、妙に沸きたつ刺激をはっきりと感じた。「きみは、難しくないと思ってるんだな？」

ベネディクトはソフィーの手をつかんで引き寄せ、自分の力強さを思い知らせた。「難しくないんだろう?」

「そんなこと言ってないわ!」

「ぼくはきみを激しく求めてる」彼女の耳もとで囁いた。「毎晩、ベッドに横になって、なぜきみが母の家に家族と一緒にいて、自分のそばにいないのかと考えるんだ」

「ベネディクト、わたしはあなたのところには――」

「きみは自分の欲求がわかっていない」ベネディクトはさえぎった。それがどんなに残酷で、思いあがった言葉だろうと、気にしなかった。ソフィーには、思いもよらなかったやり方で、想像もできなかったほど心を痛めつけられたのだ。彼女が自分との人生よりも、あくせく働く人生を選んだせいで、彼女を目にし、感じ、匂いを嗅ぐたび、激しく強い欲望を掻きたてられずにはいられなくなっていた。

むろん、これは自分で招いた報いだ。ソフィーをあのまま田舎に残してくれば、こんな苦しみは味わわずにすんだだろう。だが、自分でも驚いたことに、ソフィーを無理やりロンドンに連れてきてしまった。なぜそんなことをしてしまったのかわからないし、その理由を考えるのが恐ろしいほどだった。しかし、欲望以上に、彼女の身の安全を守りたいという思いが強く働いた。

ソフィーに名を呼ばれたとき、その声に切望を聞きとって、自分に気がないわけではないことを悟った。男性を求めるという意味をはっきりとは自覚していないのかもしれないが、彼女もまた自分と同じように欲してくれている。

ベネディクトは彼女の唇を唇でとらえて、もしも彼女が少しでもいやがったら、やめようと心のなかで誓った。これほど強引にキスしたことはなかったが、そうせずにはいられなかった。

だが、ソフィーはいやとは言わなかった。押しのけもしなければ、身をよじって逃げだそうともしなかった。それどころか、両手を髪に差し入れてきて、唇を開いて自分から溶け込んできた。ベネディクトはなぜ突然ソフィーがキスを受け入れたのか――いや、みずからキスしてきたのか――わからなかったが、唇を離してまで理由を尋ねたいとは思わなかった。

ベネディクトはこの機に乗じて、彼女を味わい、飲み込み、吸い込んだ。もはや愛人になるよう説得できる自信はなく、突如、このキスをただのキスで終わらせてなるものかという切迫した思いに駆られた。生涯、忘れられないキスになるかもしれない。

前にも同じような感覚を味わっているではないか、という頭のなかの囁きを振り払おうと、さらに熱意を込めてキスをした。二年前、ダンスをしてキスをした女性に、そのたった一度のキスに一生ぶんの思いを込めなければいけないと言われたのだ。

そのときは本気にしていなかったし、そんな言葉は信じていなかった。そして、自分はその女性を失い、おそらくはすべてを失った。以来、将来をともに築こうと思える相手には二度と出会えなかった。

ソフィーが現れるまでは。

ソフィーはあの銀色のドレスの淑女とは違い、結婚を望める相手ではない。でも、あの女性とは違い、ここに実在している。

だからもう、手放すつもりはなかった。

ソフィーはここに自分とともにいて、至福のときを感じている。その髪のやわらかな香り、そのなめらかな肌――この腕のなかにかくまわれるために生まれてきた女性のように思えた。そして、自分は彼女を抱くために生まれてきたのだ。

「ぼくの家に来てほしい」ベネディクトはソフィーの耳もとで囁いた。

返事はなかったが、彼女の体がこわばるのを感じた。

「ぼくの家に来てほしいんだ」繰り返した。

「わたしには、できないわ」言葉を発するたび、吐息がベネディクトの皮膚をかすめた。

「できるさ」

ソフィーは首を振ったが身を引かなかったので、ベネディクトはそれをいいことにもう一度唇を重ねた。舌を差し入れ、口の奥の温かな場所をたどり、彼女のまさにエキスを味わった。片手で乳房のふくらみを探りあててやさしく揉むうち、彼女の唇がすぼまるのを感じてはっとした。だが、まだそれでは足りなかった。ベネディクトはドレスの布地の上からではなく、じかに肌に触れたかった。

とはいえ、ここではできない。なんといっても、母の家の裏庭なのだ。誰が通りがかるとも知れず、実際、こうして扉の前のアルコーブに彼女を引き入れていなかったら、誰かに目撃されていただろう。そんなことになれば、ソフィーは職を失いかねない。

いっそ人目につく場所でさらしてしまえば、ソフィーはまたひとりで生きていかなければならなくなり、やむをえず自分の愛人になるかもしれない。

それこそ、自分の望みではないか、とベネディクトは自分自身に問いかけた。

だが、ふと考えた——正直、このような瞬間に何かをふと考えられるとは自分でも驚きだが——これほど憂慮してしまうのは、ソフィーが明らかに強固な意志を持っているからなのだ。彼女は自分の立場を承知している。そして、残念ながら自分も、彼女が上流社会には入れない人間であることを知っていた。

本人が慕い、敬意を抱いている人々の面前で公然と傷つけることは、彼女の魂を砕くのも同じだ。それは許されない犯罪と言えるだろう。

ベネディクトはゆっくりと身を離した。彼女が欲しかったし、愛人になってほしかったけれど、母の家で屈辱を味わわせてまで強要することはできなかった。彼女がみずからの意志で——その日はきっとくるはずだ——飛び込んできてくれるときまで。

それまでに、彼女をしつこく口説いて、疲れさせてしまうかもしれない。それまでに——。

「やめたの？」ソフィーが驚いたようにつぶやいた。

「ここではまずい」ベネディクトは答えた。

その瞬間、ソフィーの表情に変化はなかった。やがて、日除けに覆われるように、顔が恐怖の影に染まっていった。まずは緑色の目がひときわ濃さを増し、しだいに唇も青ざめ、唇を開いていっきに息を吸い込んだ。

「考えてなかったわ」誰にともなく、つぶやいた。

「ああ」ベネディクトは微笑んだ。「そうだろう。きみに考えられては困る。必ずひどい目に遭わされるから」

「こんなこと二度としてはいけないわ」

「たしかに〝ここ〟ではしてはいけない」

「そうではなくて――」

「台無しにするのかい」

「だって――」

「頼むから」ベネディクトは続けた。「二度としないなんてことを言って、このすばらしい午後を台無しにしないでくれ」

「でも――」

ベネディクトはソフィーの唇に一本の指を押しあてた。「頼みをきいてくれないのか」

「だけど――」

「こんなささやかな空想も許してくれないのかい？」

それでどうにか切り抜けられた。ソフィーは微笑んだ。

「よし。その顔のほうがずっといい」

ソフィーは唇を震わせ、それから、ゆっくりと微笑んだ。

「すてきだ」ベネディクトは囁いた。「ではそろそろ、ぼくは行くよ。そのあいだ、きみがやるべき仕事はただひとつ。ここで、そのまま微笑んでいることだ。きみが悲しい顔をしたら、ぼくの胸は張り裂けてしまうのだから」

「わたしの顔なんて見えないはずだわ」ソフィーが言い返した。

ベネディクトはソフィーの顎に触れた。「見えるんだ」

そして、ソフィーが衝撃と陶酔でまだうっとりとした顔をしているうちに、ベネディクトは去っていった。

16

『昨晩、フェザリントン家でささやかな夕食会が催され、筆者は招待される幸運には恵まれなかったが、大変盛会だったと聞き及んでいる。ブリジャートン家からは三名が出席したが、フェザリントン家のお嬢様方には残念なことに、殿方の出席者はいなかった。いつもながら人付き合いの良いナイジェル・バーブルックが出席し、フィリッパ・フェザリントン嬢に熱い視線を送っていたらしい。

筆者が聞いたところによれば、ブリジャートン家のベネディクトとコリンは両者とも招待を受けていたのだが、欠席を通知してきたとのこと』

一八一七年五月十九日付〈レディ・ホイッスルダウンの社交界新聞〉より

瞬く間に一週間が過ぎ、ソフィーはブリジャートン家での仕事がすこぶる忙しいことを実感していた。未婚のお嬢様三人の世話を一手に引き受け、髪結い、繕い物、ドレスのアイロンかけ、靴磨き、そのほか諸々の仕事に追われ、外出さえまだ一度も——裏庭に出たことを数に入れなければ——したことがないほどだった。

同じような仕事をアラミンタのもとでしていたなら、侘《わび》しく、みじめに思えただろうけれど、ブリジャートン家は笑い声と笑顔にあふれていた。娘たちは口げんかをしたり、からかいあったりするものの、ロザムンドのポージーに対する態度のような悪意はまったく感じられない。それに、内輪の茶会のときには——出席者はレディ・ブリジャートンと娘たちのみ——、ソフィーも加わるよう必ず声をかけられた。ソフィーはたいてい繕い物のかごを持ち込んで、ブリジャートン家の女性たちがおしゃべりしているあいだに綻《ほころ》びをかがったりボタンをつけたりしていたが、腰をおろして、新鮮なミルクに焼きたてのスコーンとおいしいお茶を味わうのはとても心地良かった。数日後には、たまに会話に加わることさえ楽しく思えてきた。

その時間が一日のうちで一番の楽しみになっていた。

ソフィーが心のなかで〝あのキス〟と呼んでいる出来事からおよそ一週間後のある日の午後、エロイーズが言った。「ベネディクトお兄様はどこにいらっしゃるの？」

「きゃっ！」

ブリジャートン家の女性四人がいっせいにソフィーを振り返った。「大丈夫？」レディ・ブリジャートンが受け皿から持ちあげたティーカップを口の手前でとめて尋ねた。

ソフィーは顔をしかめた。「指に針を刺してしまいました」

レディ・ブリジャートンが小さく密やかに微笑んだ。

十四歳のヒヤシンスが言う。「お母様がもう千回はおっしゃってるように——」

「千回？」フランチェスカが眉を上げておどけて見せる。

「百回ぐらいよ」ヒヤシンスはむっとした目を姉に向けて訂正した。「繕い物を茶会に持ってこなくていいのに」

ソフィーは笑みをぐっとこらえた。「こうしていないと、とても怠けている気分になってしまうんです」

「あら、わたしは刺繍《ししゅう》を持ってこようなんて思いもしないわ」ヒヤシンスは誰にも尋ねられていないのに打ち明けた。

「怠けている気分になる？」フランチェスカが訊く。

「ちっともならないわ」とヒヤシンス。

フランチェスカがソフィーのほうを向いた。「おかげで、ヒヤシンスが怠けている気分になってくれたわ」

「ならないわよ！」ヒヤシンスが言い返した。

レディ・ブリジャートンがお茶を口に含んだ。「ヒヤシンス、あなたはもうずいぶん長いこと、同じ刺繍をしているものね。わたしの記憶では、二月からだわ」

「母の記憶はまず間違いないのよ」フランチェスカがソフィーに言う。

フランチェスカはヒヤシンスに睨まれても知らんぷりで、微笑みながらお茶を飲んでいる。

ソフィーは咳き込んだふりで笑みを隠した。フランチェスカはエロイーズよりひとつ歳下の二十歳で、茶目っ気たっぷりの皮肉の利いたユーモアセンスを備えている。いつかヒヤシンスも対抗できるようになるだろうが、いまはまだ叶いそうもない。

「誰もわたしの質問に答えてくれていないわ」エロイーズがティーカップを受け皿にがちゃんと置いた。「ベネディクトお兄様はどこにいるの？　もうずっとお見かけしてないわ」

「一週間になるかしら」とレディ・ブリジャートン。

「きゃっ！」

「指貫をしたほうがいいんじゃない？」ヒヤシンスがソフィーに言った。

「いつもはこんなに失敗しないのですけれど」ソフィーはつぶやいた。

レディ・ブリジャートンはティーカップを口もとに持ちあげたきり、なかなか飲もうとしなかった。

ソフィーは歯を食いしばり、躍起になって縫い物を続けた。意外にも、先週の〝あのキス〟以来、ベネディクトはまったく姿を見せていなかった。ソフィーはひと目でも姿を見られないものかと、いつも無意識に窓の向こうを眺め、隅々に目を走らせていた。

でも、まだベネディクトは現れていない。

ソフィーは落ち込むべきなのか、ほっとするべきなのか決めかねていた。あるいは両方なのかもしれない。

ため息をつく。間違いなく、両方だ。

「何か言った、ソフィー？」エロイーズが訊いた。

ソフィーは首を振り、酷使している気の毒な人差し指から目を上げず、小さな声で「いいえ」と答えた。皮膚をつまんでわずかに顔をしかめ、指先に血がじんわり滲むのを見つめる。

「お兄様はどこにいるの？」エロイーズが粘り強く訊く。

「ベネディクトは三十なのよ」レディ・ブリジャートンが穏やかな声で言った。「わたしたちにいちいち行動を報告する必要はないでしょう」

エロイーズは不満げに鼻を鳴らして言った。「お母様は先週とはずいぶんな違いだわ」

「それはどういう意味かしら？」

「『ベネディクトはどこ？』」エロイーズがおどけた調子で母の声色をそっくり真似た。「『まったく、ひと言も連絡しないでいなくなるなんて。地上から消えてしまったみたいじゃないの』」

「それは違うわ」レディ・ブリジャートンが言う。

「どう違うの？」今度はフランチェスカがいつもの茶目っ気たっぷりの笑顔で訊いた。

「あのときは、キャベンダー家の放蕩息子のパーティに行くと言って出かけたのに、帰ってこなかったのだもの。けれど今回の場合は……」レディ・ブリジャートンがふいに口をつぐんだ。「どうして、わたしが言い訳しているのかしら？」

「わかりません」ソフィーはつぶやいた。

ソフィーの隣りに坐っていたエロイーズがお茶にむせた。

フランチェスカがエロイーズの背中を叩きながら身をかがめて問いかけた。「ソフィー、なんて言ったの？」

ソフィーは首を振り、繕っていたドレスの裾に針を刺そうとして、完全に的をはずした。それをエロイーズがいぶかしそうにちらりと横目で見やる。

レディ・ブリジャートンが咳払いした。「まあ、わたしが思うに――」言葉を切り、頭を少し傾けた。「あら、廊下にいるのは誰かしら？」

ソフィーは唸り声を押し殺し、執事が入ってくるのだろうと思って戸口のほうを見やった。ウィッカムはどんな知らせであれ、必ずまずはソフィーに咎めるような目を向けてから伝えるのだ。女中が家の淑女たちの茶会に同席するのを快く思っておらず、その思いをブリジャートン家の人々の前で口にこそしないものの、顔にだすことはほとんど憚《はばか》らなかった。

けれど、戸口から入ってきたのはウィッカムではなく、ベネディクトだった。

「ベネディクトお兄様！」エロイーズが声を張りあげて立ちあがった。「ちょうど、お噂をしていたところなのよ」

ベネディクトがソフィーを見た。「そうなのか？」

「わたしは何も」ソフィーはつぶやいた。

「なんて言ったの、ソフィー？」ヒヤシンスが訊く。

「きゃっ！」

「その繕い物を取りあげますよ」レディ・ブリジャートンが愉快そうな笑みを浮かべて言う。「そうしないと、日が暮れるまでに一パイントは出血してしまいそうだもの」

ソフィーはよろよろと立ちあがろうとした。「指貫を取ってきます」

「指貫をしていなかったの？」ヒヤシンスが訊く。「指貫をしないで繕い物をするなんて信じられないわ」

「繕い物をしようと思ったことなんてあるのかしら？」フランチェスカが笑みを浮かべた。ヒヤシンスは姉を蹴《け》って、茶器をひっくり返しそうになった。

「ヒヤシンス！」レディ・ブリジャートンが叱った。

ソフィーはなんとかベネディクトを視界に入れないようにして、ドアのほうを向いた。この一週間、ひと目でも会いたいと願ってきたのに、いざ本人を前にすると、逃げだしたくてしょうがなかった。もし顔を見たら、必然的に唇に目がいってしまう。もし唇を見たら、すぐさまあのキスを思いだしてしまう。そして、あのキスを思いだしたら……。

「指貫が必要なんです」ソフィーは口走ると、ぱっと立ちあがった。このままでは、人前で考えるべきではないことを考えてしまう。

「それはもう聞いた」ベネディクトは片眉を完璧な弧の形に――いかにも横柄に――吊りあげた。

「階下《した》の」ソフィーは小さな声で言った。「わたしの部屋にあるので」

「でも、あなたの部屋は階上《うえ》にあるわよね」ヒヤシンスが言う。

ソフィーは思わずその首を絞めたくなった。「階上《うえ》と言いましたけど」ほとんど唸り声で言う。

「あら」ヒヤシンスが屈託のない調子で返した。「言ってないわよ」

「いいえ」レディ・ブリジャートンが口を挟んだ。「言いました。わたしには聞こえたわ」

ソフィーはさっと声の主のほうを振り向き、レディ・ブリジャートンが嘘をついてかばってくれたことをすぐに悟った。「指貫を取りに行かなければいけませんので」同じ言葉を三十回は言った気がした。戸口へ急ぎ足で歩きだし、息を詰めてベネディクトに近づいていく。

「自分を傷つけるのはいやだものな」ベネディクトは言って、脇に寄って戸口を空けた。けれどもソフィーがその隙間を通り抜けようとしたとき、身をかがめて囁いてきた。「臆病者」

ソフィーは頬がかっと熱くなり、階段を途中までおりかけて、自分の部屋へいくつもりだったのだと気づいた。なんてこと。階段の上へ戻って、またベネディクトの前を通るようなことはしたくなかった。きっとまだ戸口に立っているだろう。そして、わたしが通りがかれば、唇の片端を上げて――目にすると必ず息がつけなくなるような、少し皮肉っぽい、誘惑的な笑みを浮かべるのだ。

なんて不運なの。もうここにはいられないだろう。ベネディクトを目にするたび膝をふるわせていたら、レディ・ブリジャートンのもとで働き続けることなどできるだろうか？　わたしはそれほど強くない。こうしてベネディクトに神経をすり減らされていたら、信念も誓いもすべて忘れ去ってしまうかもしれない。出て行かなければ。それしか選ぶべき道はない。

そして、それはほんとうに、あまりにつらい選択だった。ブリジャートン家の娘たちに仕えるのが好きなのだから。彼女たちはみな、人間として接してくれる。話しかけ、返事に耳を傾けてくれる。

姉妹の一員ではないし、姉妹になれはしないとわかっているけれど、姉妹のようなくつろいだ気分にさせてくれる。そしてじつを言えば、ソフィーが人生でほんとうに何よりも求めてきたのは、家族なのだ。

ブリジャートン家の人々と一緒にいると、まるで自分も家族の一員になったような気分になれた。

「道に迷ったのかい？」

顔を上げると、階段の上で壁にゆったりともたれたベネディクトが見えた。ソフィーはふと自分がまだ階段にいることに気づいた。「出かけてきます」

「指貫を買いに？」

「そうです」憤然と言った。

「お金がいるのではないか？」

お金はポケットに入っていると嘘をつこうか、ほんとうのことを言って、自分の情けないばかさかげんをさらすのか迷った。それとも、階段を駆けおりて、屋敷を飛びだしてしまおうか。それは臆病者の行動だけれど……。

「行ってきます」ソフィーはつぶやくと、慌てて駆けだしたので、使用人用の勝手口を使わなければいけないのをすっかり忘れていた。玄関広間を横切って重厚な扉を押し開き、頼りない足取りで玄関先の階段をおりていった。舗道に着地すると、これといった用事はないもののの、どこかへ行かなければならないので北のほうへ踏みだした。そのとき声が聞こえた。

恐ろしい、身の毛もよだつ、忌まわしい声。

ああ、なんてこと。

アラミンタだった。

心臓が止まりそうになり、ソフィーはすばやく壁に背中を押しつけた。アラミンタは通りのほうを向いているので、振り返らなければ気づかれないはずだった。

どのみち呼吸すらできないのだから、おとなしくしているのは簡単だ。

アラミンタはいったいここで何をしているのだろう？　ペンウッド・ハウスは少なくともここから八ブロックは離れているし――。

と、ソフィーは思いだした。キャベンダー家で働いているあいだに手に入った、数少ない〈ホイッスルダウン〉紙のどれかで読んだことを。新しいペンウッド伯爵がついにロンドンに居を定めることを決め、アラミンタ、ロザムンド、ポージーはべつの住まいへ移らなければならなくなったのだ。

それがブリジャートン家の近くなの？　それほどの悪夢は考えつくことすらできなかった。

「あの厄介娘はどこ？」アラミンタの声がした。

ソフィーはすぐさま、探されているその娘に同情を覚えた。アラミンタの元〝厄介娘〟としては、その立場の彼女がいかに冷遇されているかは容易に察しがつく。

「ポージー！」アラミンタは叫んで、待機している馬車のなかにずかずかと入っていった。

ソフィーは沈んだ思いで唇を嚙んだ。その瞬間、自分が出ていったあとに起きたことが目に見えるように頭に浮かんだ。アラミンタは新しい女中を雇い、その気の毒な女性をおそらくはこき使ったのだろうが、わたしにしたのとまったく同じやり方で蔑《さげす》み、卑しめ続けることはできなかったに違いない。たいして知らない相手を、それほど冷酷にほんとうに憎めるものではない。よく知らない熟練の使用人では代わりにならなかったのだろう。

とはいえ、アラミンタは誰かをいじめずにはいられないので——誰かを不愉快にさせる以外に気持ちよくなれる方法を知らない——、ポージーを〝鞭《むち》打たれる少年〟に——この場合は少女と言うべきだろうが——選んだらしい。

ポージーがひきつった顔で玄関扉から駆けだしてきた。暗い表情で、二年前より少し太ったようにも見える。それもアラミンタは気に入らないのだろうと、ソフィーは憂鬱に思った。ポージーが自分自身やロザムンドのように華奢で、ブロンドで、美しくないことをけっして受け入れようとしないのだ。アラミンタにとってソフィーが天敵だとするならば、ポージーはつねに恥さらしだった。

ソフィーが見ていると、ポージーは階段の上で立ちどまり、靴紐を結ぶのに手間どっていた。ロザムンドが馬車から顔を出し、「ポージー！」と叫んだ。なんと耳障りな甲高い声なのだろう。

ソフィーは顔を引いて身を縮こめた。ちょうどロザムンドの視線の右側にいた。

「いま行くわ！」ポージーは叫び返した。

「急ぎなさいよ！」ロザムンドが怒鳴った。

ポージーは靴紐を結び終えて階段を駆けおりてきたが、最後の踏み段で足を滑らせ、舗道に手足を広げて転んでしまった。ソフィーは助けようと反射的にわずかに身を乗りだしたものの、背中を壁にぴたりと戻した。ポージーはけがをしていないし、自分がロンドンに、それもすぐ近くの家にいるのをアラミンタに知られることは、なにがなんでも避けたかった。

ポージーは舗道から起きあがり、首を右に曲げて伸ばし、それから左に曲げて伸ばし……。

そのとき、ポージーがこちらを見た。ソフィーは確信した。ポージーの目が見開かれ、口がわずかに開いた。そして、唇がすぼまって、〝ソフィー?〟の〝ソ〟の字を形作った。

ソフィーは必死で首を振った。

「ポージー!」アラミンタの怒鳴り声がした。

ソフィーはもう一度首を振り、黙っていてくれるよう目顔でポージーに懇願した。

「いま行くわ、お母様!」ポージーは叫び返した。ソフィーに一度だけ小さくうなずくと、馬車に乗り込み、ありがたいことに、その馬車は反対方向へ走り去っていった。

ソフィーは壁にぐったりともたれかかった。まる一分はじっとしていた。

それからさらに、五分は動けなかった。

ベネディクトはもともと母親や妹たちに何かを期待していたわけではなかったが、ソフィーが居間から去ってしまうと、お茶とスコーンへの興味も失せた。

「お兄様、どこにいるのか心配していたところなのよ」エロイーズが言う。

「ふうん？」ベネディクトは右のほうへわずかに首を伸ばし、この角度からだと窓の向こうの街並みはどの辺りまで見えるのだろうかと考えた。

「ねえ」エロイーズがほとんどわめくように声をあげた。「わたしは心配して――」

「エロイーズ、声が大きすぎますよ」レディ・ブリジャートンがたしなめた。

「でも、お兄様が聞いてらっしゃらないんだもの」

「聞いていないからといって」母が続ける。「叫んでも注意は引けないわ」

「スコーンを投げつけるほうが効果的かも」ヒヤシンスが言う。

「ヒヤシンス、あなたって子は――」

けれども、ヒヤシンスはすでにスコーンを放り投げていた。ベネディクトは頭の側面にぶつかる寸前で首を動かしてかわした。まず命中した壁に残ったかすかな染みを見て、それから、床に見事に着地したスコーンに目を落とす。

「そろそろ退散しろということかな」ベネディクトはさらりと言って、憎らしげな笑みを一番下の妹に向けた。その妹が放り投げたスコーンが、部屋を立ち去るきっかけを与えてくれたのだ。ソフィーがどこへ向かったにしろ、追いかけられるだろうかと考えた。

「でも、まだ来たばかりじゃないの」母が指摘した。

ベネディクトはすぐさま母に疑念を覚えた。いつもの不満そうな口調とは違い、息子が去ると言っていることに少しも驚いた様子がない。

つまりは、何かたくらんでいるということだ。

「まだいてもいいですよ」母をちょっと試すつもりで言った。

「あら、いいのよ」母は、明らかに空《から》のティーカップを口もとに持っていった。「忙しいのなら引きとめないわ」

ベネディクトはせめて動揺は隠さなければと、無理やり平静な表情を取り繕おうとした。前回「忙しい」と口にしたときには、母親と話をできないほど忙しいのかと問いただされたのだ。

衝動的に、残ると宣言して椅子に坐ろうかと思ったが、冷静に考えれば、すでにこちらの去りたい本心を見透している母に対してむきになるのもばからしい気がした。「それでは、失礼します」ベネディクトはゆっくりと言い、戸口へ引き返した。

「行きなさい」母が追い払うそぶりで言う。「楽しく過ごしてね」

ベネディクトは母にこれ以上妙なことを言われて慌てる前に立ち去ろうと思った。床に落ちているスコーンを拾いあげてヒヤシンスのほうへそっと放ると、妹はそれを受けとめてにっこり笑った。母と妹たちに軽く頭をさげてから廊下に出て、階段のところまできたとき、母の声が聞こえた。「行かないと思ったのに」

まったくもって不可解だ。

ベネディクトはのんびりと大股で階段をおりていき、玄関から外に出た。ソフィーがまだ近くにいるだろうかと思ったが、買い物に出たのだとすれば、じつのところ向かった方角はひとつに決まっていた。小さな商店街のほうへ歩いていくつもりで右を向き、三歩と行かずに、母の家の煉瓦《れんが》の壁に張りついているソフィーが目に入った。まるで呼吸の方法すら忘れてしまったように見える。

「ソフィー？」ベネディクトはすばやく駆け寄った。「どうしたんだ？　大丈夫か？」

ソフィーが目の前の顔を見てはっとし、こくりとうなずく。

大丈夫そうには見えなかったが、それを指摘しても仕方ないとベネディクトは思った。

「ふるえてるじゃないか」彼女の手を見て言った。「何があったのか話してくれないか。誰かに何かされたのか？」

「いいえ」ふだんとはまるで違うふるえ声だった。「ただ……ちょっと……」すぐ脇の階段をじっと見つめる。「階段をおりるときにつまづいてしまって、怖かっただけ」弱々しい笑みを浮かべる。「おわかりになるでしょう。まっさかさまになりそうだったの」

むろん言っていることはわかるのでベネディクトはうなずいた。だが、その言葉を信じているわけではなかった。「一緒に行こう」

ソフィーが顔を上げた。その緑色の目の奥にある何かが、ベネディクトの胸を締めつけた。

「どこに？」ソフィーが囁いた。

「とにかくどこかへ」

「わたし――」

「ぼくは五軒先に住んでるんだ」ベネディクトは言った。

「そうなの？」ソフィーは目を見開き、つぶやいた。「誰も教えてくれなかったわ」

「きみの貞操は守ると約束する」ベネディクトはだし抜けに言った。それから、どうにも言わずにはいられなくて付け加えた。「きみがそう望むかぎり」

これほど動揺していなければ、ソフィーは抵抗しただろうとベネディクトは思ったが、彼女は導かれるまま通りを進み始めた。「気分が落ち着くまで、玄関口の居間で休むといい」

ソフィーはうなずき、付き添われて階段をのぼり、ベネディクトの家に入っていった。母の家から少し南へ行ったところにある、こぢんまりとした屋敷だ。

腰を落ち着けるとすぐに、ベネディクトは使用人たちに邪魔されないよう扉を閉めた。ソフィーのほうに向き直り、「さあ、ほんとうは何があったのか話してくれ」と言おうとしたのだが、思いとどまった。尋ねても、答えてはくれないだろうとわかっていた。ソフィーは何かしら言い訳をするだろうし、それではほんとうに聞きたいことは聞きだせないだろう。

だから代わりに、なるべく感情を表に出さないようにして尋ねた。「母の家での仕事はどうだい？」

「みなさん、とてもやさしくしてくださるわ」ソフィーは答えた。

「やさしい？」ベネディクトは繰り返した。今度は驚きが顔にはっきり表れてしまっただろうと思った。「いらいらさせられるでもなく、うんざりするでもなく、やさしい？」

「みなさん、とてもおやさしい方々だわ」ソフィーはきっぱりと言った。

ベネディクトは思わず微笑んだ。家族を心から愛しているし、ソフィーがその家族を愛し始めてくれていることが嬉しかったからだ。いっぽうで、みずから首を絞めていることをいらだたしく思った。ソフィーは家族と親しくなればなるほど、その家族の目を気にして、愛人になることを受け入れにくくなるはずだからだ。

なんてことだ。先週の決断はとんでもない誤算だったわけだ。だが、あのときはとにかく、彼女をロンドンに連れて来ることしか考えられなかったし、そのためには母の家で仕事を与えるというのが最も説得力のある手段に思えたのだ。

多少強引な手を用いてでも。

ああ、まったく、なんてことだ。彼女をもう少し簡単にこの腕に誘い込めるような方法を、どうして考えられなかったのだろう？

「あんなにすてきな家族に恵まれた幸運に感謝すべきだわ」ソフィーが先ほどまでよりずいぶんと力強い声で言った。「わたしなら何を犠牲にしてでも――」

ソフィーは最後まで言わなかった。

「何を犠牲にしてでも、なんなんだい？」ベネディクトは、どうしてこれほどまで彼女の返事が聞きたいのか、自分でも驚いていた。

ソフィーは情感のこもった目で窓の向こうを見ながら答えた。「あなたのご家族のような家族が欲しい」

「きみにはいない」ベネディクトの言葉は問いかけではなく、断定だった。

「わたしには誰もいない」

「でもきみの――」言いかけて、ソフィーが自分を産んで母親が亡くなったと話していたことをベネディクトは思いだした。「ときには」努めて明るく穏やかな声で言う。「ブリジャートン一族でいるのもそれほど気楽じゃないんだ」

ソフィーの顔がゆっくりこちらを向いた。「不満があるなんて信じられないわ」

「不満があるわけじゃない」ベネディクトは言った。「でも、だからといっていつも気楽なわけでもない」

「どういう意味？」

いつしかベネディクトは、ほかの人間には、それも家族にさえ明かしたことのない胸の内を吐露しようとしていた。「世の中のほとんどの人々にとって、ぼくはブリジャートン家のひとりにすぎないんだ。ベネディクトでも、ベンでも、金持ちでしかも少しは知的な紳士ですらない。ぼくは単なる」悲しげな笑みを浮かべる。「ブリジャートン家のひとり。その名も、〝二番目〟さ」

ソフィーは唇をふるわせ、微笑んだ。「あなたはそれだけの人じゃないわ」

「ぼくもそう思いたいんだが、世の中のほとんどの人はそう見ている」

「世の中のほとんどの人は間抜けなのよ」

ベネディクトは笑った。ソフィーの怒った顔ほど魅力的なものはない。「異論はないよ」

これでこの話は終わったと思ったら、驚いたことにソフィーが言葉を継いだ。「あなたは、ご家族の誰とも違うもの」

「どんなふうに？」ソフィーの目をちゃんと見ずに訊いた。その答えをどんなに真剣に聞こうとしているのかを知られたくなかったからだ。

「たとえば、あなたのお兄様のアンソニーは……」ソフィーは顔にしわを寄せて考え込んだ。「長男に生まれたために、まったくべつの人生を生きることになった。あなたが背負っていない家族への責任感を、間違いなく背負っているわ」

「ちょっと待ってくれ――」

「最後まで聞いて」ソフィーは言って、ベネディクトの胸にそっと手をあてた。「あなたがご家族を愛していないとか、命を懸けて守ることができないなんて言っているのではないの。でも、お兄様とはまた違うわ。お兄様は責任を感じているのよ。兄弟姉妹の誰かが不幸せなら、自分のせいだと考えてしまうのではないかしら」

「きみは兄のアンソニーに何度会った？」ベネディクトは低い声で言った。

「一度だけよ」ソフィーは微笑をこらえるように唇を引き結んだ。「だけど、わたしにはそれでじゅうぶん。弟さんのコリンについて言えば……ええと、まだお会いしたことはないけれど、話はたくさん聞いているから――」

「誰から？」

「みんなからよ」とソフィー。「もちろん、〈ホイッスルダウン〉にはしょっちゅう取りあげられているし。じつを言うと、何年も前から読んでるの」

「つまり、きみはぼくと出会う前からぼくのことを知っていたということか」ベネディクトは言った。

ソフィーがうなずく。「でも、あなたのことを実際には知らなかったわ。レディ・ホイッスルダウンが書いていた内容よりも、いろんな面のある人だもの」

「聞かせてくれ」ベネディクトはソフィーの手に手を重ねた。「ぼくはどんなふうに見える?」

ソフィーはベネディクトの目に目を合わせ、そのチョコレート色の瞳の奥を覗いて、思いもよらなかったものを見つけた。もろさと欲望の、小さな輝きを。

ベネディクトは自分がどう思われているのかを、彼女にとってどれほどの存在なのかを知りたがっていた。豪放な自信に充ちた男性が、ソフィーに認められたいと願っていた。

きっと、彼はわたしを必要としている。

ソフィーはふたりの手のひらを触れあわせ、もう片方の手の人差し指で、彼の上質な子ヤギ皮の手袋を、いくつもの円を描くようになぞった。「あなたは……」口を開き、この圧倒的な瞬間に発するひと言ひと言の重みを思って間をとった。「世の中の人たちの目に映っているとおりの人じゃない。あなたは、愛想が良くて、皮肉屋で、頭の回転がとても速い人だと見られていて、たしかにそのとおりだけれど、もっとべつの面も隠されている。だから、そんな言葉だけでは語れない人なの」

ソフィーは自分の声が感情の昂ぶりでかすれていくのがわかった。「あなたは家族を大事にしていて、わたしのことまで気づかってくれる。わたしにはそうしてもらえる資格なんてないのに」

「ある」ベネディクトはソフィーの手を唇に持っていき、彼女が息をのむほど熱いキスを手のひらに落とした。「あるよ」

「それから……それから……」ソフィーはベネディクトに一心に見つめられ、言葉を継げなくなった。

「それから、なんだい?」ベネディクトが囁く。

「ご家族からたくさんの恵みを与えられている」早口な震え声で言った。「ほんとうにたくさんのものを。これほど愛情あふれる誠実な家庭で育たなかったら、こんなにすてきな人にはなれなかったわ。でも、あなたの心、あなたの魂の奥底には、生まれ持ったものが備わっているわ。あなたは誰かの息子や、誰かの兄弟というだけじゃない。あなたはあなたなの」

ベネディクトはソフィーをじっと見つめた。話そうと口を開いたものの、言葉が見つからない。この瞬間に言葉などいるものか。

「あなたの奥底には」ソフィーが囁き声で言う。「芸術家の魂がある」

「いや」ベネディクトは首を振った。

「そうよ」ソフィーは言い張った。「あなたのスケッチを見たの。すばらしい腕前だわ。あなたのご家族に会う前に、そこからどれだけ多くのことを知ったかしら。あなたは完璧に特徴をとらえていたわ。フランチェスカのいたずらっぽい笑顔も、ヒヤシンスがやんちゃに肩をいからせる仕草も」

「スケッチは誰にも見せたことがないんだ」ベネディクトは打ち明けた。

ソフィーがはっと顔を上げた。「嘘でしょう」

ベネディクトは首を横に振った。「ほんとうさ」

「でも、すばらしい絵だったわ。あなたにはすばらしい才能があるのよ。あなたのお母様もきっと見たいはずだわ」

「なぜかわからないが」ベネディクトは気恥ずかしげに言った。「誰にも見せようとは思わなかった」

「わたしは見てしまったわ」ソフィーが静かに言う。

「なぜだか、それでよかったような気がする」ベネディクトはソフィーの顎に触れた。

そのとき、突如何もかもがこれでいいのだという気がして、胸がどきりとした。

自分はソフィーを愛している。どうしてそうなったのかはわからないが、それは事実だ。

都合のいい相手だからというわけではない。都合のいい女性にはこれまでもずいぶんと出会ってきた。しかし、ソフィーはその誰とも違っていた。自分を笑わせてくれるし、自分も彼女を笑わせたいと思った。それに、一緒にいると——ああ、一緒にいるとものすごく彼女が欲しくなるのだが、そのうちすぐに無意識に自制心が働いて……。

ベネディクトは充たされていた。

ただ一緒にいるだけで幸せを感じる女性にめぐり会えたのは、妙な気分だった。姿を見なくても、声を聞かなくても、匂いすら嗅がなくてもいい。そこに彼女がいるとわかれば、それでよかった。

これが愛でなければ、いったいなんなのだろう。

ベネディクトはソフィーを見おろし、この瞬間を長引かせて、このうえなく完璧な一瞬を少しでも保とうとした。ソフィーの目がどこかやわらぎ、その瞳の色が光り輝くエメラルド色から、温かみのあるやさしいモスグリーンにたちまち変わっていくように見えた。ソフィーの唇が開いてやわらいだとき、ベネディクトはキスしなければいけないと思った。したいのではない、しなければいけないのだ。

自分の隣りに、下に、上に、ソフィーがいてほしかった。

自分のなかに、まわりに、一部に、ソフィーがいてほしかった。

空気が必要なように、ソフィーが必要だった。

そして、いますぐソフィーが欲しいと思った瞬間、理性は消え去り、唇を彼女の唇に重ねた。

17

『きわめて信頼できる筋から聞いた話によると、二日前、〈ガンターズ〉でお茶を飲んでいたレディ・ペンウッドの頭の側面に、どこからか飛んできたビスケットが命中したという。このビスケットを投げた人物を筆者が断定することはできないが、状況からみて、この店の最年少常客、フェリシティ・フェザリントン嬢とヒヤシンス・ブリジャートン嬢が最も疑わしいと見られている』

一八一七年五月二十一日付〈レディ・ホイッスルダウンの社交界新聞〉より

ソフィーは以前にもキスをされたことがあったけれど――以前ベネディクトにされたのだ――、このようなキスの、このような瞬間を想像することはできなかった。

これはキスとは言えない。天国だった。

ベネディクトはソフィーにはとても理解しがたい熱烈なキスをして、唇を触れあわせ、擦りつけ、かじって愛撫した。そのキスが、ソフィーのなかに炎を、愛されたいという願望を掻きたて、反対に愛したいという渇望を引き起こした。そして、ああ、ほんとうに、キスをされると、ただもうキスを返したくてたまらなかった。

ベネディクトが自分の名を囁く声は聞こえるけれど、耳に響く轟音でほとんど掻き消されている。これが欲望。これが渇望。これを拒めると思っていたとは、なんて愚かだったのだろう。情熱になど流されないと信じていたとは、なんて思いあがっていたのだろう。

「ソフィー、ソフィー」ベネディクトが何度も何度も言い、頬に、首に、耳に口づける。あまりに何度も名を呼ばれるので、その声が皮膚から沁み込んでいくような気がした。

彼の手がドレスのボタンにかかり、ひとつずつはずされるごとに、体に密着していた布地がゆるんでいく。絶対にしてはならないとずっと誓ってきたことなのに、胴着が腰まで落ちてあられもなく姿がさらされると、ソフィーは彼の名を囁いて背をそらせ、禁断の果実のように自分を差しだした。

ベネディクトはその姿を見て、息をのんだ。この瞬間を何度頭に思い描いたことだろう――毎晩ベッドに横たわっては考え、実際に眠りについては毎晩夢に見た。だが、これは――現実は――夢などよりもっと甘美で、はるかに官能的だった。

ソフィーの背中の温かな肌を撫でていた手をゆっくりと胸へ移した。「きみはとても美しい」その程度の言葉では、とても言い表せないことを知りつつ囁いた。言葉などではこの感触を表現できるはずもない。やがて、震える手が目的地へたどり着いて、ソフィーの乳房を包み込むと、ベネディクトは震え気味の呻き声を漏らした。いまは言葉を発することなんてできない。彼女を求める欲望があまりに強く、荒々しすぎて。話す気力は奪われていた。ああ、考えることすらおぼつかない。

どうしてこれほどこの女性を欲するようになったのか、わからなかった。まるで、きのうまでは見知らぬ他人だったのに、翌日には空気みたいに欠かすことのできないものになってしまったような感覚だった。しかも、それは瞬く間に起きたことではない。ゆっくりと、密やかに、静かに感情が色づいていき、いつしか彼女なしでは自分の人生は無意味なものになると気づいたのだ。

ベネディクトはソフィーの顎を手で支え、顔を上向かせて、その目を覗き込んだ。こみあげてくる涙で潤み、内側から光り輝いているように見えた。彼女の唇もふるえているのを見て、ベネディクトは自分と同じようにソフィーもこの瞬間に圧倒されているのだと悟った。

ベネディクトはゆっくりと、ゆっくりと……身をかがめていった。ソフィーに拒む隙を与えてやりたかったからだ。実際に拒まれたら打ちのめされてしまうだろうが、いわば、ことのあとの朝に後悔の言葉を聞くのはもっと耐えられない。

でも、ソフィーは拒まなかった。ベネディクトがあと数センチほどに迫ると、ソフィーは目を閉じ、頭をわずかに横にかしげて、黙ってキスを待ち受けた。

喜ばしいことではあるけれど、彼女にキスするたび、その唇はますます甘美で、香りはますます芳《かぐわ》しくなっていくような気がした。そしてまた、求める気持ちも強まっている。欲望で血が騒ぎだしたが、どうにか自制心を働かせて、彼女をソファに押し倒して服を剝ぎ取るのは思いとどまった。

それはあとでいいだろうとベネディクト考え、密やかに微笑んだ。とはいえ、こういうことは彼女にとっては間違いなく初めてなのだから、ゆっくりとやさしく、若い娘の夢を壊さないようにしてやらなくてはいけない。

ああ、そうとも。微笑みがはっきりとした笑みに変わった。自分が彼女にしようとしていることの半分は、彼女が夢にも思わなかったことであるはずなのだから。

「どうして笑ってるの?」ソフィーが訊いた。

ベネディクトはほんの少し身を離して、両手で彼女の顔を包み込んだ。「なぜ、ぼくが笑ったのがわかったんだい?」

「唇に感じたの」

ベネディクトは一本の指を彼女の唇に持っていき、輪郭をたどってから、指の爪の先でふくらみをなぞった。「きみを見てると微笑みたくなるんだ」囁いた。「きみを見てると、叫びたくなるか、微笑みたくなるかのどちらかだから」

ソフィーの唇が震え、熱く湿った息を指に感じた。ベネディクトはソフィーの手を自分の唇に持っていき、自分がしたのとちょうど同じように、一本の指を唇に擦らせた。けれども彼女の目が大きく見開かれると、その指を口に含み、指先をやさしく吸い、歯と舌で皮膚をくすぐった。

ソフィーが、甘美でしかも官能的な吐息を漏らす。

ベネディクトには尋ねたいことが山ほどあった——どんなふうに感じる? どれぐらい感

じる？　だが、彼女に気持ちを言葉にする時間など与えてしまったら、心変わりするのではないかと怖くて訊けなかった。だから質問をする代わりに、もう一度唇を重ね、欲望をとめられないかのように、何度も灼熱のキスをした。

祈りのように彼女の名をつぶやいて、その剝きだしの背中を掛け布に擦らせてソファに倒した。「きみが欲しい」ベネディクトはかすれ声で言った。「きみにはわからないほどに」

ソフィーは喉の奥からやわらかな弱々しい呻きを漏らしただけだった。ベネディクトはその声にさらに情熱を煽られ、指が肌に食い込むほどに彼女をさらに強くつかんで、白鳥のような首に唇を滑らせていった。

ソフィーの肌を下へ、下へ燃えているような熱い唇でたどっていき、乳房のなだらかなふくらみに行き着いたところで、つかの間とまった。ソフィーはいまや完全に自分の下にいて、欲望で目を輝かせている。いままで見たどんな夢よりもすばらしい光景だった。

そうとも、どれほど彼女の夢を見てきただろう。

ベネディクトは低い唸り声を漏らし、彼女の乳首を口に含んだ。ソフィーの穏やかな悲鳴を聞き、満足の呻き声を抑えることができなかった。「しいっ」やさしく囁きかける。「ぼくにまかせて――」

「でも――」

ベネディクトは一本の指を彼女の唇に少し乱暴なほどに押しつけた。自分の動きを抑制するのはどんどん難しくなっていた。「考えなくていい。ただ横になっていれば、ぼくが楽しませてあげるから」

ソフィーは半信半疑の様子だったが、ベネディクトがもう片方の乳房に口を移してまたも淫らに攻めたてると、とろんとした目で唇を開き、頭をクッションにだらりとあずけた。

「これはどうだい？」ベネディクトは囁いて、彼女の乳房のふくらみに舌を這わせた。

ソフィーは目をあけることすらできないものの、うなずいた。

「これはどうだろう？」今度は乳房の下に舌を滑らせ、胸郭の繊細な皮膚を軽くかじる。

呼吸が浅く速くなり、ソフィーはふたたびうなずいた。

「これはどうかな？」ベネディクトは服をさらに引きさげ、やさしく歯を立てながら皮膚をたどり、臍《へそ》に行き着いた。

ソフィーはもはやうなずくことすらできなかった。どうしよう、わたしはもうほとんど裸体を彼にさらしている。吐息混じりの呻き声でさらにせがむだけで精一杯だった。

「あなたが欲しい」ソフィーはあえぐように言った。

彼女の腹部のやわらかな皮膚に口を触れさせたまま、ベネディクトが囁いた。「わかってる」

ソフィーは本能的な欲求に衝き動かされて、彼の下で身をよじった。体のなかで、熱く、疼くような、とてつもなく奇妙な感覚が強まっていく。自分のなかで何かがどんどん大きくなって、皮膚を突き破って出てきそうな気がした。まるで、生まれて二十数年経ってようやく、目覚め始めたかのように。

無性に彼の肌に触れたくなって、上質なリンネルのシャツをつかんで、ズボンから引きだした。両手をその背中にまわし、かすめるように触れると、筋肉の震えを感じて驚き、胸がはずんだ。

「ああ、ソフィー」ベネディクトがシャツの内側の肌に触れられて震えながら呻いた。

ソフィーはその反応に励まされ、さらに上へたどっていって、しっかりと筋肉が発達した幅広の肩に触れた。

ベネディクトはもう一度呻いたあと、小声で毒づくと、重ねていた身を起こした。「こんなもの、邪魔だ」つぶやきながらシャツを脱ぎ去り、部屋の向こうに放り投げた。ソフィーがその剝きだしの胸を見つめたのもつかの間、ベネディクトはすぐにまた上に戻ってきて、今度はふたりの肌と肌が触れあった。

想像もつかなかったほど、このうえなくすばらしい感触だった。

彼は温かで、硬く逞しい筋肉に覆われているのに、肌はうっとりするほどやわらかかった。白檀《びゃくだん》と石鹸が混じり合った、男っぽく温かな芳しい匂いがする。

ソフィーは首に鼻を擦りつけてきたベネディクトの髪に手を差し入れた。厚みと弾力のあるその髪が顎をかすめて、首と同じようにくすぐったい。「ああ、ベネディクト」ソフィーはため息をこぼした。「とてもすてき。これ以上は想像もできないぐらい」

顔を上げたベネディクトの目は、微笑みと同じぐらいいたずらっぽく見えた。「ぼくは想像できる」

ソフィーは自分が唇を開いていることに気づき、横たわってぼうっと見あげている顔はきっとものすごく間抜けに見えただろうと思った。

「きみはじっとしててくれ、そのままじっと」

「でも――まあ！」靴を脱がされて、ソフィーは小さな悲鳴をあげた。彼の片手が足首を包み込んだあと、じりじりと脚をのぼってくる。

「こんなことを想像できたかい？」そう尋ねて、膝の裏をなぞる。

ソフィーはかぶりを振り、身悶えないようこらえた。

「ほんとうに？」ベネディクトが囁く。「じゃあ、これも想像してなかっただろうな」手を伸ばして靴下留《ガーター》めをはずした。

「ああ、ベネディクト、そんなことをしてはいけな――」

「いや、しなくちゃだめだ」耐えがたいほどゆっくりとストッキングを脱がしていく。「どうしてもしなくては」

ベネディクトがストッキングを頭越しに放り投げるのを、ソフィーは面白がって見つめた。高級なストッキングではないけれど、それでもかなり軽いので、タンポポの綿毛のようにふわりと舞いあがり、片方はランプの上に、もう片方は床に落下した。

ソフィーがランプシェードにだらんとぶらさがったストッキングを見てまだ笑っているあいだに、ベネディクトの手は彼女の脚の裏をそうっとのぼって、太腿に達した。

「きみのここに触れた人間はまだいないのではないかな」いたずらっぽく言う。

ソフィーは首を縦に振った。

「想像してなかったよな」

ソフィーはもう一度同じ方向に首を振って応じた。

「こういうのも想像していなかったとしたら……」ソフィーは太腿を揉まれ、小さく声をあげて、ソファに背をそらせた。「……これも想像できないだろうな」ベネディクトは言いながら軽く爪を立ててさらに上へたどっていき、女性のやわらかな茂みに行き着いた。

「まあ、だめ」反射的に声をあげた。「そんなことできな――」

「大丈夫」

「でも――あ、ああ」いきなり、脳が窓の向こうへ吹っ飛んでしまったのかと思った。なぜなら彼の指にくすぐられるうち、何も考えられなくなってきたからだ。ああ、ほとんど何も。考えられるのはただ、いまされていることがいかに淫らで、どうしてもやめてほしくないということだけだった。

「わたしに何をするつもり？」ソフィーはあえぎながら言った。彼の指に執拗に撫でられて、全身の筋肉がこわばってきた。

「なんでも」ベネディクトは答えて、唇で唇をふさいだ。「きみが望むことならなんでも」

「わたしが望むのは――ああ！」

「こういうことかな？」ベネディクトはソフィーの頬に唇を寄せて囁いた。

「何を望んでいるのか、自分でもわからない」ソフィーは荒い息で言った。

「ぼくにはわかる」彼女の耳に唇を移し、耳たぶをやさしく噛んだ。「きみが望むことははっきりわかる。ぼくを信じて」

それほど楽なことはなかった。ソフィーは完全にベネディクトに身をゆだねた――そのときにはもうほとんどそうなっていたのだけれど。でも、「ぼくを信じて」と言われたとき、心のなかで何かがわずかに変化して、ほんとうにそうしていいのだと思った。心の準備はできていた。いまだ悪いことだと思ってはいたけれど、一生に一度でいいから、我を忘れて身をまかせてみたかった。

ただもう、そうしたかったから。

ベネディクトはまるでその思いを読みとったかのように、わずかに身を引いて、大きな片手でソフィーの頬を包み込んだ。「やめてほしければ」苦しげにかすれた声で言う。「いま言ってくれ。十分後でも、一分後ですらだめだ。いまでなければ」

ソフィーはそうして尋ねられる時間すらもどかしく思えて、自分がされたように、手を伸ばして彼の頬を包み込んだ。けれども口を開いたものの、出てきたのはたったひと言だけだった。「お願い」

ベネディクトの目が欲望の炎で燃えあがり、まるで彼のなかで何かがはじけたかのように、様変わりした。やさしく、気だるげな恋人の顔は消え、欲望に駆られた男にとって代わられた。彼の手がソフィーの脚に、腰まわりに、顔に、あらゆるところに伸びてきた。そして、気づく間もなく服を脱がされ、もう片方のストッキングの隣りに投げ捨てられた。ソフィーは完全に裸になった。とても妙な気分ではあるけれど、彼に触れられているかぎりはなぜだかとても安心していられた。

ベネディクトはソファの狭さなど気にしないそぶりで、ブーツとズボンを脱ぎ捨てた。ブーツを投げるときにも、服を脱ぐときでさえも、ソフィーの横に腰かけて片ときも触れることはやめなかった。そのせいで裸になるのに時間がかかったが、彼女から離れたら、その場で自分が消えうせてしまうような、なんとも妙な感覚にとらわれていた。

女性を欲するのは初めてではない。欲望に駆られるのも。だが、この思い――この気持ちはそのどちらをも超越したものだった。精神的なもの。魂から沸いてくる感情だった。

ようやく服をすっかり脱ぎ捨ててソフィーの上にのしかかると、彼女が自分の下にいて、頭から爪先まで肌と肌がぴったり合わさる感触にしばしふるえた。ベネディクトは、岩のごとく、かつて経験した覚えがないほどに硬くなっていたが、ゆっくりやらなければと、はやる衝動を抑えた。

これは彼女にとって初めての経験なのだ。完璧にやらなければ。

いや、完璧とまではいかなくとも、このうえなく心地良く。

ベネディクトは手をふたりのあいだに差し入れて、彼女に触れた。ソフィーは準備ができていた――すでに自分を待ち受けていた。一本の指をなかにくぐらせ、彼女にぎゅっと締めつけられたことに満足して笑みを浮かべた。

「なんだかすごく――」ソフィーの声は息苦しそうにかすれていた。「すごく――」

「妙な感じ？」ベネディクトが言葉を継いだ。

ソフィーはうなずいた。

ベネディクトは微笑んだ。のんびりと猫のように。「慣れてくるさ。ちゃんと慣れさせてあげるから」

ソフィーは頭をだらりともたせかけた。頭が変になりそうだった。熱があるみたいに。体のずっと奥のほうで何かが大きくなって、とぐろを巻き、脈打ち、全身がこわばってきた。何かから解き放たれたいのだけれど、ぎゅっとつかまれているようで、それでいてこれほど圧迫されているのに、まるでこの瞬間のために生まれてきたのではないかと思えるほど、すばらしく心地良かった。

「ああ、ベネディクト」ソフィーは吐息を漏らした。「ああ、愛してるの」

ベネディクトは凍りついた――それはほんの一瞬に過ぎなかったけれど、それだけでソフィーにはじゅうぶん、自分の声が届いたのだとわかった。けれどベネディクトは何も言わず、首に口づけてきて、彼女の脚を押し広げると、そのあいだに移動し、彼女の入り口をそっと突いた。

ソフィーは驚いて唇を開いた。

「心配いらない」ベネディクトがいつものように心を読みとって陽気な声で言った。「うまくいくから」

「でも――」

「ぼくを信じて」彼女の唇に唇を寄せて囁いた。

ソフィーは彼がゆっくりと入ってくるのを感じた。ぐいと押し広げられていくのに、まったくいやな感触ではなかった。それは……それは……。

ベネディクトがソフィーの頬に触れた。「真剣な顔だな」

「この感触をなんと表現すればいいのかと思って」ソフィーは答えた。

「そんな心の余裕があるということは、ぼくがまだじゅうぶん仕事をしていないということだ」

ソフィーは見あげてはっとした。ベネディクトが笑いかけていた。見ると必ずとろけてしまいそうになる、あのいたずらっぽい笑み。

「そんなに一生懸命考えなくていい」ベネディクトは囁いた。

「そんなことを言われても――あっ！」ソフィーは天を見て身をそらせた。

ベネディクトは彼女の首に顔をうずめて、楽しげな表情をソフィーからは見えないようにした。このままことを進めるには、ソフィーに深く考えさせず、心と体で純粋に感じてもらうことが最良の策に思えた。

そして、ベネディクトは進めた。前後に滑らせながら、容赦なく押し進み、繊細な処女膜に突きあたった。

ベネディクトはたじろいだ。処女との経験はない。女性は痛がるらしいし、男性にはその痛みをどうすることもできないのだと聞いているが、やさしく進めれば、彼女が少しは楽になるはずだ。

ベネディクトは見おろした。ソフィーは顔を上気させ、せわしげに息をついている。目は明らかに情熱で昂ぶり、陶然と輝いていた。

それを見て、ベネディクト自身の情熱も燃えあがった。ああ、骨が疼くほどに彼女を求めている。

「痛いかもしれない」ベネディクトは嘘をついた。痛いはずだ。でも、真実を告げて心の準備をさせたい思いと、軽めに伝えて怖がらせたくない思いの狭間で心が揺れていた。

「かまわないわ」ソフィーが昂ぶった声で言う。「お願い。あなたが欲しいの」

ベネディクトは身をかがめて最後にもう一度熱いキスをすると、腰を前に突きだしていった。処女膜が破れる瞬間、ソフィーの体がわずかにこわばるのを感じ、ほんのつかの間、自分をとめようと手を――実際に――噛んだ。

自分が三十の経験豊かな男ではなく、十六の少年のように思えた。

ソフィーがそう思わせたのだ。相手がソフィーだから。情けない思いだった。

歯を食いしばってあさましい渇望を抑え、とにかく完璧にやりとげようと、彼女のなかでゆっくりと前後に動き始めた。

「ソフィー、ソフィー」囁き声で名前を繰り返し、彼女のためにするのだと自分に言い聞かせようとした。自分のためではなく、彼女を喜ばせるためにしているのだ、と。

完璧にやり遂げよう。完璧にやらなくてはならない。この行為を彼女に愛してもらえるように。自分を愛してもらえるように。

体の下でソフィーがしきりに動き、身をよじり、くねらせるたび、猛烈な欲望を掻きたてられた。こちらは格別にやさしくしようとしているのに、ソフィーのほうがみずからそれを妨げようとする。彼女の手が腰に、背中に、あらゆるところに触れ、肩をきつくつかんだ。

「ソフィー」ベネディクトはまた呻いた。もうこれ以上、持ちこたえられない。それほど意志は強くないし、それほど高潔な人間でもない。それに――。

「あああああ！」

体の下でソフィーが痙攣し、ソファに背をそらせて叫び声をあげた。彼女の指が背中に食い込み、爪で皮膚を引っかかれても、ベネディクトは気にしなかった。とにかく、彼女は解き放たれる感覚を味わったのだ。ほんとうによかったとほっとし、ベネディクトもついに――。

「あっあああああああ！」

爆発した。それ以外に表現のしようがない。

動きをとめられず、ふるえもとめられなかった。それから、一瞬にして崩れ落ちた。ぼんやりと、彼女をつぶしてしまうかもしれないと思ったものの、一片の筋肉も動かせなかった。

彼女に何かを、どんなにすばらしかったかというようなことを言わなければと思った。けれども、舌がねばついて、唇も重たく、さらにそのうえ、ほとんど目をあけていられないほどだった。気の利いた言葉は出てこない。自分もただの男で、息を整えるので精一杯だった。

「ベネディクト？」ソフィーが囁いた。

彼女のほうへ片手をかすかに伸ばした。聞こえていることを伝えたくても、それしかできなかった。

「こういうものなの？」

ベネディクトは首を振った。ソフィーがこの動作に気づいて、意味を読みとってくれることを願いながら。

ソフィーはため息を吐いて、クッションに深く沈み込んだように見えた。「こんなふうだと思わなかったわ」

ベネディクトは、どうにか届くところにある彼女の頭の脇にキスをした。いや、いつもこういうものであるわけではない。彼女とこうなることを何度も夢見てきたが、これは……これは……。

夢をも越えるものだった。

信じがたいことだけれど、ソフィーはどうやらうたた寝してしまったらしかった。ぞっとするほどのベネディクトの体の重みでソファに押し沈められ、呼吸するのさえ難しいくらいだったのに。ベネディクトも眠り込んでいたらしい。彼が起きあがって体を離すと、ふいにひんやりとした空気を感じてソフィーは目覚めた。

裸体を恥ずかしがる間もなく、ベネディクトがすばやく毛布を掛けてくれた。気恥ずかしさを隠す術はありそうにないので、顔を赤らめながらも微笑んだ。ソフィーは自分の行動を後悔しているわけではなかった。でも、ソファで純潔を失ったことには気恥ずかしさを感じずにはいられない。とにかく、とんでもないことなのだから。

それでも、毛布はありがたかった。驚くほどのことでもないのかもしれない。ベネディクトは思いやり深い男性なのだ。

とはいえ、彼のほうはまるで恥じらいを感じていないらしかった。なにしろ、下半身を隠すそぶりもなく部屋の向こう側へ歩いていき、散らばった衣類を拾いだしたのだから。ソフィーは、ズボンを履く姿を臆面もなく見つめた。ベネディクトは背筋を伸ばして堂々と立ち、見られていることに気づくと、温かな屈託のない笑みを向けた。

ああ、わたしはなんてこの人を愛しているのだろう。

「気分はどうかな?」ベネディクトが尋ねた。

「いいわ」ソフィーは答えた。「とても」はにかみがちに微笑んだ。「すばらしいくらい」

ベネディクトはシャツを拾って袖に片腕を通した。「きみの荷物を誰かに持ってこさせよう」

ソフィーは目をしばたたいた。「どういう意味?」

「使いの者には目立たないようにさせるから、心配はいらない。ぼくの家族と親しくなってしまったから、きみのばつの悪い気持ちはわかるよ」

ソフィーは服が手の届く場所に落ちているようにと願いながら、毛布をぎゅっと引き寄せた。急に恥ずかしさを感じてきたからだ。絶対にしてはいけないと誓い続けてきたことをして、ベネディクトには愛人になるものと思い込まれている。どうして彼を責められる？　そう思われても当然のことをしたのだから。

「誰も使いにやらなくていいわ」ソフィーは小さな声で言った。

ベネディクトが驚いた目を向けた。「きみが自分で取りにいくというのか？」

「わたしの持ち物はあそこに置いたままでいいのよ」静かに言った。愛人にはならないとはっきり言うより、はるかに言いやすかった。

一度なら、許されるだろう。一度なら、大切な思い出にだってできる。でも、夫ではない男性と一生をともにすることはできないとわかっていた。

ソフィーは自分のお腹を見おろし、非嫡出子となる子を宿していないことを祈った。

「きみは何を言ってるんだ？」ベネディクトはソフィーの顔をじっと見つめて言った。

どうしよう。ベネディクトは安易な言い訳では納得してくれそうもない。「だから」突如、喉に大きな石が詰まってしまったような息苦しさをこらえて声を絞りだした。「あなたの愛人にはなれないのよ」

「これをどう説明するんだ？」ベネディクトは片腕を大きく振りながら、厳しい口調で問いただした。

「過ちだわ」ソフィーは目を合わせずに答えた。

「おい、ぼくが過ちの相手？」ベネディクトが不自然に明るい調子で言った。「光栄だよ。

自分が誰かの過ちの相手になるなんて思ってもみなかった」

「そういう意味じゃないことはわかるでしょう？」

「どうして？」ブーツの片方をひっつかんで椅子の肘掛けに寄りかかり、ぐいと足を入れた。「はっきり言って、きみが言いたいことはまるでわからない」

「わたしはこんなことをするべきでは――」

ベネディクトはさっとソフィーを振り向き、目を異様にぎらつかせて微笑んでみせた。「今度は、するべきではなかった相手か？　いいじゃないか。過ちの相手よりはまだましだ。たいして聞こえが悪くないもんな？　過ちの相手では、単なる間違いになってしまう」

「そんなひねくれた態度をとらなくてもいいじゃない」

ベネディクトはその言葉をいかにも真剣に吟味するように、首を横にかしげた。「そういうふうに見えるのか？　ぼくはきわめて親切に、思いやりある態度を心がけてきたつもりだ。いいか、怒鳴りもしなければ、口先でごまかすようなまねもしていないし……」

「このことに関しては、怒鳴ったり、口先でごまかしてくれたほうがましよ」

ベネディクトはいかにもぞんざいにソフィーの服を拾いあげ、投げてよこした。「だが、人間というのは、つねに自分の思いどおりにいくものではないだろう、ミス・ベケット？　いまのぼくがそれを証明している」

ソフィーは自分の服をつかんで上掛けの内側に入れ、どうにか毛布をずらさずに着る方法はないものかと考えた。

「それができたら、すごい芸当だよな」ベネディクトがさげすむような視線を投げた。

ソフィーは怖い顔で睨んだ。「あなたに謝ってくれとは言ってないわ」

「それは、ほっとしたよ。そんな言葉は考えつきそうもないし」

「そんないやみを言わなくてもいいでしょう」

ベネディクトはあざけりに充ちた笑みを浮かべた。「きみはぼくに何かを頼める立場ではないだろう」

「ベネディクト……」

ベネディクトはソフィーの前に立ちはだかり、あからさまにいやらしい目つきを向けた。

「むろん、きみとまた交わってほしいと頼まれれば、喜んで引き受けるが」

ソフィーは黙り込んだ。

「足蹴にされたらどんな気がするかわかるか？」ベネディクトの目つきがいくぶんやわらいだ。「ぼくがあきらめるまで、きみはこれから何度ぼくを拒むんだろうな？」

「わたしだって、そうしたくてしているのでは――」

「おっと、ありきたりの言い訳はやめてくれ。そういうのはうんざりなんだ。ぼくといたいと思っているのなら、そうするはずだろう。いやだと言うのは、いやだからだ」

「あなたにはわからないのよ」ソフィーは低い声で言った。「いつも自分の望みどおりにできる立場にいた人には。わたしのような人間は、そんな贅沢は望めないの」

「ぼくもばかだな。そんなすごい贅沢をきみに提供しようと思ったとは」

「あなたの愛人になることと引き換えにね」ソフィーは苦々しく言った。

ベネディクトは腕組みして、口もとをゆがめた。「そうすれば、これまでしてきたようなことをしなくてすむんだぞ」

「言いすぎたわ」ソフィーはその屈辱的な言葉は聞こえなかったふりをして、ゆっくりと言った。自分にそんな資格はなかったのだ。彼と寝るなんて。愛人になる気があるのだと思われても彼を責められる？「わたしは過ちを犯したの」ソフィーは続けた。「でも、だからといって、それを繰り返していいということにはならない」

「ぼくは、きみにもっといい生活をさせてやれる」ベネディクトは抑えた声で言った。

ソフィーは首を振った。「わたしはあなたの愛人にはならない。誰の愛人にも」

ベネディクトはその言葉の意味を解釈して、はじかれたように唇を開いた。「ソフィー」とても信じられないといった表情で言う。「ぼくはきみとは結婚できないんだぞ」

「もちろん、わかってるわ」にべもなく答えた。「わたしは使用人だもの」

ベネディクトは彼女の立場で考えようとした。ソフィーが敬意を求めているのはわかっているが、それを示すわけにはいかない。「たとえ、ぼくがきみと結婚しても」穏やかな声で言う。「きみは同じようにつらい思いをする。受け入れてはもらえないのだから。貴族とは残酷なものなんだ」

ソフィーはうつろな笑い声をあげた。「わかってるわ」陽気さのかけらもない笑みを浮かべる。「安心して、わかってるから」

「それならなぜ――」

「少しは気づかって」ソフィーはさえぎり、彼を見ることに耐えられなくなって顔をそむけた。「結婚する相手を見つけなさいよ。周りに受け入れられて、あなたを幸せにしてくれる人を。そして、わたしを解放して」

その言葉でふと、ベネディクトは、あの仮面舞踏会で出会った淑女を思いだした。あの女性なら、自分と同じ世界、同じ階級の人間だ。彼女なら受け入れられただろう。それから、ソファに身を丸めたままのソフィーを呆然と見おろし、将来を考えるときにはいつもあの女性を思い描いていたことに気づいた。妻と子供といる自分を想像するときにはいつも。

この二年、つねにドアから目を離さず、銀色のドレスの女性が部屋に入ってくるのを待ちわびていた。ときにはむなしく、ばかばかしくさえ感じたが、あの女性を頭から消し去ることはできなかった。

夢を振り払うことも――夢のなかでは彼女と結婚を誓い、永遠に幸せに暮らすのだ。地位も名声もある紳士が軟弱にもそんな甘く感傷的な幻想を見るとはばかげているが、自分ではどうすることもできなかった。愛情あふれる大家族のなかで育ったせいなのかもしれない――人は育った環境と同じものを求めたがるものだ。

だが、仮面舞踏会で出会った女性は蜃気楼《しんきろう》も同然だった。なにしろ、名前すら知らないのだから。でも、ソフィーはここにいる。

ソフィーとは結婚できないが、だからといって一緒にいられないというわけではない。彼女にはかなり妥協してもらわなければならない。だが、そうすれば一緒にいられるのだ。離ればなれになるよりは、どちらにとっても間違いなく幸せなはずだ。

「ソフィー」ベネディクトは口を開いた。「理想的な形ではないことはわかって――」

「よして」ソフィーは、やっと聞こえるほどの小声でさえぎった。

「とにかく聞いてくれ――」

「お願いよ。よして」

「だが、きみは――」

「やめて！」喉が張り裂けんばかりの声をあげた。

ソフィーはまさに肩が耳につくほど背をこわばらせていたが、ベネディクトはかまわず近づいた。自分はソフィーを愛しているし、必要としている。彼女に道理をわかってもらうしかない。「ソフィー、どうしたらきみは承諾して――」

「非嫡出子になる子を産みたくないのよ！」ソフィーはとうとう叫んで、毛布をどうにか体に巻きつけたまま立ちあがった。「それだけはいやなの。あなたを愛しているけど、そこまでじゃないわ。そんなことができるほどには誰も愛せない」

ベネディクトはソフィーの腹部に目を落とした。「それについては、もう遅すぎるかもしれないんだぞ、ソフィー」

「わかってるわ」ソフィーはぼそりと言った。「もう」

「後悔するにも、そのやり方というものがある」

ソフィーは顔をそむけた。「自分のしたことに後悔はしてないわ。後悔できたらいいのに。するべきなのに。でも、できないのよ」

ベネディクトはただじっとソフィーを見つめた。その気持ちをわかりたかったが、それほどまで愛人になって子供をもうけることを拒みながら、なぜ先ほどの交わりは後悔していないのか理解できなかった。

それでどうして、このぼくを愛していると言えるのだろう？　そう思うといっそう胸を掻き乱される思いがした。

「子供を宿していなければ」ソフィーが静かな声で言う。「とても幸運だったと思うことにするわ。そして、もう二度と運命に逆らうようなことはしない」

「違う、きみは単にぼくに逆らおうとしてるんだ」ベネディクトは自分の声にあざけりを聞きとって、情けなく思った。

ソフィーはこちらを無視して、毛布をさらに引きあげながら、壁の絵を見るともなく眺めた。「一生大事にしまっておける思い出ができたわ。だから、自分のしたことを後悔できないのだと思う」

「思い出で、夜にぬくもりを感じられるわけじゃない」

「そうね」ソフィーが悲しげに認めた。「でも、ずっと夢を見られるわ」

「きみは臆病者だ」ベネディクトはなじった。「そうやって夢を叶えようとしないのは臆病者なのさ」

ソフィーが向きを変える。「違うわ」明らかに睨みつけられているのを察している声だった。「わたし自身が庶子だからよ。あなたが気にしないと言う前に言っておくけど、わたしは気にするの。誰だってそうよ。自分の生まれの卑しさを思い知らされない日は一日もなかったわ」

「ソフィー……」

「もしも身ごもっていたら」ソフィーの声がかすれがかってきた。「わたしがどれだけその子を愛してしまうかわかる？　自分の命よりも、呼吸よりも、どんなものよりも。わたしが受けた仕打ちを子供に受けさせることなんてできる？　同じつらさを味わわせることなんてできる？」

「きみは自分の子を拒むつもりなのか？」

「まさか！」

「それなら、その子は同じつらさを味わうことはないはずだ」ベネディクトは肩をすくめた。

「なぜなら、ぼくもその子を拒んだりしないから」

「あなたにはわからないわ」ソフィーは泣き声になって言った。

ベネディクトは聞こえなかったふりをした。「ということはつまり、きみはご両親に拒まれたということだな？」

ソフィーが皮肉混じりの硬い笑みを浮かべた。「ちょっと違うわね。無視されたという表現のほうがあたってるわ」

「ソフィー」ベネディクトはさっと近づき、ソフィーを抱き寄せた。「きみはご両親と同じ過ちを繰り返す必要はない」

「わかってるわ」ソフィーは悲しげに言い、ベネディクトの腕から逃れようともしなければ、身をあずけようともしなかった。「だから、あなたの愛人にはなれないと言ってるの。母と同じ人生をたどりたくない」

「きみはそんなことをしなくて――」

「賢い人間はみずからの過ちから学ぶというわよね」ベネディクトの反論を許さない強い口調だった。「でも、ほんとうに賢い人間は、ほかの人間の過ちから学ぶのよ」ソフィーは身を離し、ベネディクトと向き合った。「わたしはほんとうに賢い人間でいたいの。お願いだから、邪魔しないで」

ソフィーの目に、触れられそうなほどはっきりと絶望的な苦悩が浮かんだ。ベネディクトは胸を突かれ、よろりとあとずさった。

「服を着たいんだけど」ソフィーは言って背を向けた。「出ていってもらえるかしら」

ベネディクトはその背中を何秒か見つめてから言った。「ぼくがきみの気持ちを変えさせてみせる。きみにキスをして、きみは――」

「無理よ」ソフィーが身じろぎもせずに言う。「あなたにはできない」

「できる」

「わたしにキスをしているうちに、あなたは自分自身に嫌気がさすようになるわ。それも、たいして時間がかからずに」

ベネディクトはもう何も言わず、ドアががちゃりと閉まる音だけを残して出ていった。

部屋のなかで、震える手から毛布が滑り落ちた。ソフィーはソファに身を丸め、やわらかな掛け布に永遠に消えない涙の染みを残した。

18

『この二週間、結婚相手を求める令嬢とその母親たちにとっては、選択肢が少ない状態が続いている。一八一六年に最も人気を集めたアシュボーン公爵とマックルズフィールド伯爵が昨年中に身を固めたので、今シーズンは当初から未婚男子の数が少なかった。

さらに悪いことに、ブリジャートン家のふたりの未婚男子（まだ十六歳で、気の毒なお嬢様方の花婿候補にはなりえないグレゴリーは除く）がめっきり姿をくらませているのだ。筆者が聞いた話では、コリンは街を出て、ウェールズかスコットランドに出かけたとのこと（シーズン真っ只中に、なぜウェールズだのスコットランドだのに出かけたのか知る者はいない）。ベネディクトの近況はさらに不可解だ。ロンドンにいるのは確かなのだが、名門家の慣習に倣わず、社交界行事への出席をいっさい控えている。

伝え聞いたところによれば、このブリジャートン家の子息は放蕩暮らしを送っている様子もない。情報が確かなら、この二週間はほとんどブルートン通りの自分の住まいで過ごしていたらしい。

病気との噂もないので、筆者が思うに、さしずめ、ロンドンのシーズンはいたく退屈で時間を費やす価値もないと判断したのだろう。

じつに賢い御仁だ』

一八一七年六月九日付〈レディ・ホイッスルダウンの社交界新聞〉より

ソフィーはまる二週間、ベネディクトの姿を見ていなかった。喜ぶべきか、驚くべきか、がっかりするべきなのか、わからない。自分が喜んでいるのか、驚いているのか、がっかりしているのかもわからない。

この数日、何もろくに考えられなくなっていた。たびたび、自分が誰だかすらわからないような気分になる。

ベネディクトの申し出を拒んだ決断は正しかったと確信している。それは頭ではちゃんとわかっている。心の奥底では、彼が恋しくて仕方ないことに気づいていても。非嫡出子に生まれてあまりにつらい思いを味わってきたので、自分の子供を同じ目に遭わせるような危険は冒せなかった。

いいえ、その言い方は間違っている。一度だけ、冒してしまった。そして、それを後悔することはできない。かけがえのない大切な思い出。でも、だからといって、繰り返していいわけではない。

けれど、正しいことをしたという自信がほんとうにあるのなら、どうしてこんなにつらいのだろう？　ずっと胸が引き裂かれ続けているように思えた。一日、一日、その裂け目が広がっていくような気がする。ソフィーは、これ以上ひどくはなりようがないのだと自分に言い聞かせた。いつかはすっかりきれいに破れて、もう引き裂かれることはなくなる、と。なのに毎晩、ベネディクトを想って、泣き疲れて眠るのだ。

しかも、つらさは日ごとにますますひどくなっていくように思えた。

屋敷の外に出るのが怖い気持ちがよけいに神経をとがらせていた。きっとポージーは自分を探しているだろうし、見つからなければ幸運だと思った。

ロンドンでソフィーを見たとポージーがアラミンタに告げ口すると思っているわけではない。ポージーがみずから約束を破る人間でないことはよくわかっている。それに、必死に首を振って頼んだときのポージーのうなずきは、間違いなく約束と見なせるはずだ。

でも、ポージーが誠実な人間であるにしろ、その約束を守れるかと言えば、残念ながら確信は持てなかった。ソフィーには容易に筋書きが想像できた――じつを言えば、幾とおりも。とにかく何らかのきっかけで、ポージーはソフィーを見たと、うっかり口を滑らせるのだ。最大の慰めは、ポージーがこちらの居場所を知らないことだ。道を歩いていたことしか知らない。あるいは、アラミンタの様子を窺いに来たと思っているかもしれない。

実際、そのほうが事実よりもずっともっともらしく思えるはずだ。まさか〝脅迫〟されて、侍女をすることになったとは考えられないだろうから。

そういうわけで、ソフィーは憂鬱になったり、不安になったり、沈み込んだり、どうしようもなく怖くなったり、感情が揺れ動いていた。

そんなそぶりはなるべく見せないようにしているつもりだったけれど、どうしてもぼんやりと静かになってしまい、それをレディ・ブリジャートンや、その娘たちに気づかれているのも知っていた。みな気づかわしげな表情で、いつも以上にやさしい言葉をかけてくる。そして、誰もが、どうして茶会にソフィーが現れないのかを心配していた。

「ソフィー！　そこにいたのね！」

ソフィーは少しばかり溜まっていた繕い物を片づけようと自分の部屋へ廊下を急いでいるところを、レディ・ブリジャートンに見つかってしまった。

ソフィーは足をとめ、にこやかな笑みをこしらえると、膝を曲げてお辞儀した。「こんにちは、レディ・ブリジャートン」

「こんにちは、ソフィー。ずっとあなたを探していたのよ」

ソフィーはぼんやりと夫人を見つめた。最近しょっちゅうこうしているような気がする。なかなか目の焦点を合わせられないのだ。「ご用でしょうか？」ソフィーは尋ねた。

「ええ。このところ、どうして茶会に来てくれないのかしら。家族の茶会には必ずあなたも招かれているのは知っているでしょう」

ソフィーは頬が熱くなった。茶会を避けてきたのは、ブリジャートン家の女性たちと同じ部屋にいるだけで、ベネディクトを思いださずにはいられないからだ。全員そっくりで、顔を揃えれば、いかにも家族の集まりなのだと実感させられた。

それを見ると、自分には家族がいないことを思い知らされ、この先も自分は家族を持てないことを考えてしまう。

愛する人も、愛してくれる人もなく、互いに敬意を持った結婚は望めない。

情熱と愛があれば敬意など捨て去れる女性たちもいるだろう。ソフィーの心のなかにも、そのような女性になれたらという思いは少なからずあった。でも、やはりそれはできない。愛だけではすべてを乗り越えられない。少なくとも、自分の場合には。

「とても忙しかったのです」ソフィーはようやく返事をした。

レディ・ブリジャートンはただ微笑みで応じた――どことなく問いかけるような笑みを浮かべ、話を続けるよう沈黙で促した。

「繕い物で」ソフィーは言い足した。

「それは、あなたに悪いことをしてしまったわ。わたしたちがそんなにたくさん靴下に穴をあけていたなんて、知らなかったのよ」

「いえ、そんなことはありません！」ソフィーは答えて、一瞬口をつぐんだ。それから言い訳を思いついた。「自分のを繕ってたんです」言いながら、なんて間抜けな理屈だろうと唾をのみ込んだ。レディ・ブリジャートンは、ほかに持ちあわせがないから衣類を提供してくれたのだし、言うまでもなく、与えられた衣類はどれも完璧な状態だった。しかも、この家の娘たちに仕えなくてはいけない日中に、自分の繕い物をするのはとても無作法なことだ。レディ・ブリジャートンは思いやりのある雇い主なので、おそらく気にはしないだろうが、ソフィー自身の倫理観が許さなかった。与えられた仕事には――日ごとに心が壊れていきそうな思いとはいえ、恵まれた仕事——誇りを持って取り組んでいる。

「わかったわ」レディ・ブリジャートンはなおも謎めいた微笑を浮かべたまま言った。「もちろん、自分の繕い物でも茶会に持ち込んでいいのよ」

「いいえ、そんなこと、するわけにはいきません」

「でも、わたしがしていいと言っているのだから」

その声の調子から、暗に命じられているのだとソフィーは悟った。

「かしこまりました」小さな声で答えて、夫人のあとについて階上の居間に入っていった。

勢ぞろいした娘たちはいつもの定位置に腰かけ、微笑みながら、口げんかをしたり、冗談を（さいわいにもスコーンではなく）飛ばしあったりしていた。きょうはブリジャートン家の長女ダフネ——現在はヘイスティングス公爵夫人——も来ており、末娘のキャロラインを腕に抱いていた。

「ソフィー！」ヒヤシンスが顔を輝かせて呼びかけた。「病気ではないかと心配してたのよ」

「でも、今朝お会いしましたわ」ソフィーは答えた。「あなた様の髪を結うときに」

「ええ、だけど、いつものあなたらしくなかったから」

ソフィーはほんとうに自分らしくなくなっていたので、適当な返事を思いつけなかった。いくらなんでも事実と正反対のことなど言えない。だから黙って椅子に腰をおろし、お茶を勧めるフランチェスカの問いかけにうなずいた。

「ペネロペ・フェザリントンがきょう立ち寄ると言ってたわ」ソフィーがお茶に口をつける

と同時にエロイーズが母に言った。ソフィーは、ペネロペに会ったことはなかったけれど、〈ホイッスルダウン〉にはたびたび書かれていたので、エロイーズの親友であることは知っていた。

「誰か、ベネディクトお兄様がいつ来るか聞いてない？」ヒヤシンスが訊く。

ソフィーは指に針を突き刺してしまい、なんとか声をあげずに痛みをこらえた。

「このところ、サイモンとわたしのところにも来ていないわ」ダフネが言う。

「もう、算数の勉強を見てくれるって言ってたのに」ヒヤシンスが不満げに言った。「まるで約束を守ってくださらないんだから」

「きっと忘れているだけだと思うわよ」レディ・ブリジャートンがやんわりいさめた。「お手紙で伝えたらどうかしら」

「いっそ、お兄様の家に押しかけてしまえばいいわ」フランチェスカがちょっぴり目を剝いてみせる。「たいして遠くに住んでいるわけではないのだし」

「わたしは結婚前の娘なのよ」ヒヤシンスがふくれっ面で言う。「未婚男性の一人住まいを訪ねることなんてできないわ」

ソフィーは咳き込んだ。

「まだ十四歳でしょ」フランチェスカがこばかにしたように言う。

「そんなの関係ないもの！」

「まあとにかく、勉強はサイモンに見てもらうといいわ」ダフネが言った。「計算に関しては、ベネディクトお兄様より得意だから」

「そうよね」ヒヤシンスはもう一度だけフランチェスカを睨みつけてから母に言った。「かわいそうなベネディクトお兄様。もう、わたしにあてにされなくなってしまって」

冗談だとわかっているので、みんな、くすくす笑った。もはや笑い方など忘れてしまったソフィーを除いて。

「だけど、冗談抜きで」ヒヤシンスが続けた。「ベネディクトお兄様は何が得意なのかしら？　サイモンは計算がよくできるし、アンソニーお兄様は歴史にお詳しいわ。コリンお兄様はもちろん笑わせることだし――」

「絵です」ソフィーは思わずきつい調子で口を挟んだ。家族がベネディクトの個性や長所を理解していないのが少し腹立たしかった。

ヒヤシンスが驚いてソフィーを見た。「なんですって？」

「絵がお上手なんです」ソフィーは繰り返した。「大変お上手、のような気がします」

全員の視線が注がれた。ソフィーは生来の機転をきかせた皮肉を漏らすことはあっても、普段は穏やかな口調で、誰に対してもきつい物言いをしたことは一度もなかったからだ。

「お兄様が絵を描いていたなんて知らなかったわ」ダフネが静かな興味を示して言った。

「いまも描いているのかしら？」

ソフィーはダフネをちらりと見た。ブリジャートン家の女性のなかでは最もなじみが薄いけれど、その目に表れた洞察力の鋭さは見逃しようがなかった。ダフネは兄の隠れた才能に興味をいだき、自分が気づけなかった理由と、何より、ソフィーが知っている理由を知りたがっていた。

ソフィーはそれをこの若き公爵夫人の目を見て一秒とかからずに見抜いた。それと同時に、自分が過ちを犯したことを悟った。ベネディクトが家族に絵のことを話していないのなら、自分のような立場の者が明かすべきことではない。

「描いてます」ソフィーはようやく答えた。これ以上質問しにくくなるよう精一杯そっけない口調で。

うまくいった。五組の目はこちらにじっと据えられたままだったけれど、誰も何も言わなかった。

「スケッチを」ソフィーはつぶやいた。

顔から顔を眺める。エロイーズはしきりに瞬きしている。レディ・ブリジャートンはまったく瞬きしない。「とてもお上手なんです」と言ってしまい、心のなかで自分を蹴り飛ばした。ブリジャートン家の女性たちがなんとも静かなので、その空白を埋めずにはいられなかったのだ。

またしても埋めずにはいられないような長い沈黙が流れ、ようやくレディ・ブリジャートンが咳払いをして言った。「そのスケッチをぜひ見たいものだわ」お茶を飲んだわけでもないのに、ナプキンで口もとを拭う。「もちろん、あの子がわたしに見せる気があればだけれど」

ソフィーは立ちあがった。「わたしはもう失礼します」

レディ・ブリジャートンが視線を突き刺した。「いいから」鋼鉄をビロードで覆ったような声で言う。「いてちょうだい」

ソフィーは腰をおろした。

エロイーズがさっと立ちあがった。「ペネロペが来たわ」

「来てないわ」ヒヤシンスが言う。

「わたしが嘘をつくと思う?」

「そうは思わないけど——」

執事が戸口に現れた。「ペネロペ・フェザリントン嬢がお見えです」高らかに言った。

「ほうら」エロイーズがヒヤシンスをちらっと見やった。

「お邪魔したかしら?」ペネロペが入ってきた。

「いいえ」ダフネが答えて、どことなく愉快そうにうっすら微笑んだ。「ただちょっとね」

「あら、それなら出直してきましょうか」

「とんでもない」レディ・ブリジャートンが言う。「お坐りになって、一緒にお茶をいただきましょう」

ソフィーはフランチェスカの隣りに腰かけた若い女性を見つめた。ペネロペには洗練された美しさはないものの、むしろ人を惹きつけるような素朴さがあった。髪は茶色がかった赤毛で、頬にはそばかすがまばらに散っている。顔色がくすんで見えるが、それは明らかに趣味の悪い黄色のドレスのせいなのではないかとソフィーは推測した。

そういえば、たしかレディ・ホイッスルダウンのコラムにも、ペネロペのひどい服装のことが書かれていたことがある。気の毒に、彼女は青い服を着させてほしいと母親に言えずにいるというのだ。

ところが、そうしてそっとペネロペを観察しているうちに、相手はそっとどころかあからさまに自分を観察していることに気づいた。

「お会いしたことがあるかしら？」ペネロペが突然尋ねた。

ソフィーはふと何か恐ろしい胸騒ぎのようなものに襲われた。あるいは、既視感《デジャヴュ》のような。

「ありませんわ」ソフィーは即座に答えた。

ペネロペの視線は揺るがなかった。「ほんとうに？」

「あの、お会いするはずがないと思います」

ペネロペは小さく息を吐き、頭のなかのくもの巣を払うかのように首を振った。「そうよね。でも、なんだかとても見覚えがある気がするのよ」

「ソフィーはわたしたちの新しい侍女なのよ」ヒヤシンスがそれで説明がつくとばかりに言った。「家族だけで茶会をするときには、たいてい参加してるの」

ペネロペが小さな声で何か答えたとき、ソフィーは突如ひらめいた。ペネロペに会っている！　あの仮面舞踏会で、たぶん、ベネディクトと出会う直前に。

ソフィーが部屋に入ってすぐ、若い紳士たちがいっせいにこちらに集まってきたときのことだ。ペネロペがすぐそこに、風変わりな緑色のドレスと帽子を身につけて立っていた。なぜか仮面はつけていなかった。その衣装が何に扮したものなのかを見きわめようとじっと見ているると、ペネロペはひとりの若い紳士にぶつかられて倒れそうになった。

ソフィーが手を伸ばして支え起こし、「大丈夫ですか」というようなことを言ったところで、さらに数人の紳士たちが押し寄せてきて、引き離されてしまったのだ。

そこへベネディクトが現れて、ソフィーは彼しか目に入らなくなった。ペネロペのことは――若い紳士たちに失礼な扱いを受けていたことも――この瞬間まで忘れていた。

そして、間違いなく、同じ記憶がペネロペの心の奥に眠っているはずだった。

「勘違いかもしれないわね」ペネロペは言って、フランチェスカからお茶のカップを受け取った。「正確には、外見というより、あなたのいずまいがどなたかに似ていたのね」

ソフィーは何か答えなければと思い、にこやかな微笑を貼りつけて返した。「褒め言葉として頂戴しておきます。あなた様のお知り合いのお嬢様方でしたら、きっととても優雅でおやさしいでしょうから」

けれど、口を閉じてすぐにしゃべりすぎたと思った。フランチェスカは角の生えた人間でも見るような顔をしているし、レディ・ブリジャートンは口角をひきつらせて言った。「ソフィー、きっとこの二週間でいちばん長くしゃべったのではないかしら」

ソフィーはティーカップで顔を隠すようにしてつぶやいた。「このところ気分がすぐれないのです」

「そんな！」ヒヤシンスがいきなり声をあげた。「あなたに病気になられたら困るわ。だって、今晩、わたしを手伝ってもらいたいんだもの」

「かしこまりました」ソフィーは言うと、パズルを解こうとでもするようにまだこちらを凝視しているペネロペから顔をそむけるきっかけに飛びついた。「何をすればよろしいのでしょう？」

「今夜はいとこたちが遊びにくることになってるのよ」

「あら、そうよ」レディ・ブリジャートンは言いながら、カップを受け皿ごとテーブルにおろした。「忘れるところだったわ」

ヒヤシンスがこっくりうなずいた。「手伝ってもらえる？　四人来るから、大忙しになるわ」

「かしこまりました」ソフィーは応じた。「おいくつぐらいの方々ですか？」

ヒヤシンスが肩をすくめる。

「六歳から十歳よ」レディ・ブリジャートンがたしなめる表情で言った。「知っているはずでしょう、ヒヤシンス」それからソフィーのほうを向いて続ける。「わたしの末の妹の子供たちなのよ」

ソフィーはヒヤシンスに言った。「お子さんたちが到着なさいましたら、わたしにお知らせください。子供は好きですから、喜んでお手伝いします」

「ほっとしたわ」ヒヤシンスは両手を組み合わせて言った。「あの子たちはまだ幼くて元気いっぱいなんだもの。わたしはへとへとになっちゃう」

「ヒヤシンス」フランチェスカが言う。「あなただってまだまだ子供のくせに」

「お姉様は、十歳にもならない子供たち四人と、二時間も過ごしたことがある？」

「そこまでです」ソフィーはこの二週間で初めて笑い声をあげた。「わたしがお手伝いしますから。誰もへとへとになんてなりません。フランチェスカ様もいらっしゃいますよね。きっと、楽しい時間を過ごせますわ」

「あなたは――」ペネロペが何か言いかけて、口をつぐんだ。「なんでもないわ」

ところがソフィーが見やると、ペネロペはひどく困惑した顔で、まだじっとこちらを見ていた。ペネロペが口を開き、閉じて、ふたたび開いた。「やっぱり、あなたを知ってるわ」

「それはきっとほんとうよ」エロイーズが快活な笑みを浮かべる。「ペネロペは人の顔をけっして忘れないんだから」

ソフィーは青ざめた。

「あなた、ほんとうに大丈夫？」レディ・ブリジャートンが身を乗り出して尋ねた。「具合が悪そうだわ」

「きっと何かにあたったんですわ」ソフィーは慌てて嘘をつき、ついでに腹部を押さえてみせた。「たぶん、ミルクだと思います」

「まあ、大変」ダフネが心配そうに眉をひそめ、腕に抱いた赤ん坊を見おろした。「キャロラインにも少し飲ませてしまったわ」

「わたしはとてもおいしかったけど」ヒヤシンスが言う。

「今朝食べたものかもしれません」ソフィーはダフネを心配させまいと言った。「どちらにしろ、横になったほうがいいように思います」立ちあがり、ドアのほうへ踏みだした。「奥様がお許しくださるのであれば」

「もちろん、かまわないわ」レディ・ブリジャートンは答えた。「すぐに良くなるといいのだけれど」

「大丈夫だと思います」それは紛れもない本心だった。ペネロペ・フェザリントンの視線から逃れられれば、すぐに気分は回復するはずなのだから。

「いとこたちが到着したら知らせるわね」ヒヤシンスが呼びかけた。

「気分が良くなったらでいいのよ」レディ・ブリジャートンが言い添えた。

ソフィーはうなずくと急いで戸口へ歩きだしたが、まさにその瞬間、真剣な表情でじっとこちらを見つめるペネロペ・フェザリントンを目の隅にとらえ、不安でぞっとする思いで部屋を出た。


この二週間、ベネディクトは機嫌が悪かった。そして、母の家へ向かって舗道を重い足取りで歩いているあいだに、さらに機嫌が悪くなっていくような気がした。ソフィーと顔を合わせたくなくて、ここへ来るのを避けてきたのだ。間違いなく不機嫌を見抜いて質問してくる母親にも会いたくない。あれこれ訊いてくるはずのエロイーズにも会いたくない。それにとにかく、誰にも会いたくないのだ。使用人たちにあたってしまったことを考えると、もう誰も自分にはかまわないでいてくれるほうが世のためなのだから。

ところが運悪く、玄関先の階段の一段目に足をかけたところで、名前を呼びかけられ、振り向くと、兄弟ふたりが舗道をこちらに向かってくるのが見えた。

ベネディクトは唸った。アンソニーとコリンほど自分をわかっている人間はいないし、失恋のようなささいなことであろうと見逃すはずもなく、だとすれば口だししないでいられるとは思えない。

「ずいぶんと久しぶりじゃないか」アンソニーが言う。「どこにいたんだ?」

「あちこちに」ベネディクトは言葉を濁した。「ほとんど家ですが」コリンのほうを向く。「おまえはどこにいたんだ?」

「ウェールズですよ」

「ウェールズ?　またどうして?」

コリンは肩をすくめた。「そうしたかったから。まだ行ったことがなかったんです」

「シーズンの真っ只中に行くからには、もう少し説得力のある理由がないと、まず誰も納得しないぞ」ベネディクトは言った。

「そうですかね」

ベネディクトはコリンを見つめ、アンソニーも同じように見つめた。

「はいはい、わかりました」コリンはふてくされた顔で言った。「逃げださなきゃならなかったんです。母上がぼくに血なまぐさい結婚なんかをさせようと躍起なので」

「血なまぐさい？」アンソニーが面白がるように微笑んだ。「花嫁の純潔を奪っても血だらけになどならないぞ」

ベネディクトは細心の注意を払って平静な表情を保った。ソフィーと愛し合ったあとで、ソファに小さな血の染みを見つけたのだ。それをクッションで隠し、使用人たちがそこに気づかぬうちに女性の来客があったことは忘れ去られるよう祈った。ドアの向こうで立ち聞きし、噂を広める者などいないと思いたかったが、以前ソフィー自身から、使用人たちは概して屋敷のなかで起きたことをなんでも知っていると聞いていたし、そのとおりであるような気もした。

だが実際に顔が赤らんだのだとしても――頬が熱くなるのを感じた――兄弟はふたりとも何も言わなかったから、見ていなかったに違いない。なにしろブリジャートン家の人間は、太陽が東から昇ることと同じくらい確実に、家族の誰かをからかって楽しむ機会を逃しはしないからだ。

「お母さんはひっきりなしにペネロペ・フェザリントンの話をしてくるんです」コリンが渋い顔で言う。「だいたい、彼女のことは、お互い半ズボンを穿いていた頃から知ってるんですよ。いや、半ズボンはぼくのほうだけか。向こうは……」ふたりの兄がげらげら笑いだしたので、コリンはよけいに渋い顔になった。「まあ、とにかく幼い女の子が着る服を身につけてたわけです」

「ワンピースか？」アンソニーが助け船を出した。

「ペティコートかな？」ベネディクトが茶々を入れる。

「とにかく」コリンが力を込めて言った。「ずっと前から彼女を知っているということです。だから、彼女と恋に落ちるなんてことはありえません」

アンソニーがベネディクトのほうを向いて言った。「これは一年以内に結婚するぞ。この予言を覚えておいてくれ」

コリンが腕組みした。「アンソニー兄さん！」

「二年はかかるだろうな」ベネディクトは言った。「こいつはまだ若造だから」

「兄さんと違ってね」コリンが言い返した。「だいたい、なぜぼくばかりがお母さんに攻撃され続けていると思います？　まったく、兄さんが三十一――」

「三十だ」ベネディクトは即座に訂正した。

「どちらにしろ、ふつうに考えれば、兄さんのほうが矢面に立っていていいはずなのに」

ベネディクトは眉根を寄せた。この数週間、母は、結婚についてぱたりと何も言ってこなくなっていた。むろん、こちらが母の家を疫病のごとく避けていたわけだが、母がひと言も結婚の話題に触れなくなったのはその前からだ。

なんとも妙だ。

「いずれにせよ」コリンの不満はまだおさまらなかった。「ぼくはすぐには結婚しませんし、ペネロペ・フェザリントンと結婚することなどありえない！」

「ああ」

女性の声だった。ベネディクトは目を向けずともなぜか、きわめてばつの悪い瞬間を迎えようとしているのを悟った。恐る恐る、玄関扉のほうへ顔を上げる。扉のあいた戸枠を額縁のようにして、ペネロペ・フェザリントンがそこにすっぽり収まっていた。驚いたように口をあけ、目に悲しみを湛えて。

そしてその瞬間、ベネディクトは、たぶん愚かにも（男性特有の無神経さのせいで）見逃していた事実に気づいた。ペネロペ・フェザリントンが弟を愛していることに。

コリンは空咳《からぜき》をした。「ペネロペ」十歳は若返って思春期に戻ってしまったような甲高い声で言う。「えっと……会えて嬉しいよ」機転良く助け船を出してくれることを期待して兄たちを見たが、どちらも静観を決め込んでいた。

ベネディクトは顔をしかめた。これはどうにも軽々しく口だしできない状況だ。

「そこにいるとは知らなかったよ」コリンは頼りない声で言った。

「そのようね」ペネロペはそう言ったが、その口調にとげはなかった。

コリンは苦しげに唾をのみ込んだ。「エロイーズのところに、来たのかい？」

ペネロペがうなずく。「招待されたから」

「そうだと思ったんだ！」コリンはすばやく応じた。「もちろん、そうだよな。きみは我が家の親愛なる友人だもの」

沈黙。恐ろしく気詰まりな沈黙。

「招待なんて必要ないくらいだよな」コリンが低い声で言う。

ペネロペは黙っていた。微笑もうとしているようだが、うまくいかないらしい。このまま自分たちの脇をすり抜けて通りへ走り去ってしまうのではないかとベネディクトが思ったとき、ようやくペネロペがコリンをまっすぐに見て言った。「あなたに結婚してと頼んだ覚えはないわ」

弟の頬が人間にはありえないくらい深紅色に染まっていくのをベネディクトは見つめた。コリンは口を開いたものの、言葉に窮した。

ベネディクトの記憶にあるかぎり、弟が完全に言葉を失ったのは、これが初めてだった――そしておそらく、これが最後になるだろう。

「それに、わたしは――」ペネロペはむせぶように息を吸い込むと、やや苦しげに途切れ途切れに言葉を継いだ。「わたしは、あなたに結婚を申し込まれたいなんて誰にも言ってない」

「ペネロペ」コリンがようやく言葉を発した。「悪かった」

「あなたはわたしに謝るようなことはなさってないわ」ペネロペが言う。

「いや」コリンはむきになった。「したよ。きみの気持ちを傷つけて――」

「あなたは、ここにわたしがいたことを知らなかったのですもの」

「そうだとしても――」

「あなたはわたしと結婚するつもりはない」ペネロペはうつろな声で言った。「それはべつに悪いことではないわ。わたしだって、あなたのお兄様のベネディクトと結婚するつもりはないもの」

ベネディクトは見ないようにしていたのだが、その言葉でさっと視線を向けた。

「だからといって、あなたのお兄様は傷つきはしないわ」ペネロペはベネディクトのほうを見て、褐色の目を据えた。「そうでしょう、ミスター・ブリジャートン？」

「おっしゃるとおり」ベネディクトは即座に答えた。

「これで、解決ね」ペネロペはきっぱりと言った。「傷ついてなどいません。それでは、みなさん、家に帰りたいので失礼していいかしら」

ベネディクト、アンソニー、コリンが割れる紅海の水のように両脇に退くと、ペネロペは階段をおりてきた。

「付き添いは連れていないのかい？」コリンが訊く。

ペネロペは首を振った。「すぐそこに住んでいますから」

「それはそうだけど――」

「わたしがお供しよう」アンソニーがすかさず言った。

「ほんとうに必要ありませんわ、子爵様」

「どうか聞き入れてください」アンソニーが言う。

ペネロペがうなずき、ふたりは通りを歩きだした。

ベネディクトとコリンは無言でふたりの後ろ姿をまる三十秒は見つめたあと、ベネディクトが弟のほうを向いて言った。「よくしのいだな」

「彼女がいるなんて知らなかったんだ！」

「たしかにな」ベネディクトはのんびりと言った。

「まったく。もうほんとうにひどい気分ですよ」

「よくわかるよ」

「でも、兄さんは女性の気持ちをうっかり傷つけてしまったことなどないでしょう？」コリンの口調は弁解がましく、それだけ弟は自分を責めているのだろうとベネディクトは察した。

母の登場で、返事をするのは免れた。数分前のペネロペとちょうど同じように、玄関扉の戸枠を背に、階段の最上段に立っていた。

「あなたたちのお兄さんはまだ来ていないの？」ヴァイオレットは尋ねた。

ベネディクトは通りの角のほうへ顎をしゃくった。「フェザリントン嬢を送りに行きました」

「あら。それはとても感心なことだわ。話したいことが――どこへ行くの、コリン？」

コリンはしばしとまったものの顔すら向けずに唸り声で言った。「飲みたいんで」

「それにはちょっと時間が早すぎ――」母はベネディクトに腕を押さえられて口をつぐんだ。

「行かせてやってください」ベネディクトは言った。

母は抵抗しようとするように口をあけたが、すぐに思い直して無言でうなずいた。「話したいことがあるから家族に集まってもらったのだけれど」ため息をつく。「あとでいいわね。

そのあいだに、あなたは一緒にお茶をいかが？」

ベネディクトは廊下の時計をちらりと見やった。「茶会には少し時間が遅くありませんか？」

「それならお茶は抜きで」母はちょっと肩をすくめて言った。「あなたと話す口実がほしかっただけだから」

ベネディクトは弱々しい笑みをこしらえた。母とじっくり話す気分ではない。正直なところ、誰とも話したい気分ではないのだ。実際、最近出くわした誰もが間違いなくそれを証明してくれるはずだ。

「たいしたことではないのよ」ヴァイオレットが言う。「いやだわ、絞首台にでも行くような顔をして」

まさにそういう気分なのだと言えるわけもなく、ベネディクトは黙って身をかがめ、母の頰にキスをした。

「まあ、嬉しいことしてくれるのね」母が顔を輝かせて言う。

「さあ、こっちにいらっしゃいな」母は階下の居間のほうを手振りで示して言った。「あなたに話しておきたい人がいるのよ」

「お母さん！」

「最後まで聞いて。とってもすてきな女性で……」

まさに絞首台だった。

19

『本コラムでは、ポージー・レイリング嬢（亡きペンウッド伯爵の継娘で次女）のことはほとんど取りあげていないが（残念ながら、社交界行事でもまず話題にのぼらない）、火曜の晩に彼女の母親が開いた音楽会での不可解な行動に触れないわけにはいかないだろう。ポージー嬢は窓辺から離れようとせず、音楽会のあいだじゅう、ほぼずっと街並みを眺めて過ごしていた。まるで何か……いや、誰かを探しているかのように』

一八一七年六月十一日付〈レディ・ホイッスルダウンの社交界新聞〉より

四十五分後、ベネディクトはどんよりした目で、背中を丸め、椅子に腰かけていた。ときどき、はっと気づいて、あくびをかみ殺さなければならなかった。

母の話はそれほど退屈だった。

母が説明したいという令嬢は結局七人にものぼることがわかり、新しい令嬢の話に入るたび、前の令嬢よりさらにお勧めだと力説する。

ベネディクトは頭がおかしくなりそうだった。この母の家の居間で完全に見境を失ったらどうなるだろう。発作的に椅子をはじき飛ばして床に倒れ込み、手足を振りまわして、口から泡を吹き――。

「ベネディクト、聞いてるの？」

ベネディクトは目を上げて、瞬きした。まったく。またも母ご推薦の花嫁候補たちの話に意識を振り向けねばならないのか。これから正気を失うという想像のほうが、はるかに面白かったのに。

「メアリー・エッジウェアの話をしようとしてたのよ」と言う母は、いらだっているどころか面白がっているように見えた。

たちまち疑念が沸いてきた。子供たちを教会に引きずり込むための結婚話をするときには、母はけっして面白がるような表情はしない。「メアリー、なんでしたっけ？」

「エッジ――まあ、気にしなくていいわ。わたしが何を言っても、あなたはいま何かで頭がいっぱいみたいだから」

「お母さん」ベネディクトはだし抜けに言った。

母は少し驚いた様子ながらも興味津々の目をして、首をわずかにかしげた。「何かしら？」

「お父さんに出会ったとき――」

「何よ、やぶからぼうに」母はその先の言葉を察しているかのように穏やかに言った。

「この人だとわかりましたか？」

母は微笑み、遠い目をした。「そうね、ほんとうは認めたくなかったのよ。少なくともすぐには。自分は現実的な人間だと思っていたの。ひと目惚れなんてものはいつもばかにしていたから」母はそこで口をつぐみ、ベネディクトは母がもうこの部屋にはいないことを悟った。父と初めて出会った、はるか昔の舞踏会にいるのだ。質問をすっかり忘れられてしまったのだろうかと思ったとき、母はようやく話を戻した。「でも、わかったのよね」

「初めて出会った瞬間に？」

「そうね、少なくとも、初めて話したときには」母は息子から差しだされたハンカチを受け取り、目を拭って、出てきた涙にとまどうようにはにかんで微笑んだ。

ベネディクトは喉に何かがつかえたように感じ、自分も目を潤ませているのを母に見られないよう顔をそむけた。亡くなって十年以上も経ってから、自分のために泣いてくれる人がいるだろうか？　突如、自分自身の両親に強い嫉妬《しっと》心を覚えた。

ふたりは愛する相手を見つけて、互いの愛をしっかりと確かめ合い、育んできた。そんな幸運に恵まれる人間は少ない。

「お父さんの声にはどこか、人を落ちつかせる温かみがあったわ」ヴァイオレットは続けた。「話していると、その部屋に自分だけしかいないような気がしてくるの」

「覚えてます」ベネディクトは懐かしそうに温かい笑みを浮かべた。「八人もの子供をそうやっておとなしくさせてしまったのだから、とんでもない芸当ですよ」

母がむせぶように唾をのみ込んでから、はきはきとした声に戻って言った。「ええ、でも、お父さんはヒヤシンスのことを知らないから、七人なのだけれど」

「ではまだ……」

母はうなずいた。「ええ、まだお腹のなかに」

ベネディクトは手を伸ばして母の手をやさしく叩いた。なぜだかわからない。そうしようと思っていたわけでもない。でも、そうするのが正しいことのように思えた。

「さてと」母は息子の手を軽く握ってから、膝の上に手を戻した。「お父さんのことを尋ねたのには、何か特別な理由があるのかしら？」

「いや」ベネディクトは言葉に詰まった。「べつにたいして……なんというか……」

母は、その表情を見たら誰でも感情を隠し通せなくなってしまいそうな、穏やかな期待の滲んだ表情で辛抱強く待っている。

「たとえば」母が間違いなく驚くことを承知で尋ねた。「もしも不釣合いな相手と恋に落ちたら、どうなるのだろうかと」

「不釣合いな相手？」母は繰り返した。

ベネディクトはすでに後悔しながらぎこちなくうなずいた。こんなことを母に言うべきではなかったのだが……。

ため息をついた。母はもともときわめつきの聞き上手なのだ。それに、煩わしい結婚話をするとき以外は、自分の知る誰よりも的を射た助言を与えてくれる。

母はいかにも注意深く言葉を選んで話しだした。「不釣合いというのは、どういう意味かしら？」

「つまり……」言葉を切ってひと息つく。「ぼくのような人間が結婚できない相手」

「わたしたちと同じ上流社会の人間ではない相手ということ？」

ベネディクトは壁の絵を見やった。「そういうことです」

「なるほど。そうね……」ヴァイオレットはちらっと眉間にしわを寄せたあと、言った。

「そのお相手が、わたしたちの上流階級とどのくらい身分差のある人なのかによるわね」

「差があります」

「少し？　それとも、かなり？」

自分のような年齢の名声もある男性で、このような会話を母親とした者はいないと確信していたが、それでもベネディクトは答えた。「かなり」

「そう。それなら、言っておかなければね……」母は一瞬下唇を嚙んでから続けた。「言っておくわ」今度はもっと力強く言った（絶対的な意味では、力強いとは言いきれないかもしれないが）。

「言っておくけれど」三度目に言った。「わたしはあなたをとても愛しているから、どんなことがあろうと、あなたを応援するわ」咳払いする。「あくまで、あなたの恋愛の場合だけれど」

否定しても無意味だと思い、ベネディクトはただうなずいた。

「でも」ヴァイオレットは続けた。「自分のしていることはちゃんとわかっていてほしいの。もちろん、愛情はどんな男女にも一番重要な要素だけれど、環境も結婚に大きな影響を及ぼすわ。それにもし、あなたが、いわゆる――」咳払いする。「使用人階級の女性と結婚するならば、大変なゴシップと少なからぬ疎外感を覚悟しなくてはいけない。あなたのような人がそういうものに耐えるのは難しいわ」

「ぼくのような人？」母のその言葉が癇にさわって訊いた。

「もちろん非難してるんじゃないのよ。でも、あなたや、兄弟たちはとても恵まれた人生を送っている。あなたはハンサムで、教養が高くて、人あたりもいいわ。みんなに好かれてる。わたしにはどんなに嬉しいことか」母は微笑んだが、それは切なげな少し沈んだ笑みだった。「壁の花にはなりにくい人なのよ」

そのとき突然、母がいつもペネロペ・フェザリントンのような女性たちと無理やりダンスをさせる理由を、ベネディクトは理解した。舞踏場の壁に並んで、いつもダンスなどさしてしたくないといったふりをしている女性たち。

母自身が、その壁の花だったのだ。

想像がつかなかった。いまでは母は穏やかな笑みを絶やさず、山ほど友人がいて、大変な人気者だ。そして、ベネディクトが聞いている話が正しければ、父はそのシーズンの目玉だったという。

「あなたがあえて決断しようとしているのなら」ヴァイオレットは言って、ベネディクトの思考をその場に引き戻した。「簡単ではないということを知っておいてほしいの」

ベネディクトは窓の向こうを見て、沈黙で同意した。

「でも」母は続けた。「それでもあなたが同じ階級ではない人とともに生きる決断をしたのなら、もちろん、わたしは可能なかぎりの方法であなたの力になるわ」

ベネディクトはさっと目を上げた。貴族のなかに、息子に同じことが言える女性はほとんどいないだろう。

「あなたはわたしの息子だもの」母はさらりと言った。「あなたのためなら、命も差しだせるわ」

ベネディクトは口を開いたものの、驚いたことに声が出てこなかった。

「わたしには、あなたに、不釣合いな人と結婚するのをやめろとは言えない」

「ありがとう」ベネディクトは言った。それしか言葉が出てこなかった。

ヴァイオレットが大きくため息をつき、息子の注意を引き戻した。母は疲れて、切なそうに見えた。「あなたのお父さんがここにいてくれたらよかったのに」

「そんなこと、ふだんはあまり言わないのに」ベネディクトは静かに言った。

「あなたのお父さんが生きていてくれたらと、わたしはいつも思ってるのよ」母はつかの間目を閉じた。「いつも」

そのとき、なぜだかはっきり見えてきた。母の顔を眺めているうちに、両親の互いに対する愛情の深さをようやく知り、いや、ようやく理解し――すべてがはっきり見えてきた。

愛――自分はソフィーを愛している。大切なのは、それだけなのだ。

ベネディクトは仮面舞踏会で出会った女性を愛していると思い込んでいた。彼女と結婚したいのだと。だが、いまはそれが、ほとんど知らない女性に対して、はかない幻想を夢見ていただけだったのだと悟った。

いっぽう、ソフィーは……。

ソフィーはソフィーだ。そして、彼女が自分の求めるすべてだった。


ソフィーは、運命や宿命といったものを熱心に信じているわけではないけれど、ブリジャートン一族の若い親類たち、ウェントワース家のニコラス、エリザベス、ジョン、アリスの相手を一時間してみて、やはり家庭教師の職には就けない理由があったのだと思い始めていた。

疲れきっていた。

いいえ、そんなものじゃない。ソフィーはもうほとんど投げやりな気分で思った。現在の自分の状態を表現するには、疲れきっているという程度の言葉ではとても足りない。そのひと言では、四人の子供たちのせいで少し気が変になりかけていることはまったく表せないのだから。

「やだ、やだ、やだ、それは、あたしのお人形よ」エリザベスがアリスに言う。

「あたしのだもん」アリスが言い返す。

「ちがう！」

「そう！」

ない。

「ぼくが決めてやるよ」十歳のニコラスが、腰に手をあてて威張った調子で言った。

ソフィーは唸った。海賊気どりの十歳の少年にけんかの仲裁をさせるのは、名案とは言えない。

「どっちも人形をほしくないようにしてやるよ」ニコラスはずるそうに目を輝かせて言った。「こうやって、引っこ抜いちゃえば――」

ソフィーは慌ててとめに入った。「お人形の頭を取ってはいけません、ニコラス・ウェントワース」

「だって、そうしないとけんかをやめないから――」

「いけません」ソフィーはきっぱりと言った。

ニコラスは、ソフィーの出方を見定めるようにじっと顔を見つめてから、ぶつぶつ文句を言いながら離れていった。

「新しいゲームでもしたほうがいいわね」ヒヤシンスがソフィーに囁いた。

「たしかに、新しいゲームをしたほうがよさそうだわ」ソフィーはつぶやいた。

「ぼくの兵隊を返せよ！」ジョンが金切り声をあげた。「返せ、返せ！」

「わたし、子供なんていらないわ」ヒヤシンスが言う。「いっそ、結婚もしなくていいかも」

あなたが結婚して子供を産めば、間違いなく、おおぜいの乳母と子守が子育てを手伝ってくれるわ、とヒヤシンスに言いたいのをソフィーはこらえた。

ヒヤシンスは、ジョンがアリスの髪を引っぱるとひるみ、アリスがジョンのお腹をぶつと困り顔で唾をのみ込んだ。「もう手がつけられなくなってきたわ」ソフィーに囁いた。「目隠し鬼！」ソフィーはいきなり叫んだ。「みんな、どうかしら？　目隠し鬼ゲーム、やりたい？」

アリスとジョンが意気揚々とうなずき、エリザベスは慎重に考えたあとでしぶしぶ、「わかったわ」と返事をした。

「ニコラス、あなたはどう？」ソフィーは返事をしていない最後のひとりに訊いた。

「いいかもな」ゆっくりと答えた。そのずるそうに輝く目にソフィーはぞっとした。

「良かった」ソフィーは声に警戒心が表れないように言った。

「でも、ソフィーが目隠し鬼になるんだぞ」とニコラス。

ソフィーは拒もうと口を開いたけれど、その瞬間、ほかの三人の子供たちが歓声をあげて飛び跳ね始めた。それから、ヒヤシンスが茶目っ気たっぷりの笑顔を向けて、「あら、そうよ」と言い、ソフィーの運命が決まった。

ソフィーは抵抗しても無駄だとわかっていたので、長々とため息を漏らし――子供たちを喜ばせるために大げさに――、背を向けて、ヒヤシンスにスカーフで目隠しをしてもらった。

「見える？」ニコラスが訊く。

「いいえ」ソフィーは嘘をついた。

ニコラスはしかめっ面をヒヤシンスに向けた。「見えてるよ」

どうしてわかったの？

「もう一枚スカーフを巻くんだ」ニコラスが言う。「一枚だと透けるんだよ」

「屈辱だわ」ソフィーはつぶやきながらもわずかに身をかがめて、ヒヤシンスにもう一枚スカーフを目に巻いてもらった。

「やあい、目隠し鬼だ！」ジョンがはやしたてる。

ソフィーは全員に弱々しく微笑んで見せた。

「これでよし」ニコラスはそう言って、すっかり主導権を握った。「ぼくたちが隠れるまで、十数えるんだぞ」

ソフィーはうなずいて、部屋をどたばた走りまわる音にひるまないようこらえた。「何も壊してはだめよ！」叫んだけれど、はしゃぎすぎの六歳が言うことをきくはずもない。

「もう、いい？」

返事がない。いいということだろう。

「目隠し鬼！」ソフィーは声をあげた。

「こっちだよ！」五人が声を揃えた。

ソフィーは神経を集中させた。女の子のひとりが間違いなく、ソファの後ろにいる。右のほうへそろそろと進んだ。

「目隠し鬼！」

「こっちだよ！」案の定、忍び笑いや含み笑いが聞こえてきた。

「目隠し——痛いっ！」

はやしたてる声と甲高い笑い声がまたあがる。ソフィーはぶつけた脛をさすりながら小さく唸った。

「目隠し鬼……」今度はだいぶ気力を欠いた声で言った。

「こっちだよ！」

「こっちだ！」

「こっち！」

「こっちだよ！」

「こっち！」

「見つけたわよ、アリス」ソフィーはひそひそ声で言った。一団のなかで一番小さく、おそらくは一番弱い存在をつかまえることにした。「見いつけた」

ベネディクトはあと少しのところで脱出しそこねた。母が居間を出ていったあと、無性に飲みたくなったブランデーをグラス一杯飲み干し、ドアのほうへ歩きだしたところで、エロイーズにつかまってしまった。ダフネから重要な発表があるため、お母様は子供たち全員を苦労して呼び集めたのだから、絶対に逃がさないというのだ。

「また子供ができたのか？」ベネディクトは尋ねた。

「びっくりしたふりをしてよ。知らなかったみたいに」

「ふりなどできない。帰るよ」

エロイーズは猛然と突進してきて、兄の袖をつかんだ。「だめよ」

ベネディクトは深いため息を漏らしてその指をほどこうとしたが、妹はシャツをものすごい力で握っていた。「このまま足を踏みだして」ゆっくりとうんざりした口調で言う。「前に進むぞ。それからまた足を踏みだして――」

「ヒヤシンスに算数の勉強をみてあげると約束したんでしょう」エロイーズが噛みつくように言った。「それなのに、この二週間、あの子はお兄様の姿を一度も見てないんですって」

「学校で試験を受けるわけでもあるまいし」ベネディクトはつぶやいた。

「ベネディクトお兄様、その言い方はあんまりだわ！」エロイーズが声を張りあげた。

「悪かった」その場を逃れたくて小声で謝った。

「わたしたち女性は、イートンやケンブリッジで学ぶことを許されていないけど、だからって教育が疎かにされていいわけではないでしょう」エロイーズは兄の小さな謝罪の声を完全に無視してわめきたてた。

「それに――」妹が続ける。

ベネディクトは壁にもたれかかった。

「――わたしたちが入学を許されないのは、もし入学すれば、男性たちをすべての教科で負かしてしまうからなのよ！」

「ああ、そのとおりかもしれない」ベネディクトはため息をついた。

「わたしをばかにしてるんでしょ」

「信じてくれよ、エロイーズ。きみをばかにするつもりなんてみじんもない」

エロイーズは疑わしそうに眺め、腕組みして言った。「いいわね、ヒヤシンスをがっかりさせないで」

「わかったよ」ベネディクトは力なく答えた。

「子供部屋にいるはずだから」

ベネディクトは気の抜けたうなずきを返すと、階段のほうへ向かった。

だが、重い足取りで階段をのぼっているとき、エロイーズが音楽室から顔を覗かせた母に、にっこり笑ってウインクしているのには気づかなかった。


子供部屋《ナースリー》は三階にある。ベネディクトが三階までのぼることはめったになかった。兄弟姉妹の寝室はほとんど二階にあるからだ。まだ子供部屋と隣り合う部屋をあてがわれているのはグレゴリーとヒヤシンスだけで、グレゴリーは一年のほとんどをイートン校の寄宿舎で過ごしているし、ヒヤシンスはたいてい家のほかの場所で誰かしらを邪魔しているので、ベネディクトには単に三階に上がる理由がなかった。

三階には子供部屋のほかに使用人たちの寝室もあることを、ベネディクトは考えずにいられなかった。侍女の部屋もあることを。

ソフィー。

どこかの部屋の片隅で繕い物をしているかもしれない――子守や乳母たちの仕事場である

子供部屋にはいないはずだ。侍女がそこに入る用事はないし——。

「きゃっ、きゃっ、きゃああ！」

ベネディクトは眉間にしわを寄せた。それは明らかに幼い子供の笑い声で、十四歳のヒヤシンスの口から出たものとは思えなかった。

ああ、そうだ。ウェントワース家のいとこたちが来ているのだ。母がそんなようなことを話していた。なんとなく、楽しみな気がした。会うのは数カ月ぶりだし、少々元気がよすぎるものの、なかなかいい子たちなのだ。

子供部屋のドアへ近づいていくと、笑い声が大きくなり、おまけに奇声もちらほら聞こえてきた。それを耳にして、ベネディクトは思わず顔がほころんだ。向きを変え、ドアをあけ放した戸口に足を踏み入れると——。

彼女がいた。

〝彼女〟が。

ソフィーではない。

〝彼女〟だ。

だが、それはソフィーだった。

ソフィーは目隠しをして微笑みながら、くすくす笑う子供たちのほうへ手を伸ばしていた。

その上半分が隠された顔を見て、ベネディクトは気づいた。

そこには、これまで自分が顔の下半分だけを見たことのある、もうひとりの女性がいた。

笑顔が同じ。活発な感じの少しとがった顎の形も同じ。すべてが同じだった。

それは、あの仮面舞踏会で出会った、銀色のドレスの女性だった。

突如、合点がいった。なぜ、人生でふたりの女性にあれほどまで神秘的な魅力を感じたのか。自分にぴったりの女性はこの世にひとりしかいないはずだと信じてきたのに、ふたりの女性に同じように惹かれたことが不思議でならなかった。

信じてきたとおりだったのだ。ふたりは同一人物だったのだから。

彼女を何カ月も探した。そしてもっと長いあいだ彼女に恋焦がれてきた。その女性は自分のすぐそばにいたのだ。

しかも、彼女は事実を明かさなかった。

こんなにぼくを苦しめていることを、彼女はわかっていたのだろうか？　女中に恋しているせいで銀色のドレスの淑女——結婚を夢見た女性——を裏切っているのではないかと、いったい何時間ベッドの上で思い悩んできたことか。

まったく、なんともばかばかしく思えてきた。ようやく、あの銀色のドレスの女性を頭から振り払う決心をつけたところだったのだ。社交界で何を言われようと、ソフィーに結婚を申し込もう、と。

それなのに、ふたりの女性が同一人物だったとは。

まるで耳もとでふたつの巨大な貝殻を擦り合わされているように、ひゅうひゅう、ぶんぶんと奇妙な音が頭のなかで響いていた。さらに、少し鼻をつく臭いがして、すべてがやや赤みがかって見えてきて――。

　ベネディクトは彼女から目を離せなかった。

「どうかしたの？」ソフィーが問いかけた。子供たちはみんな押し黙り、口をあんぐり開けて目を大きく、大きくしてベネディクトを見つめていた。

「ヒヤシンス」ベネディクトは口火を切った。「部屋を出てくれないか？」

「でも――」

「いますぐ！」ベネディクトは怒鳴った。

「ニコラス、エリザベス、ジョン、アリス、一緒に来なさい」ヒヤシンスはうわずった声ですばやく命じた。「厨房にビスケットがあるし、それと……」

　だが、ベネディクトは最後まで聞いてはいなかった。ヒヤシンスが子供たちを追いたてながら記録的な速さで部屋を出ていき、その声が廊下のほうへ遠くなっていった。

「ベネディクト？」ソフィーは頭の後ろの結び目をほどこうといじりながら言った。「ベネディクトなの？」

　ベネディクトはドアを閉めた。かちりという大きな音に、ソフィーはひるんだ。「どうしたというの？」小声で訊いた。

　ベネディクトは何も答えず、ソフィーがスカーフをはずすのをじっと見ていた。彼女が手間どっているのが愉快だった。いまはとにかく、やさしくも寛大にもなりたくない。

「ぼくに話さなければならないことがあるんじゃないのか？」抑制のきいた声だったが、手はふるえていた。

ソフィーが動きをとめた。体から立ちのぼる熱さえも目に見えそうなほど静かになった。それから、咳払いして――不安げなぎこちない音を立て――、また結び目をほどきにかかった。伸びあがった姿勢のせいで、ドレスの布地が胸に張りついていたが、ベネディクトはかすかな欲望も感じなかった。

皮肉にも、この女性に、その幻想の姿にも、欲望を感じないのはこれが初めてだった。

「手伝ってもらえない？」ソフィーがためらいながらも頼んだ。

ベネディクトは動かなかった。

「ベネディクト？」

「スカーフで目隠ししているきみの顔は興味深いよ、ソフィー」ベネディクトは低い声で言った。

ソフィーが両手をゆっくりと脇におろした。

「まるで半仮面をつけているみたいだよな？」

ソフィーの唇が開き、そこから漏れる低い息づかいの音だけが部屋に響く。

ベネディクトは、近づいていくのがソフィーにわかるように、ゆっくりと大股で音を立てて歩いていった。「ぼくはしばらく、仮面舞踏会には行ってないが」

ソフィーは気づいたようだ。口角を上げて口を閉じようとしながらもまだ少し唇があいたままの表情から、ベネディクトにはそれがわかった。ソフィーは気づかれてしまったことに気づいたのだ。

　ベネディクトはソフィーを怯えさせたかった。

　さらに二歩近づいてから、いきなり右を向くと、片腕が彼女の袖をかすめた。「会ったことがあると、ぼくに言おうとは思わなかったのか？」

　ソフィーは口を動かしたが、言葉は出なかった。

「思わなかったのか？」低く抑制のきいた声で尋ねた。

「ええ」ソフィーが震え声で答えた。

「ほんとうに？」

　無言だった。

「特別な理由があるのか？」

「それは――適切なことに思えなかったから」

　ベネディクトはさっと振り向いた。「適切なことに思えなかった？」鋭く言い返した。「ぼくは二年前、きみに恋をしたのに、適切なことに思えなかっただと？」

「お願いだから、スカーフを取ってくれないかしら？」ソフィーが囁いた。

「そのまま目隠ししてるんだ」

「ベネディクト、わたし――」

「この一カ月は、ぼくが目隠しをされていたようなものだからな」ベネディクトは腹立たしげに続けた。「どんな気分だい？」

「二年前、あなたはわたしに恋してなんていなかったわ」ソフィーは言って、スカーフの固い結び目を引っぱった。

「なんでそんなことが言えるんだ？　きみは消えたのに」

「消えなければならなかったのよ」ソフィーは声を張りあげた。「そうするしか選択肢がなかったの」

「選択肢はつねにあるものだ」蔑むように言う。「それを自由意志と呼ぶ」

「あなたは簡単にそう言えるのよね」ソフィーは言い返し、目隠しを力まかせに引っぱった。「あなたみたいになんでも持っている人は！　でも、わたしは――あっ！」目隠しがいきなり下がって、スカーフがゆるい首輪のようになってしまった。

ソフィーはいきなり飛び込んできた光に目をしばたたかせた。それから、ベネディクトの顔を目にして、よろよろとあとずさった。

彼の目は、怒りと、ソフィーには理解しがたい苦しみで燃えあがっていた。「会えて嬉しいよ、ソフィー」ベネディクトは気味の悪いほど低い声で言った。「それがほんとうの名前ならばだが」

ソフィーはうなずいた。

「ということは」妙に明るい口調で言う。「仮面舞踏会にいたのだから、ほんとうは使用人階級ではないのかな？」

「わたしは招待を受けてなかったわ」ソフィーは早口に言った。「別人になりすましていたの。あそこにいる資格はなかったのよ」

「ぼくに嘘をついたわけだ。すべて、何もかも、ぼくに言ったことは嘘だった」

「そうしなければならなかったの」ソフィーは小さな声で言った。

「ならば、聞かせてくれ。いったいどういうわけで、そこまでぼくに正体を隠さなければならなかったんだ？」

ソフィーは唾をのみ込んだ。このブリジャートン家の子供部屋で、本人に見おろされている状態で、自分があの仮面舞踏会で出会った淑女だったと打ち明けなかった理由を冷静に考えられるはずがない。

たぶん、愛人になってくれと言われるのが怖かったのだろう。

結局、言われてしまったのだけれど。

それにたぶん、こんな場面を偶然見られて、〝女中のソフィー〟が追いだされることはないだろうと高を括っていたし、話すにはもう遅すぎると思ったのだ。あまりに長いこと言いそびれてきてしまったので、怒りを買うのが怖かった。

それでもまた結局、怒りを買ってしまったのだけれど。

頭の整理がついてきた。もちろん、彼の前に立ち、熱い怒りと冷たい軽蔑を同時に含んだその目を見つめているいま、そんなことはたいした慰めにもならないけれど。

たぶん、ほんとうは――本音を言えば――プライドが許さなかったからだ。ベネディクトに気づいてもらえなかったことに落胆していた。あの仮面舞踏会の晩が、自分と同じように彼にとっても夢のようなひとときだったのなら、会ってすぐに気づかないことがありうるだろうか？

二年間、ソフィーはベネディクトのことを夢見て過ごしてきた。二年間、毎晩その顔を思い浮かべてきた。それなのに、再会したとき、彼は気づかなかったのだ。

ああ、でもたぶん、そうした理由のどれも間違っているのかもしれない。ほんとうはもっと単純なこと。ただ自分の心を守りたかっただけに違いない。なぜだかよくわからないけれど、目立たない女中として素性をあまり明かさないほうが安全に思えた。ベネディクトがもし正体を知ったら――仮面舞踏会で出会った女性だと知れただけでも――、口説かれてしまったはずだ。容赦なく。

そう、まだ女中だと思っていたときでさえ、口説いてきたのだから。でも、ベネディクトが真実を知っていたら、状況は違っていただろう。ソフィーはそう確信した。ベネディクトは身分の差をそれほど重大なことと考えなかっただろうし、自分もふたりのあいだの重大な障害を忘れてしまっていただろう。自分の社会的立場、その身分の低さが心を守る壁になっていたのに。それ以上近づけないから、近づくことができなかったのだ。ベネディクトのような男性――先代の子爵の息子で、いまの子爵の弟――は、けっして使用人とは結婚しない。でも、こちらが伯爵の庶子となると、状況は複雑になる。使用人とは違って、貴族の庶子は夢を見ることはできるからだ。

とはいえ、その夢が叶いそうもないのは使用人と変わらない。夢を見られるぶんだけ、よけいにつらさを味わうことになる。それがわかっているからこそ、秘密を打ち明けようと喉まで言葉が出かかるたびに、真実を話すことはそのまま自分の心を傷つけることになるのだと、自分に言い聞かせてきた。

ソフィーは思わず笑いだしそうになった。そもそもこれ以上、つらい気持ちになんてなれるのだろうか。

「ぼくはきみを探した」ベネディクトの低く鋭い声が、ソフィーの思考をさえぎった。

ソフィーの目が見開かれ、潤んできた。「あなたが？」小さな声で訊く。

「なんと半年も」ベネディクトは吐き捨てるように言った。「きみはまるで地上から消えてしまったように思えた」

「わたしに行く場所なんてなかった」なぜそんなことを言ってしまったのか、ソフィーはわからなかった。

「ぼく、がいただろう」

その言葉が、重く、陰気に響いた。ソフィーは今更ながら真実を明かすわけにはいかないという強情な気持ちに駆られて、やっと口を開いた。「あなたがわたしを探したなんて知らなかった。でも――でも――」言葉に詰まり、きつく目を閉じてつらさをこらえた。

「でも、なんだ？」

ソフィーは喉をひきつらせるように唾をのみ込み、目をあけると、もうベネディクトの顔は見なかった。「あなたが探していることを知っていたとしても」自分の体を抱きしめる。

「あなたから身を隠したわ」

「そんなにぼくは嫌われていたのか？」

「違う！」ソフィーは叫んで、彼の顔にさっと目を向けた。苦悩が見えた。ベネディクトはそれを巧みに隠そうとしていたけれど、ソフィーにははっきりと見てとれた。彼の目に浮かぶ苦悩が。

「違うわ」努めて穏やかに冷静な声で言った。「そうじゃないの。嫌いになんてなれるはずない」

「では、なぜなんだ？」

「わたしたちは住む世界が違うのよ、ベネディクト。あのときにもう、わたしたちは未来を夢見ることはできないのだと、わたしは悟っていたわ。どんなにつらかったか。むなしく叶わない夢を見ていろというの？　そんなことできなかった」

「きみは誰なんだ？」いきなりベネディクトが訊いた。

ソフィーは動けなくなって、彼をただじっと見つめた。

「教えてくれ」ベネディクトが強い調子で訊く。「きみが誰なのか。きみはただの侍女ではないのは確かなんだから」

「わたしは、あなたに話したとおりの人間よ」ベネディクトに殺気だった目で睨まれ、ソフィーは急いで付け加えた。「ほとんどは」

ベネディクトがそばに迫ってきた。「きみは誰だ？」

ソフィーはもう一歩後ろにさがった。「ソフィア・ベケット」

「誰なのかと訊いてるんだ」

「十四歳のときから使用人をしてるわ」

「その前は誰だったんだ？」

ソフィーの声は囁くほどに小さくなった。「庶子」

「誰の？」

「そんなことが重要かしら？」

ベネディクトの態度はますます強硬になってきた。「ぼくにとっては重要だ」

ソフィーは気力が失せていった。ベネディクトが貴族の務めを無視して自分のような人間と結婚するようなことがあるとは期待していなかったけれど、これほどまで追及されることがあるとも思っていなかった。

「きみのご両親は誰なんだ？」ベネディクトはくいさがった。

「あなたの知らない人よ」

「きみのご両親は誰だ」ベネディクトが怒鳴った。

「ペンウッド伯爵よ」ソフィーも大声で返した。

ベネディクトは身動きひとつせず、立ち尽くした。瞬きすらしない。

「わたしは貴族の庶子なの」積年の怒りと恨みが噴きだして、ソフィーは声を荒らげた。

「父はペンウッド伯爵で、母は使用人だった」吐き捨てるように言うと、ベネディクトの顔が青ざめた。「そうよ、母は侍女だったの。このわたしと同じように」

　重苦しい沈黙が落ちたあと、ソフィーは低い声で続けた。「母のようにはなりたくないの」

「だが、お母さんがべつの選択をしていたら」ベネディクトが言う。「きみは生まれていなかったんだ」

「そんなこと関係ないわ」

　ベネディクトの両脇に垂らした拳がふるえ始めた。「きみはぼくに嘘をついた」低い声で言う。

「あなたに真実を話す必要はなかったからよ」

「そんなことを勝手に決めるなんて何様のつもりだ？」ベネディクトがわめきたてた。「ああ、かわいそうなベネディクトは真実も教えてもらえない。自分で何も決められない。それに――」

　ベネディクトは自分の情けない声にぞっとして口をつぐんだ。ソフィーといると、自分が、虫の好かない、知らない誰かに変わってしまう。

　立ち去らなければ。ここを――。

「ベネディクト？」ソフィーがいぶかしげにこちらを見ている。心配そうな目つきだった。

「行かなければ」ベネディクトはつぶやいた。「いまはきみを見ていられない」

「なぜ？」ソフィーが尋ねた。ベネディクトはその顔を見て、ソフィーがすぐに尋ねたことを後悔しているのがわかった。

「いまは怒りがおさまらなくて」ゆっくりと途切れ途切れに言葉を継いだ。「自分が誰なのかすら、わからないからだ。ぼくは――」自分の手を見おろす。両手がふるえていた。彼女を傷つけてしまう、とベネディクトは思った。いや、傷つけたくはない。傷つけたくなんてない。ただ……。ただ……。

こんなふうに我を失ったのは生まれて初めてのことだった。ベネディクトは恐ろしくなってきた。

「行かなければ」もう一度言うと、彼女の脇を荒々しくすり抜け、大股で部屋を出ていった。

20

『ポージー・レイリング嬢の話題が出たところでもうひとつ、その母であるペンウッド伯爵夫人についてもまた、最近、奇行が取り沙汰されている。使用人たちの噂話によれば（みなさんご存知のとおり、最も信頼できる情報源だ）、昨晩、この伯爵夫人はひどい癇癪を起こし、少なくとも十七足もの靴を使用人たちに投げつけたという。
従僕がひとり片目に痣をこしらえたが、そのほかの使用人の健康状態は良好とのこと』
一八一七年六月十一日付〈レディ・ホイッスルダウンの社交界新聞〉より

一時間もしないうちに、ソフィーは荷造りを終えた。ほかに何をすればいいのかわからなかった。神経が高ぶって、じっとしてはいられなかった。足には力が入らず、手はふるえ、数分ごとに大きく空気をのみ込んでいる気がした。まるで、息を吸いさえすれば落ち着けるとでもいうように。

ベネディクトとあれほどひどい口論をしたあとで、レディ・ブリジャートンの屋敷にとどまれるとは思っていなかった。レディ・ブリジャートンに好かれているのは事実とはいえ、ベネディクトは彼女の息子だ。血の絆はほとんどどんなものより強いし、ブリジャートン家ならば、それはなおさらのことだ。

ベッドに腰かけ、ハンカチをくしゃくしゃにしながら、心から悲しく思った。ベネディクトのことで頭は混乱しているのに、ブリジャートン家の屋敷に暮らしていたいと思った。ソフィーはいままで一度も、こんなふうに家族という言葉の意味をほんとうに理解している人々のなかで暮らす喜びを味わったことはなかった。

きっとこの家族が恋しくなるだろう。

きっとベネディクトが恋しくなるだろう。

そして手に入れられなかった暮らしを思って嘆くだろう。

ソフィーはまたもじっとしていられなくなって、さっと立ちあがると、窓辺へ歩いていった。「あなたのせいよ、パパ」そう言って、空を見あげた。「そこにいるの。あなたをパパと呼んでいるのよ。あなたはけっしてわたしにそう呼ばせてくれなかった。呼ばれたくなかったのよね」むせぶように息を吸い込み、手の甲で涙を拭った。「あなたをパパと呼んでいるのよ。どんな気分がする？」

けれども、突然雷鳴が聞こえるわけでもなければ、灰色の雲がにわかに現れて太陽をさえぎるわけでもなかった。お金をまったく遺さなかったこと、アラミンタと一緒に暮らさせたことで、娘をどれだけ傷つけたのか、父にはけっしてわからないのだろう。おそらく、気にもしていないのだ。

急に疲れを覚えて、窓枠に寄りかかり、手で目を擦った。「あなたはわたしにべつの人生を味わわせた」ソフィーはつぶやいた。「そうしておいて、放りだした。初めから使用人として育てられたほうがどれほど気楽だったかしら。

わたしは多くを望んでいたわけじゃない。もう少し苦しまずに生きたかっただけなのに」

くるりと向き直り、たったひとつの粗末な布袋に目を落とした。レディ・ブリジャートンと娘たちが与えてくれたドレスはすべておいていくつもりだったけれど、古いドレスはすでにごみ箱に捨ててしまっていたので、ほかにどうしようもなかった。そこで、やって来たときに持っていたのと同じ枚数、つまり二着だけを選んで持っていくことにした――ベネディクトに正体を知られたときと同じ服を着たまま、着替え用にもう一枚を布袋に詰め込んだ。残りの服はすべてきちんとアイロンをかけて、洋服箪笥《だんす》に吊るしてある。

ソフィーはため息をついて、しばし目を閉じた。もう行かなければならない。どこへ行けばいいのかわからないけれど、ここにはとどまれない。

ソフィーは身をかがめ、布袋を拾いあげた。お金は少し貯めてあった。たくさんではないけれど、働いて倹約すれば、一年以内にはアメリカまでの乗船運賃ぐらいは貯まるだろう。アメリカはこのイングランドほど階級の差が厳しくないので、身分の高くない者には生きやすい土地だと聞いている。

ソフィーが廊下へ顔をだして覗くと、さいわいにも人影はなかった。自分でも意気地なしだと思うけれど、ブリジャートン家の娘たちに別れを言うのは避けたかった。泣いて取り乱したりすれば、よけいにつらい気持ちになるからだ。これまでの人生で、自分に敬意と思いやりを持って接してくれる同じ年代の女性たちと一緒に過ごしたのは、初めての経験だった。かつてはロザムンドとポージーと姉妹のようになりたいと思ったこともあったが、アラミンタがそれを許さなかったし、やさしくしてくれたポージーも絶対に母親には逆らえなかった。

でも、レディ・ブリジャートンには別れを告げなければいけないと思った。レディ・ブリジャートンは、どんな想像も及ばないほど親切にしてくれた。罪人のようにこそこそ姿をくらますような不義理はできない。運が良ければ、ベネディクトとの激しい口論のことは、まだレディ・ブリジャートンの耳に入っていないだろう。彼女にはきちんとここを去ることを伝え、別れを告げて出ていきたかった。

もう夕方近くで、茶会の時間は過ぎていたので、レディ・ブリジャートンは寝室とはべつのところにある、小さな書斎にいるのではないかと、ソフィーはあたりをつけた。そこは、書き物机といくつかの書棚がある温かな雰囲気のこぢんまりとした部屋で、レディ・ブリジャートンは手紙をしたためたり、家計簿をつけたりするのに使っていた。

ドアが少しあいていたので、軽くノックすると、拳が木に触れたときにその隙間がわずかに広がった。

「どうぞ！」レディ・ブリジャートンの声がした。ソフィーはドアを押しあけて、少しだけ顔を覗かせた。「お邪魔でしたでしょうか？」静かに尋ねた。

レディ・ブリジャートンは羽根ペンを置いた。「ええ。でも、邪魔は大歓迎。家計簿の計算はちっとも楽しくないから」

「わたし――」ソフィーは口を閉じた。そのお仕事なら喜んでお引き受けします、と言いだしそうになった。計算は得意なのだ。

「何か言った？」レディ・ブリジャートンが温かな目で問いかけた。

ソフィーは小さく首を横に振った。「いえ、何も」

部屋がしんと静まり返り、レディ・ブリジャートンがちょっと面白がるような笑みを浮かべて尋ねた。「何か特別な理由があって、わたしの部屋のドアをノックしたのでしょう？」

ソフィーは気持ちを落ち着けようと（できなかったけれど）深く息を吸い込んでから、答えた。「はい」

レディ・ブリジャートンは物問いたげな目を向けたが、何も言わなかった。

「こちらでのお仕事をやめさせていただきたいのです」ソフィーは言った。

レディ・ブリジャートンはいきなり椅子から立ちあがった。「なぜなの？　不満があるの？　娘たちの誰かにいじめられでもした？」

「そんな、違います」ソフィーは慌てて否定した。「そんなこと、めっそうもありません。お嬢さんたちは、外見だけでなくお心も大変すてきな方々です。ですから、そんなことは誰も――」

「では、どうしてなの、ソフィー？」

ソフィーはちゃんと立っていなければと戸枠をつかんだ。脚はふらつき、気持ちは動揺している。すぐにでも泣きだしてしまいそうだった。でもどうして？　愛している人に絶対に結婚してもらえないから？　嘘をついたせいで嫌われてしまったから？　一度は愛人になれと言われ、もう一度は大好きになった彼の家族のもとを去らざるをえなくなり、彼に二度も心を傷つけられたから？

出ていけとはっきり言われたわけではないものの、ソフィーがここにいられなくなることはベネディクトにもわからないはずがなかった。

「原因は、ベネディクトなのね？」

ソフィーははっと顔を上げた。

レディ・ブリジャートンは悲しげに微笑んだ。「あなたたちのあいだに何かあるということはわかっていたわ」静かに言って、ソフィーの目に表れていたに違いない疑問に答えた。

「どうして、わたしを首になさらなかったのです？」ソフィーはか弱い声で言った。ベネディクトと親密な関係になったことまで知られているとは思えなかったけれど、レディ・ブリジャートンのような身分の女性なら誰でも、息子を女中と恋仲になどさせたくないはずだ。

「わからないわ」レディ・ブリジャートンは、ソフィーが想像もできなかったほど複雑な表情で答えた。「そうするべきだったのかもしれないわね」妙に頼りない目で肩をすくめた。

「でも、あなたのことが好きなのよ」

必死にこらえていた涙が頰を流れ落ちてきても、ソフィーはどうにか取り乱さないようこらえた。ふるえもせず、音も立てなかった。ただじっと立ち尽くしたまま、涙を流していた。

レディ・ブリジャートンがふたたび口を開き、とても用心深く、気持ちを込めた言葉を発した。まるで、特定の返事を引きだすために慎重に言葉を選ぶように。「あなたは」ソフィーの顔からけっして目を離さずに言う。「わたしの息子といてもらいたいと思える女性なの。わたしたちは知り合ってまだ日が浅いけれど、わたしにはあなたの人柄も心持ちもわかっているわ。だから――」

ソフィーは小さくむせび泣きを漏らしてしまったものの、できるだけすぐにそれを押しとどめた。

「あなたの生まれが違っていればと思ってしまう」レディ・ブリジャートンは泣いているソフィーを深く思いやるように頭をかしげ、悲しげにゆっくりと目を瞬きしながら続けた。「あなたを責めたり貶《おとし》めたりするつもりはないけれど、それが問題をとても難しくしているのよ」

「無理なんです」ソフィーは囁いた。

レディ・ブリジャートンは何も言わなかったが、ソフィーは夫人もその判断に同意していることを――完全にではなくても九八パーセントは――悟った。

「ひょっとしたら」レディ・ブリジャートンはますます慎重に言葉を選びながら続けた。「あなたの生まれが、聞いていたのとまったく違うということもあるのかしら？」

ソフィーは黙っていた。

「あなたには、どうも合点がいかないところがあるのよ、ソフィー」

レディ・ブリジャートンはその理由を尋ねられるのを待っているそぶりだったが、ソフィーには何を言おうとしているのかがはっきりわかっていた。

「あなたのアクセントは非の打ちどころがないわ」レディ・ブリジャートンが言う。「お母様の雇い主のお子さんたちと一緒に授業を受けたと言っていたけれど、わたしはその説明だけでは納得がいかないのよ。そういう授業を受けるのは少し大きくなってから、一番早くても六歳からなのに、あなたの話し方はその頃にはすでにできあがっていたとしか思えない」

ソフィーは思わず目を見開いていた。自分の作り話にそんなほころびがあるとは知らなかったし、いままで誰にも気づかれなかったことにむしろ驚きを覚えた。とはいえ考えてみれば、レディ・ブリジャートンは、これまで偽の生い立ちを話したおおかたの人々よりだいぶ賢いのだ。

「それに、あなたはラテン語もできるわね」レディ・ブリジャートンが言う。「できないとは言わせないわよ。この前、ヒヤシンスにてこずらされているときに、あなたが小さな声でつぶやいているのを聞いたのだから」

ソフィーはレディ・ブリジャートンのすぐ左側にある窓にじっと目を据えていた。どうしても夫人と目を合わせることはできなかった。

「否定しないでくれてありがとう」レディ・ブリジャートンは言って、ソフィーが何か言うのを待った。ずっと待ち続けているので、ソフィーはその長たらしい沈黙を埋めざるをえなくなった。

「わたしは、奥様の息子さんにはふさわしくありません」それだけ言った。

「そう」

「ほんとうに行かなければなりません」気が変わる前に、すばやくその言葉を言わなければいられなかった。

レディ・ブリジャートンはうなずいた。「あなたがそうしたいのなら、わたしに引きとめることはできないわ。どこへ行くつもりなの？」

「北部に親類がいるんです」ソフィーは嘘をついた。

レディ・ブリジャートンはどう見ても信じていないようだったが、言った。「もちろん、うちの馬車を使ってちょうだいね」

「いいえ、そんなことはできません」

「使わないなんてことをわたしが許すはずないでしょう。あなたのことについては、――少なくともあと数日は――わたしに責任があると思っているし、付添い人もなしで出ていくのは危険すぎるわ。この世の中は女性がひとりで生きていけるほど安全じゃないのよ」

ソフィーは苦笑いを抑えることができなかった。口調こそ違うけれど、レディ・ブリジャートンの言葉は、数週間前にベネディクトが言ったこととそっくりだった。そう言い聞かせるときの顔つきも。レディ・ブリジャートンと親友だなどとはとても言えないけれど、夫人の性格はよく知っているので、この件に関しては自分の主張を一歩も引かないことはわかっていた。

「承知しました」ソフィーは同意した。「ありがとうございます」ソフィーは途中のどこかで御者に頼んで馬車を降りようと思った。できれば、いつの日かアメリカへ渡る船の切符を買う港からそう遠くない場所で降りて、行き先を決めればいい。

レディ・ブリジャートンが悲しげに小さく微笑んだ。「あなたのことだから、もう荷物をまとめてあるのよね？」

ソフィーはうなずいた。自分がたったひとつの布袋しか持っていないことは告げるまでもないと思った。

「みんなにお別れの挨拶はすませたの？」

ソフィーは首を横に振った。「しないで行きたいんです」

レディ・ブリジャートンはただうなずいた。「それがいいかもしれないわね。玄関ホールで待っていてくれる？　四輪馬車《コーチ》を正面にまわすよう手配するから」

ソフィーは背を向けて歩きだしたものの、戸口まで行くと立ちどまり、振り返った。「レディ・ブリジャートン、わたし――」

何か良い知らせを期待するように夫人の目が輝いた。良い知らせとまではいかなくても何かべつの話を期待するように。「何かしら？」

ソフィーは唾をのみ込んだ。「ただ、奥様にお礼が言いたくて」

レディ・ブリジャートンの目の輝きがわずかにくすんだ。「何に対して？」

「わたしをここにおいてくださって、受け入れて、家族の一員のように接してくださったことに」

「そんなこと――」

「奥様やお嬢様たちと一緒にお茶まで飲ませてくださいました」ソフィーは夫人の言葉をさえぎった。いま、すべて言ってしまわなければ、二度と言う勇気は出ないだろう。「ほとんどの淑女たちはそんなことはなさいません。楽しくて……新鮮で……」言葉に詰まった。「みなさんが恋しくなると思います」

「行かなくていいのよ」レディ・ブリジャートンがやさしく言う。

ソフィーは微笑もうとしたけれど、完全に表情が崩れてしまい、涙の味がした。「いいえ」むせびながら言葉を継いだ。「行きます」

レディ・ブリジャートンはとても長いあいだソフィーを見つめていた。その淡い青色の瞳が憐れみで充たされ、それから理解の表情が浮かんだ。「わかったわ」静かに言った。

わかったという言葉がソフィーの胸を突いた。

「それでは、階下《した》で」レディ・ブリジャートンは言った。

ソフィーがうなずくと、その脇を夫人が通り抜けていった。廊下に出て足をとめ、ソフィーのくたびれた布袋を見おろした。「持ち物はこれだけ？」

「これがすべてなんです」

レディ・ブリジャートンは気詰まりそうに唾をのみ込み、頬をほのかにピンク色に染めた。まるで自分の裕福さとソフィーの貧しさの差を恥じらうように。

「でも、こんなことは……」ソフィーは布袋を手振りで示して言った。「こんなことは重要ではありません。奥様たちが何をお持ちでも……」言葉を切り、唾をのみ込んで喉の詰まりと抗いながら続けた。「持ち物のことを言うつもりでは……」

「言いたいことはわかってるわ、ソフィー」レディ・ブリジャートンは手で目頭を押さえた。「ありがとう」

ソフィーはほんのわずかに肩をすくめてみせた。「本心なんです」

「行く前に少しばかりお金を渡したいのよ、ソフィー」だし抜けにレディ・ブリジャートンが言った。

ソフィーは首を振った。「いただけません。すでにドレスを二着もいただいているんです。持っていくつもりはなかったのですが――」

「いいのよ」レディ・ブリジャートンが応じた。「そうしなければどうするというの？　あなたが来たときに着ていたものはもうないのだし」咳払いする。「だけど、お願い、お金を受け取って」ソフィーが抵抗しようと口を開くのを見て言った。「お願い。それでわたしの気が楽になるのだから」

レディ・ブリジャートンの目には必ず相手に言うことをきかせてしまう威力があり、そのうえ、ソフィーもほんとうは資金を必要としていた。レディ・ブリジャートンは寛大な女性だ。三等席で海を渡れるぐらいのお金をくれるかもしれない。ソフィーはその申し出に良心が咎める隙を与えず、とっさに答えていた。「ありがとうございます」

レディ・ブリジャートンは小さくうなずくと廊下の先へ消えた。

ソフィーはゆっくりと、震えながら息を吐きだすと、布袋を拾いあげてゆっくりと階段をおりていった。玄関広間でしばし待ったあと、やはり外に出て待っていようと考えた。よく晴れた春の日だったので、陽射しを浴びれば気分が楽になるかもしれないと思ったからだ。せめて少しくらいは楽になるだろう。それに、ブリジャートン家の娘たちにはなるべく会いたくなかった。よけいに寂しくなるから、さよならは言いたくない。

片手に布袋を持ったまま玄関扉を押しあけ、階段をおりていった。

馬車がまわされてくるまで、そう時間はかからないはずだ。五分か、せいぜい十分――。

「ソフィー・ベケット！」

胃が足首まですとんと落ちた気がした。アラミンタ。この声を忘れられるはずがあるだろうか？

足が動かなくなって、左右や階段の上を見まわして、逃げ道を探そうとした。ブリジャートン家のなかに駆け戻れば、アラミンタに居場所を知られてしまうし、走って逃げれば――。

「巡査！」アラミンタが金切り声をあげた。「巡査を呼んで！」

ソフィーは布袋を落っことし、走りだした。

「誰か、その女をつかまえて！」アラミンタが叫ぶ。「泥棒をつかまえて！　泥棒をつかまえて！」

ソフィーは罪を認めるようなものだと知りながら、逃げ続けた。筋肉繊維をひとつ残らず使って、できるかぎり肺に空気を吸い込んで、走った。走って、走って、走って……。

とうとう誰かに背中に飛びかかられ、地面に倒された。

「つかまえたぞ！」男ががなる。「つかまえてやったぞ！」

ソフィーは目をしばたたかせて、痛みにあえいだ。頭を舗道に激しく打ちつけたところに、男がお腹に腰を乗りかからせるようにして押さえつけてきた。

「見つけたわよ！」アラミンタが駆けつけて満足げに言った。「ソフィー・ベケット。この恥知らず！」

ソフィーはアラミンタを睨みつけた。この憎しみを言い表せる言葉など存在しない。それ以前に、あまりに痛くて口がきけなかった。

「おまえを探していたのよ」アラミンタは意地悪そうに微笑んだ。「おまえを見たって、ポージーから聞いたから」

ソフィーはいつもの瞬きより長く目を閉じていた。ああ、ポージー。告げ口したとは思えないけれど、ポージーは考える前に口を滑らせてしまう性質《たち》なのだ。

アラミンタはソフィーの手の——男に手首をつかまれていて動かせなかった——すぐそばに足をおき、それから、その足を微笑みながら手の上にずらした。「わたくしの物を盗むとはもってのほか」アラミンタは青い目をぎらつかせて言った。

ソフィーはただ呻いた。そうすることしかできなかった。

「いいこと」アラミンタは愉快そうに続けた。「これで、おまえを監獄に送れるわ。もっと前にそうしたかったのだけれど、やっとわたくしの主張が証明されるのよ」

そのとき、ひとりの男が走り寄ってきて、アラミンタのすぐ前でとまった。「治安官がこちらに向かっています、奥様。この泥棒をすぐに連行してもらいましょう」

ソフィーは下唇を噛んだ。心は相反するふたつの願いの狭間で揺れていた。レディ・ブリジャートンが表に出てくるまで治安官が来ませんようにという願いと、早く来て、ブリジャートン家の人々に恥をさらす前に連行してほしいという願いと。

そして結局、願いは通じた。あとのほうの願いが。二分と経たずに治安官が到着し、ソフィーを荷馬車に乗せ、監獄へと連行していった。

運ばれていくあいだ、おかげでブリジャートン家の人々にはこの身に起こったことはけっして知られないのだから、それでよかったのだということしかソフィーには考えられなかった。

21

『昨日、ブルートン通りのレディ・ブリジャートン邸の正面階段前が、なんと騒がしかったことか！

まずはそこで、ペネロペ・フェザリントンが、ひとりでもふたりでもなく、三人ものブリジャートン兄弟と一緒にいるところを目撃されたのである。壁の花と呼ばれがちの不遇なペネロペ嬢にとっては、間違いなく、これまでにありえなかった快挙であろう。残念ながら（まあ予想どおりではあるが）、そこを離れる際には、三人のなかで唯一の既婚者の子爵に手を取られていたが。

もしもペネロペ嬢がブリジャートン兄弟のいずれかと結婚できたならば、いわば世も末、筆者は潔く何も知らなかったことを認め、ただちにこの職を辞さなければならないだろう。

この程度のゴシップでは飽き足らないという方々には、それから三時間も経たずして、同じ邸宅の前で、ある女性が三軒先に住むペンウッド伯爵夫人に咎められた一件をご報告しよう。この女性はどうやらブリジャートン家で働いていた人物で、レディ・ペンウッドの元使用人でもあるらしい。レディ・ペンウッドは、この身元不明の女性が二年ほど前に盗みを働いたと訴え、ただちに監獄へ連行させた。

最近、窃盗罪にどのような処罰が科せられているのか、筆者には定かではないが、大胆にも伯爵夫人から盗みを働いたとなれば、かなり重い刑が下るものと推測される。くだんの女性は絞首刑、あるいは最低でも流刑となるであろう。

先の女中争奪戦など（先月の本コラムに掲載）、いまやささいなことに見える』

一八一七年六月十三日付〈レディ・ホイッスルダウンの社交界新聞〉より

翌朝、ベネディクトは目覚めてまず、強い酒を一杯あおりたいと思った。いや、三杯だ。朝方に蒸留酒を口にするなど、みっともないことかもしれないが、きのうの夕方ソフィー・ベケットに心を痛めつけられたせいで、アルコールでの憂さ晴らしがすこぶる魅力的に思えた。

とはいえ、今朝は弟のコリンとフェンシングの手合わせをする約束をしていたことを思いだした。コリンには何の責任もないが、突如、この弟を痛めつけるほうがもっと魅力的に思えてきた。

そのために兄弟がいるのではないかとベネディクトは思い、身支度を整えながらしたたかな笑みを浮かべた。

「一時間しかできないんだ」コリンが剣《フルーレ》に安全チップをつけながら言った。「午後は約束が入ってるから」

「かまわないさ」ベネディクトは答えて、何度か前へ突進して脚の筋肉を温めた。しばらくフェンシングをしていなかったので、剣を握る感触が心地良かった。後ろにさがると剣先を床につけて剣針をわずかにたわませる。「おまえを負かすのに一時間もかからない」

コリンは目玉をぐるりとまわして、マスクを引きおろした。「準備はいいか？」

ベネディクトは部屋の中央に歩いていった。

「あんまり」コリンが答えて、兄のあとに続く。

ベネディクトはふたたび突進した。

「準備できてないと言ったのに！」コリンがさっとよけて、わめいた。

「おまえがのろまなんだ」ベネディクトは言い返した。

コリンは小さく毒づいてから、ついでに大きな声で付け加えた。「まったく。何があったんです？」

「何も」ベネディクトは唸るように言った。「どうして、そんなことを訊くんだ？」

コリンは一歩さがって、試合を始めるのに適度な距離を取った。「さあ、なんででしょうね」いやみっぽく抑揚をつけて言う。「兄さんがぼくの頭を跳ね落としかねない勢いだからでしょう」

「剣先に安全チップをつけてある」

「サーブルみたいに振り抜いてたし」コリンが鋭く言い返す。

ベネディクトは凄みのある笑みを浮かべた。「そのほうが楽しいからさ」

「首は狙わないでくださいよ」コリンは剣をもういっぽうの手に持ち替えると、指を曲げ伸ばした。ひと呼吸おいて眉根を寄せる。「ほんとうに、それはフルーレですよね？」

ベネディクトは顔をしかめた。「おいおい、頼むよ、コリン。本物の武器を使うわけがないだろう」

「確かめただけですよ」コリンはつぶやくと、軽く首に触れた。「準備はいいですか？」

ベネディクトはうなずき、膝を曲げた。

「ルールに則《のっと》り」コリンは腰を低くして言った。「切りつけるのはなし」

ベネディクトはそっけなくうなずいた。

「かまえて《アン・ガルド》！」

両者ともに右手を持ちあげ、手のひらが上に向くよう手首を捻って剣をしっかり握った。

「新品ですか？」突如、コリンが兄の剣の柄を興味深く見つめて訊いた。

ベネディクトは戦意をそがれて毒づいた。「ああ、新品だ」ぶっきらぼうに言う。「イタリア製の持ち手が気に入ってる」

コリンは後ろにさがって、完全にかまえの姿勢をとりやめて、自分の剣のたいして凝っていないフランス製の持ち手を眺めた。「今度、それをお借りしてもいいですか？　もしよければ――」

「わかったよ！」ベネディクトはすぐにも前に突進したい気持ちを抑えきれずに、つっけんどんに答えた。「かまえの姿勢に戻らないのか？」

コリンがゆがんだ笑みを浮かべた。弟はただ自分をいらだたせるために持ち手のことを尋ねたのだと、ベネディクトは気づいた。「お望みどおりに」コリンはつぶやいて、かまえの姿勢に戻った。

ともにしばしそのままの姿勢を保ち、やがてコリンが言った。「始め！」

ベネディクトはすばやく前進し、剣を突きだして攻めたが、もともとすこぶる足の速いコリンはその攻撃を巧みにかわし、慎重に後ろに引いた。

「きょうはずいぶんとご機嫌が悪いですね」コリンが言い、ベネディクトの肩上すれすれに剣を突きだす。

ベネディクトは身をかわしながら、剣針を上げてそれを阻止した。「ああ、気分の悪い思いをしたんでね」ふたたび前進し、剣先をまっすぐに突きだす。「きのう」

コリンはその攻撃をさらりとかわした。「見事な突き返し」そう言うと、剣の持ち手を額にあてて、おどけたように敬礼した。

「黙って、フェンシングをしろ」ベネディクトはきつく命じた。

コリンは含み笑いしながら前進し、剣針を右へ左へ動かしながらベネディクトを後退させた。「女性絡みですね」

ベネディクトはコリンの攻撃をとめるとすばやく前進に転じた。「おまえにはまったく関係のないことだ」

「女性ねえ」コリンがにやにや笑う。

ベネディクトは突進し、剣先でコリンの鎖骨を突いた。「ポイント」唸り声で言った。

コリンはそっけなくうなずいた。「あなたの一本です」ふたりは部屋の中央に戻った。「準備はいいですか？」

ベネディクトはうなずいた。

「かまえて《アン・ガルド》。始め！」

今回はコリンが最初に攻撃を仕掛けた。「女性のことで何か助言が必要でしたら……」言いながら、兄を隅に追い込んでいく。

ベネディクトは剣を持ちあげ、弟が後ろによろめくほどの勢いでその攻撃を跳ね返した。

「女性のことで助言が必要だとしても、おまえにだけは訊かないね」

「傷つくなあ」コリンは言って、体勢を立て直した。

「大丈夫」ベネディクトはのんきな声で言った。「ちゃんと安全チップをつけてあるから」

「女性に関しては、間違いなく兄さんよりぼくのほうが経験豊かですよ」

「あれ、そうだったかな？」ベネディクトは皮肉たっぷりに答えた。すまし顔で、コリンの口調をそっくりまねて言う。「ペネロペ・フェザリントンと結婚することなどありえない！」

コリンはたじろいだ。

「おまえは」ベネディクトは言った。「人に助言できる立場じゃない」

「彼女があそこにいたなんて知らなかったんだ」

ベネディクトは前に出て、コリンの肩すれすれを突いた。「言い訳無用。おまえはまっぴるまに、おおやけの場で話してたんだ。たとえ彼女があそこにいなかったとしても、誰かが聞きつけて、しまいには〈ホイッスルダウン〉のネタにされる」

コリンは兄の突きをかわすと、とっさに反撃に転じて兄の腹部を鮮やかに突いた。「ぼくの一本だ」低い声で言う。

ベネディクトはうなずいて、そのポイントを認めた。

「ぼくがばかでしたよ」コリンが言い、ふたりは部屋の中央に戻った。「だけど、兄さんだってばかだ」

「いったい、何が言いたいんだ?」

コリンはため息をついてマスクを上げた。「どうして、ぼくたち家族に彼女との結婚を相談してくれないんです?」

ベネディクトは剣を握る手から力が抜け、呆然と弟を見つめた。コリンが、相手の女性が誰かを知らずにこんなことを言うだろうか?

ベネディクトはマスクをはずし、弟の暗い緑色の目を見つめ、呻きそうになった。コリンは知っている。どうして知ったのかわからないが、たしかに知っている。驚くことではないのかもしれない。コリンはいつもなんでも知っているのだ。というのも、コリンをしのぐ唯一の情報通はエロイーズで、この妹のまだ不確かな情報がコリンの耳に入るまでには数時間もかからないのだから。

「どうして知ってる?」ベネディクトはようやく口を開いた。

コリンは唇の片端を引きあげて、いたずらっぽく微笑んだ。「ソフィーのことですか？　そんなのすぐにわかりましたよ」

「コリン、彼女は――」

「女中？　誰が気にします？　彼女と結婚したからといって、どんな問題があるっていうんです？」コリンは無頓着なそぶりで肩をすくめた。「どうでもいいような連中から仲間はずれにされる？　ぼくなら、そんなうわべだけの連中に仲間はずれにされようと、気にしませんね」

ベネディクトはこともなげに肩をすくめた。「そんなことはとっくに気にしてないさ」

「では、いったい何が問題なんです？」コリンは詰め寄った。

「複雑なんだよ」

「人の感情ほど複雑なものはないと思いますがね」

ベネディクトはその言葉を反芻しながら、剣先を床につけ、しなやかな剣針を前後にたわませた。「お母さんが開いた仮面舞踏会を覚えてるか？」

コリンは予想外の質問に目をぱちくりさせた。「二、三年前の？　あのあとすぐ、お母さんはブリジャートン・ハウスから転居したんですよね？」

ベネディクトはうなずいた。「それだ。銀色のドレスの女性に会ったのを覚えてるか？　廊下でおまえに出くわしただろう」

「もちろん。たしか兄さんは相当気に入って――」コリンが突如目を剝いた。「あれがソフィーだったと？」

「意外だよな？」控えめな表現に抑揚をつけて強調した。

「だけど……どうやって……」

「どうやってあそこに来たのかは知らないが、女中ではなかったんだ」

「女中ではない？」

「いや、女中ではある」ベネディクトは説明した。「だが、同時に、ペンウッド伯爵の庶子なんだ」

「でもいまの伯爵は……」

「ああ、先代の伯爵は数年前に亡くなった」

「兄上はその事実をすべて知っていたんですか？」

「いや」ベネディクトは途切れ途切れに短い言葉で答えた。「知らなかった」

「ああ」コリンは下唇を嚙んで、兄の短い言葉の意味をのみ込んだ。「なるほど」兄をじっと見つめる。「これからどうするつもりです？」

先端を床に押しつけてたわませていた剣が、いきなりぴんと伸びて手から離れた。ベネディクトは剣が床に転がるのを冷めた目で見つめ、そのまま顔を上げずに言った。「とてもいい質問だ」

ベネディクトはなおもソフィーに騙されたことに怒っていたが、わが身を責めずにもいられなかった。ソフィーに愛人になるよう迫るべきではなかった。彼女には要求を拒む権利がある。そして、一度拒まれたのだから、それを聞き入れるべきだったのだ。

自分は庶子として育てられたわけではない。庶子の彼女がそれほどつらい思いをしたから庶子を産みたくないと拒むのなら――その意志を尊重すべきだった。

彼女を大切に思うのなら、彼女の信念を尊重しなければならない。

不可能なことなどないとか、思うがままに選択する自由があるなどと言って、彼女を責め立てたのは間違っていた。母の言うとおりだ。自分は恵まれた人生を送っている。裕福で、家族がいて、幸せで……実際に手が届かないものは何もない。これまでの人生で経験した唯一の不幸は、突然の早すぎる父の死だが、そのときも家族で助け合うことができた。自分が経験したことのない痛みやつらさを想像するのは難しい。

それに、ソフィーとは違って、自分はこれまでひとりきりになったことはない。

ならば、どうする？　社交界からのけ者にされようとも彼女と結婚する覚悟は、すでにできている。正式に認められていないとはいえ伯爵の庶子だったのなら、使用人の女性との結婚に比べれば少しは受け入れられやすいが、それも少しだけのことだ。強引に押しとおせば、ロンドンの社交界はソフィーを受け入れるだろうが、あえて親切にしてくれる者はいるまい。自分とソフィーはロンドンの社交界には顔をださずに人目を避けて、おそらくは田舎でひっそり暮らすことになるだろう。

だが、ソフィーのいない華やかな暮らしより、彼女とともに静かに暮らすほうがよっぽど幸せだと判断するには何秒もかからなかった。

ソフィーが仮面舞踏会で出会った女性だったことが問題だろうか？　ソフィーは素性を偽っていたが、ベネディクトにはその心根はわかっていた。キスしたとき、笑い合ったとき、ただ一緒に坐って話しているとき――ソフィーは一瞬たりとも嘘をついたことはなかった。

微笑むだけで心を弾ませてくれる女性、スケッチをしているとき、ただそばに坐っているだけで充ちたりた気分にさせてくれる女性――それがほんとうのソフィーだ。

その彼女を、自分は愛している。

「もう決心はついているようですね」コリンが静かに言った。

ベネディクトは感慨深く弟を見た。いつから、これほど人の気持ちが読めるようになったんだ？　そう考えると、弟はいつのまに大人になっていたのだろう？　コリンといえば、明るく屈託のないわんぱく坊主で、責任など感じたこともない子供だと思い込んでいた。けれど、こうして改めて弟を見ると、別人のようだった。肩幅は広くなり、落ち着きや貫禄も増したような気がする。そして、何よりも目つきが思慮深くなっていた。目が心を映す窓だとするならば、自分が気づかないうちに、コリンの心はずっと成長していたのだろう。

「彼女にはいくつか謝らなければならないことがある」ベネディクトは言った。

「許してくれますよ」

「同様に、彼女にもぼくに謝らなければならないことがあるはずだ」

弟は明らかにその理由を訊きたそうだったが、立場をわきまえてひと言だけにとどめた。

「兄さんも彼女を許すつもりなのでしょう？」

ベネディクトはうなずいた。

コリンは手を伸ばし、兄の剣を拾いあげた。「ぼくが片づけておきますよ」

ベネディクトは弟の手をぼんやりとしばらく見つめてから、はっと我に返った。「行かなければ」ぼそりと言う。

コリンは笑みを抑えきれなかった。「ぼくもそう思います」

ベネディクトはその顔をまじまじと見てから、ただとにかく凄まじい衝動に駆られて手を伸ばし、すばやく弟を抱きしめた。「めったに言わないが」自分の声が荒々しくなっているように聞こえた。「愛している」

「ぼくも愛してますよ、兄上」コリンはいつもの少しいたずらっぽい笑みを広げた。「ほら、さっさと行ってください」

ベネディクトはマスクを弟に放り投げると、大股で部屋を出ていった。


「彼女が出ていったというのはどういうことです？」

「残念だけど、言葉どおりよ」レディ・ブリジャートンは悲しげな思いやり深い目で言った。

「出ていってしまったの」

ベネディクトはこめかみの後ろがどんどん圧迫されて、頭が破裂するのではないかと思った。「それで、黙って行かせたんですか？」

「わたしには、彼女を無理やり引きとめる権利はないわ」

ベネディクトは呻きそうになった。自分には彼女を無理やりロンドンに連れてくる権利などなかったが、それでも連れてきたのだ。

「どこに行ったんです?」ベネディクトは詰め寄った。

母は椅子に沈み込んだように見えた。「わからないのよ。彼女の身の安全が心配だったし、行き先を知りたい思いもあって、うちの馬車を使うように言ったのだけれど」

ベネディクトは机にばんと手をついた。「言ったのだけれど、どうなったんです?」

「それをいま言おうとしたんじゃないの。わたしはうちの馬車を使わせようとしたのだけれど、彼女はそれがいやだったらしくて、わたしが馬車を手配しているあいだに消えてしまったの」

ベネディクトは小声で毒づいた。ソフィーはおそらくまだロンドンにいるだろうが、この街はなにぶん大きく、人が多すぎる。探されたくない人間を探すのはほぼ不可能に等しい。

「あなたたちふたりは」母がそれとなく言う。「仲たがいをしたのでしょうね」

ベネディクトは髪をかきあげて、ふと自分の白い袖に目を留めた。「しまった」つぶやいた。フェンシングの服装のまま来てしまったのだ。驚いて母を見た。「いまは礼儀作法がどうとかいう説教はなしにしてください、お母さん。頼みます」

母の口角が上がった。「そんなこと、する気にもならないわ」

「どこに探しに行けばいいんでしょう?」

母の目から陽気さが消えた。「わからないわ、ベネディクト。わたしだって知りたいのよ。

ソフィーのことをとても好きだったのですもの」

「彼女はペンウッド伯爵の娘なんです」ベネディクトは言った。

ヴァイオレットは眉をひそめた。「そんなことだろうと思ったわ。非嫡出子なのね？」

ベネディクトはうなずいた。

母は何かを言おうとして口をあけたが、言葉は聞けなかった。ちょうどそのとき、書斎の扉がいきなり開き、ものすごい勢いで壁に叩きつけられたからだ。フランチェスカが家をかけ抜けてきたらしく母の机に激突し、その後ろからヒヤシンスが来て姉に激突した。

「何ごと？」ヴァイオレットが立ちあがって訊く。

「ソフィーが」フランチェスカが息を切らしながら言った。

「知ってるわ」ヴァイオレットが言う。「出ていってしまったのよ。ちょうどいま――」

「そうじゃなくて！」ヒヤシンスがさえぎって、一枚の紙を机に叩きつけた。「見て」

ベネディクトはすぐにそれが〈ホイッスルダウン〉紙だと気づいて手に取ろうとしたが、母に先を越された。「何が書いてあるんです？」母の顔が青ざめるのを見て、胃が沈み込むのを感じた。

母からその新聞を受け取った。アシュボーン公爵、マックルズフィールド伯爵、ペネロペ・フェザリントンについての記事を次々に流し読みして、ソフィーのことらしき箇所に行き着いた。

「監獄？」ひと言だけつぶやいた。

「彼女を釈放させなければ」母は言って、戦いに挑む将軍のように胸を反らせた。

だが、ベネディクトはすでに部屋を飛びだしていた。

「待ちなさい！」ヴァイオレットは叫ぶと、急いであとを追った。「わたしも行きます」

ベネディクトはちょうど階段の手前で足をとめた。「来なくていいです。お母さんをそのようなところに――」

「何を言ってるの」母は言い返した。「わたしはまだ枯れ花ではありませんよ。ソフィーの潔白を証明してみせるわ」

「わたしも行くわ」ふたりのあとから階上の廊下に出たフランチェスカの傍らにヒヤシンスも追いついてきて言った。

「だめ！」母と兄が同時に声をあげた。

「でも――」

「だめと言ったのよ」ヴァイオレットは鋭い声で念を押した。

フランチェスカがふてくされた鼻息を漏らした。「わたしに言うことをきかせようとしたって無駄――」

「それ以上言うなよ」ベネディクトは警告した。

「よけいに、けしかけてるようなものよ」

ベネディクトは妹を無視して母のほうを向いて言った。「どうしても行くとおっしゃるのなら、急ぎましょう」

母はうなずいた。「馬車をまわしてちょうだい。正面玄関で待っていますから」
十分後、ふたりは出発した。

22

『ブルートン通りがなんとも騒がしい。金曜の朝、ブリジャートン子爵未亡人が、その息子ベネディクト・ブリジャートンとともに家から飛びだしてきたところを目撃されている。息子が母親をほとんど押し込むようにして馬車に乗り込み、猛烈な速さで走り去っていった。フランチェスカ嬢とヒヤシンス嬢が玄関先に立ってそれを見ていたのだが、最も信頼できる筋からの情報によれば、そのとき、フランチェスカ嬢は淑女らしからぬ暴言を吐いたという。

とはいえ、騒がしかったのはブリジャートン家ばかりではない。ペンウッド家でも大変な騒ぎが起きていた。玄関先の階段で、伯爵夫人が娘のポージー・レイリングと激しく言い争っていたというのだ。

筆者は前々からレディ・ペンウッドが気に入らないので、言わせてもらおう。「がんばれ、ポージー！」』

一八一七年六月十六日付〈レディ・ホイッスルダウンの社交界新聞〉より

寒い。ほんとうに寒い。しかも、まさしく四本足の小動物が走りまわる、恐ろしげな音がする。それも、大きめの動物の音が。もっと正確に言うなら、大きめの四本足の小動物の音が。

鼠《ねずみ》だ。

「ああ、神様」ソフィーは呻き声を漏らした。ふだんはみだりに主の名を唱えはしないけれど、いまこそ、唱えるべきときだと思った。きっと神様はこの願いを聞き入れて、鼠を打ちのめしてくれるはずだ。そうよ、ものの見事に。突然、大きな稲妻が起きるのだ。巨大な。聖書に出てくるような。地面に落雷し、小さな電光の衝撃が徐々に地球全体に広がって、鼠をすべて焼き殺す。

すばらしい夢だ。ベネディクト・ブリジャートン夫人として、いつまでも幸せに暮らすという夢と同じぐらいに。

ソフィーは突如胸がちくりと痛んで、すぐさま息をのみ込んだ。ふたつの夢のどちらかを選べと言われたら、鼠の皆殺しのほうを望んでしまう自分にぞっとした。

いまはひとりきり。完全にひとりぼっちだ。そんなことに、どうしてこれほど動揺しているのかわからない。実際、ずっとひとりぼっちだったはずなのに。おばあちゃんにペンウッド・パークの玄関先におき去りにされて以来、自分のこと以上に――あるいは同じ程度にでも――関心を向けてくれた大人はいなかった。

お腹が鳴り、苦難のリストに空腹も加えなければならないことを思いだした。

それに、喉も渇いていた。まだ一滴の水も与えられていない。お茶を飲む幻想まで浮かんでくる。

長くゆっくりと息を吐きだし、息を吸うときには忘れずに口を使った。ものすごい悪臭なのだ。排泄用に粗末な便器を与えられたのだが、できるかぎり使わずにすむよう、いままで我慢していた。便器は空《から》の状態で独房に投げ入れられたものの、きれいに掃除されていたわけではなく、実際つかんだときには濡れていて、とっさに身の毛だって落っことしてしまった。

もちろん、これまで何度も便器を掃除してきたけれど、仕えてきた人々はたいてい、いわば、しっかり的を狙って処理していた。言うまでもなく、掃除のあとには必ず手を洗えたし。だからいまは、寒くて空腹なうえに、自分の皮膚も不潔な感じがする。

気持ち悪かった。

「面会人だ」

看守のぶっきらぼうなしゃがれ声を聞いて、ソフィーはさっと立ちあがった。まさか、ベネディクトが居場所を見つけてくれたのだろうか？　わたしを助けに来てくれることなどありうるのだろうか？　もしかしたら——。

「あら、あら、あら」

アラミンタだった。ソフィーは消沈した。

「ソフィー・ベケット」アラミンタは甲高い声で呼びかけ、悪臭のもとはソフィーひとりといわんばかりにハンカチで鼻を押さえながら独房に近づいてきた。「よくもまあ、ずうずうしくもロンドンに舞い戻れたものだこと」

ソフィーは反抗的な表情で唇を引き結んだ。アラミンタが自分を怒らせようとしているのはわかっていたので、満足させてやるつもりはなかった。

「気の毒だけど、あなたには不利な状況のようだわ」アラミンタは首を振ってわざとらしく同情するふりで言った。身を乗りだすようにして囁く。「治安判事は窃盗にはあまり寛大ではないのよね」

ソフィーは腕組みして頑なに壁を睨んでいた。アラミンタをまともに見たら、飛びかからずにいられそうもないし、そんなことをしたら独房の鉄格子に顔をぶつけてひどい傷を負ってしまう。

「靴飾りだけでもじゅうぶん罪は重いけれど」アラミンタは人差し指で顎を叩きながら続けた。「結婚指輪を盗まれたことを報告したら、大変ご立腹されていたわ」

「わたしは――」ソフィーは叫びだしかけて、どうにかこらえた。そんなことをしたら、アラミンタの思うつぼだ。

「盗ってない？」アラミンタは意地悪そうに微笑んだ。手をひらひらと振る。「見あたらないのよね、あなたがなんと言おうと」

ソフィーは口を開いたが、言葉が出なかった。アラミンタの言うとおりだ。ペンウッド伯爵未亡人の言葉より、自分の言葉を信じてくれる判事がいるはずもない。

アラミンタは薄笑いを浮かべた。「入口にいた男――看守だと言ってたかしら――の話では、あなたは絞首刑にはならないそうだから、その点は心配する必要はないわ。おおかた、島流しになるはずですって」

ソフィーは笑いそうになった。まさにきのうは、アメリカへ移り住もうと考えていたのだ。これでほんとうに移り住めるわけだ——ただし行き先はオーストラリアで、鎖につながれて行くのだけれど。

「わたくしからもぜひ、そのような寛大な措置をお願いするわ」アラミンタが言う。「殺す必要はないのよ、ただ……どこかへ消えてもらえば」

「すばらしいお慈悲だこと」ソフィーはつぶやいた。「判事様も感動されるわ」

アラミンタはこめかみに触れて、なにげなく髪を後ろに撫でつけた。「そうかしらね？」

ソフィーをまっすぐに見つめて微笑んだ。それは陰気でうつろな表情で、ふいにソフィーはどうしても知りたくなった——。

「どうして、わたしを嫌うの？」かすれた声で訊いた。

アラミンタは無言でしばし見つめたあと、低い声で言った。「伯爵があなたを愛していたからよ」

ソフィーは啞然として黙り込んだ。

アラミンタの目つきがありえないほど冷ややかになった。「だから、わたくしはけっしてあの人を許さない」

ソフィーは信じられない思いで首を振った。「わたしを愛してなんかいなかったわ」

「あなたに服を与え、食べさせていたじゃない」アラミンタの口もとがこわばった。「わたくしにあなたと暮らさせた」

「わたしを愛していたからじゃないわ」ソフィーは言った。「負い目を感じていたからよ。わたしを愛していたなら、あなたと暮らさせたりしない。伯爵は愚かではなかったわ。あなたがどれほどわたしを嫌っているか知っていたはずだもの。愛していたなら、遺書にわたしの名を忘れたりしない。愛していたなら――」喉が詰まって言葉が途切れた。

アラミンタが胸の前で腕を組む。

「愛していたなら」ソフィーは続けた。「もっと一緒に話をしてくれたはずだわ。どんな日を過ごしたかとか、勉強の調子はどうかとか、朝食は楽しかったかと訊いてくれたはずよ」喉をひくつかせながら唾をのみ込み、顔をそむけた。いまはとにかくアラミンタを見たくなかった。「伯爵はわたしを愛してなんかいなかったわ」

ふたりともだいぶ長く黙り込んだあと、アラミンタが言った。「伯爵はわたくしに罰を与えたのよ」

ソフィーはゆっくりと向き直った。

「後継ぎを身ごもれなかったから」アラミンタの手が震えだした。「だから、わたくしを嫌っていた」

ソフィーは言葉が見つからなかった。何を言うべきかわからなかった。

しばし間をおいて、アラミンタが言った。「最初は、あなたの存在自体がわたくしへの侮辱だから、あなたを嫌っていた。夫の庶子を養いたい女なんていないわ」

ソフィーは何も言わなかった。

「でもそのうち……そのうち……」

驚いたことに、アラミンタは記憶に力を奪いとられたように、壁にもたれかかった。

「そのうち、変わったのよ」アラミンタはようやくまた口を開いた。「どこかの商売女があなたを産めたというのに、わたくしがどうして身ごもれないのよ？」

ここで母を弁護しても的外れなように思えた。

「わたくしはね、あなたをただ嫌っていたのではないわ」低い声で続けた。「あなたを見るのもいやだったのよ」

その言葉は、ソフィーには意外ではなかった。

「あなたの声を聞くのも、あの人にそっくりなあなたの目を見るのもいやだった。あなたが同じ家にいると思うだけでいやだったのよ」

「わたしの家でもあったわ」ソフィーは静かに言った。

「ええ」アラミンタが答える。「わかってるわ。それも、いやだった」

ソフィーはすばやく顔を上げて、アラミンタの目を見つめた。「それなら、どうしてここにいるの？　もうじゅうぶんでしょう？　わたしがオーストラリアに流されることがわかったんだから」

アラミンタは肩をすくめた。「見逃せないでしょう。監獄にいるあなたを見るのがどんなに楽しいか。この臭いを消すのに三時間は入浴しなければいけないけれど、それだけの価値はあるわ」

「そろそろ隅に行って読書のふりでもさせていただくわ」ソフィーは吐き捨てるように言った。「あなたを見ててもちっとも楽しくないから」独房に唯一置いてある、がたついた三本脚の腰かけに坐り、みじめな気持ちを顔にださないように取り繕った。アラミンタにはたしかに負けたけれど、心はまだ打ちのめされていないし、アラミンタに打ち負かしたと思われるのも癪《しゃく》だった。

ソフィーは腕組みして壁を向いて坐り、アラミンタが立ち去る音を待っていた。

けれども、アラミンタは居すわり続けた。

このばかげた状況が十分も続き、ソフィーはついに立ちあがって叫んだ。「帰らないの?」

アラミンタは首をわずかに横にかしげた。「考えてたのよ」

〝何を〟と尋ねそうになったけれど、答えを聞くのもばからしかった。

「オーストラリアはどんなところなのかしらね」アラミンタが独りごちる。「わたくしはもちろん行ったことがないし、わたくしの教養ある知り合いたちは誰もそんなことを考えることすらしないし。でも、ものすごく暑いところだそうよ。しかも、あなたは色白だものね。そんな素肌で、強烈な陽射しに持ちこたえられるかしら。実際――」

アラミンタがそのあと何を言おうとしたにしろ、その言葉は角の向こうから聞こえてきた騒ぎの音でさえぎられた(ソフィーはほっとした――その先の言葉を聞いていたら、我を忘れて殴りかからずにはいられなかっただろうから)。

「いったい、何ごとかしら……?」アラミンタは言い、数歩さがって、よく見ようと首を伸ばした。

そのとき、ソフィーはとても耳慣れた声を聞いた。

「ベネディクト?」つぶやいた。

「なんて言ったの?」アラミンタが訊く。

けれども、そのときにはもうソフィーは立ちあがり、独房の鉄格子に顔を押しつけていた。

「通せと言ってるんだ!」ベネディクトが声高に言った。

「ベネディクト!」ソフィーは叫んだ。誰よりブリジャートン家の人々には、こんな屈辱的な場所にいる姿を見られたくないことは忘れていた。ベネディクトとは結婚できないということも。考えられるのはただ、彼が来てくれて、いまここにいるという事実だけだった。

鉄格子のあいだから頭をだせたなら、そうしていただろう。

いかにも人の骨と肉がぶつかりあったような、おぞましい音が響き、それから、おそらくは人が床に倒れたと思われるどさりという鈍い音がした。

駆けてくる足音、そして……。

「ベネディクト!」

「ソフィー! なんてことだ、大丈夫なのか?」ベネディクトは鉄格子のあいだから手を伸ばしてきて、ソフィーの頬を包んだ。唇を重ねる。それは情熱ではなく、恐怖と安堵が混じりあったキスだった。

「ミスター・ブリジャートン？」アラミンタがうわずった声で言った。

ソフィーはやっとのことで、ベネディクトからアラミンタの驚いた顔に視線を移した。アラミンタにはまだブリジャートン家との関係を知られていなかったことを思いだし、にわかに胸が沸きたった。

人生で最も気分のいい瞬間だった。そんなふうに思う自分は浅はかな人間かもしれない。大切なことの優先順位が間違っているのかもしれない。それでも、地位と権力がすべてと考えるアラミンタに、ロンドンで一番人気のある独身貴族とのキスを見せるのは、ソフィーにとってこのうえない快感だった。

もちろん、ベネディクトと会えたことのほうがずっと嬉しかったけれど。

ベネディクトは、名残惜しそうにソフィーの顔をそっとなぞってから、身を引いて、独房から離れた。腕組みをして、間違いなく地面を焦がせると思うほどの目つきでアラミンタを睨みつけた。

「あなたは、どのような罪で彼女を訴えているのです？」ベネディクトは問いただした。

ソフィーのアラミンタへの感情はたしかに〝大嫌い〟の部類に属するとはいえ、この年配女性が愚かであるとはけっして思っていなかった。けれども、ここにきてその判断を考え直さなければならないと思った。なにしろアラミンタは、このように激しく非難されたときにまともな人間がやるように震えて縮こまるどころか、両手を腰にあてて、声を張りあげたからだ。「窃盗よ！」

まさにその瞬間、レディ・ブリジャートンが角をまわって小走りにやってきた。「ソフィーがそんなことをするとは思えないわ」そう言いながら、息子の隣りに駆けつけた。アラミンタを見とめて目を凝《こ》らす。「それに」不機嫌そうに付け加えた。「あなたのことはずっと気にくわなかったのよ、レディ・ペンウッド」

アラミンタはあとずさると、片手を憤然と胸にあてた。「わたくしの話ではないでしょう」声を荒らげた。「この娘の話だわ」ソフィーを刺すような目で見る。「厚かましくも、わたくしの結婚指輪を盗んだのよ！」

「あなたの結婚指輪なんて盗んでないわ、あなたもそれを知ってるくせに！」ソフィーは言い返した。「あなたのものなんて欲しいわけ――」

「わたくしの靴飾りを盗んだじゃないの！」

ソフィーは歯向かうように唇を引き結んだ。

「ほら、みなさい！」アラミンタは証人の数を確かめるように見まわした。「罪は明白」

「彼女はあなたの義理の娘ではないか」ベネディクトが唸り声で言った。「それなのに、こんなつらい思いを味わわせるようなことを――」

アラミンタの顔がゆがみ、紅潮した。「二度と、義理の娘などと呼ばないでいただきたいわ。この娘はわたくしとは関係ないのよ、なんの関係も！」

「あら、そうなんですの」レディ・ブリジャートンはやたら丁寧な口調で言った。「でも、ほんとうにあなたと関係がないのなら、彼女を泥棒の罪で吊るし首にするために、わざわざこんな汚らしい監獄までいらっしゃらないんじゃないかしら」

アラミンタが答えに窮しているあいだに、治安判事が現れた。後ろに、ひどくむっつりとして、しかも目のまわりに真っ黒な痣をこしらえた看守を伴っている。

ソフィーはその看守に独房に押し込まれるときにお尻を引っぱたかれたので、笑みをこらえきれなかった。

「いったい何ごとですか？」判事が訊いた。

「このご婦人が」ベネディクトは、そのひと言で陰謀をすべて消し去ってやるといわんばかりに高らかに声を響かせた。「ぼくの婚約者《フィアンセ》を窃盗罪で訴えているのです」

フィアンセ？

ソフィーはどうにか口を閉じたものの、急に膝の力が抜けて、独房の鉄格子をぎゅっと握らないと立っていられなかった。

「フィアンセ？」アラミンタが息をのんだ。

判事が姿勢を正した。「それでじつのところ、あなたはどなた様で？」名は知らなくとも、ベネディクトが有力者であることに明らかに気づいている口調だった。ベネディクトは腕組みをして名を答えた。

判事の顔色が変わった。「つまり、子爵様のご親類？」

「子爵は兄です」

「それで、この女性が」唾をのみ込んでソフィーを指し示す。「あなた様のフィアンセ？」

突風が吹いて、ベネディクトに嘘つきの烙印《らくいん》が押されるような超常現象でも起きるのではないかとソフィーは思ったが、何も起こらなかった。レディ・ブリジャートンまでがうなずいている。

「あなたは彼女と結婚できないわ」アラミンタが強い調子で言った。

ベネディクトは母のほうを向いた。「この件に関して、レディ・ペンウッドの許可を得なければならない理由はありますか？」

「ないと思うわ」レディ・ブリジャートンが答えた。

「この娘は娼婦も同然なんだから」アラミンタが罵った。「この娘の母親は娼婦だったのよ。その女の血が流れて――あうう！」

ベネディクトは瞬く間に伯爵夫人の喉をつかんでいた。「ぼくに首を絞められたいのか」

治安判事がベネディクトの肩を軽く叩いた。「手を放さなくてはいけません」

「黙らせるためでも？」

判事は悩ましげな顔をしたが、結局、首を縦に振った。

ベネディクトは明らかにしぶしぶといったそぶりでアラミンタを放した。

「あなたがこの娘と結婚したら」アラミンタは喉をさすりながら言った。「この娘がほんとうは何者なのか――娼婦が産んだ庶子だってことをみんなに広めてやるわ」

判事がアラミンタにいかめしい顔を向けた。「そのような物言いはこの場にそぐわないかと」

「わたくしは普段からこんなしゃべり方をしているわけではなくてよ」アラミンタはこばかにしたように鼻で笑った。「でも、しっかりと言っておかなければならないときがあるのよ」

ソフィーが見やると、ベネディクトはいかにも威嚇するように指を曲げ伸ばしていた。間違いなく彼は、しっかりと拳をお見舞いしておかなければならないときがあると考えている。

判事が咳払いした。「あなたはこの女性を非常に重い罪で訴えておられる」唾をのみ込む。「そして、この女性はブリジャートン家の子息の婚約者」

「わたくしはペンウッド伯爵夫人なのよ」甲高い声をあげた。「伯爵夫人！」

判事はその場にいる人々の顔を順ぐりに見やった。伯爵夫人のアラミンタが誰より地位は高いが、ペンウッド家の彼女がひとりなのに対し、ブリジャートン家の人間はふたり。しかも、そのうちのひとりはかなり大柄な男性で、目に見えて怒っており、すでに看守の目に拳を見舞っている。

「あの娘はわたくしのものを盗んだのよ！」

「いや、あなたが彼女から盗んだんだろう！」ベネディクトが怒鳴った。

一瞬、部屋が静まり返った。

「あなたは、彼女の大切な子供時代を奪った」ベネディクトは怒りに身を震わせながら言った。ソフィーの人生についてには知らない部分もだいぶあるが、その緑色の目に秘めた悲しみの大部分はこの女性がもたらしたものであると、なぜだかわかった。そして、残りの悲しみの責任は、彼女の亡き父親にあることに賭けてもいいぐらいの自信があった。

ベネディクトは判事のほうを向いて言った。「ぼくのフィアンセは亡きペンウッド伯爵の庶子なのです。それで、この伯爵未亡人は彼女に泥棒のぬれ衣をきせて訴えているのです。復讐と憎しみのためだけに」

判事はベネディクトからアラミンタへ視線を移し、最後にソフィーを見やった。「ほんとうですか？」判事は尋ねた。「ぬれ衣をきせられているのですか？」

「この娘は靴飾りを盗んだのよ！」アラミンタが金切り声をあげた。「主人の墓に誓って、この娘が靴飾りを盗んだんだから！」

「ねえ、もうやめてよ、お母様。わ、わ、わたしが靴飾りを盗ったんです」

ソフィーはぽかんと口をあけた。「ポージー？」

ベネディクトは新たに現れた人物を見た。明らかに伯爵夫人の娘とわかる、小柄で少しぽっちゃりとした若い娘だ。それからソフィーに視線を戻すと、その顔は真っ青になっていた。

「出ていきなさい」アラミンタが叱責した。「あなたには関係のないことなのだから」

「関係がありそうですよ」判事がアラミンタのほうを向いて言った。「彼女が靴飾りを盗んだのだとすればだが。あなたはこの娘さんを訴えますか？」

「この子はわたくしの娘なのよ！」

「わたしをソフィーと一緒に牢屋に入れて！」ポージーは芝居がかった口調で言い、大げさに両手を胸の前で組み合わせた。「もし、ソフィーが窃盗の罪で島流しにされるというなら、わたしもそうなるはずだわ」

ベネディクトは数日ぶりに思わず微笑んでいた。

看守が鍵を取りだした。「判事様？」ためらいがちに言って、判事をつついた。

「それはしまっておけ」判事はぴしゃりと言った。「伯爵夫人のお嬢さんを投獄できるわけがないだろう」

「しまわなくていいのよ」レディ・ブリジャートンが口を挟んだ。「うちの未来の嫁をすぐに出してもらわなくちゃ」

看守は困り果てて判事を見た。

「おお、そのとおりだ」判事は言って、ソフィーのほうを指で示した。「この女性を出しなさい。ただし、わたしがこの一件の片をつけるまで、どなたもこの場を動かぬように」

アラミンタが阻止しようと気色ばんだものの、ソフィーは正式に釈放された。ベネディクトのほうへ駆け寄ろうとすると、判事に片腕で制された。「そう慌てずに。恋人同士の熱い再会は、誰を逮捕すべきか決着がついてからにするように」

「逮捕すべき人間なんていませんよ」ベネディクトが唸り声で言った。

「この娘はオーストラリア行きよ！」アラミンタがソフィーを指差して叫んだ。

「わたしを牢屋に入れて！」ポージーが手の甲を額にあてて、ため息まじりに言う。「わたしがやったんだから！」

「ポージー、それ以上言わないで」ソフィーは囁いた。「ほんとに、牢屋に入りたいなんて言わないほうがいいわ。ひどい場所よ。しかも、鼠がいるんだから」

ポージーがそろそろと独房から離れた。

「あなたはもう、この街ではどこからも招待されなくなるわよ」レディ・ブリジャートンがアラミンタに言った。

「わたくしは伯爵夫人なのよ！」アラミンタが嚙みつくように言う。

「でも、わたしのほうが人望があるわ」レディ・ブリジャートンが言い返した。その似つかわしくないいやみな口調に、ベネディクトとソフィーはぽかんと口をあけた。

「そこまで！」判事が制した。ポージーのほうを向き、アラミンタを指し示して言う。「この方はあなたのお母様ですね？」

ポージーはうなずいた。

「そして、あなたは、自分が靴飾りを盗んだと言いましたね？」

ポージーがもう一度うなずく。「それから、結婚指輪は盗まれていないわ。家にあるお母様の宝石箱に入っているんです」

誰もたいして驚かず、声を漏らしもしなかった。

けれども、アラミンタはなおも抵抗した。「入ってないわよ！」

「もうひとつのほうの宝石箱よ」ポージーが説明する。「左から三番目の抽斗《ひきだし》に入れてる箱」

アラミンタは青ざめた。

判事が言う。「どうやら、あなたにはミス・ベケットを訴える、じゅうぶんな根拠がないようですね、レディ・ペンウッド」

アラミンタは怒りに身をわななかせ、震える腕を伸ばし、長い指をソフィーへ向けた。

「この女がわたくしの物を盗んだのよ」恐ろしげな低い声で言い、ポージーのほうへ目を剝いた。「わたしくしの娘は嘘をついてるのよ。どうしてだかわからないし、それでどんな得ができると思っているのか見当もつかないけれど、嘘をついてるのよ」

ソフィーは心配でたまらなくなった。ポージーは家に戻ったとき、大変な目に遭うだろう。こんなふうに公然と屈辱を味わわされたら、アラミンタがどのような報復に出るかわかったものではない。ソフィーは、自分のせいでポージーが責められるのは耐えられなかった。そんなことはけっして――。

「ポージーは――」じっくり考える前にその言葉が口をついて出たものの、最後まで言えなかった。ポージーに肘でお腹を突かれたからだ。

強烈に。

「何か言いましたか?」判事が問いかけた。

ソフィーはまったく口がきけずに首を振った。ポージーにスコットランドまで吹っ飛ばされたような衝撃だった。

判事が疲れた吐息をついて、薄くなりかけた金髪を掻きあげた。ポージーを見て、それからソフィー、アラミンタ、ベネディクトの順で視線を向ける。レディ・ブリジャートンが咳払いして、自分にも注意を向けさせた。

「どうやら」判事はまるで来る場所を間違えたといった風情で言った。「靴飾りをひとつ盗まれただけの話ではなさそうだ」

「ひとつじゃないわよ」アラミンタが鼻を鳴らした。「一足ぶんなのだから、ふたつ」

「いずれにせよ」判事が苦々しげに言う。「あなた方は明らかに互いに憎み合っている。これからどなたかを逮捕する前に、わたしはその理由をお伺いしたい」

一瞬、誰も口を開かなかった。それから、いっせいにしゃべりだした。

「静粛に！」判事が声を張りあげた。「きみから」ソフィーを指差した。

「あのう……」いざ自分に話す権利が与えられると、ソフィーはひどく気おくれした。

判事が咳払いした。盛大に。

「彼が言ったとおりなんです」ソフィーは口早に言って、ベネディクトを指差した。「わたしはペンウッド伯爵の娘なのですが、そのようには扱ってもらえませんでした」

アラミンタが何かを言おうとして口をあけたが、判事ににらみつけられて押し黙った。

「わたしは、あの人が伯爵と結婚するまでの七年間、ペンウッド・パークに住んでいました」アラミンタを手振りで示して続ける。「伯爵はわたしの後見人だと言っていましたが、誰もが真実を知っていました」ソフィーはひと呼吸おいて、父の顔を思い起こした。笑顔の父が思い浮かばないのもさほど意外ではないと考えながら。「わたしは父にそっくりだったんです」

「あなたのお父様は知っているわ」レディ・ブリジャートンが穏やかな声で言った。「それに、あなたの叔母様も。だからずっと、あなたに見覚えがあると感じていたのね」

ソフィーは、レディ・ブリジャートンに小さな感謝の笑みをちらりと見せた。その口調の何かにとても励まされ、なんとなく心が温まってきて、少し自信がついた気がした。

「続けてください」判事が言う。

ソフィーは判事にうなずき返して、先を続けた。「伯爵が結婚したとき、伯爵夫人はわたしと住むことをいやがりましたが、伯爵に説得されました。伯爵はめったにわたしと会いませんでしたし、わたしのことを親身に考えていたとは思えませんが、責任を感じていらっしゃったので、夫人がわたしを追いだすことを許しませんでした。でも、伯爵が亡くなったとき……」

ソフィーは言葉を切って、喉のつかえを取ろうと唾をのんだ。いままで、自分の生い立ちは誰にも語ったことがない。奇妙な外国語を話しているような気がした。「伯爵が亡くなったとき、遺言に、二十歳になるまでわたしを屋敷におけば、レディ・ペンウッドの分与金が三倍になると記されていました。だから、夫人はわたしを屋敷においたのです。でも、わたしの立場はがらりと変わりました。使用人になったのです。いいえ、正確には使用人とは言えません」ソフィーはゆがんだ笑みを浮かべた。「使用人には賃金が払われますから。わたしの場合、実際は奴隷のようなものでした」

ソフィーはアラミンタを見やった。腕組みをして、鼻をつんとそびやかして立っている。

唇をぎゅっと引き結んで。するとふと、これとまったく同じアミランタの表情をいままで何度も見てきたことに気づいた。数えることなどできないぐらいに何度も。心を砕かれてしまうほどにたくさん。

そうしていま、自分はたしかに汚らしく、一文無しになってしまったけれど、いまだ強い気持ちと精神力は持っている。

「ソフィー？」ベネディクトが気づかわしげな表情でソフィーを見た。「大丈夫か？」

ソフィーはゆっくりとうなずいた。なぜなら、ようやく、これでもうすべて大丈夫だと気づいたからだ。愛する男性は（とても遠まわりしたけれど）結婚を申し込んでくれたし、アラミンタもついに厳しい批判の報いを受けることになりそうだ――ブリジャートン一族全員の耳に入ったら、あっという間に評判はずたずたになるだろう。それに、ポージーのこと……これがいまは何より嬉しいことかもしれない。ずっと姉妹になろうとしてくれながらも実際には勇気をだせなかったポージーが、土壇場で母に立ち向かい、助けてくれようとしたのだ。もしベネディクトが現れてフィアンセだと宣言してくれていなかったら、島流し、ひょっとしたら死刑から逃れる術はポージーの証言しかなかったはずだ。それがポージーにとってどれだけ勇気のいることだったのかは、ソフィーが誰より知っていた。アラミンタはおそらくすでに、どうやってポージーに生き地獄を味わわせようかと考えているだろうが。

そう、これでもうすべて大丈夫。ソフィーはふいに自分が少し胸を張っていることに気づいた。「続きをお話しします。伯爵が亡くなったあと、レディ・ペンウッドはわたしをただ働きの侍女として家におき続けました。実際には、女中三人ぶんの仕事をやらされましたが」

「あら、レディ・ホイッスルダウンも、先月それとまったく同じことを書いてたわ！」ポージーが興奮して言った。「そのことをお母様に話したんだけど――」

「ポージー、お黙んなさい！」アラミンタが叱責した。

「わたしは二十歳になっても」ソフィーは続けた。「追いだされませんでした。その理由はいまでもわかりません」

「話はもうじゅうぶんではないかしら」アラミンタが言った。

「まだじゅうぶんとは思えませんがね」ベネディクトがぴしゃりと返した。

ソフィーは判事のほうを向いて指示を待った。判事がうなずくのを見て続ける。「推測ですけれど、伯爵夫人は誰かをこき使うのが楽しいのか、たぶん、ただで女中を使いたかっただけなのかもしれません。伯爵は遺言状でわたしに何も遺してはくれませんでした」

「それは違うわ」ポージーが声をあげた。

ソフィーはびっくりしてポージーを振り返った。

「伯爵はあなたにお金を遺したのよ」ポージーが断言した。

ソフィーはあんぐりと口があくのを感じた。「ありえないわ。わたしは何も持っていないもの。父は二十歳までの生活は保障してくれたけれど、そのあとは――」

「そのあとは」ポージーがほとんど強引にさえぎった。「結婚持参金があるの」

「結婚持参金？」ソフィーはつぶやいた。

「そんなこと嘘よ！」アラミンタが甲高い声でわめいた。

「ほんとうよ」ポージーは言い張った。「お母様、わたしはちゃんと知ってるのよ。わたしは去年、伯爵の遺言書の写しを読んだの」ほかの全員に向かって言う。「母が結婚指輪を入れているのと同じ箱に入ってました」

「わたしの結婚持参金を横取りしたの？」ソフィーは囁くほどのかすれ声で言った。何年ものあいだ、父は自分に何も遺してくれなかったのだと思ってきた。父は自分のことを愛してくれず、ただ責任を感じていただけだとはわかっていたけれど、血のつながらないロザムンドとポージーに結婚持参金を遺して、自分には遺してくれなかったことが胸にこたえていた。

父が自分を故意に無視したとはどうしても思えなかった。じつのところはおそらく……忘れただけなのだろうと思っていた。

故郷に邪険にされるより、そちらのほうがよけいにつらかった。

「伯爵がわたしに結婚持参金を遺していた」ソフィーはぼんやりと言った。それからベネディクトを振り向いた。「わたしには結婚持参金があるわ」

「そんなことは気にしていない」ベネディクトは答えた。「ぼくには必要ないからね」

「わたしは気にするわ」ソフィーは言った。「伯爵はわたしのことを忘れていたのだと思ってたんだもの。何年ものあいだ、伯爵は遺言書を書いたときに、わたしのことをただ忘れていたのだと思ってたのよ。たしかに庶子の娘にはお金を遺せないかもしれないけれど、伯爵はわたしのことを被後見人だと公言していたのよ。被後見人にお金をあげられない理由はないでしょう」なぜだか、レディ・ブリジャートンに目が向いた。「被後見人にならば、お金を遺せたはずだわ。よくあることだもの」

判事が空咳をしてアラミンタのほうを向いた。「それで、彼女の結婚持参金はどうなったのです？」

アラミンタは無言だった。

レディ・ブリジャートンが咳払いをした。「正当な行為とはとても思えないわ、若い娘さんの結婚持参金を横取りするなんて」そして、微笑んだ——ゆっくりと、満足そうに。「ねえ、アラミンタ？」

23

『レディ・ペンウッドが街を出たままのようだ。同じく、レディ・ブリジャートンも。興味深い……』

一八一七年六月十八日付〈レディ・ホイッスルダウンの社交界新聞〉より

ベネディクトは、まさにこの瞬間ほど母を愛していると実感したことはなかった。にやつきを隠そうとしても、陸に上がった魚のようにあえいでいるレディ・ペンウッドを目にしては、どうにも難しかった。

治安判事が目を見張った。「伯爵夫人を逮捕しろと言うのではありませんよね」

「ええ、そんなことは言ってませんわ」ヴァイオレットは否定した。「伯爵夫人は自由の身でいられるでしょう。貴族はめったに罪を問われませんから。でも」頭をわずかに横に傾けて、レディ・ペンウッドにひときわ鋭い視線を向けて付け加えた。「もしも逮捕されたら、潔白を証明するのに大変なご苦労をされるでしょうね」

「いったい、何が言いたいの？」レディ・ペンウッドはきつく歯を食いしばって尋ねた。

ヴァイオレットは判事のほうを向いた。「少しの時間、レディ・ペンウッドと話をさせてもらえませんか？」

「承知しました、奥様」判事はぶっきらぼうなうなずきを返してから、大声で言った。「みなさん！　外へ！」

「あら、違うのよ」ヴァイオレットはしとやかな笑みを浮かべて、一ポンド紙幣らしきものを判事の手のひらに押し込んだ。「家族には残ってほしいの」

判事はやや顔を赤らめ、看守の腕をつかんで引っ張りだすように、その場を離れた。

「さてと」ヴァイオレットは小声で言った。「どこまで話したかしら？」

母がレディ・ペンウッドににじり寄ってじっと目を据えたのを見て、ベネディクトは誇らしい思いで微笑んだ。ソフィーをちらりと見やると、口をぽかんとあけている。

「わたしの息子はソフィーと結婚します」ヴァイオレットが言った。「そして、あなたはこれから誰に尋ねられても、彼女は亡きご主人の被後見人だったと話すのよ」

「嘘をつく気はないわ」レディ・ペンウッドは即座に言い返した。

ヴァイオレットは肩をすくめた。「けっこう。ならばただちに、わたしの事務弁護士にソフィーの結婚持参金を探させるわ。どのみち結婚すれば、その所有権はベネディクトにあるのですから」

ベネディクトはソフィーの腰にするりと腕をまわして、軽く抱き寄せた。

「もし誰かに訊かれたら」レディ・ペンウッドが憎々しげに言う。「あなたが何を言いふらすにしろ、その話がほんとうだと言ってあげるわよ。ただし、あの娘を助けるためにそうするのではないわ」

ヴァイオレットはその返答を思案するふりをしてから言った。「いいでしょう。言ったとおりにきちんとしてくれることを信じるわ」息子のほうを向く。「ベネディクト？」

ベネディクトはすばやくうなずいた。

母がレディ・ペンウッドのほうに向き直る。「ソフィーの父親はチャールズ・ベケットという名で、伯爵の遠戚にあたる、よろしいわね？」

レディ・ペンウッドは腐った貝でものみ込んだような顔をしたが、それでもうなずいた。

ヴァイオレットはあてつけがましく伯爵夫人に背を向けて続けた。「貴族の人々は、誰も知らない一族だという理由でソフィーを少し低く見るでしょうけれど、少なくとも敬意はいだいてもらえるわ。なにしろ」アラミンタを振り返り、にっこり微笑んだ。「ペンウッド家の親戚なのですもの」

アラミンタは妙な唸り声を漏らした。ベネディクトはただひたすら笑いをこらえた。

「ねえ、判事様！」ヴァイオレットは呼びかけて、急いで戻ってきた判事に陽気に笑いかけて言った。「わたしの用事はすみましたわ」

判事はほっと息をついて言った。「それでは、わたしは誰も逮捕しなくていいのですね？」

「そのようですわ」

判事はぐったりと壁にもたれかかった。

「では、わたくしは帰ります！」レディ・ペンウッドは、誰かに引きとめられるのを期待しているかのように宣言した。怒りに充ちた目で娘を振り返る。「行くわよ、ポージー」

ベネディクトは、ポージーの顔から血の気が引くのをはっきりと見てとった。けれど、アラミンタが「早く！」と怒鳴ったのと同時に、ソフィーが前に飛びだして声をあげた。「レディ・ブリジャートン！」

「あら、なあに？」

ソフィーはヴァイオレットの腕をとって引き寄せ、何ごとか耳打ちした。

「承知したわ」ヴァイオレットは言った。ポージーのほうを向く。「ミス・ガニングワース？」

「正しくは、ミス・レイリングです」ポージーは訂正した。「伯爵は養女にしてくださらなかったので」

「わかりました。ミス・レイリング、あなたはおいくつ？」

「二十二歳です、奥様」

「ならば、もうじゅうぶん自分で決断できる年齢ね。わたしの家にいらっしゃらない？」

「ええ、伺いたいわ！」

「ポージー、ブリジャートン家で暮らすことなど許しません！」アラミンタが叱った。

ヴァイオレットはアラミンタを完全に無視してポージーに話しかけた。「今シーズンは早めにロンドンを出ようと思うの。わたしたちと一緒にしばらくケントに滞在なさらない？」

ポージーは即座にうなずいた。「ぜひ伺いたいです」

「では、決まりね」

「決まりじゃないわよ」アラミンタが嚙みつくように言った。「この子はわたくしの娘で――」

「ベネディクト」レディ・ブリジャートンがいかにもうんざりした声で言う。「うちの事務弁護士の名前はなんだったかしら？」

「行けばいいわよ！」アラミンタがポージーに吐き捨てた。「二度とうちに戻れないと思いなさい」

ここに来てから初めて、ポージーが少し怯えているように見えた。どうにもできないうちに、母親がつかつかと迫っていって、面と向かって罵った。「この人たちと一緒に行ったら、おまえは死んだと思うことにするわ。わかる？　死人よ！」

ポージーが慌てふためいた顔でヴァイオレットを見ると、夫人はすぐにそばに寄って腕をとった。

「大丈夫よ、ポージー」やさしく言う。「好きなだけ、わたしたちと一緒にいていいのだから」

ソフィーもそばに寄って、ポージーの空いているほうの腕に腕を絡ませた。「これでほんとうの姉妹になれるわ」身を乗りだして、ポージーの頰にキスをした。

「ああ、ソフィー」ポージーが目にあふれんばかりの涙を溜めて叫んだ。「ほんとうに、ごめんなさい！　わたしはあなたの味方になれなかった。何か言えばよかったのに。何かできたはずなのに、それなのに――」

ソフィーは首を振った。「あなたは幼かったもの。わたしもね。それに、あの人に逆らうのがどれだけ難しいことかは、誰よりわたしが知ってるわ」アラミンタに痛烈な視線を突きつけた。

「そんな口のきき方は許さないわ」アラミンタは憤慨し、殴りかかろうとでもするように手を振りあげた。

「ほら、ほら、もう」ヴァイオレットが割って入った。「弁護士に言いますよ、レディ・ペンウッド。弁護士をお忘れにならないで」

アラミンタは手をおろしたが、いつ逆上してもおかしくない顔をしていた。

「ベネディクト？」ヴァイオレットが呼びかけた。「弁護士さんの事務所までどのくらいで行けるかしら？」

ベネディクトは心のなかでにんまりしながら、考え込むように顎を引いた。「それほど遠くはありませんからね。二十分でしょうか？　道が混んでいても、三十分ぐらいでしょう」

アラミンタは猛然と頭を振り、ヴァイオレットに向かって言い放った。「連れて行けばいいわ。どうせ、この子は、わたくしの恥さらし以外のなにものでもなかったんだから。それに、こんな子に結婚を申し込む男性なんていやしないんだから、あなたは死ぬまで面倒を見るはめになるわよ。陰でお金を渡さなければ、この子にダンスを申し込む殿方もいないんだから」

　そのとき、突拍子もないことが起こった。ソフィーがふるえだし、顔を真っ赤にして歯を食いしばり、なんとも奇妙な唸り声を発した。そして、誰もとめようと考えつきもしないうちに、アラミンタの左目に拳をまともにぶち込んで、大の字に倒してしまった。

　ベネディクトは、母のきょうの見事な駆け引きの手並み以上に驚かされるものはないと思っていた。

　それは間違いだった。

「結婚持参金を盗まれたから殴ったんじゃないわ」ソフィーが低い声でまくしたてた。「父が亡くなる前に、あなたがわたしを家から追いだそうとしてたからでもない。それに、わたしを自分の奴隷みたいにこき使ったからでもない」

「おい、ソフィー」ベネディクトが穏やかに言った。「それじゃ、いったいなんのためにやったんだ？」

　ソフィーはアラミンタの顔からけっして目をそらさずに言った。「あなたが、娘ふたりを平等に愛さなかったからよ」

　ポージーが大声で泣きだした。

「地獄には、あなたのような母親が行く場所がちゃんと用意されてるわ」ソフィーはかすれるほど低い声で言った。

「さて、みなさん」判事が甲高い声をあげた。「次の収容者のために、この独房を掃除しなくてはなりません」

「そうよね」ヴァイオレットは即座に答えて、ソフィーがアラミンタを蹴り飛ばさないうちに、ふたりのあいだに踏みだした。ポージーのほうを向く。「引き取ってきたい物はある?」

ポージーは首を振った。

ヴァイオレットは憐れんだ目をして、ポージーの手を軽く握った。「一緒に、新しい思い出を作りましょうね」

アラミンタが立ちあがり、最後に恐ろしげな目でポージーを一瞥すると、大股で去っていった。

「やれやれ」ヴァイオレットは腰に両手をあてて高らかに言った。「帰ってくれないのではないかと思ったわ」

ベネディクトが「ここにいて」とソフィーに囁いて腕を放し、足早に母のそばに行った。

「最近、ぼくがどのくらいあなたを愛しているか、言いましたっけ?」母の耳もとに囁いた。

「いいえ」母はしとやかに微笑んで答えた。「でも、知ってるもの」

「あなたが最高の母親だって、言いましたっけ?」

「いいえ、でも、それも知ってるわ」

「なら、いいんです」ベネディクトは身をかがめて母の頬にキスを落とした。「ありがとう。あなたの息子であることを誇りに思います」

この日ずっと気を張りつめて、ずば抜けた冷静さと機転の良さを見せつけた母が、いきなり泣きだした。

「お母様に何を言ったの？」ソフィーは訊いた。

「大丈夫よ」ヴァイオレットは激しくすすり泣きしながら言った。「大丈夫……」息子に腕を巻きつけた。「わたしも愛してるわ！」

ポージーがソフィーのほうを向いて言った。「すてきなご家族ね」

ソフィーもポージーのほうを向いて答えた。「ええ、そうなの」


一時間後、ソフィーはベネディクトの家の居間で、数週間前に純潔を失ったときとまさに同じソファに腰かけていた。ソフィーがひとりでベネディクトの家を訪ねるのは、分別（と礼節）に欠けるとレディ・ブリジャートンは指摘したのだが、ベネディクトにじっと見つめられると、すぐに折れて、「七時までに送り届けるのよ」とだけ言った。

一時間、ふたりきりになることが許されたのだ。

「ごめんなさい」ソフィーはソファに坐るなり口を開いた。ここに来るまでの馬車のなかでは、なぜだかふたりは話さなかった。手をつなぎ、ベネディクトがソフィーの手を口もとに持っていったが、言葉は交わさなかった。

ソフィーは話す言葉を用意していなかった。監獄ではずっと騒がしかったし、人もおおぜいいたので、まだ気が楽だったのだけれど、とうとうふたりきりになり……。

なんと切りだせばいいのかわからない。

ひと言しか考えつかなかった。「ごめんなさい」

「いや、ぼくこそ悪かった」ベネディクトは答えると隣りに腰をおろし、ソフィーの手をとった。

「いいえ、わたしが――」ソフィーはふいに微笑んだ。「こんなこと言ってても仕方ないわよね」

「きみを愛してる」ベネディクトが言った。

ソフィーの唇が開いた。

「きみと結婚したい」

ソフィーは息をのんだ。

「きみのご両親のことや、母がきみのためにレディ・ペンウッドと取り決めた話は、ぼくには関係ない」愛情でとろけそうな深い色の目でソフィーを見つめる。「どんなことがあっても、きみと結婚しようと思っていた」

ソフィーは目をしばたたいた。熱い涙がみるみるこみあげてきた。あまりにも泣きじゃくって彼に呆れられてしまうのではないかと、心密かに不安になった。どうにか彼の名を呼んだけれど、あとはどうしていいかわからなくなった。

ベネディクトがソフィーの手を握りしめた。「むろん、ぼくたちはロンドンでは暮らせないだろう。だが、ロンドンに暮らす必要なんてない。自分にとって何がほんとうに必要かを――欲しいものではなくて、必要なものを――考えたとき、思い浮かんだのはきみのことだけだった」

「わたし――」

「いや、最後まで言わせてくれ」かすれた声で言う。「愛人になってくれなどと言うべきではなかったんだ。ぼくにそんな権利はない」

「ベネディクト」ソフィーは穏やかに言った。「でもほかになんて言えた？ あなたはわたしのことを使用人だと思っていたんだもの。夢の世界でなら、わたしたちは結婚できたわ。でも、現実にはあなたのような男性はわたしとは結婚でき――」

「わかったよ。あのときはどうしようもなかった」ベネディクトは微笑もうとしたが、ゆがんだ笑みになってしまった。「言わなければ頭がおかしくなっていただろう。とにかくきみが欲しかった。もうすでにきみを愛していたんだと思う。それに――」

「ベネディクト、そんなことを――」

「説明する必要はない？ いや、させてくれ。一度きみに断わられたのに、強引に言うことをきかせようとすべきではなかったんだ。ぼくは卑怯だった。死ぬまできみといたいのに。どうしてあんなことを言ってしまったのだろう？」

ソフィーが手を伸ばしてきて、頬から何かを払った。まったく、ぼくは泣いているのか？ ベネディクトは最後に泣いたのがいつだったか思い出せなかった。父が亡くなったときだったろうか？ あのときですら、人目を避けて涙を流したのだ。

「きみを愛したのには、たくさんの理由がある」一語一語を注意深く正確に発した。ベネディクトはすでにソフィーを手に入れたことを確信していた。彼女はもう逃げださない。自分の妻になるのだ。それでも、ここは完璧にしておきたかった。男が真実の愛を表明するのは一度きり。それを台無しにしたくはなかった。

「でも、ぼくが最も好きなのは」ベネディクトは続けた。「きみが自分自身を知っていることだ。きみは自分がどんな人間で、何を大事にすべきかを知っている。ソフィー、きみは信念を持っていて、それをしっかり守っている」ソフィーの手を自分の唇に持っていく。「それはとてもすばらしいことだよ」

ベネディクトは、目に涙をいっぱいに溜めたソフィーを抱きしめたくてたまらなかったが、最後まで話さなければと思い定めた。あふれでてくるたくさんの言葉を、すべて伝えたかった。

「それに」ベネディクトは声を落として言った。「きみはぼくをじっくりと見てくれた。ぼくを、ベネディクトを知るために。ミスター・ブリジャートンでもなく、〝二番目〟でもなく、ベネディクトを」

ソフィーは彼の頬に触れた。「あなたは、わたしが知っている誰よりもすてきな人よ。あなたのご家族もすばらしいけれど、わたしはあなたを愛してる」

ベネディクトはソフィーをぎゅっと引き寄せた。そうせずにはいられなかった。この腕に彼女を感じて、彼女がここにいて、これからいつもここにいることを確かめたかった。自分と一緒に、自分のそばに、死がふたりを分かつまで。奇妙なことだが、彼女をただ……ただ抱きしめたいという猛烈な衝動に駆られた。

むろん、彼女を欲している。いつだって欲してしまう。だが、それ以上に、抱きしめたかった。彼女の匂いを嗅ぎ、彼女を感じるために。

ソフィーがいれば安らげることに、ベネディクトは気づいた。話す必要はない。触れあう（いまは放したくないが）必要すらない。端的に言えば、彼女がそばにいれば、幸せな気分になれるし、おそらくはいい人間にもなれる気がした。

ベネディクトは彼女の髪に顔をうずめ、その香りを吸い込み、嗅いで……。

嗅いで……。

ベネディクトは身を引いた。「入浴したいんじゃないか？」

ソフィーの顔がたちまち緋色に染まった。「ああ、ええと」口ごもり、手で押さえた口のなかからくぐもった言葉が続いた。「牢屋はとても汚くて、わたしは地面に寝なければならなかったし――」

「それ以上言わなくていい」ベネディクトは言った。

「でも――」

「いいから」これ以上聞いたら、ベネディクトは誰かを殺しかねない心境だった。一生消えない傷を負ったのでもないかぎり、細かいことまで聞きたくはない。

「きみは」唇の左端が上がって笑みがこぼれそうになる。「入浴したほうがいい」

「そうね」ソフィーはうなずいて立ちあがった。「このまま、あなたのお母様の家へ行って

――」

「ここで」

「ここで？」

笑みが唇の右端まで広がる。「ここで」

「でも、あなたのお母様には――」

「九時までには行けるさ」

「お母様は七時と言ってらしたはずだわ」

「そうだったかな？　おかしいな、ぼくには九時に聞こえたが」

「ベネディクト……」

ベネディクトはソフィーの手をとってドアのほうへ導いた。「七時と九時はものすごく聞き間違えやすい」

「ベネディクト……」

「いや、十一時のほうが聞き間違えやすいかな」

「ベネディクト！」

ベネディクトはソフィーをドアのすぐそばでとめおいた。「ここで待ってて」

「どういうこと？」

「動いちゃだめだぞ」指先でソフィーの鼻に触れた。

ソフィーは仕方なく、さっさと廊下へ出ていく背中を見つめた。彼はほんの二分後に戻ってきた。「どこへ行ってたの？」ソフィーは訊いた。

「入浴の準備を頼みに」

「でも――」

ベネディクトはすこぶるいたずらっぽい目になった。「ふたりで入れるように」

ソフィーは息をのんだ。

ベネディクトが身を乗りだしてきた。「もう、湯を沸かしてもらってたんだ」

「そうなの？」

ベネディクトはうなずいた。「あとほんの数分でバスタブに溜められる」

ソフィーは正面玄関のほうを見やった。「もうすぐ七時になってしまうわ」

「ぼくのほうは、きみが十二時までいたってかまわないんだが」

「ベネディクト！」

ベネディクトはソフィーを引き寄せた。「ここにいたいだろ」

「そんなこと言ってないわ」

「言わなくたってわかる。きみはほんとうにいやだったら、『ベネディクト！』と言うだけではすまないから」

ソフィーは思わず笑った。ベネディクトに声色をあまりに上手にまねされたから。

ベネディクトがいたずらっぽい笑みを浮かべた。「間違ってるかい？」

ソフィーは顔をそむけたけれど、唇はぴくぴくと引きつっていた。

「間違ってるはずないよな」ベネディクトが囁く。階段のほうへ顎をしゃくった。「さあ、行こう」

ソフィーはついていった。


ソフィーが入浴のために服を脱ぐあいだ、ベネディクトが部屋を出ていってくれたのはとても意外だった。ソフィーは息をとめてドレスを頭から脱ぎ去った。ベネディクトの言うとおりだ。とてもひどい匂いがする。

湯を溜めた女中が、オイルと泡立つ石鹼で香りづけをしておいてくれたので、水面にまだ泡が浮いていた。ソフィーは衣服をすべて脱ぎ捨てると、湯気の立った湯に爪先を浸した。それからすぐに体を沈めた。

天国だ。たった二日ぶりの入浴とはとても思えなかった。監獄での一夜は一年以上にも感じられた。

ソフィーは無心でこの快楽の瞬間を楽しもうとしたけれど、期待で血が騒いでしまい、そうもいかなかった。ここにとどまることを受け入れたときに、ベネディクトが一緒に入浴するつもりでいるのはわかっていた。拒むこともできただろう。こちらが甘い言葉に乗せられなければ、彼は母親の家へ送り届けてくれたはずだ。

でも、ソフィーはとどまることを決断した。階段をおりきるまでのあいだに、自分でもとどまりたいのだと気づいた。このときを迎えるまで、ずいぶんと長い道のりだったのだ。たとえあすの朝には、彼が朝食をとりに母親の家に間違いなく現れるのだとわかっていても、そばを離れる気になれなかった。

彼はもうすぐここにやって来る。そして、ここに来たら……。

ソフィーは身震いした。湯気の立った温かい湯に浸かっているのに、震えを覚えた。それから、もう少し深く体を沈めて、肩と首が隠れ、さらには鼻下まで浸かろうとしたとき、ドアがあく音がした。

ベネディクト。濃い緑色の部屋着をはおり、腰紐《サッシュ》を締めている。裸足で、膝から下は剥きだしだった。

「これを破り捨ててもかまわないかな」ベネディクトはソフィーのドレスを見おろした。

ソフィーは微笑んで首を縦に振ってみせた。思いもよらない言葉だったけれど、気を楽にさせようと言ってくれているのはわかっていた。

「使いをやって、べつの服を持ってこさせよう」

「ありがとう」ソフィーが湯のなかで少しずれて場所を空けたのに、ベネディクトはなんと歩いてきてバスタブの縁に立った。

「前かがみになって」ベネディクトが囁いた。

ソフィーは言われたとおりにして、ベネディクトに背中を洗ってもらい、その心地良さにため息を漏らした。

「こうすることを何年も夢見ていたんだ」

「何年も？」ソフィーは面白がって訊いた。

「ううん、まあ。あの仮面舞踏会以来、きみの夢をたくさん見たから」ソフィーは前のめりになっていたおかげで、折り曲げた膝に額をつけられて良かったと思った。顔が真っ赤になってしまったからだ。

「きみの髪を洗うから、頭を湯に浸けてくれ」ベネディクトが指示した。

ソフィーはさっと湯にもぐって、すぐにまた顔をだした。

ベネディクトが両手に固形石鹸を擦りつけて、髪を揉んで泡立てた。「あのときはもっと長かった」

「切らなければならなかったの」ソフィーは言った。「髪を切って売ったのよ」

確かではなかったけれど、彼の唸り声が聞こえたような気がした。

「もっと短かかったのよ」ソフィーは付け加えた。

「洗い流そう」

ソフィーはまたもぐり、湯のなかで頭を左右に振り動かしてから顔をだした。

ベネディクトが両手で器をこしらえて、そこに湯を溜めた。「まだ後ろがよく洗い流せてないぞ」そう言うと、ソフィーの髪に湯をかけた。

ソフィーはそれを数回繰り返してもらったあと、ようやく尋ねた。「あなたは入らないの？」自分にとってはとんでもなく大胆な質問だったので、顔がラズベリー色に染まるのを感じながらも、尋ねずにはいられなかった。

ベネディクトは首を振った。「そうするつもりだったんだが、これがあまりにも楽しくなってしまって」

「わたしを洗うことが？」ソフィーはいぶかしげに訊いた。

ベネディクトが唇の片端を上げてうっすら微笑む。「きみを乾かすのもすごく楽しみなんだ」手を伸ばして大判の白い布を拾う。「さあ、上がって」

ソフィーは下唇を噛んでためらった。もちろんすでに最も近しい間柄になってはいるのだけれど、ソフィーはそれほど世慣れしているわけではないので、バスタブから裸で出ていくのは相当に勇気のいることだった。

ベネディクトはかすかに笑みを浮かべ、立ちあがって布を広げた。布を大きく広げたまま、顔をそむけて言った。「きみをすっかり包み込むまで見ないよ」

ソフィーは深く息を吸って立ちあがると、なぜだか、この行動がこれからの人生の幕開けになるかもしれないという気がした。

ベネディクトはソフィーをやさしく布で包み込むと、端を彼女の顔のほうに引きあげた。まだ頰にきらめいていた水滴を拭いてから、身をかがめて、彼女の鼻にキスをする。「きみがここにいてくれて嬉しいよ」

「わたしも嬉しいわ」

ベネディクトがソフィーの頰に触れた。ベネディクトの目に釘づけにされ、ソフィーは目と目も触れているような錯覚に陥った。それから、ベネディクトがこのうえなくやわらかく、やさしく触れあうキスをした。ソフィーは愛だけでなく、敬意を感じた。

「月曜まで待つべきなんだが」ベネディクトが言う。「待てないよ」

「待ってほしくないわ」ソフィーは囁いた。

ベネディクトはふたたび、今度はもう少し性急なキスをした。「きみはほんとうに美しい」低い声で言う。「ぼくはその何もかもを夢に見ていた」

ベネディクトの唇がソフィーの頰、顎、首をたどり、キスされ、かじられるたび、ソフィーはめまいがして息がつけなくなった。彼のやさしい襲撃に膝が震え、全身の力が抜け、とうとう床に倒れてしまうと思ったとき、ベネディクトに抱きすくめられ、ベッドへ運ばれていった。

「ぼくはもう」キルトの上掛けと枕の上にソフィーの体を据えて宣言した。「きみを妻だと思っている」

ソフィーは一瞬、息をとめた。

「正式に認められるのは結婚式を挙げてからだ」ベネディクトはソフィーと並んで横たわった。「神と故国の祝福を受けて。でもたったいま――」かすれがかった声になり、片肘をついて体を起こし、ソフィーの目を覗き込んだ。

「たったいま、ほんとうに結ばれる」

ソフィーは手を伸ばして彼の顔に触れた。「愛してるわ」囁いた。「ずっとあなたを愛していた。あなたを知る前から愛していたような気さえするの」

ベネディクトが改めてキスをしようと身をかがめると、ソフィーはため息まじりの声で押しとどめた。「だめ、待って」

ベネディクトは彼女の唇のすぐ手前でとまった。

「あの仮面舞踏会で」いつになく震え声で言う。「あなたを目にする前からもう、あなたを感じたのよ。予感がしたの。魔法のような。何かを感じたわ。そして、振り返ったら、あなたがいたの。わたしを待っていたみたいに。それで、わたしが舞踏会にもぐり込んだのは、あなたに会うためだったのだとわかった」

何かがソフィーの頰を濡らした。ベネディクトの目から涙がひとつぶ、流れ落ちていた。

「わたしが存在するのは、あなたのためなの」ソフィーは静かに言った。「わたしは、あなたのために生まれてきたのよ」

ベネディクトは口を開き、一瞬何かを言いかけたように見えたが、荒々しく息をとめる音がしただけだった。驚いて言葉が出ないのだろうとソフィーは思った。

ベネディクトはふたたびキスをして、言葉にできないことを行動で伝えようとした。ほんの五秒前よりさらにソフィーを好きになるなんてできないと思っていた。だが、彼女がその言葉を……その話をしたとき……。

胸がいっぱいになって、破裂するのではないかと思った。

彼女を愛している。突如、この世がいたって単純なものに思えた。彼女を愛している、大事なのはそれだけだ。

部屋着と布をはぎとって、肌と肌が触れあうと、ベネディクトは両手と唇でソフィーを慈しんだ。この欲望の高まりを知ってほしかったし、自分と同じように感じてほしかった。「ああ、ソフィー」彼女の名を呻くだけで精一杯だった。「ソフィー、ソフィー、ソフィー」ソフィーが微笑みかけた。ベネディクトは心の底から笑いたくなった。幸せを実感した。とてつもなく幸せだった。

そして、それが心地良かった。

ベネディクトはソフィーの上にのしかかり、彼女を自分のものにするために、なかに入る準備をした。ふたりとも前回のように感情にまかせて動きはしなかった。今回はじっくりと時間をかけた。情熱以上のものを選びとった。互いを選びとったのだ。

「きみはぼくのものだ」ベネディクトはソフィーの目から目を離さず、なめらかに入っていった。「きみはぼくのものだ」

それからだいぶ経って、ともに果てて腕を絡めて横たわっているとき、ベネディクトがソフィーの耳もとに唇を寄せて囁いた。「そして、ぼくはきみのものだ」

数時間後、ソフィーは目覚めて、なんて温かで心地良いのだろうと思いながらあくびをして瞬きし――。

「ベネディクト！」あえぐように言った。「いま何時？」

返事がないので、肩をつかんで揺さぶった。「ベネディクト！　ベネディクト！」

ベネディクトが唸って寝返りをうつ。「寝てるんだから」

「いま何時なの？」

ベネディクトが枕に顔をうずめる。「見当もつかない」

「あなたのお母様の家に七時に行くことになってたのよ」

「十一時だろ」もごもごと言う。

「七時だったわよ！」

ベネディクトが片目をあけた。ずいぶんと大儀そうに。「七時に入浴すると決めたときに、七時までには戻れないとわかっていただろう」

「ええ、でも、九時をまわってしまうとは思わなかったわ」

ベネディクトが数回瞬きして部屋を見まわした。「間に合うはずがない――」

だがソフィーはすでに炉棚の時計を目にして、いまにも窒息しそうなほどうろたえていた。

「大丈夫か？」ベネディクトは問いかけた。

「午前三時だわ！」

ベネディクトは微笑んだ。「もう、ひと晩泊まってしまったようなものだな」

「ベネディクト！」

「使用人を誰も起こしたくないだろう？　みんなもう寝入ってるはずだ」

「でも、わたし――」

「落ち着くんだ、お嬢さん」ベネディクトはとうとう宣言した。「ぼくは来週きみと結婚する」

その言葉にソフィーが反応した。「来週？」うわずった声で訊く。

ベネディクトは真剣な表情をこしらえた。「こういうことは、さっさと片づけるにかぎる」

「なぜ？」

「なぜ？」ベネディクトは訊き返した。

「ええ、なぜなの？」

「ええと、それは、ゴシップやなんかを避けるためだ」

ソフィーが唇を開き、目を丸くした。「レディ・ホイッスルダウンが、わたしたちのことを書くと思う？」

「ああ、そうならないことを祈るよ」ベネディクトはつぶやいた。

ソフィーの表情が沈んだ。

「いや、書くだろうな。まさか、きみは書いてほしいのか？」

「わたしは何年も彼女のコラムを読んできたわ。ずっと、自分の名前が出るのを夢見てたのよ」

ベネディクトはやれやれというように首を振った。「へんてこりんな夢だな」

「ベネディクト！」

「まあ、そうだな、レディ・ホイッスルダウンは、ぼくたちの結婚のことを書くだろう。事前に書けるかどうかはわからないが、間違いなく挙式後すぐに伝えられてしまうだろう。そういうことにかけては地獄耳だから」

「彼女の正体を知りたいものだわ」

「きみとロンドンの住人の半分がそう思ってるさ」

「わたしとロンドンじゅうの住人がそう思ってるわよ」ソフィーはため息を吐いて、あまり気が進まなそうに言った。

「やっぱりわたしは帰るべきだわ。きっと、あなたのお母様が心配されてるもの」

ベネディクトは肩をすくめた。「母はきみの居場所を知ってるんだぞ」

「でも、信用をなくしてしまうわ」

「それはどうかな。三日後には結婚するのだから、少しは大目に見てくれるはずだよ」

「三日後？」ソフィーは声をあげた。「さっきは来週って言ったわよね」

「三日後は来週だ」

ソフィーは眉をひそめた。「まあ、そうだけど。つまり、月曜日？」

ベネディクトはとても満足そうにうなずいた。

「信じられない。わたしが〈ホイッスルダウン〉に載るなんて」

ベネディクトは片肘を立てて体を起こし、けげんそうにソフィーを見つめた。「ぼくと結婚するのを楽しみにしてるんだよな」からかうような声で尋ねる。「それとも、単に〈ホイッスルダウン〉に載るから、そんなにはしゃいでるのか？」

ソフィーはふざけ半分に彼の肩をぱんと叩いた。

「正確に言うと」ベネディクトが思いだしたように言う。「きみはもう〈ホイッスルダウン〉に出てるんだ」

「わたしが？　いつ？」

「仮面舞踏会のあとさ。レディ・ホイッスルダウンは、ぼくが銀色のドレスを着た謎の女性とだいぶ長く一緒にいたと書いてたんだ。どうしても、きみの正体はつかめそうにないって」ベネディクトはにんまりした。「おそらく、ロンドンで彼女が暴けない唯一の秘密かもしれないぞ」

ソフィーはとたんにまじめな顔になり、ベッドの上で彼から数十センチばかりさっと離れた。「ああ、ベネディクト。わたし言わなくちゃ……言いたいの……つまり……」ソフィーは言葉に詰まって、数秒顔をそむけてからまた振り向いた。「ごめんなさい」

ベネディクトは彼女を自分の腕のなかに引き戻そうかと思ったが、あまりに真剣な表情を見て、まじめに耳を傾けることにした。「なんのことだい？」

「あなたに正体を明かさなかったことよ。わたしが間違っていたわ」ソフィーは唇を噛んだ。「でも、正確に言うと、間違いではなかったの」

ベネディクトはややたじろいだ。「間違いでないのなら、なんなんだ？」

「わからない。言わなかった理由はうまく説明できないんだけど、ただ……」さらにぎゅっと唇を引き結んだ。

ソフィーがため息をつく。「あなたにすぐに打ち明けなかったのは、そうする意味があるとは思えなかったからなの。キャベンダー家を出たらすぐに、わたしたちはきっと別々の道を行くのだろうと思ってたのよ。そうしたら、あなたが病気になって、わたしは看病しなくてはいけなくなって、あなたはわたしに気づいてくれなくて……」

ベネディクトは指を彼女の唇に押しあてた。「そんなことは問題じゃない」

ソフィーの眉が上がった。「とても大きな問題に思えたわ」

ベネディクトはなぜだかわからないが、この話は深くしないほうがいいような気がした。

「あれからだいぶ事情が変わった」

「どうしてわたしがあなたに正体を明かさなかったか、知りたくないの？」

ベネディクトはソフィーの頰に触れた。「きみが誰かは知ってる」

ソフィーは唇を嚙みしめた。

「それに、もっとずっと滑稽なことを話そうか？」ベネディクトは続けた。「ぼくが、きみに完全にのめり込むのをあれほどためらっていた理由のひとつは、なんだと思う？　いつか仮面舞踏会で出会った女性に再会できるかもしれないと思って、気持ちを自制してたんだ」

「ああ、ベネディクト」

「きみとの結婚を決断するには、〝彼女〟と結婚する夢をあきらめなければならないとね」

ベネディクトが静かに言う。「皮肉なものだろう？」

「あなたを苦しめてしまってごめんなさい」ソフィーは彼の顔をまともに見られずに言った。「でも、自分のしたことが間違いだったとは思えないの。意味がわかる？」

ベネディクトは何も言わなかった。

「やり直したとしても、わたしはまた同じことをすると思うわ」

ベネディクトはなおも黙っている。ソフィーの不安が募ってきた。

「あのときには、それが正しいことだと思えたんだもの」言い張った。「わたしがあの仮面舞踏会にいた女性だと話しても、意味がなかったのよ」

「ぼくは真実を知ることができたはずだ」ベネディクトは穏やかに言った。

「ええ、それであなたはその真実を知ったらどうしていた？」ソフィーは起きあがって、上掛けを胸まで引き寄せた。「女中を愛人にしようとしたように、その謎の女性を愛人にしようとしたんじゃないかしら」

ベネディクトは何も言わず、ただじっと彼女の顔を見つめていた。

「つまり、わたしが言いたいのは」ソフィーはすばやく続けた。「いまこういうふうになることを最初にわたしが知っていたら、ちゃんと話していただろうということ。でも、知らなかったから、胸が張り裂けてしまわないように身構えていた。それで――」ソフィーは最後の言葉を喉に詰まらせ、彼の顔に何か感情の手がかりがないかと必死に探した。「お願い、何か言って」

「愛してる」ベネディクトは言った。

ソフィーにはそれでじゅうぶんだった。

エピローグ

『日曜日にブリジャートン・ハウスで開かれる祝宴は、この季節の恒例行事となりそうだ。子爵未亡人の誕生日を祝うため、ブリジャートン一族全員と、百人ほどの親しい友人たちが集まる予定となっている。

女性の年齢に触れるのは失礼なので、レディ・ブリジャートンの何歳の誕生日かを明かすつもりはない。

だが、心配ご無用……筆者はちゃんと知っている！』

一八二四年四月九日付〈レディ・ホイッスルダウンの社交界新聞〉より

「もう、やめてってば！」

ソフィーはきゃっきゃと笑い声をあげながら、ブリジャートン・ハウスの裏庭へ続く石段を駆けおりていった。結婚して七年、三人の子供に恵まれ、ベネディクトはいまもソフィーを微笑ませ、笑わせ、暇さえあれば家じゅうを追いまわしている。

「子供たちはどこ？」ソフィーは階段をおりきったところで彼につかまり、息を切らしながら尋ねた。

「フランチェスカが見ていてくれてるよ」

「あなたのお母様と？」

ベネディクトはにやりとした。「というより、フランチェスカが母のことも見てるんだろうな」

「ここにいたら誰かに会ってしまいそうね」ソフィーは言って、辺りをきょろきょろ見まわした。

ベネディクトがいたずらっぽく微笑んだ。「そうだろうな」緑色のビロードのスカートをつかんでソフィーを引き寄せた。「〝私用〟のテラスへ移動したほうがいいだろう」

そのなんとも懐かしい言葉を聞いて、ソフィーはたちまち九年前の仮面舞踏会を思い起こした。「〝私用〟のテラスですって？」愉快そうに目を輝かせて訊いた。「ねえ、どうして、〝私用〟のテラスをご存知なの？」

ベネディクトの唇がソフィーの唇をかすめた。「ちょっとしたつてがあるんだ」ベネディクトは囁いた。

「わたしには」ソフィーは茶目っ気たっぷりに微笑んで返した。「秘密があるの」

ベネディクトが身を引いた。「えっ？　聞かせてくれるかい？」

「わたしたちは五人家族から」ソフィーはこっくりとうなずいた。「六人家族になるの」

ベネディクトは妻の顔を見て、それからそのお腹を見た。「ほんとうなのか？」

「前回の経験からするとね」

ベネディクトは妻の手を取って唇に持っていった。「今度はきっと女の子だ」

「前回もそう言ってたわ」

「ああ、だけど――」

「それに、その前のときも」

「それだけに今回ばかりは賭けたいんだ」

ソフィーは首を振った。「あなたがギャンブラーじゃなくてよかった」

ベネディクトはその言葉に笑った。「まだ誰にも内緒だ」

「何人かはもう薄々気づいてると思うわ」ソフィーは答えた。

「ホイッスルダウンのご婦人の耳にいつ入るか気になるな」ベネディクトが言う。

「ほんとうに？」

「あのご婦人ときたら、チャールズのときも、アレクサンダーのときも、ウィリアムのときも知ってたんだ」

ソフィーはベネディクトに暗がりのほうへ引き入れられて微笑んだ。「わたしが、〈ホイッスルダウン〉に二百三十二回取りあげられたのを知ってた？」

その言葉にベネディクトはたじろいだ。「数えてるのかい？」

「仮面舞踏会のあとに載った一回を加えると二百三十三回になるわ」

「数えてたなんて信じられないよ」

ソフィーはすまし顔で肩をすくめた。「書かれるのが嬉しいんだもの」

ベネディクトは書かれることなどいい迷惑だと思っていたが、妻の楽しみを奪いたくないので言った。「少なくとも、きみについて書かれているのはいいことばかりだ。そうでなければ、彼女を見つけだしてこの国から追いだしてやるところだよ」

ソフィーは微笑まずにはいられなかった。「あら、できるならどうぞ。貴族の誰ひとりとしてできないことなんだもの、あなたが彼女の正体を見つけだせるとは思えないわ」

ベネディクトが傲慢な顔つきで片眉を吊りあげた。「妻として、ぼくへの愛情と信頼が感じられないな」

ソフィーは手袋を眺めているふりをした。「無駄なエネルギーを使うことはないのよ。彼女はどう見ても、立派な仕事をしてるんだから」

「まあ、ヴァイオレットのことはわからないさ」ベネディクトは断言した。「少なくとも、世間に広まるまでは」

「ヴァイオレット？」ソフィーは穏やかな声で尋ねた。

「そろそろ、孫に母の名をつけてもいい頃じゃないかな？」

ソフィーはベネディクトに寄りかかって、ぱりっとしたリンネルのシャツに頬をそわせた。「ヴァイオレットはすてきな名前だと思うわ」つぶやくと、彼の腕のなかへさらに深く身を沈ませた。「ほんとうに女の子だといいわね。だって、男の子だったらその名前は付けられないもの……」

その夜遅く、ロンドンの最上流住宅街のとある邸宅で、ひとりの女性が羽根ペンを取りあげて書きだした。

〈レディ・ホイッスルダウンの社交界新聞〉
一八二四年　四月十二日
『なんと、読者のみなさん、ブリジャートン家にまもなく十一人目の孫が誕生することがわかった……』

けれども、その続きを書こうとして、女性はただ目を閉じ、ため息をついた。ずいぶんと長いあいだ、こうして書き続けてきた。もう十一年になるのだろうか？

そろそろ踏んぎりをつける頃合かもしれない。ほかの人々のことを書くことに疲れてしまった。自分の人生を生きるときがきたのだ。

そうして、レディ・ホイッスルダウンは羽根ペンをおき、窓辺へ歩いていって灰緑色のカーテンをめくり、闇夜を覗き込んだ。

「新しいことを始めるときが来たんだわ」女性はつぶやいた。「ようやく自分らしく生きるときが」

訳者あとがき

〈ブリジャートン家〉シリーズ第三作、子爵家の次男ベネディクトの物語をお届けします。舞台は、長男アンソニーの結婚から一年後の一八一五年。今年もまた社交シーズンを楽しもうと、あるいは有利な結婚の野望を抱いて貴族たちが集うロンドンで、亡き伯爵の庶子であるソフィーは継母にこき使われ、その娘たちの世話に追われる日々を送っています。ところがある晩、そんな彼女を不憫に思っていた家政婦の計らいで、名門のブリジャートン子爵家で催された仮面舞踏会にもぐり込むことに。

そこで当の子爵家の次男、ベネディクトと運命的に出会うのですが、惹かれあったのも束の間、ソフィーは家政婦との約束どおり、午前零時の鐘の音を耳にして、慌てて舞踏場を立ち去ります。名前すら聞けなかったベネディクトは、もう一度会いたい一心で、彼女が残していった片方だけの手袋を頼りに身元捜しに乗りだすのですが……。

父である伯爵亡きあとは継母の使用人にされてしまった過酷な境遇のなか、ソフィーは懸命に強く生きようとしながら、身分違いの恋に思い悩み、翻弄されます。いっぽう、ベネディクトのほうは、裕福で、絵に描いたような愛情あふれる温かい家庭に育ったため、ソフィーの心情をなかなか理解できずに苦しみます。境遇の大きく異なる男女の葛藤は、いまも昔も恋愛の普遍のテーマ。本作でも、この大きな〝障壁〟のせい（おかげ？）で、物語はドラマティックに展開します。

ごく簡単なあらすじを読んだだけでも、あまりにおなじみの童話をすぐに思いだされる方々も多いことでしょう。お察しのとおり、本作はグリム童話の『シンデレラ（灰かぶり娘）』を下敷きに書かれたロマンス小説です。一般に広く知られている『シンデレラ』といえば（厳密には諸説伝えられていますが）、やはり継母や、その娘たちにいじめられながらも、けなげに強く生きていた女性が舞踏会で王子様にみそめられ、苦難を乗り越えて幸せに結ばれるという物語。

絵本や映画ではおおむね子供向けに描かれていて、あらすじだけが記憶に残りがちですが、本作の著者ジュリア・クインは、このおとぎ話を題材に細やかな心理描写の味つけを施し、ロマンティックでありながらほどよくリアルな、読み応えじゅうぶんの大人向けの物語に見事に仕上げています。けっして奇をてらわず、丁寧な構成とウィットに富む会話を強みとする、著者の本領発揮と言えるでしょう。

第一作と第二作ではいくぶん影が薄いようにも思われたベネディクトに焦点が当てられ、その人間性が浮き彫りになるのも、シリーズ物のまさに醍醐味。レディ・ブリジャートンこと、ベネディクトたちの母である、おちゃめなヴァイオレットがこれまでにまして活躍を見せるのも本作の読みどころのひとつです。そして、次作の主人公となるはずのコリンの成長と動向がすでに本作から垣間見え、ブリジャートン家についてはことに精力的に筆を走らせてきたゴシップ記者、レディ・ホイッスルダウンの心境の変化もまた思わせぶりに示唆されています。

Ｎｅｔｆｌｉｘ（ネットフリックス）により二〇二〇年十二月二十五日から世界配信されたドラマシリーズのシーズン1は、配信二十八日間で同社の月間視聴者数の記録を更新する大ヒットとなり、すでに八千二百万世帯が視聴したと発表されています。当然ながら原作にも関心が高まり、ニューヨーク・タイムズ紙のペーパーバック部門のベストセラーリストでは、第一作 *The Duke and I*『恋のたくらみは公爵と』がじつに初版から二十年を経て、四週連続の第一位を達成しました。ドラマシリーズのシーズン2も原作の流れに沿って製作されることがあきらかにされていますので、この快進撃が第二作へも続くのか期待されるところです。

ブリジャートン家の物語を初めて読む方や、ドラマシリーズをきっかけに手に取られた方には、どの作品からも物語世界に入りやすくなっているのはもちろんのこと、著者の愛読者のみなさんにも細かな発見が新たに得られる構成となっているのが、本シリーズの最大の魅力です。どうぞお楽しみください。

二〇二一年二月　村山美雪

本書は、2007年6月16日に発行された〈ラズベリーブックス〉「もう一度だけ円舞曲を」の新装版です。

ブリジャートン家3
もう一度だけ円舞曲《ワルツ》を

２０２１年4月16日　初版第一刷発行

著……ジュリア・クイン
訳……村山美雪
ブックデザイン……小関加奈子
本文ＤＴＰ……ＩＤＲ

発行人……後藤明信
発行……株式会社竹書房
〒102-0075　東京都千代田区三番町８－１
三番町東急ビル６Ｆ
email：info@takeshobo.co.jp
http://www.takeshobo.co.jp
印刷・製本……中央精版印刷株式会社